中国多民族文学丛书／第三辑

记忆的棱角

蔡金华／著

作家出版社

蔡金华　普米族，1973年生人，90年代开始在《诗刊》《民族文学》《诗歌》《散文诗》《西北军事文学》等刊物发表诗歌、散文、小说、文学评论作品。出版有《情感地带》《血竭丰碑》《记忆的棱角》等多部文学专著；代表作品入选《中华脊梁》《云南大百科全书·文学卷》《中国少数民族文学经典文库·诗歌卷》《新中国成立60周年少数民族文学作品选·诗歌卷》《新时期中国少数民族文学作品选集·普米族卷》《新时期云南少数民族文学作品选》《伟人邓小平》《当代普米族诗人诗选》等三十余种选集。三十余次荣获省部级好新闻、好作品、好编辑奖，1999年获第六届全国少数民族文学“骏马奖”，2000年获云南省政府文学奖，2002年加入中国作家协会、中国诗歌学会。现任《风光》杂志社（四刊一网）社长、书记，云南时代名流传媒集团董事长，中国时代名流网董事长。

作者近照

目　录

第一章　四海游踪

第二章　卷首撷音

第三章　妙侃足球

第四章　人物春秋

第一章 四海游踪

灵息吹过屈原故里

这是一块古老的土地，一块隐藏着几千年深邃文化底蕴的土地。

在这块圣洁的土地上，处处生长着万物赖以生存的绿色，处处闪耀着诗意的灵光和伟大的不朽。

这里是世界文化名人、中国诗歌之父、伟大的爱国诗人屈原的诞生地，是浪漫主义杰作《楚辞》光耀千古之地；这里是举世瞩目的三峡工程的主战场，是闻名于世的湖北秭归县屈原故里，是三峡坝上的第一城。

在这里，滚滚长江水，滔滔东流去；在这里，西陵长江大桥飞架南北，天堑变了通途；在这里，中国脐橙之乡的美名享誉海内外；在这里，是中国第一个农民诗坛骚坛诗社佳作辈出的圣地；还是在这里，诞生了光照后世的中国铁路建设的先驱杜镇远……

屈原是中国的，更是世界的。屈原故里因为诞生了这位忠贞爱国爱民的诗人而闻名遐迩，中国因为有了这颗璀璨夺目的文坛巨星而分外灿烂，世界因为有了这位文化名人而将更加辉煌。“路漫漫其修远兮，吾将上下而求索。”屈原留下的高贵人格精神与不朽的篇章，是故里屈乡人民引以为荣的资本和骄傲，是全人类共有的宝贵精神财富，激励和鼓舞屈原故里人民为理想为国家奋斗应是秭归人共同的冲锋号角，在笔者寻访屈原故里的过程中，这种理念在乡下是那么的强烈和恒久。

在屈原故里寻访，既是精神的历练，又是心灵的历练；既是文化的洗礼，又是灵魂的洗礼。

圣洁的净土

在巍伟壮观的长江三峡上，湖北西部的秭归像一颗耀目的明珠，镶嵌在迷人的西陵峡两岸。这里是屈原故里的地理坐标，自唐代设秭归州以来，便有“州虽僻壤，但东通吴会，西接重夔，南达荆郢，北抵襄樊，洵谓重地之咽喉，长江之锁钥”之称，而西陵峡则“上控巴蜀，下引荆襄，控楚蜀之交带，当水陆之要冲。”

屈原故里是中外地质学界研究地层标准剖面图之一，地层中含有丰富的古生物化石群，经详细鉴定的有216个种属，以秭归命名的占35种。故里地处大巴山、巫山余脉和八面山坳汇合地带，长江自西向东横贯县境，境内地形起伏，层峦叠嶂，四面高，中间低；江北北高南低，江南南高北低，呈显著的盆地形。故里海拔40—2057米，由于褶皱、断层、地震等内引力作用，南北呈中小型构造地貌，中部呈以峡谷、喀斯特为主的侵蚀地貌。

屈原故里地处中纬度，属典型的亚热带大陆季风气候，境内因山峦起伏，气候垂直变化明显，县内则温暖湿润，光照充足，雨量充沛，四季分明：春温多变，初夏多雨，降雨量1500毫升，无霜期达300天。县境内耕地、林地交错，森林覆盖率高达45.4%，系国家退耕还林试点示范县和天然林保护重点县之一，土壤偏酸性，土种为黄壤、黄棕壤、棕壤、石灰土、紫色土、潮土、水稻土，系玉米、水稻、马铃薯、柑橘、茶叶、板栗、烟叶适宜生长的肥沃土质。故里盛产的橙、锦橙、桃叶橙、夏橙被誉为“峡橙四秀”，占据了湖北柑橘总产量的三分之一，同时县内桐油、黄金、煤炭、薇菜等资源也十分丰富。

在这块净土上，勤劳善良的屈乡人民饮着原汁原味的山泉水，在美化家园的同时，也在净化自己的心灵，净化自己的思想和追求；在沐浴三峡风雨的同时，也在聆听屈原行吟的脚步声，倾听历史前进的车轮声，谛听大自然奏出的圣洁声。这一切，都赋予了屈原故里的无穷灵气和无尽诗意。

亘古的纪念

中国年年延续的端午节在屈原故里已演化成另一个名字叫诗人节，吃粽子、挂菖蒲和白艾、喝雄黄酒、赛龙舟是长江西陵峡两岸屈乡千家万户人民每年农历五月初五纪念故人屈原的最佳方式。

最具魅力和永久纪念意义的是屈原故里那散发着伟大人格力量、文学力量、正义力量的许多建筑物。

屈原祠“神像章服，悉尊唐制”。祠宇为四合院式，山门、配房、大殿、后殿是祠的主体，占地20余亩。牌楼高17米，琉璃瓦盖，三级屋角分别为鳌鱼、卷龙、草龙；中嵌郭沫若书写的“屈原祠”三个大字，额枋为襄阳王树卜题“孤忠留芳”，门匾“光争日月”。屈原祠气势磅礴，耸立橘树群中，屈原铜像庄严矗立中央草坪，气壮山河。铜像基座为花岗石，高2.5米，铜像笔立石上，屈原选型“低头沉思，顶风徐量”，雕铸师笔力所到之处，无不将屈原忧国忧民的爱国精神和不屈不挠的抗争精神及上下求索的思想境界刻画得惟妙惟肖。祠内衣冠墓冢，青石盖瓦，鳌鱼翘角，青狮白象跃然，“汨水沉冤千古遗憾；归山枕岫万世流芳”之名联镶在墓门，左右雄踞石狮，内室设红漆楚棺，外室设有借光小孔，可窥见“烛光”融融、“看火”袅袅之景观。祠内屈原纪念馆拔地而起，馆内出土文物陈列、屈原生平事迹跃然纸上，乃爱国主义的教育圣地。整座屈原祠气势宏伟，立体式再现了伟人屈原和屈乡人民对忠魂的告慰。

风景绝秀的屈原诞生地乐平里有一座庙，叫屈原庙，面积只有260余平方米，坐北朝南，系清代民居式建筑，青瓦砖木结构。整座庙由67级台阶支撑，山门、配房、大殿、石狮和义务守庙者徐正端组成了庙的全部。正殿屈原塑像熠熠生辉，各种石碑及名人书画深藏其内，文化底蕴凸现得淋漓尽致。守护诗魂、为屈原除尘、清扫庙宇、培植橘树、支撑骚坛诗社、赋诗撰文是72岁高龄的农民诗人徐正端守庙的人格魅力和精神魅力之写照。因徐老的义务之举，屈原庙更显得雄峻伟岸，光耀屈乡。

在乐平里的入口处，在橘园的包围中，高9米宽8米四柱三门的乐平里牌坊与屈原庙隔溪相望，雕塑精美，色彩斑驳，气势雄伟的牌坊在炎炎夏日的阳光下，散发着乐平里人民对屈原无尽的思念之情。透过乐平里牌坊，眼前呈现的是漫山遍野的绿色和长势喜人的庄稼，一种丰收的景象迫在眉睫。

而建于清代的屈原故里牌坊，则将岁月的沧桑和历史的见证刻画得栩栩如生，郭沫若生前所写“屈原故里”四个苍遒大字在风雨的洗刷下，更显魅力无边。

无论是建祠、建庙纪念伟人屈原，还是立牌坊铭记古人，唯一的表达方式，就是用历史缅怀历史，用精神铭记精神，用不朽创造不朽。

这种缅怀屈原的方式，无疑为屈原故里平添了一层又一层景致。

灵性的遗址

青山钟灵，绿水毓秀的乐平里，深藏在曲径通幽的七里峡内，这里四面环水，钟灵秀美，属小盆地地貌，闻名于世的三间八景便错落有致分布在这块“世外桃源”内，令人触景生情，赋诗作对。

读书洞悬在伏虎山的腰部，与响鼓溪隔溪相望，洞高 2 米、宽 4 米、深 3 米。洞口藤萝垂帘，洞前绿荫匝地，四周花团锦簇，洞顶如莲花浮雕，洞壁天然花草图镶嵌，洞内钟乳石悬挂，姿态千奇百怪、晶莹剔透，幽静深远隐藏着读书人的远大抱负。洞中有石桌石凳，洞侧有通风透光的耳洞，相传屈原于此吟诗，洞口之下，是泻飞瀑、声如鼓的响鼓溪河，绝壁千仞的响鼓岩以及滴水如玉、宽敞明亮、上吊下接石笋的珍珠洞。人居洞中，如吟如诵的读书声仿佛在身畔回响，真所谓“一洞离尘百仞余，骚人把卷淡云舒。千年谁可知公意，不悔平生错读书。”

沿读书洞拾级而上，是由银灰色龙骨石砌成的照面井。照面井直径 0.8 米，深 0.6 米，井水粼粼如镜，清甜可口，相传为屈原幼年照影梳洗之处。井台上有一块石碑，为清代咸丰十年立，碑石左右长有两株参天而又四季常青的青树，活脱脱像两个威风无比的勇士，昼夜守护着屈公遗井，井下砌着一堵直径 8 米，高 5 米的半圆台地，台沿上砌有雕花石栏杆，13 根石柱立于其间，石柱错落有致，中间三层石孔或四楞方正或花纹层层或长扁得当。台地旁古松柏摇曳着婆娑身影，把照面井掩映得如藏深闺。一年四季，照面井从不干涸，据说喝了照面井的水，丑的变美，美的成仙，畅饮井水，顿觉清醒如初，浑身舒畅。古人、古井、古碑、古树共同构建了贯通古今的万年遗址，可谓三间八景的绝景。

进出乐平里的咽喉通道是七里峡，峡内悬崖峭壁千仞，幽谷深渊万丈，据说常年云雾缭绕，灌木、藤萝满山遍野。时至深秋，峡两岸红叶片片，灿如云霞，一到盛夏，涧泉轰鸣，峡谷震荡，宛如置身仙境，令人流连忘返，叹为观止。峡内人烟稀少，各种动植物则成为七里峡真正的主人。

在这些闪耀着屈原智慧与灵性的遗址内穿梭，许多淳朴的民间民俗体现在屈原后代的身上，同样或多或少闪烁着屈原文化的精髓。

历史的见证

在秭归人的心目中，屈原既是圣也是神。

在屈原故里寻访，愉悦人的是惊喜是神秘更是历史的见证者。

在屈原故里的仙女坪村，有一株千年神树，高约 50 米，终年不落叶，生长在海拔 800 米的山坡上。据土生土长的 73 岁高龄的李文蕊介绍，这是一株柏树，胸围 4 米有余，适宜的生长温度在 18℃ ~20℃，春秋战国时期便生长着。据说神树只要有一枝树干干枯，便预兆着村里会有一人要乘鹤西去。在距离仙女坪村不到 4 公里的屈原村的下村坪，有一株千年古藤，名叫红刺藤，古藤直径不大，身长 60 余米，其皮药用价值较高；藤下有一千年古井，井水四季不枯，汩汩清泉长流不断；古藤四周柑橘、玉米长势喜人，当地人视古藤为神藤，年复一年与神藤相依为伴，过着幸福安宁的好日子。在乐平里的凤凰渠村，有一条四季不断的溪流，在小溪流的源头，生长着一株高 40 余米的千年铁心杉古树，树干粗壮，5 位成年男人都无法将古树树干包围过来。古树光滑坚硬，耐腐蚀，适宜的生长温度在 20℃ ~30℃，古树身后是绿荫如盖的国家级天然林保护区。

千年古柏、古藤、古杉错落有致于乐平里的同一条山脉，却以不同的姿态向人类演绎着源远流长的古文化，似乎像三位历史老人正在诉说着一个正义毁于邪恶的悲剧，在见证着一颗光耀千秋的巨星不朽的人格魅力，同时也在激励着故里人的奋斗豪情。

在屈原故里这块神奇的土地上，有一个从中央到地方都关注的濒危珍稀植物园，它落户于如诗如画的四溪风景区内一块极平常的庄稼地里，在这块杂草丛生的地里，疏花水柏枝和荷叶铁线蕨正在回归大自然的路上。

疏花水柏枝善湿耐涝，是一种极好的汉岸沙滩固土绿化树种，理想的观叶植物，是从三峡库区移植而来在四溪安家落户的濒危珍稀植物，具有极高的研究和开发药用价值。但遗憾的是，许多疏花水柏枝已面容憔悴，正在杂草的包围丛中垂死挣扎着，其中一些则已经枯死了。另一种由贤叶铁线蕨地理变型而来的是荷叶铁线蕨，系亚洲铁线蕨植物中唯一的单叶型植物，在世界范围内为数不多的国家二类珍稀植物，主要分布在印度洋上的马达加斯加岛、毛里求斯岛及三峡片区的长江河谷一带。其常常生长在土壤贫瘠，水分稀少的岩缝里，在土壤肥沃、水分充沛的地里，荷叶铁线蕨因植株矮小繁殖力较弱，在与其他植物共同生存时占不到优势。在150余平方米的篷内，培植着450余株荷叶铁线蕨，纵然一眼望去，篷内是满眼充满生机的绿色，但要一眼就能看到它的全貌，却并非易事。在它的四周，其他植物林立，只能若隐若现觅见到一些枯萎的叶子，毕竟在这样的生态竞争中，它属于弱者。在这块庄稼地里，还培植着另一种不怕晒、不怕旱、不怕湿的珍稀植物川明生，只是在众多生长茂盛的植物群中，它显得那么不起眼罢了。

这些濒危植物要回归大自然，要和诸多具有旺盛生命力的杂草竞争，铲锄杂草的工作理应提上日常议程，但这种举手之劳却几个月都无人问津，令人心痛！

诗意的栖居

天钟神秀、人杰地灵的屈原故里，不仅山川秀丽、物产富饶，而且人才频出。名川、名人、名产构筑起屈原故里一道独特的自然与人文交相辉映的精美画卷。

在这块孕育诗意的土地上，栖居过五经博士颜植之、铁路巨擘杜镇远、元帅朱德的师长王兆翔、经济学教授陈雪涛、自筹资金整治三峡险滩的长江赤子李本忠、夜航三峡开创者杜嗣祥、辛亥革命的功臣郑万瞻……他们的赤子忠魂虽伴屈公含笑九泉，但他们忠贞的爱国之志，却永载史册，千古不朽。

1953年，屈原仅以诗人身份便同波兰天文学家哥白尼，法国文学家拉伯雷，古巴作家、民族运动领袖何塞·马蒂成为世界和平理事会决定纪念的世界四大文化名人。屈原长眠九泉两千多年后又“活”在世界人民的心中，不知屈原的子孙可否显灵知道（据陕西韩城县古县志记载：屈原死后，三子居儒秦，一子居浦城，改姓孙，一子居耀州，更房姓，一子居韩城，仍本姓。）屈公永活世界的伟力。

在屈原故里，有许多擅长舞文弄墨的现代人，他们创作的文艺作品大多与屈原文化有密切的关系，字里行间弥满一股爱国爱家的力量。魏启扬、韩永明、蔡克章、游艳斌、郑凤、何静秋、周凌云、郑加裕、廖厚坤等中青年文学新锐便是他们中的佼佼者；而步入古稀花甲之年的徐正端、徐宏章等农民诗人，他们诗意的骨子里，渗透着诸多屈原遗诗的风骨和痕迹，这与他们自始至终栖居在乐平里这片盛产诗歌的土地有着核心的关系。

在屈原故里寻踪访古，笔者意外中见到了从屈原生地乐平里成长起来的第一位女大学生李瑜。已过而立之年身为人母爱看《楚辞》、爱唱《山丹丹花开红艳艳》的李瑜，正一边忙活她的旅游局副局长的工作，一边攻读行政管理硕士学位；敢于挑战自我善于选择明天视屈原为绝对偶像的李瑜，其学生生涯并非顺境，许多逆境中的历练，使她成为从乐平里飞出的一只血管里流淌许多先人血液的金凤凰，她说，她要像居里夫人那样，有所为有所大为。

同样是在乐平里，屈原镇里的中小学生自1999年开始，便要花7年时间（小学三年级至初中三年级）学习《楚辞选读》《屈原的故事和传说》两门课程。弘扬屈原文化，深入了解屈原其人、其事、其文、其精神，在乐平里广大青少年中，据说是引以为自豪和骄傲的事。这种继承和发扬屈原爱国爱民的精神，这种上下求索的热情，应该得到赞誉，只不过继承和弘扬面太小而略显冷清罢了。

栖居在屈原故里的人，应该是文化的富翁，那种难以抵挡的吸引力和诱惑力，是令诸多旅人可望而不可即的，而屈乡人民就栖居在这种吸引力和诱惑力中间，能不缅想古人吗？义务在屈原庙里遐想神秘人生，愿意做屈原文化寂寞守灵人的徐正端，他诗意般的栖居方式，令人敬畏，只可惜这样的人在秭归实在太少了。

在屈原故里这片古老、神奇、圣洁的土地上，童话般迷人的奇山秀水还有很多很多。

有能兼容长江三峡瞿塘之雄、巫峡之秀、西陵峡之险的九畹溪；有一溪碧水、两岸青山、三叠飞瀑、四溪相汇、百种名竹荟萃的四溪景区；有由短粗壮的拇指峰、雄伟挺拔直插云霄的中指峰、纤细笔直巍峨峭立的食指无名指小指天然组合的五指山；有举目远眺三峡大坝能尽收眼底的凤凰山；有蕴含丰硕文化内涵，再现明清古建筑风貌的桔苑移民小区……这一切，都浸透着无数旅人对屈公的深切怀念和无尽思念，渗透着屈原文化的博大精深和思想精髓。

徜徉在屈原故里，一种被先贤灵息净化后的愉悦和轻松，使人顿觉崇高了许多。寻觅在屈原故里的遗址旧迹里，浓烈的古色古香和深邃的文化底蕴，使人回味无穷，浮想联翩；荡漾在屈原故里的巴楚神韵中，入乡随俗后扑朔迷离的古风遗俗令人叹为观止；沐浴在屈原故里多情的大自然的怀抱，奇山秀水编织而成的那些不朽风景，好像插上了先贤求索的翅膀，令人梦绕魂牵，目不暇接。但屈原故里的所有这些风情，似乎都与屈原的作品、思想、精神、传说等有着千丝万缕的姻缘关系，屈原故里的亘古魅力，也许就在此处。

山秀水清，灵息吹拂，故出俊异。这也许是对屈原故里较恰当的注解和诠释。

昭君故里访美

王昭君，跨越21世纪的历史名人。

王昭君，中国古代有数的绝色美人。

王昭君，因其远见卓识远嫁匈奴，促成胡汉和亲而芳名史册，家喻户晓。

21世纪的今天，关于王昭君的故事仍在民间广为流传，对王昭君的考证、探讨以至多种文艺作品连续不断。

王昭君的魅力为何千古长存？不久前，笔者特地冒着酷暑，走访了湖北兴山县王昭君的故里，在这个香溪河畔的美丽乡村，笔者领你走进一幅幅引人入胜，色彩斑斓的历史画卷，在时光的隧道里追溯迷离的美人、美景……

千秋昭君

相传西汉年间，有一老汉，姓王，名襄，字忠，四十有余却没后代。老汉夜不能寐，常到寺庙拜佛，以求上天赐得一男半女。说来很巧，王老汉进香百日那晚正逢八月十五，王老伴忽得一梦，梦见一轮皓月照入自己怀中。王老汉心里一直悬着的石头终于落地，十月怀胎，正逢兵荒马乱年代，王老伴硬挺着大肚子挨了两月，又是一个八月十五，适逢中秋佳节，一轮明月日升东边，足有锣鼓大，就在这时，王昭君呱呱坠地，降临人间，乳名皓月。

月亮对王昭君格外多情，王昭君上楼梳头，皓月就钻出云层，为昭君捧镜照影。昭君在楼阁上亮嗓，月亮便停在彩云边不愿离去，昭君一弹起悠扬的琴声，月光就像薄纱披在昭君的肩上，把王昭君打扮得如同月宫嫦娥。真乃“明妃生长楚江清，艳比天边明月明。”

王昭君自幼聪明伶俐，多才多艺，琴棋书画，咏诗作赋，样样在行。十岁那年，一个春光明媚的早晨，柳绿桃红，燕舞莺歌，王昭君的“老师”触景生情，诗兴大作，提笔写起《咏春》诗：“莺啼绿柳弄春晴，柳弄春晴晓日明……”然而，下面两句怎么捻须搓手，却无下文。王昭君见状，提笔一勾一画，一字没加，便完成了一首堪称奇绝的回文诗：“莺啼绿柳弄春晴，柳弄春晴晓日明。明日晓晴春弄柳，晴春弄柳绿啼莺。”自此，王昭君的才华终于初现。

诗书满腹，妙解吟咏，精通音律，聪智过人，长得风韵天然，如花似玉的王昭君刚刚15岁，便赶上汉元帝在民间选美。凭借天生姿丽，才慧出众，王昭君在花季时代便被选入皇宫。进宫之时，与王昭君朝夕相处的众多乡亲含泪送行，昭君手捧乡亲赠礼，和泪相答，一曲琵琶怨，一掬告辞泪，感天动地。

公元前33年，汉元帝竟宁元年正月，中国北方匈奴族最高首领呼韩邪单于主动向汉元帝请求和亲。汉元帝下令挑选宫女出塞，深居后宫的王昭君为了让汉匈民族和睦相处，便毅然挺身而出，慷慨应召，自愿离开汉宫，远嫁匈奴，担当起和亲友好使者的重任。王昭君淡扫蛾眉，略施粉黛，珠光宝气，显得举止雍容，仪态万方，壮举和容颜顿使所有汉宫美女黯然失色，左右官员肃然起敬，呼韩邪单于大喜，汉元帝大吃一惊，很想留下绝色美女王昭君，但怕失信只好以厚礼陪嫁。

汉元帝回到内宫，越想越懊恼，便叫人从宫女的画像中拿出昭君的画像看，但画像比昭君本人丑多了。原来，汉元帝选妃先看画像，有个画师名叫毛延寿，给宫女画像时，先收钱财。王昭君生性执拗，拒绝贿赂画师，毛延寿便没把王昭君的美貌如实画出来。汉元帝一气之下，便把毛延寿杀了。

王昭君在汉朝和匈奴官员的护送下，离开长安，骑着马，冒着刺骨的寒风，千里迢迢赶到匈奴。在匈奴，王昭君克服了重重困难，习惯了天寒地冻、风沙蔽日的气候和住穹庐、穿裘衣、食牛羊肉、饮酪浆的塞外生活。昭君跟呼韩邪单于恩爱有加，和匈奴人民和睦相处，关系十分融洽。同时，昭君还极力相劝单于不要发动战争，并将中原的织布、缝衣等文化无私地传授给匈奴。自此以后，匈奴和汉朝和平共处，六十余年没有起战争硝烟。

王昭君婚后三年，生下一子伊屠知牙师，公元前31年，昭君22岁时丈夫呼韩邪单于病死，随后按匈奴“父死妻其后母”的习俗，又嫁给呼韩邪大阏氏长子复株累单于雕陶莫皋，又生有两女，再婚11年后，复株累又死，昭君从此寡居，年约33岁，昭君死于匈奴单于庭。昭君英年仙逝，墓地多达几十处，在当地匈奴人民的心目中，王昭君是民族友好的一种象征，而坐落于内蒙古呼和浩特市南郊黑河之滨的昭君墓则是一座民族友好的纪念塔。有道是“游人竞吊汉王嫱（即王昭君），青冢黄昏土尚香。倘使姻亲锦世代，何须万里长城长。”

人文昭君

一方水土养育一代美女，一代美女成名一方水土。王昭君的故里便是湖北兴山，人称昭君之县。

昭君之县位于长江西陵峡以北，地处大巴山余脉，东临宜昌、保康，西与巴东毗邻，南接秭归，北抵举世闻名的神农架林区，县境东西长66公里，南北宽54公里，总面积达2328平方公里。

昭君之县属亚热带大陆性季风气候，春季冷暖多变，雨水较多，夏季雨量集中，炎热多伏旱，秋季阴雨绵绵，冬季雨雪平均，霜天来得早，有“山上皑皑霜雪，山下桃红李白”之誉，此种气候为多种植物提供了适宜的生长条件。

昭君之县年平均气温17℃，每年4~9月光照充足，年均降水充沛，县内有王昭君浣帕遗香的香溪河和凉台河，河旁青山屏列，溪水欢歌，两岸绿树红果，四季花香鸟语，河面清澈明净，风光十分旖旎。香溪河名称由来的传说甚广是因“昭君临水而居，恒于溪中浣手，溪水尽香”。昭君出塞之前，曾在香溪河边洗脸、梳妆、洗涤手帕，并无意间将颈上的珍珠散落在溪流里，从此溪水香气怡人，百里溪水清馨馥郁。更与“水色山光翠欲浮，溪生桃花入水游。昭君当年浣纱处，千古流香可销愁。”为证。

王昭君出宫之前，就是在香溪河畔的宝坪村中居住，香溪河养育了一代明妃王昭君，王昭君也赋予了香溪河许许多多扑朔迷离的动人传说和不朽典故。也难怪清代诗人王正笏的“香溪河水碧天涯，照见云髻日浣纱。溪上泉声和佩响，教侬怎不忆琵琶。”妙文至今在当地传吟不衰。

锦绣昭君

驰名中外的昭君村景点林立，坐落在一座如锦似绣、清幽怡静的山台上。举目远眺，一墩墩绿色的梯田，从香溪河直砌山顶，一块块绿得流翠的橘林，错落有致。王昭君的后裔家家户户繁花修竹，杨柳细垂，将昭君村裹得严严实实，宛如人间仙境。山台下，遗香之溪潺潺而流，溪旁绿荫如盖，千树万树间蝉鸣声不绝于耳，绝色美女王昭君便生长在这个令无数人魂牵梦绕的胜地。

宋朝大诗人苏轼对昭君村这样赋诗：“昭君本楚人，艳色照江水。楚人不敢娶，谓是汉妃子。谁知去乡国，万里为胡鬼。人言生女作门楣，昭君去时忧色衰。古来人事尽如此，反复纵横安可知。”屡遭挫折，人生失意的苏轼借喻道出命运的难以料定和不可捉摸。

在昭君村，关于昭君当年的遗迹旧址，传说之多同苍穹繁星，数不胜数，但其迷人风景，却令人陶醉、仰慕和神往。在这里，可以赏析王昭君的汉白玉雕像，可以拜谒昭君纪念馆中王昭君的模拟容颜，可以阅读在昭君陈列室里的历代咏诗墨宝，可以一览古色古香的昭君宅，可以触摸昭君对月取水用的楠木井，可以……亲临昭君村，满眼奇景，处处秀色，奇山奇村奇景尽在一片葱茏之中。

昭君宅绿荫蔽日，紫竹插天，是昭君村里的景色绝景。其古朴、原始的汉代风格建筑，再现了当年昭君丰容靓饰，光阴汉宫，顾景斐回，竦动左右的风貌，令人赞不绝口。而昭君纪念馆则是结构严谨，造型别致，门窗典雅，堵墙翘角，龙凤呈祥，可谓气势恢弘，巧夺天工。馆内正中立有内蒙古雕塑师张恒匠心独运的一尊高2.8米的汉白玉昭君雕像，昭君雕像看上去端庄娉婷、罗裙飘逸、螓首蛾眉、秀外慧中，将王昭君生前的仪容、体态、服饰、举止雕刻得惟妙惟肖，酷似活灵活现的活美人。整座雕像耸立在苍翠之中，极佳地再现了绝世美人光耀千秋的神韵和楚楚动人的风姿，同时也极好地流露了昭君故里人民对昭君回娘家的美好情愫：昭君娘娘呀，您回家了。我敬您一支烟，但愿鸽子花开更鲜艳；我敬您一杯茶，但愿宝坪更繁华；我敬您一盅酒，但愿三熟地里更丰收。

古柏包围下，陪伴王昭君度过16个春秋的梳妆台遗址分外寂静，自古至今，前往此台种花植树、观月醉酒的人不胜枚举。每当微风拂来，16棵亭亭玉立的柏树枝叶婆娑，仿佛昭君重回故里正在对月理鬓，其身影春华动人。也难怪宋人无名氏曾这样抒怀："去年曾醉海棠丛，闻说新妆发旧红。昨夜梦回花下饮，犹如身在玉堂中。空留残台翠眉样，有时新月挂窗蓬。"沿梳妆台拾阶而下东行，在一棵古老的大核桃树旁，有一口幼年王昭君汲水的古井，井中长存一根千年不朽的楠木，井水清甜可口，四季不断，凉气袭人。据昭君后裔说，汲楠木井里的水做饭，饭香四溢，烧汤汤鲜，煮酒酒醇，泡茶茶酽。还有一说是，每逢七八月间，雨后天晴，余晖斜照，立于井旁的人映在井中的影子，头上会闪现一美丽的光环，此乃一趣。

在蜿蜒盘旋的昭君百米长廊下行游，即可惊觉幼年王昭君因在拾柴火、采蘑菇时掉在岩洞里的一双绣花鞋而闻名的绣鞋洞。传说此洞极玄，据说只要向此洞连投三粒石子，想生孩子的可生贵子，生病的可消病除灾，种田的庄稼旺盛、五谷丰登，做生意的进宝发财。在长廊东部原汁原味的山岩缝隙中，据说是王昭君为缓解庄稼灌溉而和十余姐妹日夜锤凿并携七位红衣仙子之神力才凿开的一口古井，而且凡是井水能流过的地方，马上便长起了苞谷、柑橘、板栗、苍松、翠竹，昔日荒凉的这一带顿时春意盎然，勃勃生机。

昭君村的景点、典故、传说还很多很多。所有这一切，构建成的是说不完道不尽的昭君传奇，也营建了诗情画意、景色迷人的昭君绝代村。

文化昭君

自古至今，自昭君故里到呼和浩特，亲眼目睹绝世美人王昭君的人寥若晨星，但说昭君、写昭君、演昭君、画昭君、研究昭君的却灿若银河。他们依据《汉书·匈奴传》《后汉书·南匈奴传》记载的历史，依据千百年来的耳闻目睹口传，挥动想象的翅膀，借鉴民间艺人美丽的迷人传说，作家撰写了诸多鸿篇巨制，画家绘出了许多壮观画面，音乐家谱写了许多感人的乐章，剧作家创意了许多戏曲，无数诗人咏诵了许多千古绝唱的诗章。所有这些作品，可谓汗牛充栋，从而使世界了解了昭君，使昭君走向了世界，也因此形成了当今昭君文化比较完整的发展体系。

在所有推动昭君文化滚滚向前的发展体系中，传播影响最突出也最大的是十多个朝代以来无数诗人创作的上千首诗歌力作。大有力透纸背的传播效果。

爱国诗人杜甫出蜀之后，著有《咏怀古迹》："群山万壑赴荆门，生长明妃尚有村。一去紫台连朔漠，独留青冢向黄昏。画图省识春风雨，环佩空归月夜魂。千载琵琶作胡语，分明怨恨曲中论。"这首诗脍炙人口，千古传诵。李白则这样讴歌："昭君拂玉鞍，上马啼红颜。今日汉宫人，明朝胡地妾。"香山居士白居易的《昭君怨》则是这样："明姬风貌最娉婷，合在椒房应四星，只得当年备宫掖，何曾专夜奉帷屏。见疏从道逆图画，知屈那教配虏庭。自是君恩薄如纸，不需一向恨丹青"。

展现和拓展昭君文化的另一种突出形式是具有巨大生命力的戏剧。古代剧作家马致远著有元杂剧《汉宫秋》，现代剧作家郭沫若创作有历史剧《王昭君》，当代剧作家曹禺留下历史剧《王昭君》，这些从不同角度塑造王昭君形象的戏剧通过舞台的演绎，走进了千家万户；而电视连续剧《王昭君》的曾经热播，更将王昭君的光辉形象升华得淋漓尽致，世人皆晓。

能掀起昭君文化新高潮另一突出形式是民间文学，这种形式在二十世纪 80 年代尤为突出。随着国内一大批以昭君为书名的系列文化丛书和小说集、美术绘画作品集的出版，昭君光辉形象迅速在人民心中生根，许多青少年对昭君的传奇故事都能娓娓道来，这给王昭君文化的纵深传播吹响了经久不衰的号角。

到目前为止，在昭君故里风靡一时的文化遗产有两千余首。久唱不息的有 80 余首，这其中以《瞄不到姐儿不用忙》《王昭君闹五更》《打嫁妆》最为著名。

魅力昭君

昭君故里的民俗很多，这些民俗全面反映了昭君故里的物质文明与精神文明，对当地人民的生产起到很好的诠释作用。

“三十的火，十五的灯”是昭君故里人民一直从古至今沿袭的一种良好习俗。而七月十五女儿节，则是王昭君故里对昭君的千古纪念。传说王昭君离开故里赴京城长安时，恰逢七月十五晚子时，这是钦差大臣毛延寿亲自选定的吉时，乡亲们为了送别王昭君，用竹子扎了许多彩灯，有荷花灯、荷叶灯、寿桃灯、白鹤灯和凤凰灯等，放在香溪河停靠龙凤船的周围，好让王昭君的船一路平安，幸福吉祥。从此，乡人思王昭君如思女儿一样，每年七月十五女儿节都放河灯，同时也是王昭君回乡的七月半，姑娘们回家歇假的女儿节。这种习俗已有两千余年，其魅力无限，令人遐想。

在昭君故里，婚俗的礼仪十分讲究，过程极其复杂，却魅力四射。男女双方互结连理，是一个漫长的过程，至少要历经十二个艰苦历程。提亲是首要的，一家养女百家求，男家看中了女家，便请媒人到女家提及婚事，这一过程，全凭媒人的一张嘴，如女方同意，即将女方生辰交给媒人带给男方，男方也将生辰交给媒人转交女方。男女双方的生辰经先生“合八字”，八字合，则由先生择期纳聘，八字不合，则男女双方互相退信。发八字需选定日期，由男方准备礼品衣料首饰，摆成八把盘子，由媒人引路，热热闹闹到女方家，锣鼓鞭炮齐鸣后，女方家设宴招待并回赠礼品返程。纳聘之后，男女双方父母认为女儿应该娶亲完配，便进入结婚的议事日程。正式迎亲的前一天，女方请未结婚的姑娘 9 人，共进最后一顿饭，互叙衷肠；迎亲头日，男方陪十兄弟和升号匾，请吹鼓手，大摆宴席，营造热闹场景。娶亲之日，新娘去男家，正式脱离娘家，成为男家的一员；晚上喜宴之后，新郎新娘进入拜堂程序，依旧沿袭全国通用的“一拜天地、二拜高堂、夫妻对拜”的礼仪。拜堂后是闹洞房，闹房时有说有笑有玩，越闹越好玩，越好笑，看热闹的也越多。洞房花烛夜之后的翌日，新郎提茶壶，新娘端茶盘，挨个给长辈请安敬茶，以示尊敬和感谢，喝完茶后，长辈得给新娘喜钱。第三天，新娘要下厨房做饭，表示新娘针线茶饭样样都会，吃完新娘做的饭后，新娘新郎必须连夜返回新婚洞房，不得在娘家留宿。今后，凡是女儿女婿返回娘家，是决不能同床共枕的。这就是昭君故里结成伉俪所必须的提亲、合八字、纳聘、求婚、嫁姑娘、接媳妇、迎亲、拜堂、闹洞房、喝早茶、下厨房、回门等12步骤。但在昭君故里，因受宗族的约束，同姓是不能结成眷属的。

现代昭君

昭君故里的每一山每一水，都编织出一条溢香的彩带；昭君之县的每一水每一山，都拥有一个美丽动听的神话传说。在所有这些渗透着深厚昭君传奇的传说里，都体现在现代昭君、阳光昭君的身上，都有王昭君时代的或多或少的影子。

穿梭在游人如织、车水马龙的昭君故里，映入笔者眼帘的是现代中年昭君的风姿绰约，妩媚动人。瞧她们不施粉黛依旧白皙的皮肤，仿佛是王昭君回乡。而那些现代阳光般灿烂迷人的小昭君，行游在华灯初上的街头巷尾，瞬间便成为异域他乡旅人目光停滞的焦点；就连不到花季之年的昭君宝贝，穿行于昭君故里的阳光大道上，都能形成一道又一道流动的稚嫩风景。昭君故里的女性看上去挺美，这绝不是溢美之词。

在昭君村，笔者目睹了几位王昭君的后裔，一种自然之美，天然之美使人顿生愉悦之感。24岁的王丽萍，是王昭君的第76代后裔，她从小耳闻目睹了诸多王昭君的光辉形象，现已成为宣传昭君、传播昭君文化的鲜活使者。现年73岁的王作章，系王昭君的第72代后裔，王老的工作，是每天在昭君纪念馆开设讲坛，向国内外旅人讲述有关王昭君的系列故事，据说，听者如潮。

在昭君故里，有三位排得上号的阳光女孩，稍大一点的20岁，另两位才19岁。她们在昭君之县的歌舞剧团练功献艺，虽不能用绝色美人来形容她们源于自然的美，但却能诠释清水出芙蓉，天然去雕饰的奥妙。这三位阳光女孩几乎异口同声道出了她们美丽的仙诀：清晨起床用凉水洗脸，晚上睡前仍用凉水洗面，并轻轻用指按摩面部皮肤，使其自然放松；

在饮食美容上，多食蔬菜水果，多喝净化后的凉开水，养成一种早起早睡，勤于锻炼身体的习惯。她们透露，原汁原味的美才是天然之美，对于风靡荧屏报刊广告上的化妆品，她们一概避而远之，即使登台演出也只略施淡妆且谢幕之后立即卸妆。不经常熬夜，不经常晒太阳，常食酸甜绿色食品，也是这三位阳光昭君的美颜秘诀。

昭君故里美人多，昭君村里美人窝。一代又一代的美人在诞生，一代又一代小昭君在成长，随着人类的繁衍不息，昭君故里的现代昭君将扛起塑造昭君形象、再现昭君美色、演绎昭君文化的大旗。整个昭君故里，将不断呈现出自然的、人文的、历史的无数美景美人。

马蹄河寻梦

在此之前，我从未到过那个幽深寂远的山谷，也从未见过那条静静流淌在山谷里的马蹄河。可她好像从来就存在着，无论是宜良沃泽的土地上，抑或是自我迢迢的睡梦中。

仲夏七月，理应十分闷热，但接连几天的绵雨竟让气温渐凉下来，身上不觉热感，反倒格外舒爽宜人。就在夏季少有的这温柔细腻的雨里，我们兴致勃勃地驾着车，徐徐开往宜良城郊的耿家营乡。

说是“徐徐”，其实不然，宜良郊外山陡路滑，须得谨慎慢行才是。马蹄河乃南盘江的一条支流，由南缓缓流入宜良境内，亿万年来默默切割着宜良北部最为雄险峻奇的喀斯特高原。崎岖的山路沿着巨幅山壁蜿蜒开来，不远处则是时隐时现的河渊，加之微风白雾，忽而一声划破天际的鸟类尖鸣，刹那间确有惊心动魄之感。车子跌宕起伏之后，我们在一座公路桥附近稍作停歇，放下紧绷的神经，才惊觉脚下的桥正横跨在隐隐从山谷中突兀出的马蹄河上。

从约莫三十米高的公路桥上俯瞰，两岸嶙峋怪壁，高耸林立，正向云雾深处层层递进，如一本待人翻开、等君细阅的厚重古书。峭壁上那一片片的苔荇正绿油油地滋长，藤萝、古树掺杂石缝间，我私下里想着，恐怕除了“早发白帝城”的猿猴，再没有什么敢轻松攀援其上了；然而河道落差之大，水流之湍急，水道之狭窄，无不叫人心生畏意，想来是不可能用一叶“轻舟”过这万重山了。因为细雨，马蹄河水算不上清澈，远远望去，这青山黛石间竟多了一丝“赤练橙江，飞浪千层落”的韵味。缘于常年深藏峡谷之中，很少有人能睹其真貌。此处乃马蹄河之上游，须知，下游处更显人迹罕稀。我不禁神往了，忽然想起陶渊明在《桃花源记》里所记载的“訇然天开”、别有洞天，自己仿佛置身落英缤纷、恍不知今夕何夕的奇妙之境。

雨势倏尔弱了许多，虽不见得晴空如洗，但四周清隽的气氛一扫心中阴霾。漫步在新雨后的空山中，面前明亮又醉人的树木灌丛似要张开巨大但又亲切的怀抱迎接我，这奇异多姿的绿就这样不依不饶地闯进了我的视野、我的心灵。宛如生机勃勃的精灵，动人如斯，活泼亦如斯。我骤然放慢了步履，也许好久没有这样亲近野外了，这里的空气比城里干净多了，耳旁也不会充斥着嘈杂的分贝，只剩下满眼的绿意盎然和潺潺流水，大自然的这种震撼力把我彻底征服了。

倒是有条小路直达河边的，不过马蹄河总是一滩不接一滩，对岸或前边的河流往往只能当作风景远眺。岸边多是石滩，而石滩上的石块，有的乖巧地浸在水里，有的三五成群地立在岸边，像是一群围着河流在欢欣跳舞的孩童。雨天，它们着熙熙攘攘的青黄色；晴天，它们该会穿上干干净净的雪白色。但不论是青黄抑或雪白，它们都唯美得可爱。浸着河水，坚硬的棱角被冲刷得平实圆滑；顺着流向，石壁亦被天长地久地割磨出参差不一、高低不齐的造型来，每一块石头都与马蹄河活泼调皮的流水无限嵌合，浑然天成。偶有激荡处，倒是在相距无隙的两个石块中间，凸现着一根又粗又长的木桩，想来是要与人方便，又可能在平添一些玩味。那木桩上的湿痕潮迹都变黑了，胆子大一点的人，或许会兴冲冲地试探木桩的稳定性，让旁观的人为他捏一把大汗。小心翼翼、安然无恙固然很好，若真失足滑进欢悦的河里，倒也会增添一丝嬉笑怒嗔。

山谷的寂静悠远自不必多说，但常闻“鸟鸣山更幽”，仔细听来，似乎除了单纯的水流湍急，还夹杂着别的什么浑重奇特的管乐之声，叫本就寂静的山涧愈发凸显它隔绝于世的清静来。我连忙四下查看，发现临近水岸的山壁底处多有暗穴深洞，大大小小，形态各异，虽不押韵，倒也平仄极了。原来马蹄河水遇涨时波涛汹涌，漩涡百转，不仅拍打在河岸岩石上，还不间断地撞击在这些暗穴深洞里，发出阵阵空谷幽声，宛若空山凝云中弹奏起的箜篌管弦，亦真亦幻，玄妙极了。

大自然的鬼斧神工令我敬畏！任凭人类巧夺天工的苦心经营，都不及它信手拈来的随意创作令人感动。闭上双眼伫立河边，仿若奏响了一支天籁之音，如梵婀林独奏般的潺潺涓涓，并合着鸟兽清脆的啼鸣，厚重而富有层次地拍击在我的耳畔。的确，这空山响音尚且生涩拙物，但它们经过了涧渊内独特微风的吹漾和水波拂荡，再传输到我的耳际时，恰似昆山玉碎，芙蓉泣露，久久不绝于耳。人世间的繁华万千、富丽堂皇该缘尽于此，但只在这一刹，唯河水之潺潺与鸟兽之鸣叫，耳得之而成声，目遇之而成色，是造物主恩赐于我的天籁之音，抑或旷世奇弦。四下湿气仍俨然，缕缕薄霭于河面上嬉戏逗留，极似灵山中缥缈轻灵的仙子，时而透过雾霭射进河洲的晨曦光束，给万物镀上了一层淡淡的金边，依稀可辨儿时嬉游的光景。有人忽道：天公欲作美，何不再探究竟？

原来山中竟还有路，名曰“耗子路”。因整条极细极陡的小径在石壁上开出，人只能像鼠一样，贴着崖壁，小心翼翼地攀岩。这名字从前只不过耳闻，今日有幸得以亲见，其艰险程度名副其实。好不容易爬到了稍宽阔的河边，“哗哗哗”的声音不绝于耳，举目远眺，竟有一匹瀑布从天而降！遭遇雨季，又撞上新阳，水势飞花碎玉般垂洒而下，隐约间潜伏了几许彩虹的靓影。心胸顿然开阔，除了亲近它，唯有亲近它。越往近，水声就越大，“哗哗哗哗”不停，犹为清脆悦耳。岩面和低处的岸边少不了日积月累的青苔滑草，我妄想着，这绿意便是特意在瀑布雪白裙摆上加的裙边了罢！水敲打着石壁，又互相搏击成更小更细的水雾，舒展到半空中，慢慢从头顶缥缈而过，犹如云彩一般；或任轻风肆意吹拂，轻盈地落在我的手心上、衣襟上、面颊上、鼻尖上……虽只点点滴滴，却也清凉透彻，焉能令人不消暑？两山青黛间挂一碧水帘，密密的灌丛，静静的河流，映衬着半蔚蓝半阴翳的天空，颇富柳词“暮霭沉沉楚天阔”的意境。此情此景，与方才幽谷深涧的景况若隔人世，虽还有山，但山高却不遮云；虽仍是那条河，然水质清冽，姿容愈发秀丽。品着马蹄河的水，最是恬淡怡人。风光旖旎自不必多说，赞她恬淡，是因为有时她像月光，淡泊静谧，丝毫不曾张扬。不同于刚刚在公路桥上的俯瞰，自河边近距离触摸这徜徉的黯黯马蹄河水，方体会到马蹄河不同于别的河流的新奇滋味。因为马蹄河的河道有些不阔，河水便夹在峡谷峭壁中巧妙地蜿蜒盘旋，直抵大瀑布附近的羊桥村，再顺流而下三公里才称得上“平阔”。然纵如此，马蹄河内却生长着多种稀有鱼类，附近的黎民也都依附马蹄河而繁衍，称她为“母亲河”一点也不为过。

我沉浸在这不可多得的“平阔”的美景中，同游的人忽然发出一声惊呼：“唷——水牛呀!”我循声望去，对面河岸上真有七八头深灰色的水牛，几头伏在临水草地，几头潜入水里，优哉游哉，头顶弯角，煞为憨实可爱。既有水牛，就一定还有放牛的人，只是不知道放牛郎们到哪里“逍遥”去了！水波粼粼的河面倒映着水牛们的身影，远山上错落着三三两两的阡陌人家，深意的梯田不断往山的背后无限蔓延，好一幅田园翠绿画！我注目着马蹄河，马蹄河也注目着我，想必在那影影绰绰的倒影里，我们彼此成了对方欣赏的风景。

壬辰年仲夏之前，我从未到过这个幽深寂远的山谷，也从未见过这条静静流淌在山谷里的“母亲河”。但我曾听说过华灯映水的秦淮，烟花三月时，是那样的人影憧憧，那样的歌舞扰扰；我也曾歆羡过苏东坡笔下的赤壁，飘飘乎遗世独立，不乏怀照历史的高悬壮志。而我眼中的马蹄河不过是一条静静流淌的小河，在云南宜良一个鲜为人知的山谷，周围罕有人烟，更乏历史底蕴，既不热闹也不壮丽，就连“马蹄河”这个名字，都散发着扑面而来的山野浅显之味。然，她却宛若一块清净无瑕的璞玉，未经雕琢，不谙人世，自顾自地流淌，自顾自地美丽，自顾自地含蓄，却令有幸睹过她芳容的人皆为她流连。是呀，任其他河流再热闹再壮丽，与马蹄河又有何干？她自宜良南方缓缓而来，又向南盘江缓缓而去，隐藏于一条隔绝人世的幽深山谷间，它的温顺穿越了耿家营乡的全境——于这里，鱼鸟欢喜地悠游，草荇自由地生长；于这里，两岸庄稼获得了孕育，乡里居民拥有了靠山。繁华热闹与马蹄河无缘，尘世声嚣与马蹄河无关。马蹄河只顾默默滋润着一方水土，深沉养育着一方黎民。我私心里以为，马蹄河大抵是喜欢这种静谧恬然的幽居生活吧，偶有几位寻常游客闯入，也约莫会惊叹于她的静谧与羞涩，而不忍叨扰。

向晚，天空又淅淅沥沥地热闹起来，我与友人便启程踏上归途。但自顾自流淌的马蹄河依然，河岸上熙熙攘攘的石滩依然，绿得可爱至极的树木灌丛依然，我们一边走，它就一边静静地陪伴着我们走。在作家和诗人的心中，马蹄河如一条处女河，她的少女本色原汁原味、亘古不变，随时以晓晨初妆的美景，静静审视着都市的喧嚣和游人的无知。既然我带不走它的淡泊悠远，那就姑且将这些许的记忆留在原地吧！若是某一天突然起了不舍的念头，就让马蹄河亘古不变的少女本色伴我酣然入梦，在这原汁原味的梦境里，我愿长梦不醒！

隐居罗平

从都市喧闹的市声，嘈杂的人群，拥挤的柏油路，灯红酒绿的歌厅、舞厅、卡拉OK厅，夜总会以及文化味十足的城市象征网中挤出来，背上启程的行囊，告别那段类似小吏差使的为人嫁妆工作，来到了一处山清水秀、人杰地灵孕育诗性神性的净地罗平。这是我从文多年以来梦寐以求的夙愿。

选择隐居罗平，并不是我寂寥心灵一时的冲动或者毫无隐居之地的终级结果；是因为罗平在我花季的印象里留下了一段极其刻骨铭心的一见钟情抑或自作多情的恋情。那个时候我的家在曲靖，离罗平仅隔陆良和师宗两县。上午从曲靖的边缘地带出发，下午阳光还没来得及西偏便抵达了罗平，这种地理因素约束下的距离，乃旅游赏景的最佳去处。高中二年级，我和几位文科班的同学一道骑自行车到罗平玩游，路途中我突发疾病险些丧生，幸好发病之地距罗平县医院只有几百米，才将十六岁的生命挽回，在我住院的那段时光里，给我特别护理的是一位刚从卫校毕业的十八岁少女，她属于那种“清水出芙蓉，天然去雕饰”的秀外慧中的东方女性，口齿伶俐、能关心体贴病人自不必说，而且谈吐文雅，语言极富诗意。在那段极短却又极长的无微不至的护理中，她做出了一位护士越疆池界限的事：帮我换洗床单、脏衣服，有事没事找我聊天逗我开心，甚至在我们独处的时候大胆朗诵莎士比亚的十四行……渐渐地我对她产生了一种奇特的难于启齿的好感，这种好感在现代流行甜语中近乎于“爱情”的那种。可憾的是没几天我的病痊愈了，我不得不暂时离开罗平回归箐箐校园，离开之前，我送了一首题为《无题》的小诗给她，诗是我在头天晚上写的：

“冷静是一种仿古哲学/你的名字便如此/缠绵盘旋的一笔一画/镂刻于我的心间/我一直徘徊在你的芳名里/观望一种哲人的风景/你那悱恻的一平一仄/充满着温馨的曲线/如一条柔曼迂回的巷子/铺陈于我的眼前/沿着明媚幽寂的巷道/我们未泯的童心悄然相聚/一支路标一盏航标灯/景色总那么醉人/如今你的名字/已幻化成路旁婆娑的风声、雨声。”我们闪电般的“奇遇”随着“《无题》”的完结戛然画上了一个休止符。大约过了一个月，我打电话找她，她已调走，毫无音信。

选择隐居罗平，还因为在我人生历史的长河中拜结了一位云南诗坛相当优秀的青年诗人（可以拜师学诗的那种真诗人）——何晓坤。

在罗平隐居，周末或星期天或节假日与身栖闹市完全两样。我孑然一人骑一辆租借的旧自行车环游平如地毯的罗平坝子，在民族的左右下沿着纵横交错的田间小路饱览长盛飞旺的油菜花；或者敲开无遮无拦的布依人群居的空间，从中感悟许多童话世界里没有记载的神奇迷离……在不知不觉的时光流逝中，已隐居了一个月，远方牵念我的文朋诗友们频频打探我隐居的地址，生怕我的声音我的分行文字会在一瞬或一夜之间突然从地球上消失一样。我却告知他（她）们，我在罗平生活得很好；同时告诉他（她）们罗平能诞生神奇，诞生伟大的诗人、作家，诞生蒙太奇式的小说和柏拉图式的恋情。

隐居在罗平，也有浮躁甚至空虚得百无聊赖的时候，但这种浮躁或空虚只在记忆的脑海中停留几秒钟就消失殆尽。不像在芜杂沉闷的大都市那样长达几星期甚至几月的浮躁和空虚。每每这个时候，我便邀约认识不久但却处成知心朋友的文友去品味多依河的“无话不说”的水，喝布依人自己酿制的红、黑米酒；晚上借着稀疏的星光独享布依人的篝火和山谣。兴趣浓了到鲁布革大峡谷去探寻雄性营建的瀑布，琼花玉碎的石壁以及姿态万千的石钟乳。所有这些人为的自然的景观会使自己隐居的生活增添几分绿意几许灵感。

最令我痴迷和愉悦的是罗平的清晨和黄昏。这是我隐居罗平以来所捕获的又一大乐趣。罗平的清晨出现在一片淡淡的朝霞丛中，坝子的屋顶上飘逸着缕缕炊烟，空气流中弥漫了轻如蝉翼的薄雾，满坝满沟满街都是绿色的。好像刚油漆过的绿屋子，一摸就会蹭上满手绿油。柏油路两旁的各色野花也纷纷呈现姹紫嫣红，像排队似的竞相顶着露珠次第开放。在这样宝贵的清风薄雾中，我会情不自禁身揣一支笔、手拿一本稿纸任思绪的波涛肆意飞泻，偶尔也带一本王蒙编著的名家散文精品《真爱》或者《后朦胧诗全集》去放牧粗犷的歌喉。跟华灯初上万家灯火的城市相比，罗平的黄昏则是迈着轻盈的步伐姗姗来临的。整个坝子好像是在太平、繁荣的氛围中沉淀下来，一切都笼罩在祥和的暮霭中，活脱脱晶莹碧透。这样的黄昏，常常使我想起人间的“仙境”。

在罗平隐居，就像隐居在“采菊东篱下，悠然见南山”的陶渊明的诗园中；隐居在潜意识的静寂、淡泊、从容而又充实的肌体中。在这里我品尝到了真实的和睦和满坝子的温馨；在这里，我探寻到了真正哲学领域里的生命意识和乡土文学命题，我苦苦寻觅的理想境界也因此在这里驻足和定格。

遭遇洱海

抵达浩渺的洱海的头天晚上，恰逢猪年与鼠年首尾呼应的日子。不知是出于旧梦即将兑现，还是因历史的不朽文明所激动，在春城至下关的豪华卧铺客车上，脑海里自始至终在构想一种历史的文化氛围和粗犷的涛声，所有虚构的迹象和幻影都守候在冷却的夜空底下。其他同行的朋友都已酣然入睡，唯我还在车厢里辗转反侧，弄出了许多不该弄出的声音，幸好朋友们没有被我弄出的声音惊醒。

不知谁叫了一声“下关到了!”我才从懵懵懂懂中彻底清醒过来，此时下关的天空疏星闪烁，一阵阵冷风直往我的衣服领口、袖口里灌。但冷归冷，我却格外兴奋，心想：这下可完全领略到洱海四周的美景了。

晨曦未出的洱海，呈现在一片静谧朦胧中，像成熟的少女严守自己的贞洁。天刚蒙蒙亮，我们一行 10 人乘坐的“玉洱”号小游轮开始出航。站在船头，整个洱海喜茫茫空阔无边，碧波荡漾的海面因几只星星点点的渔船显示出几许动荡不安，海面笼罩着一层似云若雾的薄纱，将偌大的海面点缀得如梦如画，令人不知南北西东。

置身洱海，一如置身弥满诗情画意的艺术境界中，一种博大的空阔和诱人的意境在海面上频频舞蹈，它们时聚时散，时散时聚，所有能捕捉的都隐约可见都令人心旷神怡，令人浮想联翩。

人随舟动，舟随浪行。人在舟中，心沉海里，一群朋友熟悉的面孔此刻都激动万分，一个个拿出自己最得意的文字进行感叹的组合。轮到我时，无奈灵感被波浪震飞，思维让美景摄去，只得脱口朗诵一首杨奇鲲游洱海时留下的诗：“风里浪花吹又白，雨中岚鼎洗还清。江鸥聚处窗前见，林狖枕上听涛声。”游兴未尽，回首洱海码头数十艘大轮小舟已成一字排开，导游小姐湿润甜美的解说词顺着风的走向直往我们扑来，我们顿觉有丝快感跃入心扉，喜悦之情弥漫了我们的全身，这可能是永不褪色的“金花”造成的感觉。

遭遇洱海，实则遭遇了一次大自然的洗礼。在这场洗礼中，一切历史的、文化的、社会的、地理的和自然的感知都显得那么亲切那么柔软和那么令人神往。

遭遇洱海，就遭遇了一次阳光灿烂的海上观景。在彩云之南，我们其实还有很多无法言尽的心思。

憾游蝴蝶泉

大理和一位美丽迷人的姑娘相差无几，常常令人神往。早在大学期间，便读过郭沫若先生的诗：“跋涉间关万里途，来寻南诏旧时都。苍山含笑迎宾客，洱海飞船壮画图。恍见太和城郭在，如闻天宝血腥屠。古来无恨兴亡事，振臂交冈欲一呼。”后来又陆续看过一些文人抒写大理的美文，觉得大理美得令人愉快，令人陶醉。不是吗？“大理三塔”“南诏德化碑”等名胜古迹和“苍山”“洱海”“蝴蝶泉”“金梭岛”等气势磅礴、气象万千的自然景观，令多少文人墨客为之抒怀。

朋友杨泽文在一篇题为《守望苍山雪》的美文中这样写道：“在大理这片深沉的土地上生活，我们的目光无法拒绝白雪，就像我们的文明无法拒绝历史一样。”这句话使我激动。

一个阳光灿烂的日子，我参加了一个笔会，会址选在大理下关。

从烟波浩渺、美不胜收的洱海陶醉归来的当晚，朋友们没有丝毫的怠倦和困顿，大家聚在一起商量明日如何让蝴蝶泉把我们美倒。

一首清代诗人沙琛的诗将我从沉睡的梦境中催醒。“迷离蝶树千蝴蝶，衔尾如缨拂翠怡。不到蝶泉谁肯信，憧憧蔓盖蝶妆严。”

从大理古城北门出发，半个小时便到了苍山云弄峰下。经过一条古朴幽静的青翠竹林大道，便进了古香古色的石坊，迎面挺立着一块石碑，高3米许，正面右侧是郭沫若先生刚劲有力的三个草书大字“蝴蝶泉”，字的周围依稀长出了一些青苔，在阳光下散发着些许绿光。面对艺术化的大字，久绷的心弦终于得以放松。其实真正的蝴蝶泉还远，需沿着石碑之后的石砌林荫路径直前行，大约两分钟光景，在一片参天古木之下，四周用能工巧匠们雕刻的大理石栏杆包围着的一方清泉，才是真正的蝴蝶泉。寻累的目光终于聚焦在面积仅20余平方米，水深一丈有余的泉边，有丝凉意迎面扑来。

于清澈明净，潺潺流淌的泉溪边洗个脸，猛觉头脑清醒，思维敏捷，灵感一股脑儿直往外涌，大批大批的词汇成队列你追我赶，却不知该对美的造化物——蝴蝶泉说些啥好？

沿着泉边绕个圈，又细又脆的泉水声从天而降，似乎把我们带到世外桃源的仙境之中，带到没有硝烟没有嘈杂的理想境界中。

最令人神往和驻足的是泉中一大理石圆台，那是游人丢掷钱币互赛运气的唯一擂台。目瞪瞪看着缓缓旋落的硬币，常常使人手心渗汗，继而激动万分或者大呼上当。泉水中有棵大树，奇形怪状、枝叶密密麻麻，是摄入镜头的首选物。顺着泉后的圆形门拾阶而上，是望海亭，在亭上俯瞰洱海，海水波平如镜，周围烟树弥漫，散落在苍山与洱海之间的美景数不胜数。

蝴蝶泉畔的小路两边，民族工艺品玲珑剔透，仅各种颜色的“蝴蝶”就足可令人痴迷驻足，流连忘返，更别说其他做工精细的艺术品了。

蝴蝶泉的景色实在很美，但遗憾的是我们笔会的时间不是农历四月十五，要不就可以欣赏到蝴蝶交尾产卵的浪漫情景。

那无数的蝴蝶从四面八方赶来汇聚在这里，可以想象，树荫下、花丛里、草丛中、泉溪边、树干上上下飞舞的各色大小不一的蝴蝶在游戏栖息，蝴蝶泉定将成了色彩斑斓的极乐世界，这奇特罕见的自然之景观，这令人叹为观止的迷人氛围，这营建诗歌大厦的第一意境，却错过了……难道不令人遗憾吗？

走金梭岛

大理洱海四周有诸多著名风景点，常常令旅人陶醉其中。望海楼、观音阁、团山、小普陀即其中几景，最令人痴迷的却是金梭岛。

金梭岛别名海岛，位居洱海东侧，四周环水，临水皆为悬岩峭壁。全长约2公里，总面积74万平方米，系大理洱海三岛、四阁、四洲、五湖中最负盛名的一大岛。岛内翠柏、银桦成林，果树溢香，古寺耸立，是游人停足休憩的一方圣地。

还未踏入神秘金梭的领域，便听到了一个关于金梭岛神奇美妙的传说：相传在远古年间，天仙织女被洱海的秀丽景色和当地人民的淳朴善良所感动，将心爱的织布金梭赠给白族人民编织锦绣，改善生活，后来便化作今天形似织梭的金梭岛。对这一传说，旅人朋友们并没有被其左右。倒是另一传说颇为神奇：南海观音看到洱海东西部白族人民往来不便，便从远处揹来一座大山，决心接通洱海从东至西的道路；当观音揹山到洱海东岸时，闻鸡鸣天欲晓，唯恐泄露天机，只得慌忙卸下揹来的山，这山即为如今的金梭岛。

明代大诗人李元阳游金梭岛后留下这样的诗句："天生翼石似金梭，欲织银苍水中波；一树珊瑚藏海底，清光夜接月中娥"。我们看到后游兴顿时大振。步入美丽剔透的金梭腹地，苍山洱海如巨幅画卷尽收眼底。苍山雪景素裹银妆，玉带结云萦绕山腰，烟云变幻姿态万千；看海中石阶，想望夫女被化为云霓；看蛇骨塔影，怀段赤诚为民斩蛇壮举。夕照三塔倒影，霞映点点白帆，真乃"日丽苍山雪，遥看十九峰。"如斯美景，让金梭囊括。步入金梭腰部，俯首一窥，偌大海面碧波万顷，上下天光，鸥鸟翔集，载雪萦云，湖波澄碧。进入金梭心脏地带，岛中藏一溶洞，适值枯水季节，洞内钟乳石千姿百态，人入其中一如置身龙宫宝殿，乐趣无穷。泛舟海上，看月下海景，浮光闪跃静影沉璧，渔歌对答，宠辱皆忘，犹如置身画图仙境之中。

游兴正酣，忽觉饥肠辘辘，壮汉方孔建议就此品岛上白族风味佳肴，大伙一致叫好。一白族金花将我们领进岛中一家名吃店，主菜为鱼，众人胃口大开，10 人吃了 8 斤重的一条鱼，酸汤、蘸水两味，只十几分钟，便汤饱鱼足，唯剩残羹冷炙堆得满桌狼藉。店中老板见大伙如此食欲，喜得眉开眼笑，金花见我们纳闷的样儿，便将店老板喜笑的秘密诠释给我们，我们恍然大悟。饱餐过后，游兴倍增，我们继续翻山钻洞，搜寻大自然所赋予我们最纯洁的美。

金梭岛的确很美，不仅山美、水美、树美；白族勤劳善良的金花亦很美；美得令游人心醉，美得让文人墨客“语无伦次”，美得让人伤心流泪……

没走金梭岛，不便想象金梭岛是否真的很美；走过了，常常让人想起“天气常如二三月，花枝不断四时春”的诗句。

鲁布革三峡

坐进崭新的沙漠野狼车，沿着一条九曲通幽的柏油路，闪现在眼前的尽是峰丛、山林和绿得发黑的油菜地，令人遐想的十万大山连绵不断，绝壁、峡谷此起彼伏，一路的美景促人心情舒畅、愉悦。

鲁布革电站的两岸，峭壁耸立，险峰突兀，沟涧溪流不断，中寨是一条长4公里，宽80～120米的湖泊，湖水清可见底，湖面波平如镜，泛舟其上，观景游水，别有一番情趣。湖的两岸群峰叠翠，羊洞居于两岸陡壁之上，高深莫测，东岸美女梳妆，睡美人神情逼真，楚楚动人，正前方鲁布革中寨立于高坎之上，似悬水面，有惊无险。挺拔雄健的报时树可谓神树，它能指示季节变化，指点农民耕作收获，往上一段约8公里，宽30～50米，水深250～300米的峡谷，即为三峡，在这里可以分别领略到雄狮峡、滴灵峡、双象峡、飞龙瀑等著名峡谷、瀑布的风姿。

我们乘坐的是一艘刚翻新的大游轮，随着美丽可爱的布依族导游小姐的一声号令，便开始了真正的水上赏景。坐在船头，碧绿碧绿的三峡水泛起层层涟漪，水面上时有渔船优哉游哉地驰过，不时还能聆听到布依青年传来铿锵悦耳的情歌对唱声，令人向往，令人思绪万千。

船驶入第一峡雄狮峡时，正逢烈日当空，该是抢拍镜头的好时辰。正在这时，导游小姐传出了甜润清脆的声音：该峡长约2.5公里，峡名因峡口两岸岩峰上的巨石酷似雄狮镇守峡口而来……抬头仰望，两岸峭壁摩天奇景迭出，令人浮想联翩。其中“村樵待渡”及湖中“玉树火凤凰”有机地组合成一幅完美醉人的山水画，既形象又逼真。绝壁上方群猴夺宝，活灵活现，栩栩如生，龙宫悬笋，妙如画廊，穿越洞中石柱，似龙宫中的定海神针矗立。沿湖心直上，愈进愈深，景象越看越奇；在不知不觉的美景中游曳，船便到了第二峡滴灵峡。

滴灵这个词初识令人难解，听船上的导游解释，系布依语，意思是猴子。滴灵峡较雄狮峡显得短些，只有1.5公里，滴灵峡峡谷幽深，忽宽忽窄，景象千变万化，其中乳象寻母一景惟妙惟肖，峡内火焰赤壁，巍然屹立，汇成一片。两岸则是形态各异，似蜥蜴爬行，像神兔饮水的怪石，有的像石猴、石熊，有的像石羊、石马，姿态迥异，不能一一名状。突兀的岩石呈现出红、白、黄三色的岩画。绿荫如盖的峡壁下面，成对的鸳鸯、野鸭在这里戏水漫游，此情此景，令人精神为之振奋，倦意也随之顿消。随着游船的缓缓前行，映入眼窗的却是两头憨态可掬的“大象”正在酣饮峡水，这大概就是第三峡双象峡峡名的由来。

双象峡系三峡中最长的峡，达4.5公里，一路望去，江岩仙景，美如凿壁之画，万年灵芝悬挂绝壁，形如华盖，两壁大鹏折翼，令人哀叹。悬挂坐佛，面目慈祥和蔼，听导游介绍，坐佛可以确保游人的平安。其实，我们一行数十人已很平安地过了双象峡。

人在船上，景在人上，坠入景中，不禁为大自然精雕细琢的精妙绝伦而啧啧赞叹。赞叹之余，游轮已驶出峡谷，眼前顿觉豁然开朗，云朵下的天空一下子宽阔许多。位于游船正前方的是方皇阁，阁中古榕枝繁叶茂，盘根错节，浓荫蔽日，西侧乃是沙飞龙瀑，高140余米，宽20～60米不等，似银河泻落，如玉带挥洒，轻烟漫舞飘然而下，美得令人头昏眼花，如坠幻境。

长达三个多小时的赏峡观瀑，只觉得时间飞逝得太快，还来不及仔细咀嚼回味，游兴未尽时船却返回到了出发时的地点。

大坡情节

我对峙在沉睡的大自然的颂歌中，马不停蹄地用语言和咒语清醒自己疲惫的翅膀，清醒自己存活在另一种形式里的各式各样的姿态；伫立在我瞳仁范围内的不是旋转舞台上窈窕的舞蹈女郎，亦不是人间酒宴中划拳行令、杯盏交错的喧嚣，更不是陶渊明生花妙笔下没有硝烟没有战火没有殷红血迹的“桃花源”；伫立在我瞳仁范围内的是天然乐园中赤子艺术所刻意负载的那种荒芜、焦灼和寻找归宿、寻找寓所的愁苦衰老的境态。我用青春期日渐膨胀的欲望和心态走进这片愁苦和衰老共存的境地，撞入我怀抱的是满天飞舞着的黄色灰尘，声嘶力竭的牧童的吆喝声和几代人整天围在灶膛转的袅袅炊烟以及牛车马车驰过的群星般冗长而又狭窄的印痕。大地的表层呈现出一派严冬少有的空旷、寂寥和渺无人迹。

我似乎走进了一块播种终极惆怅和终极无奈的意识领域里被长期割离却又统一的空地，空地四周被光秃秃的树桠和稀稀疏疏的土木结构的家园所点缀，高空中偶尔也有一两只老鹰或其他瘦小的雀鸟箭一般地掠过，顷刻之间天空又沉浸在一片无云雾穿行，无鸟类伴奏，无彩虹凌驾的“空中”，空空如也的感觉一如走进一片义冢成群埋葬过几代人尸骨的墓地，有种悲凉和萧条占据了我思维的大部分领域，无法驱走亦无法将其永恒地留住。我感觉大坡的色彩单调得如一张白纸，一张揉皱多年没有上彩的那种白纸。我想借助一段古典音乐的节奏，一幅悬挂多年色泽如始的复杂色彩或一张假面具将我所抵达的这块空地包装成一座古屋一幢欧式别墅或者通过一段流行音乐建构的繁华都市，我会爬上古屋的顶篷或都市最高建筑群的最高楼层寻找回归乡音，多年的地域意识和城市文化嫁接下的自我形象，自我状态。

地域意识下的大坡，在我所经历过的文化氛围的中央，是一片亟待开发和利用的土壤；虽然已经贫瘠多年但其原始的状态仍然完好无损，并不影响文明的诞生和文明的生长与愈合。这种严峻的存在和迫切的利用在大坡人原始的耕作和操纵下，已完全沉默在一种缺乏文化意识和城市包装的传统领域中，难怪大坡上空总是见不到喜悦和歌声编织的有头有尾善始善终的情节。

忙忙碌碌从田间耕作归来的一群又一群村民在稀薄晚霞的映衬下，拖着疲惫的步履背着装有冬天寒冷空气的箩筐和扛着沾满泥浆的锄头、铁铲聚集在大坡的村口，零零星星分散着的烟囱下面低矮的茅舍，好像见到远方的亲人一样，一下子都活跃起来，不一会儿，大坡的上空便弥满了浓浓的烟雾和飞扬着的火星子，一种晚餐前的团圆景象又一次重复开了。

大坡的晚景出奇的静谧，人们躺在静谧的星空下，被漆黑的天空，漆黑的颜色，漆黑的山谷，漆黑的河流，漆黑的动物，漆黑的土地和漆黑的人所包围和左右。他们自然的真实和自然的存在排除了一切虚构和表面因素，他们更接近自然的本真和本真的心灵。

乡愁组章（十篇）

一、巷子简章

人生如梦，一樽还酹江月。在恍恍惚惚懵懵懂懂的梦的樊笼里，岁月的坐标轴上已零零星星刻上二十一道平平仄仄深深浅浅的痕迹……

在孩提的记忆里，那条巷子和年已七旬的父亲同龄。在巷道的身躯里，熔进了父亲古铜色的笑脸和千百层裸在泥中、石中、雨中的老茧。巷子的容颜千疮百孔，却也风平浪静。

眷恋的乡音乡味乡愁一次次叩响我思念的门铃，顺着门铃所指示的方向眺望，我似乎又回到了如诗如画旖旎神奇的家园。

巷子，您黑瘦的身影突兀在只有鸡鸣犬吠婆娑炊烟相伴的村外，孑然一身，独守在傍晚的村旁，连一道划破宁静的流星或一丝潺潺的涧泉都不曾拥有。

光秃秃的树干上只有几枝稀稀疏疏的枝丫在引燃、在点缀那一丝垂死挣扎在风雨雷电中求生的本能；几间错落有致破墙倒壁的在风中摇摇曳曳的旧茅屋不时发出几声凄凄相揉的呻吟；一口四周淤满脏泥污水里面长满青青苔藓的古井，不断凸显一种古老的民俗，一刻自信的豪情，一段宁静的象征，一串豪迈粗犷的脚印……依稀可见的那些虫鸟杂草，时来时往，给巷子注入了几许灵气几分美丽的感动。

日复一日，年复一年，巷子老了瘦了；古井的血液少了枯了；乡音乡韵的味却浓了醇了；阴霾下的阳光日渐火了辣了，我蓄积多年的害怕和担心终于呈现；村庄面临搬迁，巷子被迫消失殆尽。

断线的泪珠簌簌滚落在养我育我多年的巷子里，我怎能不怀念它！

二、误译山庄

在那个迷茫一秋的诺言里，山庄是枚青色的果核，苦涩难堪。

山庄阅尽了村姑愁眉不展的眼神，阅尽了村寨的几度沧桑几许漂泊。山庄伸出了粗壮的大手，举着一面鲜红的大旗，将自己殷红的血液注入到村人干涸的脉管里。

村寨喧闹了，沸腾了。

我始终读不懂，山庄暗藏的深邃心事。

我是山庄脚底下的一株苗苗。

山庄没有激昂的语言，我很困惑，风和雨也很困惑。

山庄消瘦。山庄衰老。

山庄的智慧沉寂了，耗尽了。白发苍苍，面容憔悴；孤苦伶仃地守候着，守候着一个日渐庞杂的家园。泪如倾盆大雨。

我在哭泣中呐喊、自责、忏悔……

最初的幼稚和无知，误译了山庄的伟岸和高大；误译了眼前这位神采矍铄的耕耘者。

悠悠地，沉沉地，向前攀，向前登。

山庄迸射出很弱很弱的声音，仿佛在偷偷呻吟。村寨有人声鼎沸。

三、落叶片断

乡下，大自然迎春之后允诺的第一件事，便是洗春。缠缠绵绵淋了半个月的雨，将红土地涤得渐见新衣，将群山原野洗得苍翠蓊郁，将树木、涧草淋得生机盎然，而后便把一个整洁明丽的春呈现于万物生灵面前。

然而，你是否注意，当这场洗礼过后，当屋檐上还有最后几滴春水降落时，在树的下面已积满了厚厚的落叶。去年的严冬，它们抗拒着瑟瑟寒风，刺骨霜雪，苦苦依恋的枝头，终于闻到了春天的一缕缕芳香，然而自然的主宰在它们欣喜之余，却挥起了生命的利剑，使它们无可奈何地在和煦的春风里飘零。

在匆忙中，拾起几片春日筛下的落叶，生命的绿汁多已消退，没有秋叶的瑰丽斑斓，其上是大片大片的枯黄和憔悴不堪，仿佛载满一段悲壮一段慷慨激昂的历史，然而在去年的那个春天，它们曾经潇洒过，歌唱过，浪漫过。

我把落叶撑在涔汗的掌心轻抚、拍打，又轻轻地送回原位，保持着它们刚簌落时的姿态。落叶也是有心的，在它们的心里，都有一个自己憧憬的位置。

在树下，抬头凝望，新的生命载着崭新的绿意已在枝头诞生，虽然还嫩嫩的，纤纤的，然而它们的脉管里，流动的是无限汹涌澎湃的生机。落叶镶在地上，新叶缀在枝头，互相凝望，它们共同哺育了春的芬芳。

当新叶在枝头辉煌出春天，那昔日的落叶已悄然隐退，它们的灵魂到了地下，在潮湿的泥土里，在深邃的地层下面排队等候……

四、思念那口古井

孩提时的一串串童话，是爸爸眯起的胡子吻；孩提时的梦想，陨落在妈妈弯曲的皱纹里。

如今，胡子和皱纹已离我远去了，安详地跟着夕阳走远了，留下令家人日夜守望的仅是爸妈唯一的遗产——门前那口老态龙钟的古井……

古井的故事，我记不清了。或许是一段模糊的传闻吧！反正我的记忆只能背出阿爸依稀发出的鼾声和阿妈弯成桥的身影，别的，唯有去问那口古井。

古井不深，跟傍晚阿爸的身影差不多。

古井不大，仅能容下爸妈微笑时绽露的笑脸。

古井离家不远，吊桶打水的声音在被窝里清脆可闻。

如今，我成了断线的风筝，只好将理想、信念、人生寄存于绿莹莹水灵灵的江南。离古井非常遥远，可我沾霜的心境却仍留于古井里，每天替九泉之下的双亲点烟穿线；我的心和井水的心情一样，紧紧牵连在潮湿下父母的亡灵上，在夜间还能聆听两代人惊心动魄的思念。

时光如流水，无情逝去。古井历尽沧桑，步履渐渐蹒跚，距太阳很近，但还容不下一张思念的笑脸。但爸妈的身影，却日渐清晰，日渐透明。吊桶打水，爸妈的身影依稀可见……

我长大了。思念之泪如滂沱大雨，吊桶满了。

一桶热气腾腾爱的泪水……

五、夤夜断简

（一）

春城。东风东路的腰部，翌日的时针与分针成高密度集合。

一辆晚归的自行车，凸现于昏睡的路灯底部，呼吸和冰凉的城市意境正交错着拉纤。

夜路，寂寥如沙漠。灯光敲打着路边沉默的建筑群和谢叶的梧桐树。孤独的车影和人影忽长忽短……我成为夤夜的主人。

一串女中音从车后追来，音色中掺杂些许激动和兴奋。我一如既往。车轮和目光直逼前方一间低矮的小屋，而车后仍有女中音连续不断。

是你，刚入花季之龄，便在今夜的星空下，朝我绽放。

夤夜下的你，大胆、娴熟，语言却偏简。夜的成分占据了我们无话的大半个空间。你的双眸盯着夜间的星星，夜的语言盯着我膨胀的瞳孔，相互对峙在彼此的喘息声中，宁静包围了兴奋。

对峙的时辰不长也不短，握别是必然。

握别是重逢的另一种触觉，催化剂般让友情在一瞬之间生长成永恒。

（二）

梦回唐朝。旋转的摇滚音乐淋漓尽致地向舞厅周围的静物蔓延。

曾经阵痛过和挣扎过的梦想在天空和太阳之间穿行。曾经渴盼已久的期待在几位披头散发的跳动的音符中定格。

如痴如醉如迷如狂的摇滚观众，呆滞的瞳孔经过目击音乐与歌声的积淀，蠢蠢欲动。

透过音乐，透过舞台灯光的宣泄，在灵魂奔腾的彼岸，一群又一群歌迷踩着虚构的背景，却背叛了自己精心营建的坚忍不拔。

穿过音乐，穿过繁星高悬的夤夜，穿过心灵撒野的天空和扭曲的真实，再度膨胀的欲望和疲惫的时光已失去本真，唯有精神的骸体和流动的血液在加速循环。

从摇滚的绝响中醒来，一切归于沉寂。夜又被裹进温馨的家园。

还是在夤夜，静到终极的夤夜。醒着的只有你、灯光和微笑的画面。

灯光下有金属滑过纸张的声音。这声音在暗夜里格外清脆，它是唯一能发出召唤的使者。

玫瑰色的灯光依旧传播着静谧和温馨，画面上微笑的艺术依旧博大精深、楚楚诱人。

这是夤夜后的夤夜，在一间玫瑰色的小屋里，所有的构思和设想都在飞翔。

六、乡村简章

（一）

乡村，一幅抚慰家园的水彩画。画中的村妇，端着满簸箕的希望，颤悠颤悠，向陋室前行，脚边追随着一条玲珑的小狗，那舔鼻子摇尾巴的神态，像是为主人分担喜悦。画之脚，零星点缀一村错落有致的土屋及弯弯曲曲的农家炊烟。

好一幅乡村诗画板。

（二）

老树枯藤上攀附的蝉儿，娇脆清澈，无疑给热闹的乡村注入了几分融洽的气氛。村边涵洞里彻夜流淌的汩汩声，委婉曲折，如歌如泣，把洞上村人们散步的思绪拧成一条细长古老的绳子，仿佛农田里庄稼的生命全依附于这汩汩声。致使散步的村人将纯熟的话题岔到田间，岔到乡村的核心上，岔到村人神圣的岗位上。

（三）

乡村的空气，忽浓忽淡，忽阴忽晴，前后左右和炊烟进行周旋。它虚怀若谷，能盛装太阳月亮和星星的光辉。

其实乡村也会诞生害羞，一如少女刚涉入异性的天地，脸上立刻显示绯红，每当乡村有大红金匾或鲜红奖状时，它就满脸羞红，如一个熟透的苹果。

（四）

乡村，一块孕育诗歌的源泉地。金凤凰在你掌心，左顾右盼，依恋不舍地起飞。诗人在你脑际，意如喷泉，淹没了一大片一大片的版图。

乡村，辉煌乡愁与丰收的百草园。

乡村，一方怒放异彩的黄金屋。

七、彩色故园

龙潭河

亘古的风景，亘古的画面，亘古的存活方式。

南北走向，流淌一个个动人的彩色故事，响亮一代代庄稼汉的印痕。

长百余公里，宽几米、几十米不等，高短胖瘦，众说纷纭；自古至今，曾在弯曲中伸直过几次。它的发展态势，朴素而简单，美丽又冗长。

它是一条母性的河流，温顺中偶尔也会怒气冲天，把堤岸挤垮；泛滥成灾后，它自我检讨的方式异常独特：垂头丧气，默默地不断自省。

它滋润着中下游数万顷良田，浇培着几代人的希望。

白天，它和追赶阳光的人们一起耕作；夜里，它枕着平平仄仄的鹅卵石甜然入梦。

涸水季节，它勤俭节约，每时每刻都在为自己增肥；丰水季节，它日夜奔息，大胆减肥，以消除两岸庄稼的后顾之忧。

逢年过节，它清澈见底，任凭人们在它身上玩耍嬉戏且毫无怨言。

这是一条几代人赖以生存的母亲河，万顷良田的希望之河。

两岸人民因它平凡而平凡，因它伟大而伟大，因它历史悠久而历史悠久……

石头山

翻过一片绿荫地，历史的足迹在这里沉淀。

石头山，演绎着一个村庄的变迁。拔地而起，是它骄人的坐姿；雄奇险峻，是它迷人的资本；形状各异，是它不变的长相；价值连城，是人们对它公正的估价。

石头山，全身上下都是宝。东面，农民用它加工农家肥；北面，它和建筑材料中的水泥一样抢手；西南两侧，它品质优良，是盖建混凝土工程的最佳基石。周围居民亲切地称它石宝山。

石宝山，随着历史的变迁，如今，已赤身裸体于一片葱茏的中央，小孩在它身上玩耍，情侣在它身边聊天。

石头山和龙潭河的命运一样，已成为历史的证人。

茨营坝

记忆中的茨营坝，充满野性，充满内心翻腾的阵阵痛感。

晨曦渐近，茨营坝酣醉于露珠林中，如一幅恬静的山水画，弥满诗意的灵空。旭日东升，它渐渐苏醒，撕开升腾的浓雾，其活泼可爱劲，有点像安徒生童话中的某些篇章，令人神往，令人遐想。烈日当空，龙潭河从它胸部潺潺流过，它顶着骄阳，在高温的洗礼中鏖战激情，同庄稼人一样，做铿锵的搏击。夕阳西下，晚归的锄荷声通过它的腹部直抵家园的心脏，劳累一天的人群在它宽阔的怀抱中，谋求饥饿的蜕变。夤夜降临，茨营坝卸下一身的披篷，像呵护婴儿一样精心呵护着家园的希望，呵护着生灵入梦的情境。

茨营坝，伟大而平凡的母亲坝。

它的每一块肌肤，都跳跃成一段历史的缩影；它的每一次呼吸，都孕育着无数生灵的存活或者消亡；它仓库一样的身躯将偌大一个家园包裹得严严实实，家园躺在它的脉搏中生息，安全无比；人畜生存在它的手掌中，温馨无比。

它是灵魂的化身，是命运的守护神，是家园赖以繁衍的一条巨龙。

八、思念母校

和昔日欢歌笑语的象牙塔生活道声拜拜之后，逝去的片片绿融融水灵灵的风景，便如在梦中，姿态如初，笑容如初。

在春城梦的樊笼里，在社会舞台的跳板上，在车棚驿站里，思念的情怀如晨露，湿了一遍又一遍。

思念之情如浪涛涌动跌宕起伏，迂回曲折。往日清静幽雅的林荫小道，静寂如野的图书馆，放牧喜怒哀乐的百味书斋，琴心剑胆抚腮沉思的教室……如今，和着旧梦走远了，缠绵悱恻、悄无声息地走远了。

静困寒斋，朦胧如诗的台灯，时明时昏。流逝的记忆再度撕拆漂泊的梦，撕拆梦一样的日历。心潮澎湃。离弦之箭无缰无绳，驰骋回梦中校园……

江南母校的清风轻轻拂来，脸庞像怒放在池中的花。“羁鸟恋旧林，池鱼思故渊”的诗句无休无止地折腾我、抽打我单薄的心。

江南母校的风远了，轻了；江南母校的梦早已失真。

江南母校枯黄的马路意境，让秋去冬临的气湿碰撞得摇摇晃晃。枕边、路边青春的气息已不复再生。林荫小道上似乎缺了一片风景，缺了一片暖暖的阳光，缺了……

母校如歌，母校如潮，母校如离我远去的美丽恋人……

思念母校，亘古不变。

九、桥

爸爸的脊背，如村边的那座低矮倾斜的拱桥，鞋子置于桥的东边，胡子长在西边。

清风中，爸爸扛一把模糊的甲骨文中的铁锄，口叼锈漆的烟斗，在紫曦还未出浴时，就开始雕刻自己的画板。脚印一串一叠，沿着清冷跨向摇曳的田间。

远处，零星能偷听村中传来的几声鸡鸣。

天空如少女的脸，净洁无瑕。

太阳缀在头顶，田间的身影浓缩成一点，汗水栽种的庄稼，在热风席卷下长势正旺。

天宇下，墨绿色的田间，嵌上了一道淋漓尽致的彩虹。爸爸头顶骄阳，挥汗如雨。

阿爸的身影日渐长长长细，最初的弧线在扩展，在绵延……沿着无边无际水田的尽头。

太阳收工夜宿了，田间仍晃摇着一个依稀可辨的身影，爸的铁锄却扔出一串叹息：太阳不是人！……

村庄弥漫着一阵阵喧闹，孩子们借万家灯火捉迷藏。

饭菜冰冷，阿妈倚在饭桌边，喃喃梦呓。

十、天空或稻草人

（一）

从北方霜草皑皑的边缘地带，徒步迁到南方某个村寨的狭罅入口处。头顶的天空一直空着，空空荡荡，找不到语言和文字的迹象。

我沿着一条没有开垦过的意向之路，搜寻雀鸟的声音和时光脱落的羽毛，一排形容词从我睫毛的上方掠过。蓝天和白云如巫婆般凸现。

我的布鞋沾满了厚重的尘埃，尘埃浮起又坠下，继而像风筝一样飘去。风是冲着我的眼镜来的。眼镜在乡下十分惹眼，一副近视眼镜足可构成新闻。眼镜在黑白之间跳跃和闪动，天空呈现动词和名词，定语、状语和补语已显得举足轻重。

人们只会在天空下发呆，在电视屏幕前惊喜。古老的文明和标准的知识分子，只在黄昏的阴影和忙碌的炊烟里，忽闪几下便消失殆尽。当村寨从酣睡中复苏，昨天已遗忘在泛绿的田间。

（二）

站在云朵下的高原上，站在名词和动词的中间，我认知了的稻田和秧苗。

小学语文课本上，黑白相叠的页码间，句子和标点的末尾，天空和大地的腹部，一直空着、空着、空着……一幅粗糙的素描横亘于空着的中间，语文老师用教鞭指着空旷的教室，放牧恨铁不成钢，才知巴掌大的那块原是稻田和秧苗。

（三）

水稻种植在南方的气候里。我开始不大相信，一如不相信空着的天空和忙碌的天空。

忙碌的天空属于雀鸟和乌云；

空着的天空属于蓝色和黑色。

南方和北方属于建筑、庄稼、畜牧和人群。车辆和声音悬在空中，秧苗突兀于水土间。水土使南方趋近饱和，只是温度分配不公而已。

（四）

我沉默在空地的心脏，所有的心思浸在一碧绿意之中。我感到大地的脉搏在加剧。

我想捕捉一束阳光暖暖身子。阳光离我很远，在碧绿里游动，我的思维和瞳孔跟着游动。

发紫的双手伸向长度的极致，阳光，瞬间翻脸躲进云层。惘然和失落包裹着我的呼吸，所有存活的生灵面临吞噬，有股原汁原味的稻香扑鼻而来，一群美丽的天使，穿过阳光的缝隙，扑棱、扑棱、扑棱……敏捷的样子使我想起光速。

一只饥饿的稻雀，箭一般消失在绿意的核心。天空仍被云层托着，乌云大面积受伤，肌体撕扯着阳光的翅膀，村寨的面部已经发黄。

绿意的中央，立着一具黑影，像人影，风一拂，摇里晃荡。黑影戴着一顶大草帽，双手成直线，身穿没有体温的衣服，心腔让一根笔直的竹竿撑着，活脱脱一具僵尸。

我终于逃避阳光的追捕和风的偷袭。包围我的是移动的尘埃和绿色的馨香，一片祥和的预兆入侵我的大脑。我的脚趾长满了茸毛，绿意栖落在茸毛上。

（五）

偌大一片稻田，稻粒裸露着胸膛，一群麻雀覆盖在稻穗上面，起起伏伏的稻浪很是动人。

没有过往的行人和偷听的空气流，一具稻草人伫立稻田的中部，手中攥紧一根打雀棍，一动不动，沉默得近乎无言。

我想与它对话，却想不出合适的交谈方式。

头上的天空仍在空着，大脑也空荡如野。

（六）

耳畔响过风的呐喊，奇迹在稻田中闪现，扑棱棱，稻草人咆哮起来，开始它神圣的使命。

我看着这群贪得无厌的雀鸟，肆无忌惮蚕食即将收获的生命，便捡起一块干泥，完成一个手势。一阵逃命声从田间发出，在我头顶的天空下面，生产一串刺耳的动词。

乌云睁开双眼，阳光又跌进稻田，天空半开半闭半闲半忙着。我想穿着靴和袜子泊近这绿意，不知何时稻草人转过身，打雀棍滑进稻田，振落稻粒“簌簌”的跳水声……

种子提前播下，天空黑得狰狞。风摇着旗，乌云没命地逃散又聚集，聚集又逃散……稻草人歪了几下，闪电滚过头顶，稻田里飞出一具“尸体”，撞在路旁的石墩上，碎成遍地眼睛……

竹竿仍立在稻田的中央，死守一田残缺的绿营，天空饱满得超过极限。

第二章 卷首撷音

锻造欣慰

在1999年十月这个属于收获季节的深秋，我捧得四年一届的第六届全国少数民族文学骏马奖这一国家级文学大奖的时候，我在备感欣慰和喜悦的同时，也清楚地感悟到文学创作的酸涩和凄苦。

我懵懵懂懂走上文学之路是在10年前，在象牙塔求知的岁月里。当时文学正处于空前繁荣后的降温阶段。专攻分析化学及公共关系的我在费近三分之一的时间去为文学打擦边球。在那段岁月里，创办文学社和编辑文学内刊是令莘莘学子刮目相看的一种举措。我也加入这股挡也挡不住的潮流之中，于是乎，在理工科院校，由我发起并创办了一家文学社并主编了一份名曰《冶苑》的文学季刊。因办文学刊物，一种写作的冲动使我没有了周末，没有了闲暇时间，教室、图书馆成了我写作的最佳空间。最初对诗歌的神圣转而幻化成我笔耕的欲望目标，一天几首诗在当时成了我每天的必修课，但许多仅为分行文字的构建和文字游戏的戏弄而已，并没有打动自我的心跳之作。一发不可收拾的写作动力使我消耗了许多黄金时间，也使我从中觅到许多的失落和欣慰。大学时光的急促和短暂并没有消减我对文学创作的冲动之举。

工作之后，文学被市场经济冲得低迷而又无可奈何。尽管许多的作家朋友、诗人朋友纷纷下海淘金，但这并没有挫伤我对文学的专一和专心。工作之余，我将自己关在一间破烂不堪的小屋里一边博览古今中外的文学名著，一边发愤写作。我的创作体裁逐渐由单一向多元化过渡，最初的诗歌、散文诗使我执迷不悟了六年时间，后来的小说、文学评论、随笔、散文一时间成了我主攻的最得心应手的体裁。特别是在1992年之后，《诗刊》《民族文学》《西北军事文学》等颇具权威和影响的刊物是我投稿的主要对象，也是发表作品最多的刊物。继而《边疆文学》《滇池》《散文诗》《凉山文学》《春城晚报》等报刊也频频刊发了我的各种体裁的习作。这使我感到由衷的愉悦和欣慰，同时许多挑灯夜战后的习作的石沉大海和杳无音信也使自己变得异常平静和沉稳。毕竟写出的并非都合编辑所意，投稿落选的并非我一人。想一想，只问耕耘，不问收获才能创作更好的作品。

作为彩云之南的一位少数民族作家，在十来年的笔耕路上，我深深体验到从事文学创作的清贫和甘苦。正如我在获奖之后被诸多主流媒体记者采访时的心情一样，既平静又不平静。平静的是自己为文学的付出终于得到了些许回报；不平静的是自己近几年对文学的松懈和怠慢，导致失去了许多已构思好的文学选题而最终还是一片空白。

十年弹指一挥间，但寂寞、孤独、清贫和许多的失落都与自己所选择的文学创作有最直接的关系。此感大多文人都有，谁也改变不了。忆往昔，在邻居或朋友或亲人酣然入睡的时候，自己却面对昏暗的灯光书写着文字，冥想着每一个词句、每一个段落、每一篇文章。此情此景，只有自己知道。

寂寞也罢、孤独也罢，清贫也罢、失落也罢。所有这些挥之不去的曾经之史和即将来临的春风拂面，已使自己在岁月的洗涤中变得对文学更加的痴迷和钟情。纵然文学的春天已悄然走远，但春天的文学必将有其旺盛的生命力，因为文学还活着，作家、诗人们还活着，不朽的，唯有艺术，唯有艺术中的文学。

钟爱了文学，锻造出了欣慰，一切的清贫都将随风而逝，一切的不悦都将消失殆尽。

诗情的失落

一年以前，本人曾在自己的拙著《情感地带》（诗选集，1998年北京燕山出版社出版，1999年荣获1996—1999年度第六届全国少数民族文学骏马奖）的后记《游离中浮出》中写过如下话语："向来以写民族体裁反映民族灵魂而著称中国诗坛的云南诗人，自诗歌的声音进入了二十世纪90年代以来，随着现代汉诗这种为人类智慧、民族情感所鼓与呼的作品的深入发展，云南诗坛具有震撼性的诗歌作品可谓寥寥无几。大致因为：一是彩云之南的诗人们缺乏历史的大忧患意识，其心路历程没有大痛苦、大魂魄，因此导致其诗路的狭隘和空间的闭塞；二是诗人们自身哲学底蕴不足，面对大时代的大裂变，没有足够洞察力，思想意识淡薄；三是固有地域意识下的陈腐观念太重，在熟悉了的环境下无法酝酿宽阔的视野，导致才力的匮乏、功底的不足和范围的褊狭；从而也导致了滇军的沉默和滇诗坛所要面对的尴尬境态。"

诚然，以上话语曾是本人淡出诗坛时所捕捉到的关于云南诗歌创作历程中的些许缺憾和些许陷阱。此话语虽不能完完全全一语中的，但也折射出云南诗歌创作者们的现在心境和穷途至极。

不仅如此，在沿着时光隧道探寻云南诗歌现状的今天，诗人们在充分沐浴物质生活高尚化和精神生活空虚化的过程中，其远大的理想和充沛的激情已渐渐被磨损得破烂不堪，一种从未有过的对诗情的抒写和把握已在不知不觉中跌入失落的深渊、跌入窘境的边缘。这种失落和窘境一则体现在我们的诗人对所栖居的这个社会、这座城市、这个人生的家园缺乏血透纸背似的领悟，无法全身心渗透到这些领域的各个最能触发写作欲望和写作激情的闪光点中。二则我们的诗人面对诗坛的萎靡却不能以主人的身份进行诗意的呐喊和“狂妄”的创作，进而向萎靡的诗坛注入激活的因子，以吸引和“诱惑”更大范围的文化读者来“消费”诗歌，来分享诗坚硬的快感和诗所能辐射出的那种迷人的磁性。相反，我们的诗人似乎采取了同一种极其低调的冷处理方式，或视而不见将自我封锁在孤芳自赏的氛围中进入个人主义的创作境界，从而彻底脱离诗人群体；或因高额稿酬的引诱转行改写快餐式的文字游戏稿而将昔日神圣的诗歌创作倾向由专业化的执著走向业余化的漠然；或沉浸在金钱游戏的井底追求权力和美色的兼得而逃离诗歌创作的欣慰和愉悦。三则我们的诗人异常地在一条胡同里穿梭而无法涉猎多条胡同里的那种深厚文化底蕴的积淀和各种轮廓下多姿多彩的多种文化营养的进补，进而将胡同这一极具城市或乡村特征的文化升华成另一种历史文化、人文文化、民俗文化。实则体现了我们的诗人对自己脚下的这片土地对自己朝夕相伴的这座城市对自己土生土长的这个村寨这个民族缺乏潜意识的分析和解剖，从而使自己的诗歌创作陷入贫乏和单薄的桎梏之中而无法诞生具有宏伟意义的诗歌作品，这确实有些令人不悦。

我们的诗人日复一日地在变换着各自的生活方式，而各自从生活中得到的诗歌片段理应不同，但往往在呈献给读者时却又几乎雷同，个中原因与不同诗人对生活最细微的接触和体验方式有关。大凡能投入地生活的诗人，生活往往会赋予他（她）最直接也最真切的灵性，这种灵性投射到诗歌中，便能产生诗韵产生诗性，很大程度上也会让更多的诗读者、诗评者攒射出共鸣的火花。具有这种光芒的诗作在云南诗人目前见诸媒体的作品中实在少得可怜，这也从另一个侧面映射出云南诗坛的二流水准离中国诗坛确实存在着较大的差距。而要缩小这种残酷得近乎令云南诗人窒息的差距，至少在目前几年内是无力回天的！

龙人精神

《周易·乾》："九五，飞龙在天，利见大人。"大诗人陆游说："飞龙在天，方仰君临之德；流虹绕渚，宝开圣作之祥。"中国人常以龙的传人为豪，因为龙是所有中国人最重要的精神图腾，所有的炎黄子孙、华夏儿女，都领受过龙的福祉，都可称为龙的传人。虽然龙只是一种内涵丰富的文化符号，只是中华民族的一个象征，只是炎黄子孙的一个图章，只是华夏儿女的一个徽记，但作为龙的传人就应该秉承飞龙的那种"潜龙勿用、见龙在田、飞龙在天、亢龙有悔"特性，焕发飞龙的那种"团结凝聚、造福人类、奋发开拓、与天和谐"精神，方可弘扬纵横江天浩然宇内的民族大气。这种龙人精神，大到一个国家、一个民族、一个地区，小到一个单位、一个家庭、一个人，均应该大力提倡并始终传承。当然，土生土长的时代名流传媒人也不例外。

为了感谢多年以来大力支持和帮助过时代名流传媒人的各界精英和名流们，作为一个在西南边陲成长起来的龙人，我在辛卯兔年的最后一天向跨入壬辰龙年的所有我认识的和认识我的龙人们虔诚拜年："开张喜迎天岸马，奇逸路上人中龙；风光无限最云南，大山精神定乾坤；时代名流奏凯歌，高原情怀常彰显；G智生活吹劲风，龙腾虎跃闹新春；时代论坛话两强，科学发展为龙人；时代财富引蓝海，龙年吉祥表衷肠；时代名流网天下，华夏儿女抖精神；财源广进喜迎春，阖家欢乐万事兴；你好她好样样好，欢歌笑语过大年。"没想到我寥寥几句心里话，竟然赢得800多位华夏龙人的赞誉。

虽然时代名流传媒人仅为云南4600多万龙人里可以忽略不计的那一

小部分，但时代名流传媒人从未像今天这样抖擞精神过。因为时代名流传媒人深知：在吉祥龙年有龙人精神的感召，有飞龙在天的庇护，时代名流传媒人唯有拉高标杆、明确定位、找准差距、奋力赶超，才能实现在云南同类纸质媒体中的领先地位；唯有振奋精神、力争上游，弘扬不畏强手的胆气、直面竞争的锐气、勇创一流的豪气，敢与强的比、敢向高的攀、敢同勇的争、敢跟快的赛，才能走在西部同类纸媒的前列；唯有咬定青山不放松，不达目标不罢休，不获全胜不收兵，才能立足云南，面向中国，抵达世界；唯有化危为机、危中寻机、危中握机并克服唉声叹气、怨天尤人的悲观情绪，纠正等待观望、无所作为的消极思想，摒弃见矛盾就推、见困难就躲、见事多就跑的不良习气，知难勇进、迎难而上、一往无前，才能抵达辉煌的彼岸；唯有凝聚心力、集聚智力、汇聚才力并注入强大活力和不竭动力，才能快速实现集团化发展目标；唯有视信心为责任，视责任为使命，视使命为生命，用高尚的人格增进团结，用坚强的诚信保证团结，用共同的事业维护团结，才能朝着跨越发展的方向挺进；唯有各司其职，精诚团结，紧密协作并做到合心、合拍、合力，做到虚心、同心、全心，做到踏实、务实、诚实，做到想事、干事、成事，且决不在互相抱怨中消磨斗志，决不在无谓争论中坐失良机，决不在推诿扯皮中贻误事业，才能将各项事业的宏图继续大展；唯有充分激发和调动团队的积极性和主动性，把团队的智慧和力量凝聚到跨越发展的核心目标上来，把团队的热情和活力投入到具体工作中去，才能加快实现规模化发展的新目标；唯有大力提倡敢于吃苦、勇于吃苦、乐于吃苦的“孺子牛”精神，大力实行在第一时间、第一现场用第一速度完成第一质量工作的加速度精神并始终践行将相互欣赏、相互塑造，共同搭台、一起唱戏的团队凝聚力精神贯穿于日常工作的始终，才能演绎出作为传媒人最华美、最铿锵、最激越、最为璀璨的奋斗乐章。这就是时代名流传媒人龙年的精神坐标、龙年的奋斗标杆、龙年的人心所向、龙年的终极愿景。

是龙的传人，就一定要有龙人的精神，龙人的骨气，龙人的胆识。只要普天下的龙人拥有十面埋伏的雄心、破釜沉舟的决心、完璧归赵的忠心、卧薪尝胆的苦心、愚公移山的信心、精卫填海的恒心、程门立雪的虚心，在壬辰年就一定能大展宏图；作为拥有大山精神、高原情怀的云岭儿女，就一定能为建设开放富裕文明幸福新云南做出新的更大贡献。

游离中浮出

诗人和作家的职责就在于写出人类的不朽。

——（美）福克纳

当二十世纪的钟声即将成为历史、成为声音的终结者时，我们所存活的这个巨大的精神家园已开始呈现出其固有的浮躁不安。作为精神至尊的诗歌，作为这个世纪思想和精神面貌代言人的诗歌，已很难传达出我们这个特定时代特定价值取向下的特定精神和特定声音。一些游戏化特征的诗歌写作触目惊心地充斥着诗坛，冲击着严肃报刊的每一个空白地带，这些流于圆滑、对存活漠不关心，仅囿于刻画描状内心地域，平淡无奇和无病呻吟的症状令精神意义上的诗读者们作呕；但这种症候已在神圣诗坛的各个角落肆无忌惮地流行着，且其生命力之旺盛令人惊悸，这些缺乏厚重和坚实的伪诗的普遍存在，某种意义上说明了目前诗坛的巨大“繁荣”和巨大“昌盛”，这正是中国诗坛目前需要打假的一项实质性、针对性很强的工程。只有诗坛净化了、醇化了，诗歌才能找回二十世纪 80 年代初那种巨大的生命力，那种恢弘高扬的精神内涵。我期待新世纪初期诗歌声音的复出和再生。

A

写诗时间长了，所写的诗歌频频在中坚文学报刊见铅得多了，且持续了数年甚至十多年或数十年，而后加入了官方的某些权威性很强的诗歌组织之后，加之又出版诗歌专著，那么在你的诗作与读者、编者、评者之间频频进行见面的过程中，你便会被冠以“诗人”这个神圣的称呼，也许你就自觉不自觉地入流了中国文坛。

在《现代汉语词典》中，“诗”解释为：“文学体裁的一种，通过有节奏、韵律的语言集中地反映生活、抒发情感。”“诗人”则诠释为“写诗的作家”。

按此理解，被称为诗人的诗歌写作者，首先是当了作家，而后才能被称为诗人。在泱泱中国这个世界上人口最多的大国里，能被各种组织、协会、评论家、批评家或者读者、编者称为诗人的人，以万或者十万为单位计算，都不为多，其队伍之庞大超过了某些岛国或某些小国的总人口数。

对于我这位出生于彩云南现之东的珠江源畔的诗歌守望者而言，写诗多年却愧对了诗坛。倒不是自己写不出自认为能“惊世”的习作，而是我们这个时代的精神生活已经濒临精神匮乏的边缘，物质的享受已把精神的诗歌家园挤得落脚之地都待商量商量、考虑考虑，哪有令诗歌长期栖息的寓所。纵然有了，也只能在精神的家园里长期漂泊，无法实现长久或不朽的定居。在中国诗坛所进行的无数次各种样式的调查中，诗歌的待遇已江河日下，诗人们也已江郎才尽，纷纷转型投入到其他的创作领域中，这多少有些令人潸然泪下。诗歌的命运令诗人不堪回首、不堪勇往直前，不敢正视精神下的精神现实，不敢操起文学的武器继续自始至终诗意地战斗、诗意地面对存活。

纵观中国诗坛，许多不同时代不同风格的诗歌大师们的时代境遇令后人瞠目结舌，有的被迫投江自尽，有的无奈卧轨自裁，有的跳楼自戕，有的自食其果，有的自赎自刎，有的原始性自缢……其结果都一样，但就其原因都十分迥异。这些事件可以说贯穿中国诗歌史的全部，在中国诗歌大厦尚未呈现全貌的过程中，是令诗人、诗评家、诗爱者、诗读者、诗编者们伤心伤神伤筋的诗歌大事件，也是中国诗坛难以大范围和世界诗坛接轨的直接原因之一，更是中国诗人百年难于问鼎诺贝尔文学奖的后继少巨人的一个主要因素。这是二十世纪中国文坛的悲哀，更是瑞典皇家学院的巨大损失和巨大不幸。痛定思痛，痛何如哉!?

面对我及我的文朋诗友们所赖以栖居的云南诗坛，向来以写民族题材反映民族灵魂而著称中国诗坛的诗人群们，自诗歌的声音进入了二十世纪90年代以来，随着现代汉诗这种为人类智慧、民族情感所鼓与呼的作品的深入发展，云南诗坛飘忽不定，具有震撼性的诗歌作品可谓寥寥无几。直面这种尴尬境态，大致因为：一是彩云之南的诗人群们缺乏历史的大忧患意识，其心路历程没有大痛苦、大魂魄，因此导致其诗路的狭隘和空间的闭塞；二是诗人群们自身哲学底蕴不足，面对大时代的大裂变，没有洞察力，思想意识淡薄；三是固有地域意识下的陈腐观念太重，在熟悉了的环境限制下无法酝酿宽阔的视野，导致才力的匮乏、功底的不足和范围的褊狭，从而也导致了滇军的沉默和滇诗坛难以和其他兄弟省份的诗坛阵容相抗衡。要从根本上改变过去这种不利局面，诞生出一批大师级的诗人和大师作品，这是一条极其艰辛和极其漫长的道路，从一个至关重要的侧面反射出，我们的诗人群们是否该强制自己加强对诗人的学者化、人格化和民族宗教式的人文情怀的构建和新建设；此外，也强烈要求我们的诗歌守夜者们注视咱们的诗歌群体，让他们源于生活源于精神的诗歌能得于在各国媒体放射出其固有的光芒，使精神永存，使灵魂不朽，使光芒四射。

这是一项长期的持之以恒的宏伟诗歌再建设工程。我衷心期望这项工程破土动工时那个振奋人心的消息的早日到来！

B

在我所主攻的各种文学体裁中，诗歌是我最早萌发写作欲望的一种文体，到如今断断续续写了数年，在省级及省级以上报刊刊发了拙作近200首。其中大多数是大学期间及大学毕业后两三年的习作。1995年，我的主攻方向倾斜到了文学评论及小说、散文上，诗歌我已逐渐疏远，只偶尔在朋友的督促下，才勉强写了一些组诗。应该说，在那个年代，我便想找家出版社出本诗歌小册子算是自己对诗歌热爱之后的一次回报，但出版社昂贵的印刷费不是我等小文人能够胜任得了的。故一拖再拖，时至今日。

理工科出身的我，对诗歌产生热爱之情是在二十世纪80年代末90年代初期，那时正值诗坛空前繁荣，各种流派诸如现实主义、现代主义、浪漫主义、新古典主义等旗帜下的诗歌作品铺天盖地席卷各种媒体，人们谈论最多的话题便是诗。在这种特定时期的特殊环境下，选择诗歌来表现内心的话、传递内心的情感、宣泄精神世界的丰厚不失为一种方法，在这种方法的驱使下，我开始了分行文字的涂鸦，教室、寝室、图书室成了我寻觅分行文字的最佳寓所。就这样，六年时间，写了满满 9 个本子近 700 首诗。现在翻阅旧时习作，依稀有一股淡淡的墨香味从诗册中溢出，备感当时写诗的兢兢业业和一丝不苟，但其诗歌技巧的稚嫩却道出了自身诗歌之路的艰辛和对诗歌追求的那份执著。

在我的《情感地带》这本诗选集中，细心的朋友不难发现，其中五分之一的诗歌习作源于校园，这里面，最早的一首诗为《脚与鞋》，虽很短，却道出了自己学生时代对哲学的些许追求。学生时的幼稚、天真、不谙世事以及那份纯洁的文心在《情感地带》里隐隐约约地闪现着，这令我回想起许多刻骨铭心的往事……求学的千里迢迢、家境的极度贫困、写诗的义无反顾、生活的毫无规律等一幕幕浮现于脑海，如一幅诗的画卷，令我难忘，令我不得不暂时离开诗歌而转向了其他文体试图一搏。以我的理解，这不堪回首的往事只有通过其他文体才能酣畅淋漓地抒发自己的情感，发掘自己的潜力，完美自己的写作领域。

C

四年前的金秋季节，我曾为我朋友的一本诗集写过一篇近万字的评论，这篇评论刊发后，曾把朋友的诗集送上领奖的舞台。在那篇评论里，我引用了大师福克纳的一句至理名言："诗人的特殊光荣就在于他能振奋人心，提醒人们记住勇气、荣誉、希望、自豪、同情、怜悯之心和牺牲精神。"但四年之后，这句至理名言的信任度已开始下降，这与我们这个时代的游离状态有着密切的联系。四年前，我的那位朋友出版了三本诗集，且在诗坛上已名声大振，名噪一时，可如今，他已告别诗坛，在商海里办起了自己的经济实体。四年前，他劝我刻苦学诗、争取日后多出版自己的专著，由于他真诚的鼓励，我才决心在二十世纪末的戊寅年年终出版一本诗集，这就是《情感地带》诗选集想出版的初衷。

《情感地带》诗选集精选了我在各大报刊发表的大部分不同时期创作

的习作，其中有两首政治性较强的抒情诗，选入集中的初衷是因为这两首诗见铅后均获得同行的诸多赞誉并被选入了官方编选的几本著作中。

可以说，《情感地带》是我近几年来心灵深处最真诚的话语，既是我写诗的心史，亦是我做人的正史。在这部诗选集中，我力图挑一些歌吟真诚、宣泄情感的习作，当然也有一些意境险峻、晦涩坚硬的习作，两种风格的作品虽然互不相融，但却能积淀自己对人生哲学的喟叹和对生命本真的感悟，故合二为一。同样，在这部诗选集中，我选入了一辑散文化的诗或诗化的散文，以期达到另一种效果：消解阅读过程中的坚硬感，缓解读者情绪，以达到诗与散文诗的相互渗透和互相嫁接，找到精神领域的光芒点……

D

蔡金辉是我的小哥，是我能从象牙塔顺利毕业的精神支柱者，是我能从事文学写作的毅力支撑者，可以说，没有他对我学业、事业的巨大支持，我的今天将黯淡一片。

他比我长三岁，在我读小学五年级时，他正上初二，他为了我能继续上学，不顾父母哥姐的强烈反对，毅然弃学从商，靠手艺挣钱维持我的学业，从高中到大学到工作，我迈出的每一步，都融入了他的殷殷期待和百般支持，我的每一项成绩和荣誉的取得，都离不开他。

如今，他已成家立业，在云南烹饪界已拥有了属于他自己的一片天地，他的弟子们已遍布云南的各大宾馆、饭店。在事业上，他是我的榜样，是我的力量，更是我奋斗的号角、写作的动力和源泉。

中国著名作家、文学评论家韩石山阅读完《情感地带》诗选集后，欣然为这部诗选集撰写中肯的序言；我的兄长，青年诗人、作家郑千山通读完诗选集清样后，毅然提笔撰写了一篇评论，令我十分感动；青年画家苗斌提供的插图，为《情感地带》增色不少。在此，谨向他们表示感谢和敬意！同时向多年来支持我的师友们、朋友们、同事们、同学们表示致谢！

在《情感地带》即将付梓印刷之际，不少朋友来信来电问我，《情感地带》之后我准备出版什么专著，我的回答有些无可奈何。文学我是会不间断写下去的，至于诗歌，可能是我今后很长一段时间要搁笔的一种文体。小说、评论、散文等我将一如既往地支撑下去，朋友们说这几种文体我的潜力更大、功底更强、来得更快，但愿我能如此，但愿我能不辜负他们长期以来对我的鼓励和期望。

写作是一种苦役，极度不安和寂寞难熬使人浮躁也使人镇定。《情感地带》正是在这种黑夜的黑暗中得以觅到簇新黎明，《情感地带》也是在我们这个游离的生存时空中得以浮出，这是令我的哥姐们欣慰和高兴的事。

同时，谨以《情感地带》此书告慰生我养我的平凡而伟大的九泉之下的父母亲！愿他（她）们的在天之灵能含笑看到这部诗歌结晶体的面世!!

德者得

随着春的雕刀将光阴的皱纹刻至神州之颜时，时代的商界、时代的名流们便将各自企业新一年的愿景携着春天的第一个笑靥定格在炫辉新日的年轮上。一年之计在于春的时空感刹那间奔来眼底。

阳春布德泽，万物生光辉。商界名流们的光辉以何凸现？商界名流们的企业家精神何时呈现？商界名流们的雅量何处展现？这些炫目得令人求索的话题迅速闪进了《商界名流》杂志的瞳孔。

德者，品性、品德、品风也。德厚者流光，德薄者流卑，德乏者流耻。

在《商界名流》里炫目的商界名流们，往往趋向于："厚德载物者光辉耀华夏，德才兼备者精神袭八荒，德高望重者雅量盖四野。"

德行，内外之称，在心为德，施之为行。德性所知，不萌于见闻。德风边草偃，胜气塑云平。商界名流们的君子之德风，君子之德性，君子之德行，常常把以德修业、以德修企、以德致利作为企训，常常以德养生、以德养心、以德养气作为企业家精神的至高境界。此乃《商界名流》之昭示的精髓。

"道之以攻，齐之以刑，民免而无耻。道之以德，齐之以礼，有耻且格。"德风、德性、德行三者兼得的商界名流们，其德望之影响力、经济力、爆炸力令世人为之信服为之尊敬为之仰慕。当然其人其企其家就常常得志得胜得和。

在商界这个大舞台上，心有多大的企业其舞台不一定就有多大。井底之蛙的企业家经常在德风德性德行缺失的势态下略有成就便得意忘形、得意忘言、得意忘本。这类企业和企业家纵然拥有一时的天时、地利、人和的得心应手的内外条件，但其德的方方面面一旦尽失，很难得道多助，往往失道寡助，最终得不偿失，终生得过且过。这样离德离道的企业，这样无德无道的企业家，终将病入膏肓，最终销声匿迹。

有德性有德行有德望的商界名流们，可以肯定的是其言其行其果终会被得天得地得人的至尊荣誉包围。《商界名流》所要破解的，就是探究名企业的成功德风，标杆名老总的成功德性，展示名产品的成功德行，推介名事物的响亮德法；就是要向世人标榜云南的、中国的、世界的有德之名家、有德之名企、有德之名品、有德之名事，好让《商界名流》的上帝（读者）之上帝（企业家）收获些许思想、收获些许理念、收割些许愉悦、收割些许财富。

一份智者的耕耘，终将获取一份上帝的恩赐。

德有者有得也，小德小得，大德大得。

德道天下者，天下得到也。

一家之言，一读便知。

悟到者，得道也。

智者的思想国度

这是水美土沃的彩云之南，无数洁白神鹰腾飞的地方。

这是万物生辉的魅力之都，一片片芳泽遍布云岭大地。

这是中国面向西南开放的重要桥头堡，粲然迸发出蕴藏已久的活力与激情。

胡锦涛总书记2009年考察云南时提出，把云南建设成我国面向西南开放的重要桥头堡。中共中央政治局委员、中央书记处书记、中组部部长李源潮在昆调研时强调，发挥昆明这座云南唯一特大城市的集群作用、核心磁场功能，作为前进的据点，以更大的开放力度、更昂扬的精神风貌，引领云南各族人民亲密团结、共同奋斗，带动整个区域“苏醒、站立起来”。

云南意为“彩云之南”，在中国文化中，“彩云”意味着吉祥、幸福、美好和希望。云南，这个多民族共同生活的七彩土地，自古处于崇山峻岭的包围，山高水长，荆棘遍地。与平原地区相比，云南的边疆特性在于内敛、封闭，不乏坚韧的心性，独缺视野，所见所得都是山，沉重如山、畏难如山。如何走出去，走到哪里去？古代是南方丝绸之路、茶马古道，近现代是滇缅公路、驼峰航线，当代是人流、物流、信息流，都是以生存之路、探险之路、人生之路完成一条超越之路。

“为市井以通贸易、薄征税以广行商”。历史渊源和现实需要，使得云南历代主政者无不为“通途”殚精竭虑。“通途”不仅在于铺桥筑路，更在于思路、言路之通，风气、视野之通。凡欲高瞻远瞩，必先立足高远。“五百里滇池，奔来眼底”，大视野、大气魄，才能有大发展、大变化。

“建设中国面向西南开放的桥头堡”，让昆滇站在了更高的起点上规划未来。昆滇大地正处于前所未有的大开放、大变革、大发展的“黄金时代”，置身火热的时代，是新闻人的一件幸事；置身大发展的昆明，是新闻杂志的一大机遇。为先进文化提供传播平台，为科学发展提供舆论支持，为云南实现“两强一堡”的战略目标摇旗呐喊是时代赋予我们的光荣使命。

听吧，密集的鼓声正响彻云岭大地！鼓声里有政协委员们许下的承诺，有企业家用智慧和汗水培育出的累累硕果，有学界精英睿智超前的理念。他们把激情带进“各界共议大战略，全省共建桥头堡”恳谈会，发有据之言，谈务实之策。齐聚盛会，汇聚力量，服务大局，共商国是，共克时艰。鼓声里有为政者的忙碌身影，改革离不开解放思想，发展也离不开解放思想！为官一任，不忘使命和职责，他们胸怀富民韬略，共商兴滇大计。

思想是一首首凝固的诗歌。

把憧憬留在纸张上，让字里行间跃动着动人心魄的心境。

作为“时政风向标，发展助推器”的“全国一流，云南名刊”《时代论坛》，坚持正确的舆论导向是我们的立身之本，拓展广阔的市场空间是我们的发展之道，我们不吝精神，撷取政家治世之道，学者思想之智，商界躬亲之举，把源自他们的思想国度里对提升经济实力、夯实基础建设、发展优势产业、保护生态环境、深化改革开放、促进民族进步、构建和谐社会等各方面的真知灼见、韬略宏论，在这华丽的舞台上诚挚展现，鼓舞云南各族人民为建设富裕民主、文明开放、和谐云南继续努力奋斗。

把握时代的脉搏，倾听时代的心声，须只争朝夕，就让我们为时不我待，开风气之先的人叫好，为源自智者思想国度的韬略宏论叫好，并深信我们的顽强拼搏、勇往直前能凝聚成丰碑，是胜利的丰碑，有尊严的丰碑。

到位的执行力

什么才是真正到位的执行力？真正到位的执行力就是要把想法变成行动，把行动变成结果。

执行力表现为企业目标从上至下的贯通，从而使得每一层次的流程都有明确的目标；然后根据目标设计流程，而流程设计的过程就是思考如何有效率地达到目标的过程；其三才是流程实施的过程，通过人的努力结合系统的帮助按照设计好的流程进行操作；最后是控制和分析目标并确保企业按所设计的流程进行操作。这四个步骤构成了企业流程管理的生命周期，也决定着企业执行能力的强弱。

提升企业执行力，必须从确保执行准度、执行精度、执行速度三方面着手：执行准度就是要在决策上力求最大限度符合市场和客户需求，执行精度就是要在质量上力求更好、恰好、刚好，执行速度就是要在行动上力求更快、更准、更高。

那么，如何才能有效提高团队执行力呢？作为团队要想真正地提升执行力，必须从实际出发，一点一滴抓好执行，从而让执行力不落空。执行力关系到企业的成败，要想打造好团队的执行力，就要做到：要提高和强化执行力，必须要制定执行目标；要想提升执行力，必须要善于把目标分解成可执行的指标，指标是一个“战略”目标，战略是无法执行的，要把它分解成“战术”动作，指标才能执行；目标要想更好地落实，不能出现人人都是目标对象，但人人都不是目标承担者这一现象，就必须要明确执行目标的具体承担者，还要确定执行对象或责任人，通过将目标分解到责任人，目标才有了具体的承担者，目标的实现才有了方向和载体。确定责任人，还要注意一个问题，那就是要善于将目标准确无误地予以传达和贯彻，不能截流和歪曲，要通过沟通，使每个人都能心平气和地接受目标和指令。团队负责人只有以身作则，做执行的表率和榜样，才能让政令畅通，从而上行下效。目标要想顺利贯彻执行，还必须要制定符合实际的执行标准。其执行标准的制定必须要科学、量化、具体、实际、可执行、可考核和有时间性。具体的可执行的标准制定出来了，执行的内容才有了依据，如果在执行中出现偏差，可以参照标准，及时纠偏，避免偏向目标太久而不可挽回。

执行力的关键还在于考核，考核的关键是落实，要通过有目标、有标准、有检查、有落实，要注重过程管理并要通过建立公平、公开、公正的激励机制，奖优罚劣，硬起手腕抓管理，不断树立正反两方面的典型，从而才能够让执行落到实处，而不至于流于形式。一旦明确目标和标准，通过责任到人，将目标进行绑定，通过一竿子插到底的考核让执行有标准、有考核并让执行贯彻始终。此外，制订目标执行的计划，具体的责任人、完成时间、工作步骤、营销方案等通过制订完整的销售计划，从而让执行有章可循，有法可依。

当然，计划做出来后，就要按部就班且有条不紊地执行，这个环节是关键，只有脚踏实地地做了，下达的目标才能完成。同时还要注重过程监控和管理，细节决定成败，通过检核销售计划的进度及出现的问题，及时发现与目标偏离的地方。然后根据偏离的方向及时纠偏，使目标向预定的方向发展。只有这样，作为管理者才可以检核和完善目标，从而让目标能够顺利得到实现。

执行力决定企业成败，甚至关系到企业的兴衰，作为管理者，只有对目标充满信心，摆正心态调好状态，正确理解与执行各项指标，执行力才能真正提高，团队才能真正战无不胜，团队才能真正增强凝聚力、向心力、战斗力，企业才能决战市场并最终决胜市场。

旨在向心力

“康泰之树，出自茂林，树出茂林，风必折之。”一棵健康高大的树木，一定是从茂密的森林中生长出来，这棵树如果离开这片森林，风一吹来势必折枝散叶。在现今社会中没有一个人单靠自己就能顶天立地的，“团队”已扮演着愈来愈重要的角色。

团队的向心力和方向性的强与弱是检验团队领导者是否有管理穿透力的最主要体现。一个没有向心力和方向性的团队不会是一支优秀的团队。一个团队是否有向心力和方向性，是否能够目标一致地完成任务，这并非是领导者的几条行政命令所能解决的，完全取决于领导者的管理穿透力。只有当员工主动工作时，才会出现员工有自我提高的需求和克服困难的勇气。强大的管理穿透力可以使员工对工作的态度由“要我工作”变为“我要工作”。

美国的罗伯特·豪斯认为具有超凡魅力的领导者应具有以下特点：自信；有远见；能清楚表述目标；对目标的实现具有坚定信念；不循规蹈矩；努力变革；对环境敏感。

领导者可以通过以下四个方面的努力来提高团队管理穿透力：

首先是增强威信力。领导者的首要任务是提高自身的管理素质，如情绪控制能力、沟通能力、协调能力等。其中最主要的是增强自己的威信，让下属信服你的管理能力。强大的威信力会使下属团结在你的周围，形成向心力和战斗力。

其次是信息共享。信息共享有助于民主决策。传统的管理中领导者之所以具有决策能力，很大程度上在于信息共享。信息共享让员工更清楚周边的实际情况，有利于他们认清工作的目标，从而调动工作的积极性。

再次是沟通平等。领导者与下属平等沟通，有助于领导者与下属换位思考。如果领导者在与下属沟通时能够站在下属的立场来理解他们，体会下属的辛苦，这更能增强下属对工作、对领导者的认同感。

最后是相互信赖。领导者必须首先信赖下属，这是相互信赖的前提。信赖能使下属相信，跟随你是有价值的；信赖会减少工作协调时的磨合周期。

其实，许多企业家都没意识到这些，应该树立企业与员工是合作伙伴关系的理念。传统的企业与员工的关系是雇用和被雇用的关系，在这种关系下，虽然企业一直强调员工应具有主人翁的精神，但事实上，这个主人翁的地位很难被员工在思想上加以肯定，他们始终认为他们是处于从属的地位，因此很难对员工产生有效的激励。如果树立企业与员工是合作伙伴关系的理念，才真正肯定了员工在企业中的主人翁地位，从而让员工感受到被企业的认可与尊重，就能够对员工产生持久的激励效应。

建立共同的愿景也很重要。愿景是企业领导与员工共同建立起来的、融公司目标与个人目标于一体的、组织成员们努力追求的目标。有了这样一个目标，公司团队就可以对团队成员产生强大的吸引力，从而增强团队的凝聚力，另外，愿景使组织目标与团队目标高度一致，因此可以使团队的工作效率大大提高。

目标明确之后，还有一个最关键的，就是企业家要对自己所做的事百分之百地投入并展现十足的热情和自信，这样才能鼓舞别人相信你、加入你，和你一起逐梦，成为一位能在人们心灵深处留下资产的成功领导人。

在路上战斗

一切伟大的行动和一切伟大的思想，都源于一个微不足道的开始。

草长莺飞、繁花似锦的昨天已成历史，着红染碧、画图更新的今天已迈着迎迓的步态急速而来。

我们夜以继日良心酿制的这份财经读本经过众多名流的品鉴，终于在阳光下凸现……

一路的风雨兼程都源于更多的光荣与梦想能得以延伸，一路的险阻和难关都源于更多的执著和努力能得以传承，一路的期盼和愿景都源于更多的奖掖和鞭策能得以兑现……

总有一种信念让我们奋然向前——以“解读名老总、解码名企业、解剖名产品、解密名事物”为《商界名流》的至尊定位，以“商界精英首选读本，精彩名流第一舞台”为刊物的终极目标；总有一种使命让我们热血沸腾——为名老总、名企业、名产品、名事物鼓与呼。正是这种超然的信念和使命促使我们力避陈腐、俗套、呆板的期刊陷阱，回归商业财经的饕餮阵营。

同一条河流我们不愿跌入。

切入机理、循果究因是我们的核心，其价值就在于让昨天、今天、明天的商界名流们信步寰宇、炫耀出世。

释放我们的能量和雅量，旨在赢得公正、公平的主流关注度和核心公信力。因为我们的光环与梦想是附着在所有名老总、名企业、名产品、名事物的光环与梦想之上启的程。我们没有理由不在地球村上胸怀天下，良心精耕，只有这样，我们方可缔造主流、创造名流。

在路上，我们将以激荡智慧的心态、扬帆韬略的状态、时贤创意的势态，去代言商界时代的先锋；

在路上，我们将以无坚不摧的毅力、处之泰然的动力、不卑不亢的战斗力，去代言名流时代的英雄；

在路上，我们将站在今天，站在未来，让我们的忠实读者分享我们的心声，分享我们的掌声，分享我们的笑声，更分享我们的呼声……

我们的智慧始终涌动，我们的创造始终不息，我们和这个时代的商界、这个时代的名流、这个时代的读者将共同战斗、共同快乐、共同收获。

反腐是把风清气正还给朗朗乾坤

"吏不廉平，则治道衰"。习近平总书记明确指出："反腐败高压态势必须继续保持，坚持以零容忍态度惩治腐败。"中国的反腐败工作正踏踏实实、一步一个脚印地坚定前行着。

腐败犯罪无关国别、制度、种族，它是人类社会的毒瘤，侵蚀着各国社会的公平正义与发展成果，让社会陷入混乱中，所以必须努力铲除一切形式的腐败行为。2014 年以来，中国的反腐败国际追逃追赃工作"提速换挡"。党和国家领导人多次就追逃追赃做外国领导人的工作；党的十八届四中全会明确提出"加强反腐败国际合作，加大海外追赃追逃、遣返引渡力度"；中央反腐败协调小组设立国际追逃追赃工作办公室；外交部把追逃追赃作为外交重要议题；最高人民法院、最高人民检察院、公安部、外交部等四部门联合发布《关于敦促在逃境外经济犯罪人员投案自首的通告》；APEC 领导人非正式会议支持中方起草并通过了《北京反腐败宣言》，各方决心携手打击腐败行为；二十国集团领导人峰会核准《2015—2016 年 G20 反腐败行动计划》，公报加入"加强司法互助，返还腐败资产，拒绝为腐败官员提供避罪港"内容……

各国合作打击腐败犯罪，是道义要求，更是国际法的要求，国际社会广泛接受的《联合国反腐败公约》对此即有明确规定。国际社会只有重拳出击、通力合作，通过加强司法协助、引渡、赃款返还等实实在在的合作，才能让腐败分子如过街老鼠般人人喊打、无处遁形，还人类社会以风清气正。

习近平总书记把理想信念比喻为共产党人精神上的"钙"，指出"缺钙”就会得“软骨病”。只有理想信念坚定，用崇高理想信念铸就“金刚不败之身”，才能把为人民服务变成自觉行动；才能在重大风浪考验面前保持政治定力；才能吃苦在前、享受在后，在急难危重任务面前勇挑重担；才能经得起各种腐朽思想的侵袭和诱惑，永葆共产党人的政治本色。由此观之，反腐倡廉，可以净化党员队伍，保证党的肌体不变质；反腐倡廉，亦能凝聚人心，获得人民群众的鼎力支持，从而加强党的执政地位；反腐倡廉，同样能够维护社会公平，有利于社会主义建设，保障党的奋斗目标顺利实现。反腐能让一个国家更趋和谐。

腐败不是一朝一夕形成的，反腐工作不可能一蹴而就。但越是如此，就越需要长期坚持、常抓不懈。“不敢”只是第一步，“不敢”了，腐败才能收手，腐败惯性才能被刹住。若“不敢”还会被一而再、再而三地挑战，“不能”和“不想”也就会根基不稳。因此，让党员干部“不敢”的弦不能松，非但不能松，还得拉得更紧，进一步逼仄腐败的运行空间。反腐和腐败是一个“零和博弈”的过程，反腐进一步，腐败就退一步，我们就是要始终对腐败行为步步紧逼，让腐败无处遁形、无从发挥、无处反弹。

一边是“不敢”，一边也要推动“不能”“不想”。党风问题关系人心向背、关乎党的生死存亡，这是一场必须打赢的斗争。只有做到“不能腐”“不想腐”，党风问题才能够彻底扭转，党为人民服务的宗旨才能够得到根本性贯彻。各级纪检干部必须在坚持中深化，在深化中坚持，持之以恒纠正“四风”，驰而不息正风肃纪。领导干部的“德”出了问题，法治信仰就无从建立，钻司法漏洞、党纪漏洞的行径便难以有效禁止。因此，我们理应弘扬中华传统文化中礼法相依、崇德重礼、正心修身的思想精华，重塑中华儿女的道德修养，让官员的“德治”水平能够迈上一个新台阶，从而坚定理想信念，增强宗旨意识，树立“三个自信”，让“不想腐”的道德、舆论氛围在全社会倡行，令正确观念成为主流。

党的十八大以来，反腐败斗争以前所未有的力度和广度深入推进，正风肃纪，严惩腐败，党风政风为之一新，干部群众深受鼓舞。可以说，反腐败大大压缩了“权力寻租”的空间，阻断了干预资源配置的“利益链”，维护了公平正义，提振了党心民心，激发了社会正能量。正如有媒体报道的，大吃大喝成了“官场禁忌”，公款送礼成了“过街老鼠”，贪官落马成了“大概率事件”，滋生于腐败的各种思想病毒正在被清除，为民、务实、清廉的价值追求，正在成为今天政治生活中势不可挡的主潮流。

反腐败是一场严厉的斗争，通过“打老虎、拍苍蝇”，不断祛除以权谋私、与民争利的顽瘴痼疾，毫无疑问彰显的是正风纪、得民心的正能量。人民群众反对什么、痛恨什么，我们就要坚决防范和打击。人民群众最痛恨腐败现象，我们就必须坚定不移反对腐败。在当前依然严峻复杂的反腐败形势下，裹足不前、故步自封必定会让老百姓失望。必须继续保持对腐败零容忍的高压态势，巩固“不敢腐”的社会氛围，逐步实现“不能腐”“不想腐”的长期目标，才能激发“正能量”，鼓起全社会的激情与活力，也才能让社会更加和谐。

高压反腐、弊绝风清，必须建立“不敢腐、不能腐”的长效机制。习近平总书记多次强调，权力一定要关进制度的笼子里。扎紧权力的笼子，既要有案必查、有腐必反、有贪必肃，坚持老虎、苍蝇一起打，形成高压威慑，更要针对制度缺失和漏洞，努力构筑系统完备的反腐倡廉体系，积极推进体制机制改革，合理分解和科学配置权力，划清权力边界，明确责任主体，做到依法确权、科学配权、全程控权，有效防止权力寻租。

高压反腐、弊绝风清，必须形成“不想腐”的政治生态。诸多案例证明，领导干部理想信念丧失、为政之德滑坡、对权力缺乏敬畏之心，必然滑入腐败深渊。全党要结合群众路线教育实践活动，大力践行社会主义核心价值观，开展行之有效的理想信念、党风党纪党性教育；要大力宣传焦裕禄式好干部，运用典型案件加强警示教育，引导干部自觉筑牢思想防线；要牢记“两个务必”，敬权畏权慎权，稳得住心神、管得住手脚，把心思和精力用在发展经济、改善民生上。

我们必须看到，当前中国的反腐斗争不是孤立进行的，而是与改革深化同时推进，其重要意义之一就是为深化改革清理障碍。长期以来，腐败与利益集团的膨胀和利益固化如影相随，也是改革深入进行的绊脚石。只有彻底反腐，才能为改革深入进行扫除障碍、铺平道路。同时，只有釜底抽薪地解决“腐败经济”产生的机制性问题，“改革红利”才会不断出现并不被利益集团吞噬。

在市场经济发展的过程中，腐败会极大地增加市场的交易成本，导致劣币驱逐良币。“腐败经济”仰仗的是权力寻租，是以损害经济健康发展、扭曲社会价值观为代价取得的，种种腐败行为带来的破坏性，要远远超过其对经济发展的“贡献”。如果任由腐败泛滥，必将为中国经济长远发展和转型升级制造难以突破的瓶颈。

只有持续推动反腐，更加廉洁的政府行为、更加公平的市场环境和更加公正的社会环境才能早日实现，而这必将极大激发中国这个经济体内生的活力，奠定中国经济持续、健康、稳定发展的基础，真正将改革与发展的成果更公平地惠及更广泛的群众。

让干部“不敢腐、不能腐、不想腐”，是反腐败的三重境界。这三重境界固然有轻重缓急之分，但并行不悖、互为依托。我们既要让干部不敢腐，治病树、拔烂根，持续保持高压反腐的态势，让投机者无机可投，钻营者无空可钻；也要以此为契机，完善法治反腐和党内监督条例，让公权力掌握者难以弄权，权力运行逐步法治化、规范化；更要进一步从思想上反腐，从道德上反腐，扭转官场、社会风气，还一个风清气正给朗朗乾坤。

反腐，永远在路上、永远不停歇，唯其如此，中国才能走在更加和谐的法治道路上！

中国梦强势起航

何谓“中国梦”？那就是实现中华民族的伟大复兴，这是中华民族近代以来最伟大的梦想。2013 年春天召开的全国“两会”，承载着 13 亿人民的梦想和重托，将“中国梦”的伟大构想变成美好的现实。因此，这届全国“两会”因为怀揣梦想而变得飞扬热烈，无比厚重。

人生如船，梦想是帆，每个人都有一个属于自己的梦，但我们同属中国，所以每个人的梦又与国家民族的兴衰荣辱紧密相连。先贤顾炎武早就发出了“天下兴亡，匹夫有责”的呐喊。因为，国家好，大家才能好！

中国梦就是人民的梦，唯有华夏儿女戮力同心，梦想才能实现。在推翻“三座大山”的艰苦卓绝的斗争中，毛泽东就曾经号召打一场人民的战争，他说人民群众是汪洋大海，他的军事战略思想就是“让人民武装起来像汪洋大海一样，淹没入侵的敌人”。一个人，像是一滴水珠，似乎是渺小的、微不足道的，可是汇集成一片汪洋大海，就有力量去摧毁任何铜墙铁壁。时至今日，要显示强国梦，必然要实现人民的梦。新一届政府显示出竭力为人民提供满意服务的决心和行动，这必将赢得多数人的爱戴，获得了人民的拥护，因此必然赢得众望所归。

要实现全面建成小康社会、建成富强民主文明和谐的社会主义现代化国家的奋斗目标，实现中华民族伟大复兴的中国梦，就是要实现国家富强、民族振兴、人民幸福。面对浩浩荡荡的时代潮流，面对人民群众过上更好生活的殷切期待，习近平总书记说：“我们不能有丝毫自满，不能有丝毫懈怠，必须再接再厉、一往无前，继续把中国特色社会主义事业推向前进，继续为实现中华民族伟大复兴的中国梦努力奋斗！”

而实现中国梦必须走中国道路，这就是中国特色的社会主义道路。这条道路来之不易。它是在改革开放 30 多年的伟大实践中走出来的，是在中华人民共和国成立 60 多年的持续探索中走出来的，是在对近代以来 170 多年中华民族发展历程的深刻总结中走出来的，是在对中华民族 5000 多年悠久文明的传承中走出来的，具有深厚的历史渊源和广泛的现实基础。中华民族是具有非凡创造力的民族，我们创造了伟大的中华文明，我们也能够继续拓展和走好适合中国国情的发展道路。全国各族人民一定要增强对中国特色社会主义的理论自信、道路自信、制度自信，坚定不移地沿着正确的中国道路奋勇前进。中国是一个古老的国度，中华民族是世界上最伟大的民族之一，自身沉淀了 5000 年文明与智慧，但是也许就是因为太久的文明，也给这个古老的国度背上了沉重的包袱。近代的历史表明，中国始终在负重前行，在抵御外侮的历史进程中，无数先烈和仁人志士付出了生命的代价，这条道路充满了荆棘与曲折，充满了血与火的考验，但是中华民族在艰苦卓绝中终于找到了一条适合自己的路。任何外来的诱惑都改变不了人民在长期奋斗中形成的自信心。

实现中国梦必须弘扬中国精神。这就是以爱国主义为核心的民族精神，以改革创新为核心的时代精神。这种精神是凝心聚力的兴国之魂、强国之魄。爱国主义始终是把中华民族坚强团结在一起的精神力量，改革创新始终是鞭策我们在改革开放中与时俱进的精神力量。全国各族人民一定要弘扬伟大的民族精神和时代精神，不断增强团结一心的精神纽带、自强不息的精神动力，永远朝气蓬勃迈向未来。

实现中国梦必须凝聚中国力量，这就是中国各族人民大团结的力量。中共中央总书记习近平说：“中国梦是民族的梦，也是每个中国人的梦。只要我们紧密团结，万众一心，为实现共同梦想而奋斗，实现梦想的力量就无比强大，我们每个人为实现自己梦想的努力就拥有广阔的空间。生活在我们伟大祖国和伟大时代的中国人民，共同享有人生出彩的机会，共同享有梦想成真的机会，共同享有同祖国和时代一起成长与进步的机会。有梦想，有机会，有奋斗，一切美好的东西都能够创造出来。”因此，全国各族人民一定要牢记使命，心往一处想，劲往一处使，用 13 亿人的智慧和力量汇集起不可战胜的磅礴力量。

要实现中国梦就要寻找共同支点。所谓“共同支点”，首先应考察梦想的动力源。既然是一个梦想，那么它必然是关乎人们尚未实现但又在努力争取实现的事情，并由此催生强烈的奋斗动机和动力。中国人民实现中国梦的动力是强烈而迫切的，这也从宏观角度有力解释了为什么实行改革开放才33年的中国，却已经取得了突飞猛进的跨越式进步。具体说来，“中国梦”的主要动力有三大来源：第一，追求经济腾飞，生活改善，物质进步，环境提升；第二，追求公平正义，民主法制，公民成长，文化繁荣，教育进步，科技创新；第三，追求富国强兵，民族尊严，主权完整，国家统一，世界和平。在三大动力来源的基础之上，中国有远见、有胆识、有智慧、有爱国情操的公民、团体及领导人，会准确地找到整合协调这三大动力源的共同支点，形成发展进步的兼容合力，造就托起“中国梦”的众志成城。

懂得了个人幸福与国家梦想的关系，每个人心中又升腾起关于国家社会的梦想。那个梦想一定是五彩缤纷的，一定是芳菲满眼的，基调一定是玫瑰色的，因为玫瑰色最温暖。也许每个人的国家梦不尽相同，但共同的一定是国泰民安、经济发展、政治清明、文化繁荣、社会和谐、生态良好、公平正义。“中国梦”里，有“强国”也有“富民”；“中国梦”里，有期盼也有实干。中华民族是一个命运共同体，只有民族、国家全面科学发展，个人才能实现梦想。同样，只有每个人都充满激情和梦想，“中国梦”才够美丽，才够坚实。

强国才能富民，强国也是为了富民。没有人民富裕，发展就不算成功；没有人民幸福，复兴就不算完成。实现中华民族伟大复兴，就是要让中国人民有更好的教育、更稳定的工作、更满意的收入、更可靠的社会保障、更高水平的医疗卫生服务、更舒适的居住条件、更优美的环境，让我们的孩子们成长得更好、工作得更好、生活得更好。进一步说，就是要让中国人民过上更加富裕、更有尊严的生活，实现每个人自由而全面的发展。

处于伟大复兴进程中的中国，在追求本国利益时兼顾他国合理关切，在谋求本国发展中促进各国共同发展；处于伟大复兴进程中的中国，坚持把本国人民利益同各国人民共同利益结合起来，以更加积极的姿态参与国际事务，共同应对全球性挑战，共同破解人类发展难题。实现中华民族伟大复兴，不是简单地重寻昔日的荣光，而是要让曾经饱受列强欺侮、还是发展中国家的中国经济发展、政治昌明、文化繁荣、社会和谐，到 21 世纪中叶成为富强民主文明和谐的社会主义现代化国家。

一句话，“中国梦”不仅是属于中国的，也是属于世界的！

向青年致敬

丙申春末，当我们回首九十七年前的风云变幻，历史的沧桑和岁月的更替依然令人感慨和赞叹。犹记得九十七年前一场爱国主义运动，一群年轻人用青春和热血铸就了辉煌。时间来到了今天，爱国、进步、民主、科学的精神依然鼓励着这个时代的青年人。

青年是国家的未来、民族的希望。党的十八大以来，习近平总书记亲切关怀青年发展、高度重视青年工作，多次出席青年活动，与青年座谈交流，给青年回信演讲，提出了一系列关于青年工作的重要论述。在2016年4月26日召开的知识分子、劳动模范、青年代表座谈会上，习近平总书记对青年提出了殷切期望，要求广大青年充分展现自己的抱负和激情，胸怀理想、锤炼品格，脚踏实地、艰苦奋斗，不断书写奉献青春的时代篇章。

青年须勤于思考。青年必须有自己的思考、自己的判断、自己的信念，正如九十七年前的“五四”运动，是思想的蓄积、民主与科学的洗礼，让青年担当起了历史使命。今天的青年，更要反复思索：人生的追求如何实现？国家的未来走向何方？站在人生的关口，青年唯有思考，才能既不陷入蒙昧莽撞，又不至沦为陈腐刻板。有千千万万思考着的青年，中国才会生生不息。

青年须勇于担当。无论是扎根基层，还是投身大众创业，青年的个人选择都是这个国家行进中的精彩篇章。无论是在科学研究的一线，还是在广阔农村的远方，无论展示了亮丽的青春风华，还是留下了踏实的深沉背影，青年的努力都是推动这个社会进步的磅礴力量。青年要始终牢记，个人系于家庭、家庭系于民族，把个人追求与国家前途紧密相连，对民族有着深沉而持久的大爱，才是青年人奋进永不衰竭的动力。

青年须学会坚韧。中华民族在伟大复兴的道路上，会遇到很多困难，处于人生的奋斗阶段，青年也会遇到阴晴雨雪的变幻。对此，青年要有所准备，不为一时的困难而丧气，不为风雨的遮蔽而迷惑。眼下是云南发展的关键，是全面深化改革的攻坚阶段，是经济新常态的适应阶段，是全面建成小康社会决胜阶段的冲刺期，只有带着民族共同爬陡坡、过险滩的耐力和魄力，才会迎来出彩的人生。

青是绿色，是生命之色；春是季节，是成长的季节。

和着春潮，伴着夏韵，五四运动的余音回响在民族的记忆里，五四精神绵延永续，激荡在时代的潮流中，跨越九十七个春秋，依然闪耀着不朽的光芒。黑暗中的那缕光明，它点亮于青年学子之手，照耀于中华大地之邦。他们用生命践行青年一代对国家、对民族的责任。他们用行动唤醒东方沉睡的猛狮。这就是青年，热血满腔的青年。时代变迁，但沉淀在中华民族脊梁里的风骨是永远不会改变的。青年人的脚步，永远是雄浑奋进的，步履的指向就是中国的方向。九十七年前，青年人的使命是救亡图存，今天，则是民族的伟大复兴。时代的号角，内容或有不同，声调却依然嘹亮而急迫。

新时期，新的“五四”精神，面对滔天巨浪，魏青刚三进三出；不畏命途多舛，洪战辉挺直了脊梁；勇救落水儿童，三青年血洒长江……

无数的优秀青年，或知名，或无名，灾难面前勇挑重担，困难之际敢于拼搏。这就是青年，热血满腔的青年。

有人说，青年是初升的太阳，那么，是太阳就该发出光芒。

也有人说，青年是滔滔江水，那么，是江水就该奔腾不息。

青春的价值，唯有在奋斗中才能彰显；青春的激情，唯有在奉献中方能释放。在新时代中成长的年轻一代，“恰同学少年，风华正茂”，要以国家富强、人民幸福为己任，胸怀理想、志存高远，投身中国特色社会主义伟大实践，并为之终生奋斗。“心中有阳光，脚下有力量”，为了理想能坚持、不懈怠，让自己的小梦想搭乘着家国的大梦想，不负自己，无愧时代！

当前，云南的发展已到达一个新的平台和关口，书写新的光荣与梦想，需要广大云岭青年群体的朝气、勇气和锐气，需要七彩云南青年一代始终如一的奉献与奋斗。在把云南快速建成我国民族团结进步示范区、生态文明建设排头兵、面向南亚东南亚辐射中心，谱写好中国梦云南篇章的伟大征程中，拥有磅礴力量的云岭青年们义不容辞、责无旁贷！

希望中起航

一元复始，又逢新年。带着沉甸甸的收获，我们跨入了2016年。

刚刚过去的2015年，是云南发展极不平凡的一年。这一年，在党中央、国务院的坚强领导下，中共云南省委团结并带领全省各族人民攻坚克难、锐意进取，奋力开创了各项事业发展新局面。云南省经济社会保持了平稳健康发展的良好态势，民族团结进步事业和生态文明建设迈出新步伐，各族群众生活水平和质量不断提高，全面深化改革有力推进，民主法治建设开启新征程，文化事业和文化产业繁荣发展，风清气正的政治生态正在形成，基本实现了“十二五”规划的主要目标，为云南与全国同步全面建成小康社会奠定了坚实的基础。

2015年，是云南发展极为重要的一年。这一年，不仅体现在云南主要经济指标保持在合理区间运行，更深层次的是习近平总书记考察云南后，为云南在新的历史起点上实现跨越式发展带来最大机遇，并随着资源红利、生态红利、政策红利、改革红利和区位优势叠加释放，为云南跨越式发展打开了时间窗口，让云南步入战略机遇期，驶入了跨越式发展的快车道。

2016年，是云南“十三五”规划的开局之年、起步之年。按照云南省委的部署，“十三五”期间，云南要围绕与全国同步全面建成小康社会目标，全力在经济发展实现新跨越，全省经济年均增速8.5%左右，人均地区生产总值与全国平均水平的差距明显缩小，城乡居民收入增长幅度高于经济增长幅度，农村居民收入增长幅度高于城镇居民收入增长幅度，产业转型升级取得新突破，消费对经济增长贡献明显加大，户籍人口城镇化率加快提高，面向南亚东南亚辐射中心建设取得重大突破；脱贫攻坚实现新胜利，实现现行标准下云南省574万贫困人口全部脱贫，贫困县全部摘帽，区域性整体贫困得到解决；各族人民生活水平和质量实现新提高，基本公共服务均等化水平稳步提高，民族团结进步示范区建设取得更好成效；公民素质和社会文明程度实现新提升，民族文化繁荣发展，文化产业成为国民经济支柱性产业；生态建设和环境保护实现新突破，生态文明建设走在全国前列；各方面制度建设实现新进展，全面深化改革深入推进。

回首2015年，我们无比自豪；展望2016年，我们充满信心。今天，我们惊喜交集地发现：小康梦想，离我们是如此之近，云南26个民族已经站在了新的历史起点上。

我们有理由对2016年抱以良好的期待。但同时我们必须看到的是，目前云南全省经济下行压力仍然不小，再加上我们正处于经济增速换挡期、结构调整阵痛期、前期刺激政策消化期，这些都是不可避免的挑战。我们应负重奋进，将保增长放在首位，着力深挖内需潜力，形成对经济发展稳定而持久的拉动力；着力优化产业结构，促进经济转型升级；着力深化改革开放，加快形成对外开放新格局；着力推进幸福云南建设，让云南的发展更有“温度”，让老百姓的幸福更有“质感”；着力防范化解金融风险，坚决守住不发生系统性和区域性金融风险底线；着力加强生态建设和环境保护，坚定走绿色发展、生态富民之路，全面增强云南经济社会发展的活力和动力。

让我们携手前行，在2016年的接力奋斗中，开创云南发展、人民幸福的新图景，成就我们这一代人的光荣与梦想！

祝愿我们伟大的祖国繁荣富强！祝福云南全省各族人民幸福安康！

智赢猴年

2016年是中国猴年，猴年有着健康、财富、成功、丰盛的含义，天盘的运转，这是一个人心所向的吉祥好运年。“天时人事日相催，冬至阳生春又来”。这是唐代诗圣杜甫于冬至日第二天所写《小至》诗的首联，说人事繁忙、时光飞逝，冬至既到，阳气渐舒，春天逐渐回转而来。以乙未羊年来说，腊月二十四的小年刚过一天，就迎来了新一轮二十四节气中的第一个节气——立春。自秦代以来，立春就视为春季的真正开始。所以自立春之日，乙未羊年就已经离去，新春悄然光临。三天后的丙申猴年正月初一，也就真正成了在春气勃发中举行的第一个喜庆节日。这一情景以及辞旧迎新之际世人的心愿，有副春联概括得最为到位：“羊伴吉祥留喜庆，猴持如意保平安”。

“2016年元旦，那是我们向着‘十三五’时期进发的起跑线”——在2015年12月31日举行的全国政协新年茶话会上，习近平总书记这样来定义2016年。起跑线，是赛跑时起步的标志线。这意味着，从2016年开始，我们要与时间赛跑，朝着《中共中央关于制定国民经济和社会发展的第十三个五年规划的建议》描绘的未来5年全面建成小康社会的总目标和路线图，凝神聚力，奋力冲刺。

在中共云南省委、省政府的坚强领导下，云南4700多万各族人民，立足云南实际，突出云南特色，在经济下行的态势中，化危为机，逆势上扬。机遇稍纵即逝，抓不住就会成为过眼云烟，抓住了就能变成巨大的优势和巨大的财富。抓住了机遇，就可以后来居上，实现更好更快的发展。不发展没有出路，发展慢了同样没有出路。谋求发展如逆水行舟，不进则退。经济下行态势明显，所以唯有信心更坚定，行动更果决，措施更有力，始终保持知难而进的责任感、只争朝夕的紧迫感、不进则退的危机感，锲而不舍，抓住机遇，抓出实效。纵然如此，云南2015年的各项事业仍然取得了重大成就，为“十二五”画上了圆满的句号。

站在新的起跑线上，遥望目标——“十三五”时期，到2020年全面建成小康社会，是我们党确定的“两个一百年”奋斗目标的第一个百年奋斗目标。“十三五”时期是全面建成小康社会决胜阶段，“十三五”规划必须紧紧围绕实现这个奋斗目标来制定。宏伟的蓝图让我们无限憧憬，幸福的生活让我们无比期待。但我们要清醒地认识到，天上掉不下馅饼，人间万事出艰辛。美好梦想，只有通过老老实实的奋斗才能实现；种种难题，只有通过扎扎实实的奋斗才能破解；辉煌业绩，只有通过踏踏实实的奋斗才能铸就。千里之行，始于足下。实现宏伟的蓝图、共享幸福的生活有赖于全体中华儿女的齐心努力、共同奋斗。

站在新的起跑线上，责任在肩——决胜“十三五”，云南各族人民都将拧成一股绳，《风光·时代名流》杂志不能缺位。所有云南各族各界的人大代表和政协委员，响应习总书记的号召，积极参与“两会”，把为“十三五”时期发展献计出力作为履行职能的主线，建真言、谋良策、出实招，为全面建成小康社会、加快推进社会主义现代化作出新的更大贡献。人大代表和政协委员们信心满满，奋力拼搏，为制定一个与时俱进、科学管用、耳目一新的规划积极建言献策，在决策部署中勇当开路先锋，在促进社会和谐稳定中发挥着积极作用，为全面建成小康社会凝聚强大合力。

站在新的起跑线上，《风光·时代名流》蓄势待发——2015年，我们辛勤付出，收获满满：《风光·时代名流》杂志已经连续十年进入“两会”会场，成为全体人大代表和政协委员唯一专阅刊物，刊物质量稳步提升，四刊一网及微信公众平台的融合有序推进，社会影响显著扩大。2016年，《风光·时代名流》杂志将迎来下一个五年。

“器大者声必闳，志高者意必远”。当决胜全面建成小康社会的历史大幕已拉开，风光杂志社和云南4700多万各族人民一道，站在新的起跑线上，肩负精品纸媒宣传的重大使命，凝聚社会共识，激发奋进力量，助力云南“十三五”开好局，起好步，为谱写好中国梦的云南篇章竭尽全力！

环境亦至尊

在当今时代，环境与政治、经济和社会的联系越来越密切，人类社会不只是进入了一个科技时代、信息时代，而且进入了一个环境时代。环境已成为全球范围内一个重要竞争因素和国家安全的重要基础，成为现代文明的新内容和人民生活质量的重要衡量标准，谁占领了环境保护的制高点，谁就争得了经济社会发展的先机。

七彩之南，是个山水奇异、地形独特、气候复杂、民族众多，极富神秘色彩的地方。

作为一块少有的生态绿洲，它的保护与发展，一直是世人关注的焦点。

当你踏上迪庆高原，走进西双版纳，站在滇池之滨，肯定会有很多话要说。因为你能感受到人类的破坏力……

当你站在会泽县者海乡的大梁子山上，面对上百万亩青翠的人造华山松时，你肯定也会有许多话要说。因为你能深刻领会到人类对拯救自然的信心和希望……

毫无疑问，改革开放为丽江的旅游事业带来了前所未有的发展机遇。丽江成功地将资源优势变成经济优势。这也正好契合了云南成为旅游大省的发展战略……

然而，丽江丰富的旅游资源背后，另一个数字给我们敲响了警钟，那就是森林资源的锐减。庆幸的是，目前旅游资源的开发是以良好的自然环境作为支撑的，可持续发展理论的提出改变了以前以人类为中心“改造自然，征服自然”的传统思想。

去泸沽湖的路很远、很险，就像一段久远的历史。也许就是因为遥远，早已声名远播的泸沽湖，至今还没有太多人真正走进它的怀抱，也才幸运地守住了如今的山清水秀。泸沽湖不愧是一颗镶嵌在滇西高原上夺目耀眼的明珠，它的风采又取决于周围绿色林海的衬托和环抱。或者说，没有良好的生态环境的保障和维护，也就不可能有这么明澈的湖水。

大理人说，没有洱海就没有大理。这片山清水秀独具魅力的土地，是祖国西南边疆开发较早的地区。远在新石器时代就有人类在苍山洱海边繁衍生息。这片美丽神奇的土地，从古至今，不知吸引了多少文人墨客，留下了数不清的赞美诗篇，如果没有 1996 年 9 月的洱海蓝藻大爆发，大理人也许不会去认真审视蓝藻这种绿色的小生物。

滇池擅湖山之美，甲春城之秀，它浩荡的湖水将昆明滋润得旖旎多彩，四季如春。“五百里滇池，三百里洱海”曾经是云南人民最值得骄傲的两颗高原明珠，而现在，我们已经看到其中一颗有些暗淡。昆明人不得不重新考虑到更远的地方去寻找水源，不得不拿出巨资去换回它昔日的美丽。

长期以来，党中央、国务院一直高度重视和关心滇池治理工作，曾连续三个五年规划将滇池治理纳入了国家“三河三湖”治理规划和重点。云南省委、省政府也一直把滇池列为云南省九大高原湖泊治理之首。有党中央、国务院以及省委、省政府的重视和支持，再加上齐心协力的真抓实干，再大的困难也终将被克服、战胜。滇池总有一日会重现往日风采，清水蓝天的滇池将不再是梦。

中共云南省委、省政府历来高度重视生态环境的保护与建设工作，始终坚持环境优先，生态立省，坚持以科学发展观为指导，正确处理经济发展与环境保护的关系。云南这片高原由于特殊的地理构造，复杂的气象条件，使整个生态环境显得十分脆弱，加上云南经济粗放型增长的方式还没有改变，经济发展与资源、环境的矛盾十分突出。特别在水环境形势不容乐观，尤其是滇池、星云湖、杞麓湖、阳宗海、南盘江等水污染综合防治任务还十分艰巨。加上城市快速发展导致城镇人口数量的剧增，给环境造成的压力越来越大。在广大山区农村由于森林植被的破坏，水土流失问题在一些地方变得较为严重。可以说云南局部地区环境恶化的趋势还没有得到根本性扭转。当然还包括人们普遍的环保意识还有待于提高和加强。

生态是生存之基，环境是发展之本。良好的生态环境和丰富的自然禀赋是祖先留给我们的宝贵遗产，更是今天和明天我们赖以生活与发展的宝贵财富。为了云岭大地江河依然清澈美丽如初，森林依然茂密，天空依然明净，全体云南人民都应该积极行动起来，呵护七彩云南绿色的今天，托起七彩云南灿烂的明天，让世界的七彩云南魅力永存！

责任使然

责任是对他人，对社会的关爱，一位哲人曾这样说过。

大约在800多年前，欧洲出现了一种名叫“基尔特”的组织。当时，随着手工业的兴起，有一技之长的手工业者率先奔赴“小康”生活。不过，生活日渐富足，并没有给他们带来足够的安全感，他们开始担心不期而至的灾难，甚至害怕遭遇不测，而使自己的幸福生活毁于一旦。

可以想象，作为一名仅仅靠“手艺”生存的劳动者，一旦遭受意外伤害或不幸死亡，那么其整个家庭日后的生活将会是如何的悲惨！一种对未来的不安，一种对家庭的强烈责任感，让手工业者们共同商讨出一种好办法，那就是筹资成立一个组织。他们约定，一旦组织成员发生意外，就可以从组织基金中领取一定的经济补偿。这个带有经济互助色彩的组织，就叫“基尔特”，它是如今人寿保险的雏形。

800多年后的今天，寿险早已成为百姓生活中耳熟能详的词语。据不完全统计，1980年，中国的保费不到5亿元，而到2009年时，保费收入已经超过11000亿元，30年之间增长了2000多倍。在这个庞大的保费数字中，寿险就占有相当大的比例。管中窥豹，时见一斑。仅就云南而言，截至2010年7月，中国人寿云南分公司全省系统共实现保费收入28.51亿元。数字的背后显现出保险这一源于西方的行业在中国的蓬勃发展，同时也显出近年来中国百姓参加保险的热情，反映出现代人防范风险意识的不断增强，为自己、为家庭、为社会负责的诚挚之心。

不过，急速发展的产业就像一条没有画线的跑道，会引发众人蜂拥而至。由此，导致了该产业从业人员专业水平良莠不齐、行业不规范、相关法规和制度滞后等问题接踵而来。保险行业恰恰具备了这样的特性。

不久前，国内某知名寿险公司欺诈客户的丑闻被媒体曝光，涉及款项数目之大令人震惊，该公司还因此被国家相关部门处罚。此外，关于保险代理人利用各种手段骗保的新闻也不时会见诸报端。屡见不鲜的负面报道，甚至让人对保险心生畏惧之感。一方面，保险让许多人获得切实的保障，使他们在遭受意外时获得经济补偿，给他们带来了雪中送炭般的温暖。另一方面，一些保险企业急功近利，部分保险业务员利欲熏心，为一己私利，置消费者实际需求于不顾，欲盖弥彰，甚至运用瞒天过海的手段欺骗消费者，让本该给人们带来一份安全、安心保障的保险，变成面目可憎的“恶魔”“骗子”，甚至让部分人“谈保色变”。

跳出局外，方能看清全局。《A 时代财富》为了让民众了解寿险，看清寿险本质，特别对云南寿险业进行一次透视。让我们欣慰的是，在记者走进十多家寿险公司，与二十多位寿险代理人交流后，感受到更多的是他们对生命、对他人、对社会负责的职业操守。这份责任，让他们对寿险行业充满了敬畏，充满了感恩，他们已经将自己对寿险事业的热爱转化为对事业的执著、对生命的执著。从他们身上，我们看清了寿险行业虽然曾经浮云飘过，但这并不能遮挡住寿险的青春朝气和旺盛的生命力。这让我们对寿险行业充满了希望与敬畏。

相信随着保险行业相关法律、法规以及制度的快速健全；随着保险企业管理水平的不断提高；随着保险从业人员专业水平、服务水平的不断升华，人们会更真切地感受到寿险给人类带来的巨大庇护，给人们送来实惠和惊喜！

只要责任在，希望就在。因为希望就源于责任的使然，希望就源于对责任的执行。

美丽云南　宜居大理

2015 年 1 月，中共中央总书记、国家主席、中央军委主席习近平首次离京考察。20 日上午，他来到大理洱海边的湾桥镇古生村了解洱海生态保护情况，走上木栈道，湖水荡漾，苍山云绕，他同当地干部合影后说："立此存照，过几年再来，希望水更干净清澈。"他叮嘱大理州委、州政府干部一定要改善好洱海水质。在古生村，总书记来到村民李德昌家。房子雕梁画栋，院落干净整洁，植物生机勃勃，看到一家七口"四代同堂"，总书记十分高兴地说："这里环境整洁，又保持着古朴形态，这样的庭院比西式洋房好，记得住乡愁。"

总书记之行为闻名遐迩的大理更添浓墨重彩的一笔，大理再次以亮丽的姿态走入人们的视野。大理州委书记梁志敏告诉记者，"习近平总书记和云南省委、省政府对我们的工作寄予厚望，我们现在正深入贯彻落实总书记考察云南重要讲话精神，深入贯彻落实省委、省政府领导对大理发展的指示精神，千方百计稳增长，全力以赴促跨越，切实加强洱海保护治理力度，努力实现大理山青水绿、幸福美州。"

自在大理，宜居大理，无须赘言，这都应该是一种共识。一个旅人在地图上看到大理，他的目光从此不忍移开；一个过客如果走入大理，他的梦境从此斑斓；一个画家如果进入大理，他的画笔从此失去灵性，因为大理的绚丽让画布上的任何色彩瞬间失色；一个作家想要真正歌颂大理，却理不出头绪；一个诗人想要赞美大理，却在瞬间发现语言是苍白无力的……不论是回溯到历史的源头还是从现代开始回眸，大理都特别适宜人居住，这里被称为诞生"乡愁"之地，可谓恰如其分。

大理，西有苍山如屏障，东有洱海如明珠，所以有人赞曰，“苍山无墨千年画，洱海无弦万古琴”。自古以来，人们在这块土地上繁衍生息，创造了古老的文明，依靠着得天独厚的地理条件和文化积淀，大理赢得了“文献名邦”的美誉。当代著名的自由作家野夫在其最新散文《人民生活》中描述到“……这样的坊肆到了黄昏，便很宁静；斜阳从苍山上投来残照，炊烟缭绕下的古城，就如记忆中的童年生涯，我们又仿佛回到了那个曾经睽违的熟人社会。大家晃着晃着，即可遭遇一些新朋老友。随便歪在路边一个堂口喝茶，很快就会加入一些或熟或不熟的面容。彼此交换一下流浪的方向，拱手道别，抑或接着喝酒去。”应该说他所描写的仅只是大理古城各种生活的一角，但是仅仅从这一角，每个人应该都能触摸到一种大理的柔软，大理确实适合居住。不然，一批批来自世界各地的艺术家、摄影师、探险者、歌手、诗人、小资、环保者等人怎么会纷纷在周游世界之后选择大理？野夫文中所谈到那种散淡生活，也许最能激起来自世界各地很多人内心乡愁余韵的情愫，或许“宜居大理”早就是旅人的共识，更是那些漂泊者的拥趸。

苍山之美，在雄浑，在巍峨，在其流淌至洱海的每一滴水里，都是莽苍森林孕育的纯净；洱海之美，更在干净、在清澈。通过大理全州上下的共同努力，洱海水体生态功能不断得到恢复，自净能力不断增强，流域生态环境趋稳向好。目前，大理洱海依然是全国城市近郊保护得最好的湖泊之一。可想而知，在这样美丽的湖滨生活该是多么的幸福。“山、海、湾、岛、湿地”等自然地理地貌在大理州内和谐地共存着。所以，在城市规划布局、基础设施建设、城市建筑设计、园林绿化等方面，宜居大理具备了无可取代的天然条件。

来到苍洱间，捧一壶浊酒，吟一曲长歌，身心皆为大理醉。似醉非醉间，迷蒙的双眼仿佛穿过了时光隧道，窥见了大理的前世今生。南诏古国的恢弘大气、三塔倒影里的暮鼓晨钟、刀光剑影里的金戈铁马、湖光山色中的浓情蜜意，下关风、上关花、苍山雪、洱海月，大理在悠悠时光中熠熠生辉！

天蓝、水净，拾上几颗星辰，泡上一壶清茶，坐在洱海月下……大理让你在禅的意境里想象不出“雾霾”是什么概念，当北方一些城市在雾霾笼罩中挣扎时，你在大理是无法想象的，因为这里没有戴口罩的人。在这块土地上你尽可舒张双臂，尽情地呼吸，因为苍山上吹来的每一缕风没有杂质，洱海的月里你甚至能看到月中的桂树。大理，那么纯净，所以你的思想里也会被涤荡得毫无杂质可言。

自在大理，特宜居，绝非空言，不信你去大理品味一次！

经营人心是法宝

春节之后，中国好多企业就面临着一个很窘迫的问题：许多有经验的员工辞职了，查缺补漏成了救火行为，招聘和想方设法地觅人以充实空缺的岗位成了企业的重头工作。说到员工的辞职原因，我想员工的幸福指数是极大因素，成了一个关键。反观这个问题，就可以发现，当前的中国市场，已经彻底从过去的全面短缺经济走到了全面过剩经济的时代，发展方式也从过去的传统制造业和传统商业迅速向互联网、大数据时代转变。日新月异的新形势，也在促使企业管理方式和发展方式不断转变，这个转变的最明显之处，成为了推动企业发展的决定因素，这个因素不再是资本而是人才，可以说，谁拥有了人才谁就拥有了未来。而所谓的人才正是从大批的员工里成长起来的优秀员工，企业留不住员工，自然也就留不住人才。

经营企业的法宝就是经营人心，经营人的平台，经营人的精神世界，就是企业须搭建一个公平竞争的平台，把企业的经营空间让出一部分留给员工们去施展，企业才能长久地把事业做下去。然何谓“事业”，那是谁的事业？当然那是企业主的事业，因为股份是他的，资产是他的，资金是他的，啥都是企业主自己的，你硬说这是大家的共同事业，谁又能相信？除非你像华为任正非一样，自己只持有1.4%的股份，员工持有大比例的股份，这个企业的事业才谈得上是大家共同的事业。

一个好的企业要有厚重与博大的企业文化，怎样成就它的厚重与博大，缘于“待”它的员工，“奉”它的品牌，把员工当作它的第一上帝，把品牌当作企业灵魂的神灵。对内厚待员工，用标准做管理；对外奉品牌，用文化做经营。厚待员工是企业主心血的流淌，是企业主骨髓里的迸发，是企业主心灵深处的唯一期待。

厚待员工，一定要发自内心，不能作秀。发自内心你也不吃亏，员工才会感动，员工的心灵才会得到洗礼和净化，而且通过员工的口碑宣传企业并向家人、朋友及社会推荐你的品牌，企业才有更加辉煌的明天。从善待员工做起，让自己企业的员工富起来，既是企业家的责任，也是企业家的良心。人不能把钱带进棺材，但钱能把人带进棺材。企业家应该把企业利润的一部分发给员工，并通过事业、情感、待遇留住人，把企业和员工捆绑在一起，有福同享，有难同当，企业才能做得更大、更优，这也是企业家最大的慈善。但话又说回来，作为一名企业的当家人，如果连自己的员工的都不能善待，何谈慈善？更遑论造福社会。从身边事做起，做好身边事，才能做好外边事；做好身前事，进而才能做好身后事，所以要善待优秀的员工，哪怕弱势的员工也要善待。优秀的员工更要让他口袋满满，口袋装满了，他才有精力和动力去武装脑袋，此所谓“仓廪实而知礼节，衣食足而知荣辱”。待遇装满了他的口袋，他自然会主动武装自己的脑袋，进而又去武装企业的品牌，如此良性循环，何愁企业不发展壮大？何愁员工不死心塌地？如果每一个企业家都能厚待与自己朝夕相处的员工，每一个经过善待后的细胞都水润丰盈，那么整个企业自然会健康运行。因而厚待员工，实际上就是厚待企业自身，这也印证了“我为人人，人人为我”的治企理念。

新常态下机遇良多，但复杂多变的经济环境下，做非公企业家确实不易。但不易归不易，如果认识不到外部形势的变化，认识不到员工个体的真实现状，在用人上不去转变观念，那就不是企业想不想做百年老店的问题了，很可能连眼下的日子都维系不了多久。好员工决定企业未来，这是需要正视的大问题。因此，企业家务必明白一个道理：企业效益要与员工效益同步，看一个企业是否有希望，就看员工的幸福指数高不高。如果员工幸福指数不高，企业能有希望吗？企业员工买名牌服饰，买车买房，这难道不会给企业家长脸吗？非公企业家们应该明白：让被厚待的员工变得聪明能干又听话，才能把自己辛辛苦苦发展起来的企业打造成一个和谐、和美、昌明的百年老字号企业。

勇立新媒体潮头

主动融入新媒体时代，不回避，不妥协，这或许是每一家纸媒必须面对的现实。自从“新媒体”的概念横空出世，其他媒体仿佛都“老”了。现在，数字报刊、移动电视、社交网络、手机客户端、微信、博客、播客、微博等新兴媒体势不可挡。显然，这是一场意义深远的媒体变革。它的实质在于，重新定义了人们获取信息的方式方法。就像苹果重新定义了智能手机、亚马逊重新定义了书店、特斯拉重新定义了汽车，技术的革新，给媒体带来一场深刻的变革。适应这种变革，是媒体人的时代使命。走媒体融合发展之路，才能引领变革。

挑战新媒体时代，当我们切身融入其中时，让人不由得想起了老人与海的故事，海明威的小说《老人与海》讲述了老渔夫桑地亚哥在海上的捕鱼经历：老人在海上一无所获地漂泊了 84 天后，终于捕到了一条大马林鱼，然而这条巨大无比的大马林鱼很难制服。当老人制服大马林鱼后，在返航途中又同鲨鱼进行惊险的搏斗。当老人驾着小船终于回到陆地上的时候，大马林鱼只剩下了一副巨大的骨架。海明威要告诉我们的是，人要敢于挑战自我，挑战极限，只有这样才能在惊涛骇浪中捕到大鱼。作品中的形象具有很强的象征意蕴，他用大马林鱼象征人生的理想和人类作为生命本身所不可避免的欲望，用鲨鱼象征无法摆脱的悲剧命运，用大海象征变化无常的人类社会，而狮子则是勇武健壮、仇视邪恶、能创造奇迹的象征，桑地亚哥则是人类中的勇士与强大势力搏斗的“硬汉子”代表。“一艘船越过世界的尽头，驶向未知的大海，船头上悬挂着一面虽然饱经风雨剥蚀却依旧艳丽无比的旗帜，旗帜上，舞动着云龙一般的四个字闪闪发光——超越极限!”新媒体时代来势汹汹，我们也许不久就会倒下，然而正如老人与海的故事一样，从大鱼到鱼骨，不是一种失去，不是一种失败，而是一种波澜壮阔的人生过程，也是从应有尽有的有形财富，最终走向应无尽无的无形财富的人生境界。

接受变革，融入变革，做新媒体时代的弄潮儿，是每一个纸媒掌舵者面对宏阔现实的不二选择。选择了大海，就选择了惊涛骇浪；选择了挑战，就选择了铮铮铁骨。“弄潮儿向潮头立，手把红旗旗不湿”，战争年代也好，和平建设时期也罢，我们都需要这样的弄潮儿，新媒体时代更需要这样的勇于探索者。

勇立潮头，需要有坚定的理想信念，理想是目标和方向，是每一个纸媒掌舵者人生设计和向上向前的动力，诗人流沙河在诗里写道：“理想是罗盘，给船舶导引方向；理想是船舶，载着你出海远行。”如果说完美地融入新媒体是美好未来的理想，那么现在新媒体出现带来的挑战只会让我们更加倔强地寻求再发展之道。如何融入，如何变革？不是蛮干，不是迎合，而是有策略地前进。

挑战新媒体时代，需要有科学发展的眼光，这眼光是洞察的智慧，是协调的能力，是创新的思维，是与时俱进的知识结构，尤其是在这种挑战中去经历风雨的实践与锤炼。

坚持先进技术为支撑、内容建设为根本，推动传统媒体和新兴媒体在内容、渠道、平台、经营、管理等方面的深度融合，媒体融合最关键、最根本的还是内容。新媒体靠渠道起家，但内容仍然是灵魂、是基石。媒体的内容生产能力，尤其是设置议程的能力，仍然是市场竞争最有力的法宝，纸媒在这方面占有绝对的优势。互联网时代，生产的内容在变，生产的方式在变，传播的路径也在变，但生产优质内容的方向始终不变。然而，这种内容建设，却是新技术引领和带动下的内容创新，乃至媒体人的思维观念、用户意识的深层变革。这正是媒体融合发展的最关键所在。

互联网给我们带来了新的更加广阔的空间，媒体融合的战略给我们提出了新的要求。形态变了，就去适应形态；渠道变了，就去适应渠道。不断适应时代变革，新闻工作者就能永远挺立时代潮头，引领舆论先声。

法治中国的阳光指数

相信所有国人都认为，法治中国会为中国梦的实现提供强有力的保障，同时法治中国必然与公平、良知、正义、阳光、透明等向上向善的词汇紧密相关。加快建设法治中国的进程必然在党的十八届四中全会后实现大跨越。法治中国让人民更加体会到了盛世中国气势磅礴的雷霆万钧之力。

但是我们面对现实也不能盲目乐观，当前，社会不公平的现象仍不同程度地存在，有些还很突出甚至很严重，这些现象的形成虽然有众多的历史原因，但已经成为影响社会公正、人民幸福的主要因素。例如，当前的户籍制度、退休制度、教育制度、劳教制度等，都不同程度地形成了对国民不合理的差别待遇，与法治所主张的“法律面前人人平等”相差甚远。这一情况直接影响了广大人民群众参与社会主义建设的主动性、积极性，长期堆积、积压就容易演化成影响社会稳定与安定的不和谐因素。因此，党和政府很关注这类有违法治精神的制度，积极采取了措施，逐步缩小直至谋求在条件成熟时取消这些制度上的差别对待。中国的法律体系虽然已经建构起来，但“纸面上的法律”变成“行动中的法律”，依然还有很长的路要走。无论是经济发展领域，还是社会治理领域，有法必依、执法必严、违法必究并没有得到很好的实现。法律的完善，并不代表法治的施行；法律的生命在于实施，法治的目标，在于良政和善治的实现。依法治国，无疑是实现国家治理体系和治理能力现代化的必然要求。

当前，社会转型进入深水区，法治的作用和地位更加凸显。实现经济发展、政治清明、文化昌盛、社会公正、生态良好，都离不开法治的引领和规范。全面推进依法治国是全面深化改革、全面建成小康社会的重要保障，这不仅关系到现代化建设和中华民族的伟大复兴，而且也和人民的幸福安康及个人的梦想联系紧密。

正因为这样，十八大报告提出“全面推进依法治国”“法治是治国理政的基本方式”。十八届三中全会也确定了“坚持依法治国、依法执政、依法行政共同推进，坚持法治国家、法治政府、法治社会一体建设”的改革任务。党的十八届四中全会审议通过的《中共中央关于全面推进依法治国若干重大问题的决定》，明确提出了全面推进依法治国的指导思想、总目标以及“五个坚持”的基本原则、六个方面的重大任务，回答了党的领导和依法治国关系等一系列重大理论和实践问题，对科学立法、严格执法、公正司法、全民守法、法治队伍建设、加强和改进党对全面推进依法治国的领导做出了全面部署，是加快建设社会主义法治国家的纲领性文件。此次十八届四中全会，必将以此为依据为今后一段时期的法治建设描绘具体清晰的路线图。

依法治国并不是一个陌生的话题。由今上溯一百年，梁启超就曾发出过中国何时可以建成法治国家的历史之问。百年来，无论宪政进程，还是民主法制，抑或民权民生，无不历经坎坷挫折。然而，再深沉的暗夜，也终遮不住正义的光芒，人民对法治的孜孜追求从不曾放弃或泯灭。改革开放以来，拨云见日的中国终于行进到了法治建设的快车道上。

法治是人类政治文明发展到一定历史阶段的产物。自由、平等、民主、法治等思想，凝结着人类智慧，成为世界各国人民共同的期盼和追求。中国人民为争取民主、自由、平等，建设法治国家，进行了长期不懈的奋斗。法治乃规则之治、良法之治。

我国三十多年的法治建设，取得了举世瞩目的成绩和进步，推进依法治国进程，不仅早已是全社会共识，更成为执政党一贯、既定的方针和目标。一个历史时期有一个历史时期的任务，适逢全面深化改革广泛展开、反腐败纵深推进之际，法治中国建设便迎来了全面推进的最佳历史契机。

中国的进步与中华民族的复兴离不开法治的同步发展，法治兴则中国兴，法治废则中国危。法治是实现中国梦的制度基础和法律保障！

公平、正义、阳光……这些宏大叙事式的语汇，只有具体到每一个中国的社会成员身上，才能体现出真实的温度。法治中国的宏图已经徐徐展开。让我们凝聚一切智慧和力量，沿着党的十八届四中全会精神指明的方向，为建设法治中国，实现中华民族伟大复兴而共同努力、不懈奋斗！

决策与谋略

经常和一些企业老总相聚，他们总会有这样的感慨，招贤纳才时，自己挺看好的人，真正在实际工作中却发挥不了应有的作用！难道是自己的眼光和判断出了问题？还是这些高级人才放错了位置？其实既然是自己看好的人，他（她）身上总有可取之处，最终却让该参与谋划的去做了决断，本该参与决断的人去做了谋划，张冠而李戴，最终导致了英雄无用武之地。

从企业用人推而广之，历史会告诉我们答案。

刘备在弥留之际，担心诸葛亮会重用马谡，所以在垂危之际故意问诸葛亮说："丞相认为，马谡这个人如何？"诸葛亮说，马谡称得上是个英才。因为马谡与诸葛亮等一起随刘备入蜀，他才气过人，好谈兵，深得诸葛亮器重，亦视之如子，而马谡也将诸葛亮当作父亲一样，尤其是马谡曾给诸葛亮出过一些好计谋，在诸葛亮南征时，马谡向他献上"攻心为上"一计，使得诸葛亮"七擒七纵孟获"，使南人不复返。

刘备却认为马谡言过其实，只会纸上谈兵，所以不可重用，认为马谡做参谋还可以，但是如果让他独当一面，则难以胜任。事实正如刘备所料，马谡纸上谈兵，第一次独当一面也为了证明自己，结果导致了街亭之败，以至于诸葛亮不得已挥泪斩马谡。如此结果，错在马谡，还是错在诸葛亮？其实，诸葛亮要承担这次事件的主要责任。诸葛亮的错误在哪呢？在于察人不明，对人的特长判断不清。马谡是个人才，但是，可以肯定的是诸葛亮用错了地方，如果让王平当主将，马谡当副将或参谋，马谡出谋略，王平来决策，事情也许就会有完全不同的结果。

在现代企业管理中，经验表明，高级人才有两种：一种是善于决策型的人才，一种是擅长谋略型的人才（类似于张良、刘伯温、吴用等），所谓“房谋杜断”，擅长谋略的人，能提供正反两种不同的方案给决策者参考，但在决策上，却往往是他们的弱项。

谋略型的人才，他们通常心灵发达，感知力较强，在与人沟通、人际关系处理、感知他人情绪方面，是这类人的强项，这类人容易犹豫不决或患得患失，做决策容易武断。而决策型人才，则大脑发达，判断问题很符合实际，在做事和看问题的宏观方面以及执行力方面，是这类人的强项，这类人做事果断有魄力，但帮人出谋划策则不是其长项。

所以，如果反过来，房玄龄来做决断，杜如晦来出谋略，估计失败的可能性会非常的高，因为用的都是两个人的弱项，$1+1<1$，而房谋杜断，正是用了两个人的强项互补，结果当然 $1+1>2$。诸葛亮对马谡的判断就是没有分清谋略式人才与决策型人才的分别，很多谋略型人才也会犯这方面的毛病，认为自己会出谋划策，做起决策来就一定很厉害，结果，在这方面栽了很多跟头。马谡对自己的判断也是如此，认为自己平时会出谋划策，对战场的决策就一定很厉害。殊不知，参谋是基于不同的假设，战场是基于实际对抗的动态博弈，很多老总在选人的时候也就是像诸葛亮一样败在这里。所以，这两类人必须互补才能将能力发挥至最佳。

一些企业老总在招聘高级管理人才的时候，也经常犯这个错误，比如自己是老板，自己就是个决策型人才，结果还招个总经理来，同属决策型人才，两个强势的决策型人才，在责权利没有分清楚的情况下，很容易发生冲突。或者老板是个谋略型人才，结果以自己为标准，招一个谋略型的总经理，结果，两个人做决断时就没有魄力。

所以，一个决策型的董事长，要配一个谋略型的总经理；一个谋略型的董事长，要配一个决策型的总经理（如格力集团的朱洪江与董明珠）。

如果一个老板，在市场营销、公共关系、融资方面是高手，是个决策型的人才，要找一个运营的决策型总经理，那么，两个都是强势的决策型人才，则必须把责权利的界线分清楚，否则，今天你插手我的事，明天我插手你的事，而且都这么有魄力，有决断力，那么总有一天，两个人会闹翻的。

当然，历史发展到今天，集决策型和谋略型于一身的人才不是没有，只是少之甚少，寥若晨星。在中国企业的发展史中，红塔集团的原董事长柳万东就是这样一位将红塔集团打造成令世界烟草界、国际企业界都尊重和认可的史诗型人物。当下阿里巴巴的马云亦属这类集决策型和谋略型于一身的时代精英。

和之道

“和而不同”不仅是处人之道，也是经商与发展之道，成就未来的是差异，引领差异的是个性。如何理解“和”，其实它是中国文化的精髓，是一种有差别的、多样性的统一，因而有别于“同”，辩证唯物主义讲的矛盾统一性也是这个道理。

企业经营历来崇尚老祖宗说的和气生财、以和为贵。春秋战国时期，诸子百家就已经提出了“和”的概念。最早管子提出了“畜之以道则民和”，老子提出了“知和曰长，知长曰明”。孔子说，“君子和而不同，小人同而不和”。唯有和而不同，才能够和一处众，最终达到一个内和外顺、和衷共济的和谐、和美、和畅的氛围。孟子提出“天时不如地利，地利不如人和”，荀子提出了“治和者天下之大道也”，《中庸》里面谈“和”最权威的一句话则是“万物各得其和以生”。

但是“和雅”不是低俗的和，趋炎附势，人云亦云，这层次太低了。企业家尽可能做到和而不同，才有可能死而不亡，因为“死”是阶段性，“亡”是永久性的。唯有和而不同，才能最终达到内和外顺，和衷共济的和谐、和美、和畅的境界。

和而不同，在团队和企业发展中不可或缺，一个团队要创新发展，一个企业要立于不败之地，都需要管理者和每个成员精诚团结，并最大限度地发挥个性优势，共同为企业的整体利益群策群力，但是一味地阿谀奉迎，保持一团和气，或者压抑个性，整齐划一，势必失去创新的活力和发展的动力，使团队或企业成为死水一潭。其实每一个企业都应当培养员工的个性，并坚持善于发现和倾情呵护，包容那些有个性的员工，这样一个企业才能充满活力，从而也在这个过程中培养一批骨干力量，从而使企业立于不败之地。

员工个性发展与企业科学发展是密不可分、相辅相成的。员工个性得以发挥，势必在生产、工作中给企业带来潜移默化的影响。从个性发展衍生出智力成果、科技创新、树立良好风貌、创造最佳业绩。所以企业要将企业的目标和员工的个性融为一体，培养企业个性员工的主人翁意识，使企业真正地为员工服务，不论是认真倾听，还是以欣赏的眼光看待与自己不同的人，结果都是要能让部属心情愉快，使其甘愿与自己并肩作战。简单地说，不能鼓舞他人，就不能算是个够资格的领导。卓越的商人，优秀的公司，应善用人才，协调关系，时刻不忘：人，是企业的决定因素。“上下同心”，方有企业的发展壮大，对于一个企业来说，没有智勇双全的人物的辅助，不能有效利用身边的人才，在残酷的竞争中，就有可能被动挨打，甚至处于倒闭的境地。不要惧怕员工个性强，企业应根据员工年龄的不同而采用不同的方法。正所谓“物尽其用，人尽其才”。真正在危机降临的时候，任何一位有个性的员工能和企业一起和衷共济，才是最为重要的。

企业之间的竞争，实质上是人才的竞争。作为企业主人翁的员工，直接决定了企业的成败兴衰。每位员工都有自己的个性和特长，企业能否给员工提供一个发挥特长的平台，直接决定了企业未来的发展空间。因此，企业要了解员工，做到人尽其才，量才施用，充分发挥员工的个性和特长，才能提高企业的核心竞争力。

而作为企业家来说，平时就要“和而不同”，关键的时候又能做到死而不亡。世界500强不都是经历了若干次的死而不亡，才有了今天的局面？九死而一生，才有了凤凰涅槃的机会，任何大企业都有若干次危机，而每一次危机，都无不隐藏着一个莫大的商机，危机过后就是机遇。

“和而不同”作为一种人际交往的处世之道在政界和商界发挥着不可估量的作用。它在政治中发挥了巨大的作用，比如刘邦求贤若渴，广聚人才，终于成就一番大业；李世民广开言路，虚心纳谏，才有贞观之治；中国共产党与各民主党派荣辱与共，肝胆相照，才有中华民族的伟大复兴。“和而不同”又何尝不是企业的一种创新发展之道？如此观之，治企之道，和而不同，尤为重要。

妥协之道

人的一生并不是一帆风顺的，生活中不如意事十之八九。有时候，我们需要拐个弯，绕一绕，适当地妥协一下，向生活弯一下腰。但妥协不是简单地向别人低头、单纯地让步或屈服，它是一种有分寸的退步。适当地妥协，会让生活更加惬意，会让幸福靠得更近。这是一种人生的智慧和技巧，也是企业生存的丛林法则和智慧选择。

“妥协”一词总给人以软弱无能的感觉，但是深究其义却大有文章可读。它的内涵和底蕴比它的字面含义丰富得多，而懂得它与实践它更是完全不同的两回事。很多企业家在摸爬滚打的过程中，往往牛气逼人，血气方刚，气冲霄汉，有条件咱要朝前冲，没条件咱创造条件也要朝前闯。可强闯、硬闯，纵然能成功闯出去，在前面等着你的说不定就是死亡。不大懂得必要的妥协，将会给企业发展制造很大的阻力。有时候，适当的示弱和妥协反而会让你迎来企业发展的另一个春天。那么，怎样才是适当的妥协？靠我们的真诚，靠我们的善良，还有靠我们的智慧，更靠我们的心胸。既然强大不起来，那就靠弱势前行；既然是弱势群体，那柔韧、妥协的一面就该无处不在。

也许有人会说，妥协岂不是会背离初衷，甚至会失去方向和原则，其实不然。坚持正确的方向，与妥协并不矛盾。相反，妥协是对坚定不移方向的坚持。当然，方向是不可以妥协的，原则也是不可妥协的。但是，实现目标过程中的一切都可以妥协，只要它有利于目标的实现，为什么不能妥协一下呢？当目标、方向清楚了，如果此路不通，我们妥协一下，绕个弯，总比原地踏步要好，干吗要一头撞到南墙不拐弯呢？在大多数人的思维中，只有毫不妥协，方能显示出英雄本色。但是，这种非此即彼的思维方式，实际上是认定人与人之间的关系是征服与被征服的关系，没有任何妥协的余地。然而，人与人之间的关系并非如此简单，其复杂性难以言表。所以，适当的妥协并非毫无可取之处，正如老子在《道德经》中所说的那样，“水善利万物而不争”！

妥协并不意味着放弃原则，一味地让步。明智的妥协是一种适当的交换。为了达到主要的目标，可以在次要的目标上做适当的让步。这种妥协并不是完全放弃原则，而是以退为进，通过适当的交换来确保目标的实现。相反，不明智的妥协，就是缺乏适当的权衡，或是坚持了次要目标而放弃了主要目标，或是妥协的代价过高而遭受不必要的损失。明智的妥协是一种让步的艺术，妥协也是一种美德，而掌握这种高超的艺术，应是管理者的必备素质。

“妥协”其实是非常务实、通权达变的丛林智慧，凡是人性丛林里的智者，都懂得在恰当时机接受别人的妥协，或向别人妥协，毕竟人要生存，靠的是理性，而不是意气。

“妥协”是双方或多方在某种条件下达成的共识，在解决问题上，它不是最好的办法，但在没有更好的方法出现之前，它却是最好的方法，因为它有不少的好处。只有妥协，才能实现“双赢”和“多赢”，否则必然两败俱伤。因为妥协能够消除冲突，拒绝妥协，必然是对抗的前奏；每位企业家都要真正领悟妥协的艺术，学会宽容，保持开放的心态，就会真正达到理想的治企境界，就能够在正确的道路上走得更远，走得更扎实。如果一个企业眼里只有自己的利益，不愿与任何人合作，不愿意采取积极的妥协战略，那最终将会失去更多。

妥协是退一步的海阔天空，是绝处重生后的喜悦；妥协是花开花落的宠辱不惊，是去留无意的云卷云舒；妥协是山重水复疑无路、柳暗花明又一村的良辰美景；妥协是互谅互慰、互利互惠的博大情怀；妥协是另辟蹊径、智谋取胜的策略，是大丈夫能屈能伸的崇高境界。

只有学会妥协的智慧和艺术，才能平心静气面对企业发展的每一次困难，才能在危机来临时进退自如！妥协是一种有分寸的后退，一种适度的弯曲。懂得妥协，即使我们的企业不能在短时间内昂然前行，也能拥有几分洒脱！只有懂得了妥协，才算懂得了企业的生存与发展之道！

心灵的修炼

万科集团董事长王石所著的《让灵魂跟上脚步》，是一部不可多得的好书。《让灵魂跟上脚步》是一本直面灵魂的对话，是一本观照心灵的好读物。该书取名《让灵魂跟上脚步》，因为这是一次“远行之旅”，更是一次“精神之旅”。其实，王石在书中所表达的，正是古老的印第安人的观点——“停一停吧，让我们的脚步等一等我们的灵魂”。印第安人认为人走得过快会越过我们的灵魂。所以走路需要慢一些好让灵魂跟得上来。以中国式的企业家为例，很多人只注重快，却不注意修炼自身，让企业在自己带领下稳健发展。许多人吃尽了千辛万苦，承受了万千委屈，可谓“心苦”，心苦其实比体苦更累。一个始终死而不亡的人方能成为成功的企业家。然而从成长型企业家到成熟型企业家，脚步和心灵需要尽力保持协调统一，否则即便历千难万险、上刀山下火海也是枉然。步子不宜过大、过快，过犹不及，容易摔跟头，也容易迷失精神与灵魂的家园，成为一个孤独的流浪者。

在企业发展的历程中，的确不乏高速甚至超高速发展的案例。但无数的事实证明，过快增长的企业也是风险最大、最容易垮掉的企业，过快增长的企业风险与机遇并存。发展太快就一定有漏洞，有后遗症，而这个问题并不是单靠经营者的能力可以完全解决的。一方面，企业的人力资源、管理能力等都很难跟上企业的发展速度；另一方面，企业快速发展就得融资，负债率太高则会破坏企业的财务结构，一旦金融环境发生变化，企业就会处在崩溃的边缘。在 1997 年金融危机中许多倒下的韩国企业就是极好的证明。

因此，当企业发展太快时，企业家要问问自己：在这个过程中企业最欠缺的是什么？很多事实证明，除了资金链完全断裂，能用钱解决的问题都不是问题，譬如资金、产品、客户等；不能用钱直接解决的问题才是真正的问题，譬如管理团队的知识、能力和经验。当企业小规模运作时，方方面面都能兼顾得很好；如果发展速度太快，员工就会获得快速提升，譬如原来的车间主任要管整个企业，原来的班组长要管整个车间；原来的普通工人要管一个班组；原来一个城市的销售经理要负责全省甚至几个省的销售。员工的职业生涯如果超前太多，就可能产生毁灭力——一个错误的决策，或者错误的执行，会给企业带来巨大的经济损失。

企业生存和发展的目标可以归结为相互关联又不能等同的三类："做大""做强"和"做久"。企业经营者的愿望当然是既想做大，又想做强，最好还能做久。但绝大多数的企业家只有做大做强的雄心，却没有做久的胸怀和格局。一般优秀的大企业寿命周期为四十年，远远低于人的寿命。从这个角度上看，任何一个企业都需要有长久发展的打算。一项对国内外所有百年企业的发展分析表明，它们之所以能够超越固有的企业寿命周期，是因为在长达百年的历史中一直处于成长期和成熟期，或者通过多次蜕变能够保证企业在上百年的时间中持续生存和发展。这就是为什么不要期望企业发展太快的原因。这个道理和跑步一样，如果是百米距离，你一定会全力以赴去冲刺；如果是千米距离，你要一上来就冲刺，那肯定失败；而如果跑马拉松，你就更不能着急了。

这就提醒正在埋头前行、正在成长的企业家们不可一味地只懂得制定刚性目标、俯首快走，更应该洞悉企业命运始终与国家紧紧联系在一起，这才真正达到了企业家的高度。埋头赶路的同时更需偶尔停下脚步补充知识与能量。

企业发展到一定阶段，企业家自身的积累也达到了一定的高度，此时需要的是与时俱进，和制定更高的目标追求，唯其如此，个人与企业才能永续创新、勇往直前。

正所谓"我愿平东海，身沉心不改。大海无平期，我心无绝时。"普通人尚能沉淀心灵的悸动，聆听内心的回音。企业家为什么不能停一停，进行一番心灵的修炼呢？作为企业掌舵人连自己的步履都无法协调，何谈企业的稳健前行？而心灵的修炼则是企业家与企业获得旺盛生命力的重要保证。因为任何一家企业都希望自己能成为百年老字号。

以奋斗者为本

当下中国的企业文化大多倡导“以人为本”而不是“以奋斗者为本”。其实，不以奋斗者为本，势必滋生懒人思想，让企业陷入到吃大锅饭的旧怪圈里去。

文化是抽象的，看不见，摸不着，但它又不无时无刻地影响着我们。任何企业都有自己的文化，只是有“好文化”与“坏文化”之区别。

好文化能激励人、鼓舞人，能够凝聚员工的心，能够激发员工的干劲，能够让大家知道前进的方向，“以奋斗者为本”的文化，能够起到这样的作用。坏文化恰恰相反，会磨灭员工的热情，涣散员工的斗志，让大家辨不清东西南北到底哪个方向才是应该走的，会让一个组织失去活力。

“以奋斗者为本”的文化，是“以人为本”文化的升华，它倡导员工敬业勤业、锐意进取、不懈怠，反对员工居功自傲、不思进取、偷奸耍滑，它也是对员工价值评判的标准。

企业文化，不是几句漂亮的口号，不是贴在橱窗、挂在墙上的标语，它体现在全体员工日常工作和各种行为之中，体现为绝大多数员工的普遍认同，并能够自觉实践。不仅仅是工作态度，还有具体的行动。假如大家都是纸上谈兵，夸夸其谈，而对于那些真正做事、肯于做事、积极做事，为了企业能鞠躬尽瘁，默默无闻的人置之不理。这样势必会让缺乏进取者找到温床，让甘于奋斗者寒心。

“以奋斗者为本”的企业文化建立的前提是制度的保障，要建立规范的制度和激励措施，制度的制约和奖罚分明的措施必然会让奋斗者们从中汲取到动力。

当前，民企的生存空间看似很大，其实所处领域已经完全处于竞争的白热化阶段，在这种情况下，民企要想立于不败之地，要想赢得继续发展的机会，就必须眼睛向内，把内部管理搞好。民企没有国企的资源优势、人才优势、资金优势、政策优势，如果说还有优势的话，那就是“薪酬与用人”的灵活性优势。因此，民企要想发挥好这一优势，要想保持自己的活力，就要建立“以奋斗者为本”的企业文化。

建立“以奋斗者为本”的企业文化，具体措施也比较简单，有这么几点：一是建立对员工的考核评价体系，可结合绩效考核进行，比较科学地对员工进行定期评价；二是薪酬分配向奋斗者倾斜，让奋斗者在经济上得到实惠；三是建立中高层管理者任期制度，接受任期的全面考核评价，切实推行竞争上岗，这一点异常重要，也是国企始终无法做到的；四是坚决克服论资排辈问题，以能力大小论英雄，而不以资历深浅定高低。

这些措施，看似没有多少新意，但关键在于企业是不是真的重视了，是不是真的坚决推行并落实了。“以奋斗者为本”的企业文化的首倡者，应该是华为公司。华为25年快速发展的生动案例，给其他民企带来了很多启示，建立“以奋斗者为本”的企业文化，应是民企值得借鉴的一条经验。

在华为，你可以清楚地看到，“每日奋斗”的是一种精神，一种源自本能的对事业的热爱和激情，除此别无其他。相反，那些从基层一路打拼出来的中层干部，多年来一直保持着奋斗本色，也往往能够得到破格提升。但对绝大多数员工来说，“按劳取酬，多劳多得”则是最现实的工作动机。“存天理，顺人欲”，华为的人生价值设计也充分遵循了这一规律。“中层要有危机感”，你作为主管，凝聚不了队伍，完不成任务，斗志衰退，或自私自利，对不起，你将很快被挪窝，被降职；但经过一段时间你改变了，工作激情提升了，经过各方面的考察合格了，你也可能重新得到提拔。“基层要有饥饿感”，对奖金的渴望、对股票的渴望、对晋级的渴望、对成功的渴望等，都构成了团队中每个个体的“狼性”精神，舍此，任何的高调宣传都是虚妄的。

让奋斗者留下，让不奋斗者离开；让多干活的人得到实惠，让偷奸耍滑者得不到便宜，才能真正发挥国企无法做到的人力资源优势，这样的民企才有希望，这样的民企才有未来，这样的民企才会更加受人尊重！

襟怀决胜未来

襟怀决定一个企业家的格局，一个成功的企业家不仅仅需要具备个人才华，更应具备广阔的襟怀，襟怀有多宽广，企业就能走多远。其实也就是企业家的理念和襟怀决定企业的未来，其根本就是理念影响企业家的认知能力，襟怀决定企业家的决策胆略。

胸襟开阔，雍容大度是中华民族的优良传统，有容乃大不仅是历代名君的治国策略，这种美德和素质对于现代企业的管理者来说也显得愈加重要，更是做一个成功的现代企业家的必备素质。在这个商业蓝海上硝烟弥漫的时代，企业家就是政治家、也是战略家，更是战争指挥者。企业的经营者有多大的襟怀、想做多大的事业，就会制定出相应的战略措施。反之，从企业的发展战略措施中也可窥视出企业经营管理者的襟怀所在，襟怀之中只有眼前利益，总是想着自己的小利益，那企业采取的战略可能就是以私利为核心。

新时期，我国涌现出了一批批成功的创业者，但半路夭折的却不在少数，有些人“小富即安、量小难容他人、没有长远的发展眼光”等，这些致使其企业没有发展后劲，一步步走向没落。企业家的襟怀宽广与否对企业的持续发展作用越来越重要。

胸中能装下大海的企业家，他的企业绝不会抛弃细流；胸中能装下高山的企业家，他的企业绝不会放弃远方。襟怀宽则能容，能容则众归，众归则才聚，才聚则事业兴、财富旺。领导者成就大事业应该有容人、容智、容物、容事的襟怀与肚量。这也验证了那句“心有多大事业就有多大，襟怀有多宽事业就有多广”的格言。

有襟怀的企业家能够看得远，想问题能够从大局出发，能够把握全局并掌控局势。所谓的志存高远，其实说的就是襟怀，不为琐屑事务所左右，能够任用不同的人来做不同的事情，真正做到人尽其才。有大成就的人，他很会善用有才有德的人，正所谓“锐气藏于胸，和气浮于面”，这就是襟怀大度的体现。马云说过“领导永远不要跟下属比技能，下属肯定比你强；如果不比你强，说明你请错人了。要比眼光：比他看得远；要比襟怀：男人的襟怀是委屈撑大的，要能容人所不容；要比实力：抗失败的能力比他强；一个优秀的领导人的素质就是眼光、襟怀和实力。海纳百川，有容乃大。企业家有宽大的襟怀不仅能收揽人心，聚集众多优秀人才在自己身边，还能使人心悦诚服、同心协力、互助互爱。同时，也可以使自己心平气和、头脑清晰、心态平稳，见识、胆识随之而拓展，为来日谋求更大的发展夯实基础。”

企业家的襟怀决定了他管理的高度，思路决定出路，作为管理者要站在更高的平台上才能清晰地看到未来的发展。襟怀宽则思路广，思路广则出路多，出路多则竞争力强，竞争力强则企业兴，企业兴则国家旺，国家旺人民才能得到真正的幸福。

襟怀是一个“度量”问题，这是大智慧。“宰相肚里能撑船”，凡事要有肚、有量、有标准，这才是企业家的大修养。成功企业应以“至诚合天”的态度，不断地加强自身的襟怀修炼，如此方能达到“襟怀包天地”的境界。成功企业家都有一份拿得起、放得下的豁达与豪迈，要有男人气概，要显英雄本色。其实，耿耿于怀的小家子气，既伤自己身体又影响企业士气。几分超然、几分大度，放襟怀于天地间，置得失、胜败于坦然处；留一步路宽，让一分人前，学会“释怀”，方见天地宽。

2014 年，改革的巨轮继续乘风破浪，这就更需要企业家们敞开自身博大的襟怀，不断接受新的信息，进行开放性思考，不为小利所惑，既要有政治家的襟怀，又要有金融家的信誉；既要有经济家的头脑，又要有军事家的胆略，不断致力于企业和社会的大利益，方可家大业大。

襟怀有多大，事业就有多大；襟怀有多远，未来就有多远。未来的竞争，决定于襟怀，襟怀的度量决定着对事业格局掌控的能量。大凡事业的常胜将军，企业的常青树，行业的领头羊，概莫能外。

企业家减负之道

市场经济条件下，办企业必然有风险，这是谁也无法回避的现实。企业家必须尽可能地适应体制，并与体制内相关的管理者和掌权者打交道，费尽心力地进行周旋，方能为企业的长足发展赢得空间。然而，这样做必然会加剧企业经营者的压力和风险。再加上当今社会竞争日趋激烈，生活方式、工作方式和社会交往等都发生了深刻变化：人与人之间产生的信任危机，市场商业操纵下的安全感丧失，传统观念与新型社会转化中的碰撞与茫然，被包装和广告诱惑出来的无穷欲望与实际掌控能力无法对等的偏差……许多意想不到的事情都有可能让企业家们置身于风口浪尖，无时无刻都在巨大的压力下：高悬的体制如“达摩克利斯之剑”让他们胆战心惊；纷繁复杂的公司内部管理问题让他们心力交瘁；瞬息万变的市场环境，让他们手忙脚乱……我这样说，并非是有意识地丑化部分企业家的形象，而是说“减负”于部分企业家来说已迫在眉睫。

心理学家指出，人的心理承受力就像一根弹簧，压得过紧，释放时就显得怪异；而压得过久，弹簧就不能复位。压力已成为企业家心理疾病的主要祸根，尤其是随着外部压力的加大而增强的情绪波动。事实上，有不少企业家正步入一种认识误区，总认为他们作为青壮年正处在精力充沛、拼命赚钱的好时光。殊不知，“45岁以前用命打造企业，45岁以后却得用经营企业得来的钱来养病”。这是多么可悲的现实！如何减负，这应该是很多企业家都比较关心的问题，我认为应从这几个方面着手：

妙招一：多大的事都先丢开。企业家们在经营、管理过程中，必然会遇到一些棘手的大事和进退两难的选择，无形中给自己造成一定的压力。

这种情况该怎么办？荷兰心理学家做了一个调查，结果发现，“无意识思考”比仅仅进行有意识思考更能让人做出满意的决定。“下意识”具有更大程度上整合更多信息的能力，可以让人做出更好的选择。这样，人的心理压力也就自然而然地减轻了。

妙招二：善放权，换角色。懂得放权给下属，分权而治，自己才能解放出来。再者，在下班回家的第一时间内，就应该撕掉公司内威严的包装，换上舒服的家居服，从视觉上先做回自己。无论你的身份、地位有多高，也没必要整天在张嘴前先琢磨研究讲话措辞，别忘了“稍后我们再联系”还有一个通俗说法是“有空我给你打电话”。

妙招三：多包容，少积怨。在激烈的市场竞争中，“磕磕碰碰”在所难免。矛盾的冲突最容易造成心理压力的增大，因此，正确处理矛盾，学会包容他人，是自我减压的“良药”之一。宽容他人对自己无意的伤害，并不等于放任迁就，而是对他人改过自新的最大鼓励。怀着一颗包容之心去善待社会、善待自己、善待别人。也许这样，你的压力就会变小或消失。

妙招四：常运动，寻开心。提倡多进行有氧运动，运动能促进血液循环，提高机体免疫力，降低血脂和血糖水平，预防动脉硬化和冠心病的发生。同时，运动可以改善情绪，让忧郁烦恼无影无踪。如果你能以愉悦的心态微笑对待生活，淡泊名利、地位与金钱，潇洒人生，生活就会轻松快乐。

妙招五：释放内心的秘密。每个企业、每个公司或多或少都有自己的商业秘密和内部隐情，千万不要把它随意透露给不相干的人，因为实话实说只能给自己增添不必要的麻烦和压力；公开宣称自己患有某种疾病，可能会有损个人身份，所以有选择地保守隐私能使自己的形象保持得更加完美。但是，在亲朋好友之间，你完全可以大胆倾诉心底的烦恼和委屈，以寻求心理宽慰；当你生气或伤心时，也可以找一种适当的方式宣泄，使心态逐渐平静下来。

针对企业家减负，多数人有自己的解决之道，然而条条道路通罗马，释放身心，只有懂得了减负之道，才能做回轻松洒脱的“甩手掌柜”。

赢在内敛

不少媒体报道称，中国的企业家，特别是草根出身的企业家，一旦赚到足够的钞票之后，总会不可避免地显得霸气外露，张扬而带着戾气，饱受公众诟病。而且太过高调的企业家领导下的企业总会夭折在看似辉煌的中途，所以中国有句古语叫“富不过三代”。这似乎就是为那些张扬的企业家预设的一句谶语，似乎也成了多数中国式草根企业家的宿命。这也给高歌猛进的高调企业家们提出了一个严肃的命题，作为企业家需不需要沉稳内敛？其实答案不言自明。

“木秀于林，风必摧之；堆出于岸，流必湍之；行高于人，众必非之。前鉴不远，覆车继轨”。这句古语用在做事张扬，不懂得内敛之道的企业家身上再恰当不过，因为过度张扬必然引发嫉妒，必然会给自己带来不必要的麻烦。中国的很多企业家在成长的道路上似乎都因高调埋下了悲剧的种子，因此，他们的创业之路一旦到了一个高度，再向前一步便会十分艰难，再者商海里风云诡谲，一着不慎，翻船落海是必然的事。大凡高调的企业家，纵然你很优秀，但你必须得看清风云变幻的商业环境不是为你独立设计的。一个霸气十足的企业家喜欢无视一切，虽有气魄但缺乏胆略，所以遭遇商战中的滑铁卢似乎是偶然中的必然；而一个内敛稳重的企业家所领导的企业，定会一步一个脚印稳步向前。所以，任何企业家都要懂得审时度势，万不可一意孤行，我行我素。正确的做法就是低下头，躬下身，主动走近敌对，寻求与敌对或者竞争对手合作，彼此做一加一等于二的加法，或来个二乘二等于四的乘法，何乐而不为呢？

“对于高高在上的政治家而言，气度与胸怀是需要的，但是也需要智慧”。其实这也是内敛型政治家和企业家的必修课。企业家即便不用修炼气度与胸怀，但也必须懂得从张扬到收敛，从收敛到内敛的治企之道，这就是企业家成长、成熟、成功的三个过程。正因为亲身体验了，体验的时间长了，从成长走向成熟了，无形的腰板将会比成长阶段的有形腰板更硬朗。我们知道，当稻谷沉甸甸、金灿灿最有分量的时候，它恰恰低头了。无形的硬朗就是像成熟稻谷低头一样的躬行，是随时随地低下头，躬着身子往前走。躬行便成了一种伟大的境界，难道不是吗？

作为美的集团原董事长的何享健可谓是内敛型企业家的一个典范。尽管他已将美的集团的空调业务做到了全国前二位，但其本人甚少在媒体的闪光灯前抛头露面，这和从不在镁光灯下展现神秘容颜的华为掌门任正非一样。何享健主持美的集团的那些日子里，国内的其他空调大佬齐逢多事之秋：格力爆出股权之争、多位高管遭到传讯，而科龙和海尔面临包括郎咸平在内的学术、经济、传媒三界集体发难及一再“炮轰”。而美的却仍能呈现稳定、健康、良性的发展态势，让人找不到置喙之处，殊为难得。据悉，多位空调界人士，在提及何氏的管理风格时，皆由衷叹服，这在普遍同业相轻的空调界，实属不易。可以说，是内敛的何享健让美的的美名至今远播。

然而，要做一个合格的内敛型企业家何其难。企业家在社会上既是演员又是运动员，要让导演满意、让观众满意、让裁判满意，其难度无异于上蜀道。所以有人说，一流的企业家只做人不做事，二流的企业家先做人再做事，三流的企业家先做事后做人。作为内敛的企业家总是先从做人开始，谦和低调，因此他（她）总能团结一帮人，把锋芒藏匿于无形，在无声处灿然光华，在峰顶处俯瞰大地，在辽阔中展现胸襟。常言道，是锥子总会钻出口袋，是金子总会闪光。我相信，内敛型企业家总会在无形的磁场中释放自己巨大的正能量，在惠及自己的同时更惠顾他人！

坚守契约精神

中国市场学会会长、中国贸促会原会长俞晓松曾表示，诚信是全社会的事情，首先政府要诚信，其次是企业要诚信。先哲亦有言："理国要道，在于公平正直。"诚信作为社会主义核心价值体系的重要内容，是立人之本、齐家之道、为政之法，更是社会和谐之根基。要实现国家富强、民族振兴、人民幸福的伟大中国梦，必须重视道德的力量，奏起诚信的主旋律。中国梦是民族的梦，也是每个中国人的梦，必须汇集全社会的诚信力量。在实现中国梦的过程中，严守契约精神的企业充当着极为重要的角色。

诚信是内心的道德自律，是基于道德自觉而建立起来的，它是企业契约精神的集中体现。中国传统文化中也有近似契约的内容如"信用"，但中国传统文化中的信用是单方面的，是个人的品德操守，需要自修自律；而契约精神是对群体中每个个体的，核心是公权意识和法治约束。

企业存在于社会，受传统文化影响至深，没有契约精神的社会文化中也会产生缺乏契约精神的企业。企业缺乏契约精神的后果是严重的。新闻里每天不良企业制造出的安全事件不断冲击着人们脆弱的神经，缺乏契约精神的企业往往无视公众的利益。当危害公众的事件发生时，他们往往选择逃避或祭出恬不知耻的说辞，要么就是避重就轻地谈自己所谓的委屈和无奈。缺乏契约精神的企业主往往善于钻法律的空当，漠视公众的利益，眼里只有一己之私。

一个缺乏契约精神的企业领导必将影响一大批追随他做事的员工，并会因此形成企业内部运行一套事实上的潜规则，所谓"企业文化就是老总文化。”有些企业老总不管法律如何规定，违不违背社会公德，就制定一套属于自己公司的规章制度，从而形成掺杂着过多企业主自身利益的企业文化。其实真正的“企业文化”应是企业理念贯穿于体制、机制、制度、规则而形成的固有形象和行为规范，是企业运行的“显规则”，有文化的企业是有性格和传承的。但要有“契约精神”做保证。失去“契约”的约束，企业领导的习惯、个性、个人喜好、行为方式会成为企业中高聚焦度的焦点，人们会据此形成、调整、改变着自己的行为，逐步会在企业中形成一种氛围，形成企业事实上运行的规则。所以一家企业的前途往往非常依赖领导个人能力和个人魅力，也希望广大的企业不再重演人亡政息的故事。

万科董事长王石认为，现代企业制度的建立和契约精神密不可分，而基督教文明突破了传统的法律和宗法制度，这是西方契约精神建立的根源。从这里我们可以再次看出，企业契约精神的建立不是基于制度的强制约束和督促，而是来自教义的感化。然而在目前的中国社会里，部分企业家是缺乏信仰的，他们没有自己的宗教，他们只要商业理论，只有商战攻伐，对于这样的企业家来说，你和他谈所谓的“契约精神”，简直是对牛弹琴。然而是不是中国企业的契约精神已经丧失殆尽了呢？其实不然，和王石一样的企业家还有很多。他们深感社会责任的重大，把更多的精力和资金投入到公益事业中去，用行动诠释着契约精神的本质。

改革开放至今，从中国来看，无论是商业环境，还是很多企业的内部环境都出现了契约意识的萌动和觉醒。《细节决定成败》的作者汪中求先生也认为，在未来三十年，中国企业要更多地融入到全球经济一体化市场大潮中去，必须学会按规则出牌，树立起契约精神。

每当我们仰望星空的时候，总会追问内心的道德杠杆平衡点在哪里。中国走向强大的世纪进程中，我们需要更多的企业随时追问自己该遵守的契约精神在哪里。如果没有契约精神，企业将丧失立命之本，做大做强的愿望也只能是一个遥不可及的梦。

坚守方能自觉，自觉方能赢得民心，严守契约精神也必然会给企业赢得最丰厚的回报。

红动世界

当物换星移、世纪交替，过去发生的一切是不是已经淡忘？

在高速发展、快速变化的时代，有没有人感怀追念那些远去的历史？

感谢这个伟大的日子——1921 年 7 月 1 日。

因为这样一个日子唤起的记忆，是一个国家一个民族一个政党最深刻的精神洗礼。

回首这 90 年来，中国共产党走过的是一条艰苦奋斗的沧桑大道。

1921 年 7 月，在国家危难之际诞生的中国共产党注定了她的不平凡，以毛泽东同志为主要代表的第一代中国共产党人，团结全国各族人民，艰苦奋战，推翻了封建主义、官僚资本主义、帝国主义三座大山，缔造了新中国。

十一届三中全会以来，以邓小平同志为主要代表的中国共产党人，总结建国以来正反两方面的经验，解放思想，实事求是，实现全党工作中心向经济建设的转移和改革开放，开辟了社会主义事业发展的新时期，逐步形成了建设有中国特色社会主义的路线、方针、政策，阐明了在中国建设社会主义、巩固和发展社会主义基本问题，创立了邓小平理论。在邓小平理论的指导下，国家生产力迅速发展，中国由落后走向繁荣，人民生活正向小康水平迈进。

在中国特色社会主义建设的初级阶段，江泽民同志结合中国现代化建设的实际情况，站在历史和发展的高度上提出“三个代表”重要思想。“三个代表”重要思想是对马克思列宁主义、毛泽东思想和邓小平理论的进一步继承和发展，反映了当代世界和中国的发展变化对党和国家工作的新要求，是加强和改进党的建设、推进中国社会主义自我完善和发展的强大理论武器。在“三个代表”思想的指导下，中国生产力进一步发展，人民生活更加富裕。

当今，在“十二五”规划的开局之年，我们要以胡锦涛总书记提出的“坚持以人为本，树立全面、协调、可持续的发展观，促进经济社会和人的全面发展”重大战略思想，牢记历史使命，按照“统筹城乡发展、统筹区域发展、统筹经济社会发展、统筹人与自然和谐发展、统筹国内发展和对外开放”的要求推进各项事业的改革和发展，从新的实际出发，深入贯彻落实科学发展观，永远保持谦虚、谨慎、不骄、不躁的作风，永远保持艰苦奋斗的作风，勇于变革、勇于创新，永不僵化、永不停滞，不动摇、不懈怠、不折腾，不为任何风险所惧，不被任何干扰所惑，坚定不移沿着中国特色社会主义道路奋勇前进。

流金的“七一”，燃情的“七一”，闪烁着真理的光芒，展现着信念与理想。在那灾难深重，血雨腥风的漫漫长夜，是“七一”的晨曦拨开华夏大地重重迷雾，激励着华夏儿女，为了民族的自由独立，抛头颅、洒热血，用血与火熔铸的铁锤、银镰砸碎旧世界的机器，铲平了压在人民身上的“三座大山”，将共产主义信念的火种撒向大地，把理想的火炬照彻强国之路，万里河山因此而挺拔俊秀，雄浑壮丽；历史的长河因此而波澜壮阔，豪情万丈。

光辉的“七一”，绚丽的“七一”，华夏儿女聚集在鲜红的旗帜下，为铺就强国之路，几代中华儿女挥舞着银镰披荆斩棘，奋发进取，用实践的巨笔描绘出一幅幅崭新的画卷。

红旗飘飘，党旗猎猎，祖国欣欣向荣，经济蓬勃发展，人民安居乐业，国际地位空前提高，中国人民正满怀喜悦和希望朝着现代化的宏伟目标迈进。90 年的光辉历程，走出了一条亘古不变的真理：中国共产党是时代的中流砥柱，是中华民族的脊梁。

高山仰首，大海扬波，大地溢满了新世纪的朝晖。在这百花争艳，风景怡人的季节，踏着时代节拍，穿越岁月时空，我们又走进火红的七月。它是这样令人心潮激荡，它是这样令人信心倍增，它是这样令人充满希望，它是这样令人热血沸腾，浮想联翩……

美食杂记

令人难以忘怀的美丽，令人入梦入幻的神奇，令人目不暇接的丰富，是对彩云之南的一种表面诠释。

而多姿多彩的民族饮食文化则是对彩云之南最文明、最具吸引力的注解之一。通过饮食这种非常具体的方式，不仅可以窥视一个民族的历史文化，而且还可以窥察一个省乃至一个国家悠久的文化精髓。“民以食为天”是古人对生活的最直接理解，而饮食文化则是人类告别蛮荒奔向文明的最显著标志，是它促进了人类的文明和在文明中获得了健康。其历史之悠久，特征之突出，从一个侧面映射出了民族文化内涵的深邃和丰富。

在民族众多的彩云之南，因各民族居住环境的迥异，导致了各民族的饮食口味和习惯也截然不同，傣族有酸笋鸡、酸笋鱼等酸味食品，白族的乳扇、彝族的乳饼、回族的凉鸡、腊鹅，哈尼族的狗肉，壮族的三七炖鸡等可谓各具特色。而真正称得上是美味佳肴的，要数汉族的过桥米线、汽锅鸡，白族的砂锅鱼、五香弓鱼、鱼茸乳扇卷，彝族的清蒸乳饼、油炸蚂蚱，傣族的香茅草烤鸡，藏族的油炸虫草、油松茸，哈尼族的五香芭蕉花，普米族的红烧琵琶肉等。

以酸、辣、苦、甜、咸、香、臭七味为主的滇味饮食，讲究质、香、色、形、器、味、适、序、境、趣的完美与和谐。由丰富的原料辅以精制的成品是其质；增进食欲的那种菜肴成品后的诱人香味是其香；菜肴色彩的搭配因其原料的本色而原汁原色是其色；菜肴盛盘后的艺术性加工而成的造型是其形；因器皿的点缀而构成了菜肴扮装的器；肴馔之精，菜肴之美是其味；各种原料搭配之服适入口是其适；菜肴上桌之程序加之美食之环境和有菜肴之美名兼食之乐趣共同构建了它的“序境界”。这十大技艺，也构成了滇味饮食的美食文化特色。

一介诗人的我自小成长在穷乡僻壤的农村，对饮食文化知之甚少，直到我因从事新闻编辑工作而安营于名城昆明之后，才开始渐渐对饮食文化有了初步的认识与认知。我的饮食习惯很大众化，没有什么特别之处，但对自己本民族的饮食却格外情有独钟。毕竟在自己的血液里，始终流淌着祖先的血液，普米族的血液，普米族的精魂。

普米族是云南独有的十五个少数民族之一，人口较少，但饮食习惯却十分悠远。除特别喜欢饮用由大麦、玉米酿制而成的水酒外，腌制琵琶肉则成为普米族人的拿手绝活。在我的印象中，腌制琵琶肉的程序应该是这样的：猪长到壮年，在宰杀前，在猪的胸部或腹部刺一小口子，用竹矛从小口刺入心脏，以减少猪血的大量流出。猪宰杀后，开膛掏出心脏，剔除骨头，剥去猪油，将盐、花椒、蒜等作料均匀撒在猪腹内，用细绳将猪腹缝合，放在熏棚上烘烤风干，便完成了一头猪的腌制。腌制后的琵琶肉可炒、蒸、炖、煨、煮后食用，其味道自然醇香浓厚，它不仅是咱普米族人招待贵客的上乘佳肴，而且还是广大农民朋友喜爱至极的名菜之一。

我第一次食上这种食中精品，是在十五年前的中学时代，是我母亲亲手做的。那年月，农村生活很清贫，一年到头能吃上一两次猪肉算是有福气，而这种福气我只赶上过极少的几年。那一年，我们家的粮食丰产，上缴公粮后略有剩余，父亲便将部分大米背到十余里外的乡街子卖了，沉沉的一大袋米只换回了几斤猪肉。当父亲小心翼翼地将买回来的猪肉挂在咱老家那间百年老屋的柱子上时，便遭到了我母亲的一顿责骂。责骂过后，母亲将那几斤猪肉统统腌了。直到那年春节，母亲才将它煨好端上了大年三十的年晚餐桌上。那是我而立之前吃到的最醇香最难忘的腌制肉，至今回味起来，仍觉味道好极了。

在我涉足文学新闻领域之后，咱普米族的腌制肉食过不下百次，但怎么也没有我中学时代的那一次更令我眼馋，令我难忘。

在我的饮食习惯中，干巴菌因其具有山珍野味的清香和营养的极其丰富而备受我的青睐。不知是个人偏好还是干巴菌的魅力十足，只要我一到菜市场，一看见新鲜诱人的干巴菌，无论价格多么昂贵，总要买上几两回家。然后一丝不苟地捡、细致耐心地撕和洗，前期工作看上去极麻烦，但极能培养一个人的耐心和毅力。新鲜吃、煎炸制后贮存而食、腌着吃是吃干巴菌的三种普通吃法，我比较喜欢新鲜吃法。用青辣椒炒干巴菌是云南人美食干巴菌的主要方式，我也极喜欢这种食法。用盐巴和青辣椒提味的干巴菌，黑绿分明，色香味俱全，鲜、嫩、香、脆是这道菜的绝对味道，一旦细品，不难品尝出野味的那种清香四溢，山土的那种芬芳沁人。

素炒干巴菌之所以深受彩云之南诸多家庭的欢迎，是有其必然的原因。激发食者食欲并给食者以美的视觉享受是其色泽美，香飘邻舍，未品其食先闻其香是其味之美，形神兼备、形式和内容有机统一是其造型之美，取之自然、食之自然是其自然之美，货真价实、营养绝佳是其质地之美。也难怪明代大状元杨升庵在品尝了云南的野生菌之后，留下了名诗："海上天风吹玉枝，樵童睡熟不曾知；仙翁迈住华阳洞，分得琼英一两枝。"

我是那种没有多少口福之人，既对饭局不感兴趣，也对朋友频频聚餐不感兴趣。我喜欢在家中和朋友进餐，食的菜肴大多是我亲自做的，但从未在一顿饭局里同时吃过琵琶肉和干巴菌。菜市场上的腌制猪肉，我从未买过，怕不地道和不正宗，这是在家里吃不上琵琶肉的主要原因。自己不是不会做腌制肉，是身居闹市的小区，一则不可能自己养一头猪；二则居住条件不允许烟熏火烤。这的确有些遗憾。

赶上一餐饭同时吃上这两道菜，平生只有一回。那是三年前的春节，我和两位朋友远涉滇西北，到一位文友家过年吃上的。那位文友姓杨，在当地从事新闻工作，他有一位贤惠之妻，能做很多拿手好菜，听说我们春节要去她家过年，便精心准备了我们喜欢的菜肴。在年饭桌上，我津津有味地品尝自己喜欢的琵琶肉和干巴菌，一边聆听着文友妻的美食名言。那一顿年饭，我至今还很向往，那一年春节，我至今流连不忘。

时至现在，很多昆明人不喜欢吃猪肉，我却格外喜爱，一如大诗人苏东坡一生喜爱猪肉一样。一时间，我对苏东坡的《猪肉颂》名诗记忆犹新："净洗铛，少著水，柴头罨烟焰不起。待它自熟莫催它，火候足时它自美。黄州好猪肉，价贱如泥土。贵人不肯吃，贫人不解煮。早晨起来打两碗，饱得自家君莫管。"是啊，现在菜市场的猪肉真有些价贱如泥土，许多富人都避而远之，只有我等农民之子脱不了俗，仍在贱价的猪肉摊上讨价还价，为的是多省几个钱，好让自己那间原本就很拥挤的书房再添些书的新伙伴。

云南各民族都有本民族的拿手菜肴，腌制琵琶肉、素炒干巴菌仅是云南民族饮食中的两朵浪花而已，浩如烟海的名牌美食正春笋般诞生，此文仅仅是自己饮食习惯的点滴忆旧，仅此而已。

五月，劳动之歌

“栽下一棵树，山就会绿一小块，栽下几棵树就会绿一片。我不相信这山绿不起来。”

有这样一位老人，他，从事革命工作近40年，曾担任保山地委领导近20年的地厅级干部，几十年如一日，两袖清风，清廉履职，忘我工作，一心为民，为了兑现自己当初“为当地群众做一点实事不要任何报酬”的承诺，退休后，主动放弃进省城安享晚年的机会，义无反顾扎根大亮山，义务植树造林，艰苦创业，一干就是22年，建成面积8万亩，价值1亿多元的林场，且将林场无偿上缴给国家。他就是共产党员的杰出代表杨善洲。

杨善洲用毕生精力践行了一名共产党员的铮铮誓言，忠贞不渝地坚守了一名共产党人的精神家园，他一辈子不为权力所累、不为地位所累、不为名利所累、不为私情所累，始终保持清正廉洁的公仆本色。杨善洲以对党和人民的事业高度负责的精神，在廉洁从政上始终坚持“警钟长鸣”，向党和人民交了一份出色的答卷。他胸怀宽广，敬业勤奋，奉献社会，严于律己；在工作中，他要求严格，事必亲躬；他心系群众，奉献社会；他清正廉洁，从不向组织提出任何要求。

古人言：居庙堂之高，处江湖之远，皆忧其民、忧其国者，方可为官，方是好官。杨善洲同志就是这样的人，是党的好干部、人民群众的贴心人。他赤诚的一生、奋斗的一生、奉献的一生体现的是共产党人为人民利益奋斗终身、无怨无悔的崇高精神。这种精神，是每个共产党员立足的“根”、生存的“魂”，他的精神，无论在何时，无论在何岗位，都值得我们永远铭记和传承。

生活是美的源泉，劳动是至美的挖掘与创造。现代化建设时期来自不同领域、不同岗位的劳动者用他们自己的辛勤劳动谱写了可歌可泣的动人赞歌，以自己的实际行动铸就了“爱岗敬业、争创一流、艰苦奋斗、勇于创新、淡泊名利、甘于奉献”的精神。

这是汗水涨潮的季节，最美的景致是由力量支撑起来的。一缕风能吹开湿透的衣襟，袒露原始的胸怀，心与心之间的距离靠得很近：劳动是本能。一片天能搭起青春的舞台，展现永恒的气象，美与美之间的标杆竖得相近：劳动是传统。这是鲜花盛开的季节，所有的绿叶托举着火红的劳动和五月诗的烂漫，把一个名词一步一步抬升到文明的高度，这个名词叫创造！

五月，在这夏天的季节，是一场雷鸣后大雨来临、南飞的大雁早已跋山涉水归家的日子；是杏花开遍山野、“她在丛中笑”的烂漫季节；是冬麦扬穗、农民挥汗荷锄辛勤耕耘的好光景。

蛙鸣虫叫，鱼跃雀散，初夏的旷野已是喧声鼎沸了。扶摇而上的风筝拥入碧空的怀抱，地上的人们舒展着筋骨攒足了劲。不知不觉中，夏天正迈着轻盈的脚步，悄悄地向我们走来——在夏意盎然的五月。

五月是孩子们的天堂，抛掉厚重的棉衣棉帽，跑到田野里尽情地撒欢儿，用柳笛唱一支春天的歌；五月是青年人的日子，夏潮涌动的时节，执子之手，与子同行，撷下春天里的玫瑰点缀爱的天空；五月是老年人的节日，踏着一路路春光，和着一串串鸟鸣，到刚刚解冻的湖面垂钓人生……五月，是全体人民的日子——全世界劳动人民的节日。

时代名流人也决不会收回劳动的手。积攒了一个春天的孕育，五月滋生出报效的力量。不分肤色，不论男女，不拘大小，不揣冒昧，只要劳动着，便属于美，或者接近美。劳动，平等了所有的理想，开始了所有的起点。只要劳动着，所有的力量总能升起希望，所有的汗水总能流淌喜悦，所有的付出总能得到回报。在火红的五月，在春耕的红五月，劳动者都是凡人，只要劳动着，就是光荣的使者、幸福的使者……

坚守信念，绚烂人生

元代大学者许衡一日外出，走在路上的时候，见路边有一棵梨树，因天气炎热，行人口渴难耐，便纷纷上前摘梨，唯独许衡不为所动。有人就问："你为什么不摘梨解渴？"他回答："不是自己的梨，怎么能乱摘？"那人笑许衡过于迂腐，说道："世道这样乱，管他是谁的梨，摘来吃就行。"许衡道："梨虽然没有主，我心里却有主。"

"我心有主"意味着一个人能够坚持自己的主见，恪守自己的信念和操守，排除外界的干扰和诱惑，不为外物所累，不被名利所困。

在这个纷扰的世界上，有的人或追名逐利，或贪赃枉法，最后落得身陷囹圄，悔恨终生，究其原因，在于这类人没有坚定的理想信念，缺乏正确的人生观和价值观。如果能做到"我心有主"，心有所念，心有所系，不随波逐流，坚守精神家园，自然能撑起属于自己的一片蓝天。

信念可以说是人生的灯塔，也是做人的准则，是一种境界和精神，是指引我们在人生的大海上前行的明灯。坚守信念，做人如此，做事亦如此。

近来，时代名流杂志的记者独家专访了云南省宗教事务局党组书记、局长熊胜祥，听他细细讲述他的人生经历。熊胜祥是普米族同胞的杰出代表，从小生长在边远的宁蒗乡村，他做过普通的乡村教师，曾任宁蒗县教育局副局长，县委常委、团委书记、宣传部长，丽江地区文化局副局长、地区纪委副书记，云南省纪委干部室副主任、纪检监察室主任，迪庆州委副书记，到今天的云南省宗教事务局党组书记、局长等职。

从熊胜祥的身上和他的讲述中，记者看到的是普米族自强不息、锐意进取、百折不挠、敢为人先的民族性格，看到的是一位坚守高尚情操的共产党员的光辉形象，他始终如一地发扬奉献精神、坚守共产党人的精神家园，坚守人生的信念，始终如一地把党和人民的利益放在个人利益的最前面。

在十多年的宗教工作中，熊胜祥带领省宗教局广大干部职工全面贯彻党的宗教信仰自由政策，依法管理全省的宗教事务，积极引导宗教与社会主义社会相适应，维护并促进了宗教领域的稳定和各民族的团结。2005年，熊胜祥因工作业绩特别突出被国务院授予“全国民族团结进步模范个人”荣誉称号。

作为一名全国政协委员，熊胜祥注重调查研究，曾长期深入民族边境地区的基层，倾听基层干部和普通群众的心声，写出了数万字的提案，有的提案被评为全国政协优秀提案。

拿破仑说，人生，就是要做一番事业，否则不足以受人尊重。

梁启超说，人生，就是承受责任的苦处，享受责任的乐趣。

熊胜祥背负着信念与责任，坚定不移地行进在人生的道路上，一步一个脚印勇攀高峰，谱写出一曲嘹亮的人生赞歌，这跟他为人随和、谦虚谨慎的性格，求真务实、遇事沉着冷静、勤于深入基层的工作态度和方法密不可分，还跟熊胜祥他们这个民族固有的团结向上、乐观豁达、自强不息的民族文化熏陶密不可分，更跟他对国家对人民的忠诚信念密不可分。

回首往昔，回首走过的路程，熊胜祥说，个人不算什么，是工作的环境和机遇，是党的培养和各级领导的亲切教诲成就了今天的我。对党的事业无限忠诚的信念是激励熊胜祥勇往直前的不竭源泉，也是催促熊胜祥迈向人生终极目标的核心动力。

人生到底是以喜剧还是悲剧收场，是丰富多彩还是悄无声息，全在于个人对自己的人生坚持什么样的信念。

人生由于有了信念的支撑，便如铁砧，愈敲打愈能粲然发出更加绚烂的火花；熊胜祥就是能粲然出绚烂火花的典范。

节日和歌

天苍苍，野茫茫。举头望，明月如镜，角宿如豆。在无边无际的天穹上，孤寂如灰，平静如蓝，如没有星宿点缀，那将是何等的平林漠漠。

山苍苍，水茫茫。翘首盼，佳节如舞，良辰如歌。在无休无止的岁月里，江山如纸，耕耘如犁，如没有节日装饰，那将是何等的无语默默。

月到中秋分外明。明月乡里，桂子滩头，有李白对酒，苏轼濯浪，真正的豪情纵千里，神思咏千年。大江南北，长城内外，草原纵马，碧波泛舟，真正的天涯同此时，海角比此意。中国的月亮，华夏的中秋，团圆，是万载不变的主题。

金秋十月，又听到共和国的脚步，踏响在神州大地。祖国的年轮画了61圈，走过61载岁月，回首61年往事，我们感慨万千，我们山呼万岁。当前往索马里的护航编队载誉归来，我们征服海洋走向世界的雄心，极地可表；当前往月球的嫦娥2号飞船于国庆启程，我们着眼未来心系太空的壮志，日月可彰。我们为中华崛起的脚步而振奋，我们为民族腾飞的理想而欢呼！

多少家国事，此心粲粲；多少天地情，此意嚯嚯。当此时，时代名流人用心血浇灌的《时代名流》，已经走过了四个春秋。有过茹毛饮血的艰辛，有过火中取栗的困苦，有过山穷水尽的酸楚，但时代名流人都一一走过来了，并一路赶超攀越，最终登上了云南政经类第一刊的峰顶，成就了一席成长与团圆的佳话。值此中秋又国庆，时代名流人愿风发“山高我为峰”的意气，用无比粲然的心情，继续书写下云南、泛珠、中国，乃至东盟、亚太、全球的更多名流的时代华章！

节日，从五千年前黄帝祈雨的神坛上走来，从天安门雄壮嘹亮的国歌声中走来，走向云岭大地，走向彩云之南，走向名流人的笔端，走向《时代名流》金色十月璀璨的记录。

从国际盛会“世博会”上靓丽登场的“云南时刻”，到梦幻迪庆香格里拉康巴艺术节的激情展演；从云南省非公有制经济人士双节座谈会，到风光杂志社、时代名流传媒的《A时代财富》座谈会及曲靖办事处成立揭牌仪式；从云南省百强榜单的再谱新篇，到红塔集团勇攀中国烟草业NO.1；从“东方大峡谷”怒江流出的豪迈声音，到南诏古都巍山的神秘瑰丽；从恒创奔跑中的理想，到天坤仁和的和谐美食之道……真可谓连天盛会播八极，彩云腾跃舞九州。

节日，这个泱泱中华金色十月最炫目的主题，因我们拥有中华崛起的强劲动力，因我们拥有中华民族的不息精神，因我们是东方苍龙，因我们是大化国度，我们期待着用我们自信的脚步，将地球贴上我们自己的节日标签。在清明祭祀，在端午泛舟，在七夕约会，在重阳登高，在中秋赏月，在十一欢歌，在大年红红火火，理应成为我们的节日骄傲，成为我们的节日和歌。而我们更有五十六个民族，在云南，就有彝族的火把节，傣族的泼水节，藏族的雪顿节，回族的开斋节，佤族的木鼓节，景颇族的目瑙纵歌节等，每个民族都有自己的节日，每个民族都有自己的狂欢。不仅如此，还有许多区域性、代表性的节日，如康巴艺术节、宣威火腿节、司岗里狂欢节等，人们因此聚集一起，打起鼓，唱起歌，跳起舞，欢乐无限，快乐无边！

为我们的节日而骄傲吧！为云南的节日而欢呼吧！有了节日，我们的日子更舒心，我们的血脉更奔涌，我们的激情更驰放；有了节日，我们大家，才能更好地演绎和谐这一时代主题，唱好和谐这台时代大戏；有了节日，我们大家，才能更好地在科学发展观的指引下，实现新时期的战略转型，实现中华民族的伟大复兴！有了节日，我们时代名流人，我们云南的时代名流们，才能更好地在省委、省政府的领导下，更好地实现“两强一堡”发展战略，更好地引领云南经济社会全面腾飞！

节日和歌，天星璀璨，人事辉煌；节日和歌，你心闪亮，我情飞扬；节日和歌，举国同庆，名流炫目！

时代赋予重托　奋斗铸就辉煌

2015 年 1 月 19 日至 20 日，习近平总书记亲临大理考察；之后，中共云南省委书记李纪恒，省委副书记、省长陈豪就深入贯彻落实习近平总书记重要讲话精神对大理进行调研，为大理的发展指明了新方向、描绘了新蓝图。

短短 7 个月时间，大理山欢水笑，以踏石留印、抓铁有痕的精神践行着党中央和云南省委、省政府的部署，我们向大理各族儿女点赞！向大理各族儿女致敬！

大理的发展站在了新的历史起点上，大理的新蓝图与频频妙招，也令经济专家和城市管理者称道。

大理之美，在苍山洱海。千百年来，这里的山山水水构成了一幅幅精美绝伦的诗意画卷，这里的历史人文展现了一部部辉煌灿烂的壮丽诗篇，这里的各族儿女用勤劳和智慧创造了一个个幸福家园。在大理生活的每一个人，每天可以坐拥绿水青山，每天可以呼吸新鲜空气，每天可以看白鹭翩跹起舞，每天可以幸福自在地生活，大理正成为各族人民安居乐业、共享如花生活的繁荣之地、和睦之地、幸福之地。习近平总书记在大理考察时说，大理，他从小就知道，颇为羡慕，让人流连忘返，舍不得离开，今后还要再来，但是生态保护形势严峻，不能盲目乐观，要落实好各项保护治理措施，不能松懈。

为了保护好苍山洱海之美，大理州委、州政府按照习近平总书记的嘱托，展开了洱海流域保护行动，打出洱海流域保护“四治一网”组合拳；按照 2565 平方公里全流域综合治理，“山水村田湖”统筹考虑的要求，

"十三五"期间规划了各类项目，总投资247亿元；更令人欣喜的是，他们在当下迅速启动了实施洱海环湖截污工程，主要通过政府与社会资本合作（PPP）模式，建设306.3公里环洱海截污管（渠）及建设6座水质净化厂。

PPP模式，即将部分政府责任以特许经营权方式转移给社会主体（企业），政府与社会主体建立起"利益共享、风险共担、全程合作"的共同体关系，政府的财政负担减轻，社会主体的投资风险减小。按照"依山就势，有缝闭合，管渠结合，分片收处，一次规划，分步实施"的原则，大理完成环洱海截污工程规划的评审。项目规划内容为：新建6座水质净化厂，总规模日处理11.8万立方米；新建环洱海截污干管（渠）总长度306.3公里；修建污水提升泵站12座；配套修建混合污水储水池13座，总规模8万立方米；综合考虑雨水系统循环利用及农村农业面源污染治理系统建设，分期建设城市下凹式绿地系统及洱海西岸库塘系统，工程规划匡算投资45.76亿元，其中除下凹式绿地系统和洱海西岸库塘系统外，其余采取PPP模式运作，规划投资34.68亿元，2015年启动部分项目建设。

洱海之美，在干净、在清澈。通过全州上下的共同努力，洱海水体生态功能将不断得到恢复，自净能力不断增强，流域生态环境趋稳向好。

大理之美，在民居。曾有世界顶级画家评论说："大理是一幅钟灵毓秀、意蕴深邃的水墨画，而画幅中那最为凝重、最为浑厚、最能让人击节三叹，大发思古之幽情的'点睛之笔'，当数那些蔚为气象、庄重典雅的白族民居建筑群落。"

习近平总书记在大理考察时，称赞了这里的民居。他说："这里环境整洁，又保持着古朴形态，这样的庭院比西式洋房好，记得住乡愁。"

习总书记的一席话，促使大理州委、州政府加快了大理传统村落保护、城乡规划建设的力度。按照"生态优先、文化立州、旅游兴州、和谐安州"的战略，大理出台了《大理白族自治州村庄规划建设管理条例》，在云南省率先建立了村庄规划建设管理的法律法规，明确了责任主体，建立了管理机构，完善了管理制度，开展了村庄规划，逐步形成了村庄规划建设管理体系。同时，对传统村落中的村庄形态和整体风貌、村庄自然生态环境、名胜古迹、古树名木、典型的传统民居建筑、典型的建筑构件、地方民族习俗和技艺等非物质文化遗产强化了保护。与此同时，在广大农村广泛开展了“清洁家园、清洁水源、清洁田园”为主要内容的“三清洁”环境卫生整治活动，让多年“沉睡”的垃圾不见了，长期堵塞的河道疏通了，疏远的干群联系走近了，大理全州城乡环境卫生显著改善，赢得了广大群众的拥护和支持。

现在，大理城乡规划建设稳步推进，大理市被列为国家新型城镇化试点；滇西中心城市建设稳步推进，海东开发完成独秀路路基工程等25个项目，中心区桥隧工程等26个项目加快实施，青少年活动中心等26个项目开工建设，实现融资25.1亿元，引进资金52亿元，完成固定资产投资45.5亿元；9个省级城市综合体全面启动，下关城区改造提升步伐加快，县城扩容提质及中心集镇建设稳步实施，建成城市污水处理配套管网122.2公里，11项城镇污水处理项目全面完成，51项乡镇“一水两污”项目启动实施，日新增污水处理能力8.2万立方米；房地产投资增长33.8%，基本建成城镇保障性住房7342套；新增建成区面积10平方公里，城镇化率40.5%；园林城市创建扎实推进，宾川、弥渡、南涧被命名为省级园林县城，城市绿化覆盖率达28%。风景名胜区和古城、古镇、古村保护得到加强，鹤庆新华、洱源凤翔等37个村列为第三批中国传统村落，大理全州已入选94个，居全省第一。

大理之美，在民族。大理是我国唯一的白族自治州。在大理这块土地上，生活着白族、汉族、彝族、回族等25个民族，总人口为359万人。少数民族和汉族各占总人口的一半，其中白族占总人口三分之一，各民族长期亲如一家。

习近平总书记在大理考察时指出：“民族工作的关键是团结，民族地区的重点是发展。”大理认真贯彻落实好习总书记重要讲话精神，按照党的民族政策，着力打牢民族团结的物质基础，着力构筑各民族共有精神家园，着力开展和谐社会建设，着力推进民族工作法治化，着力构建各民族共建小康、共享小康格局，努力将大理建设成为全国民族团结进步示范区的样板。

……

时代赋予重托，奋斗铸就辉煌。当前，大理正处在蓄势待发、跨越发展的重要关口，正在全面同步建成小康社会的康庄大道上阔步前行。我们坚信，大理一定能抓住国家发展战略释放的重大机遇，和云南加快发展带来的难得机遇和自身发展蕴藏的良好机遇，尤其是习近平总书记 2015 年首次离京专程到大理考察这一强大动力推动下，在云南省委、省政府的高度重视和正确领导下，万众一心，奋发图强，就一定能够续写大理跨越发展的新篇章。

乡愁里的生态游

提及乡愁与生态旅游的关系，总会让人不由自主地想到2015年初习近平总书记的云南之行。习总书记在讲话中强调，保持完好生态就必须留住青山绿水，必须记住乡愁。什么是乡愁？乡愁就是你离开后还很想念。要像保护眼睛一样保护生态，要像对待生命一样对待环境。

旅游业无疑是美丽乡愁的重要载体之一，中国的旅游业已从资源大国快速发展成为旅游大国，目前正积极转型提升，从旅游大国向旅游强国跨越。何谓旅游强国？最根本的是要有价值观，有向心力。云南作为旅游资源大省，是中国生态旅游发展的最重要的地区之一。

中国城镇化的进程，在取得傲人成就的同时，也付出了代价。远离故土的我们如一颗炸裂豆荚的种子，一不小心跳到了游子的行列里，在众多的陌生眼神中，我们成了故乡的客人，再也找寻不到萦绕心头的乡愁。

“我很乐意成为一个茧人，缩身于乡愁”。这是一个诗人的心语。美丽乡愁是中国梦的人文内涵，是对“我从哪里来、要到哪里去”这个终极问题的人文感受。每个人都有美丽乡愁，而中华民族的美丽乡愁必然落脚在整个中国——这片祖祖辈辈生活的大好河山上。乡愁是忧伤的，也是温暖的；是怀旧的，也是美丽的。“美丽乡愁”是根植于人内心的家园意识，它最为明显地反映在故土情怀上，生态旅游依托山水脉络让乡村成为大自然中的美丽元素，让走进村里的人望得见山，看得见水，记得住乡愁。

“故乡的歌是一支清远的笛，总在有月亮的晚上响起……”，这是台湾诗人席慕蓉笔下对故乡饱含情意的真实流露。如今，城市的钢筋水泥与柏油路、斑马线让都市人觉得窒息与压抑，快节奏的生活更成为压垮我们的最后一根稻草。近年来，随着外来文化和生活方式的影响，原有的生活环境与传统文化不可避免受到直接冲击，很多看得见的摸得着听得到的“乡愁”已有土崩瓦解之忧。在焦虑与狼狈之余，越来越多的都市人选择了暂避与逃离，每个人都开始在乡野与山水间找寻着属于自己的世外桃源。因为，即使你飞得再远，回不了圆心（家乡），但灵魂深处总有那么一片归宿地，让心有了安放的着落，牵挂的念，遥望的暖。生态旅游正好弥补了这方面的缺憾，在绿水青山之间，我们渴望找到“望得见山、看得见水、记得住乡愁”的田园，寻求在旅游中搭建起乡愁承载的大舞台。

一个美丽的乡村，是一首无字的田园诗。生态旅游的依托之地就在美丽的乡村里，谁都知道，生搬硬造的“假古董”无法激发人们的共鸣，没有对历史、对先民生活的尊重，也就构不成乡愁。所以生态旅游顺应的是自然，承载的是传统。

作为这方面的典范，云南丘北的生态旅游业正方兴未艾，一方水土孕育了一方文明，生息繁衍在美丽丘北的黑彝、僰人、撒尼、仆拉等彝族支系，在长期的生产生活中形成了独具魅力的花脸文化。仅此一项，就足以支撑起丘北生态旅游的根基。然而丘北的旅游不只有花脸节能让游客留恋。一个节日一个传说，一个传说一个故事，体现着丘北各民族人民对美好未来和先进文化的执著追求。如此灿烂的古代文明，如此和谐共处的家园和沃土，如此绚丽多彩的民族文化，提高了丘北人民的文化自觉，更增强了丘北人民的文化自信，共同开创丘北民族百花盛开、争奇斗艳的繁荣景象。

在丘北普者黑，游客们尽情地泛舟荷塘，畅游碧水，探奇溶洞……这里歌声和欢乐同在，人与自然达到了最高的和谐境界。碧水映照着青山绵延百里，清风吹拂着荷香播撒海内外。丘北能让你体味到“休闲天堂”和“浪漫水乡”的真正内涵，“乡愁”在这里将得到最大程度的释放。

借着大力发展生态旅游的东风，丘北这块承载着浓重乡愁的热土，有近50万热情、包容、勤劳、朴实的丘北各族人民正期待您亲临丘北、发现丘北、体验丘北、感受丘北、迷恋丘北、热爱丘北、忘情丘北……

魅力珠源　活力无限

滇黔锁钥之地——那里历史文化悠久，爨文化、铜商文化让那里凝聚着闪光的过往；那里区位优势明显，铁路、公路四通八达，距离省会昆明仅一个小时的车程，珠江源头，万里送潮，遇云呈虹霓。这是富饶的曲靖，这是发展的曲靖，这是向上、向前的活力曲靖、魅力珠源，这是时代的礼赞，这是跨越鼓点奏响的新征程!

攻坚克难铸就辉煌，砥砺奋进再谱新篇，大美曲靖铸就和谐滇东，这块热土在新时期焕发着怎样耀眼的光彩？看看曲靖的发展实绩，读者朋友们应该一目了然，曲靖的明天将会更加美好！曲靖市委书记锁飞和市长范华平谈及曲靖的未来时，都充满了信心并满怀期待，因为他们心里装着的是 640 多万曲靖人民，人民安居乐业了，经济社会蓬勃发展了，他们也就满足了。

2014 年，曲靖走过的道路非常不平坦，这一年，既要稳增长，又要调结构；既要促改革，又要惠民生；既要保证正常的生产生活秩序，又要忙于抗震救灾……

但是，值得欣喜的是，梳理曲靖一年来的“成绩单”，仍然亮点频频，这份成绩的取得颇为不易，我们看到的是曲靖人民在曲靖市委、市政府坚强领导下，不畏难、不退缩的进取精神，是曲靖人民在新常态下的信心与决心，是责任与担当。走过 2014 年，曲靖锐意进取、步伐坚定。这一切吸引着本刊记者，以真实的笔触记录这块滇东热土，在曲靖市委、市政府的坚强领导下发生的巨变，以期让全国读者目睹曲靖在“十二五”末期所取得的成绩，展望“十三五”开局之年活力曲靖的宏伟蓝图。

在谈及建设法治曲靖，党风廉政建设和反腐败斗争时，曲靖市委书记锁飞强调：曲靖要以习近平总书记系列重要讲话精神武装头脑、指导实践、推动工作，找到开展“三严三实”和“忠诚干净担当”专题教育与推动经济社会发展、保障和改善民生的结合点，坚持发展第一要务，聚焦群众上学难、看病难、就业难、养老难、住房难等实际问题，在加快发展中服务大局，在维护群众利益中惠及民生。法治曲靖在攻坚克难、跨越发展中奋然前行。曲靖全市上下遵循踏石留印、抓铁有痕的劲头，改革创新、敢于担当的勇气，以戮力同心、持之以恒的精神，落实中央八项规定精神，坚持不懈纠正“四风”，以驰而不息的正风肃纪坚定不移地推进法治曲靖的建设步伐。

在2015年的新征程上，新常态是“当前和今后一个时期我国经济发展的大逻辑”，新常态也将成为曲靖市加快转型发展、实现跨越赶超的重大契机。曲靖人民深刻认识到了“新常态”这个总特征，紧密结合曲靖实际，始终以积极进取的姿态和奋发有为的精神，主动作为，迎接新挑战、抢抓新机遇，准确把握经济走势、政策脉络和发展方向，推动经济发展的提质增效和快速升级。

滇东粮仓，泽被家乡。曲靖的农业产业则紧紧围绕着云南省和曲靖市发展高原特色农业的总体布置，以建设“全省一流、西南有位、全国知名”的高原特色农业示范带为总目标，努力将马龙等县份打造成为“全省高原特色农业示范县”和“昆曲绿色经济示范带”上的璀璨明珠，为云南推动高原特色农业发展再立新功。

智汇珠源，标本兼治，用良知惠民生，曲靖各级各部门倾情为民服务，谱写着动人的惠民新章节；和畅曲靖，“和”是一种和谐的状态，是一种天人合一的美好境界，天蓝水净，空气清新，城市宜居，人民安居乐业既是对“和”的真实写照，而“畅”则意味着四通八达的交通，将开启曲靖经济腾飞的新局面，进一步提高曲靖市民的生活品质，“和”和“畅”在曲靖这块热土上，可谓是相得益彰、相辅相成。

瞭望三迪，扮靓滇东，正如曲靖市委书记锁飞所言，云南山地牧业科技示范园项目合作协议2015年1月在曲靖签订，这是曲靖的大事、喜事，更是曲靖现代农业发展的一个里程碑；地震无情人有情，曲靖市委、市政府将继续领导会泽人民重建家园，让地震中受灾的群众安心、暖心、放心。

轩昂峰峦，再望远天，曲靖的发展已乘上时代的快速列车，大力推进滇中城市经济圈、昆曲绿色经济示范带、麒沾马同城化滇东次区域金融服务中心将是2015年和今后一个时期曲靖经济社会发展的主战场。

活力曲靖，腾飞曲靖，奋进曲靖，跨越曲靖，640多万曲靖各族儿女正用激情与智慧书写着这个时代的伟大壮歌，正在为中国梦曲靖篇章呈献盛大礼赞！

闪耀在地震废墟上的光彩人性

八月的红土高原阴云密布，阴雨伴随着突如其来的6.5级地震毫无预警地降临滇东大地，刹那间，地动山摇，山河破碎，房屋倒塌，无数个生命被埋在废墟下，昔日祥和宁静的红土地，转眼间变成一片废墟，一场突如其来的灾难，顷刻间吞噬了我们的同胞。苍生泣血，泪眼横陈，山河变色，草木同悲。

当时间的指针走到2014年8月3日16点30分时便被永远地停滞了。多少条生命瞬间消失，多少人失去了联系，一朵朵娇艳的鲜花尽失容颜，多少灾民无家可归，长歌当哭，失去亲人的人们在哭泣，失去家园的人们在哭泣，失去母亲的孩子们在哭泣，面对天难的鲁甸、巧家、会泽在哭泣。这是万人共悲的一刻，这是举国同哀的一刻，这是需要我们铭记的一刻！这个八月，注定是一个不会被遗忘，也不能被遗忘的八月，为了云南大地震中我们同胞失去的生命，为了云南大地震中我们同胞遭受的灾难……我们不能忘却！

灾难降临在红土高原地的那一刻，灾情就紧紧地牵动着党和国家领导人的心。在地震发生的第一时间中共中央总书记、国家主席、中央军委主席习近平立即作出重要指示：当前把救人放在第一位，努力减少人员伤亡，妥善做好群众安置工作；有关方面要抓紧了解灾情，组织群众避险，全力投入抗震救灾；要加强余震监测预报，密切防范次生灾害发生。习近平总书记还专门委托中共中央政治局委员、中央书记处书记、中央办公厅主任栗战书打电话给云南省委书记秦光荣，详细询问地震灾情，了解抗震救灾工作，要求全力组织抗震救灾，并向灾区群众表示亲切慰问。

天灾无情人有情，大悲之中见大爱。这次大灾难，高原儿女团结一心，在党中央、国务院领导下全力投入救援工作，中共中央政治局常委、国务院总理李克强第一时间作出批示：有关部门千方百计抢救被掩埋和受伤人员；确保群众有饭吃、有衣穿、有干净水喝、有临时住处、有病能得到及时治疗；保障救灾物资、人员运输和通信畅通，维护灾区社会秩序。2014年8月4日一早，李克强总理代表党中央、国务院，代表习近平总书记急飞灾区察看灾情，总理的身影出现在灾区，虽然他的安危让人牵挂，但是他风尘仆仆，不辞辛劳，给救援人员鼓劲、给被困灾民打气，面对被困灾胞所流露的焦急之情令国人动容。

而2014年8月3日晚，云南省委书记秦光荣第一时间赶赴鲁甸地震灾区指挥抗震救灾。他要求，必须把抢救人的生命放在第一位，只要有一线希望，就要竭尽全力。深夜12时，他在鲁甸县人民医院探望地震伤员时说："请大家安心养伤，党和政府一定会帮你们渡过难关。"同时，云南省长李纪恒第一时间率领云南省政府工作组昼夜兼程冒雨赶赴震中鲁甸县龙头山镇指挥抗震救灾。他要求，全力搜救，全面排险，全力以赴做好抗震救灾各项工作。在震区，李纪恒边走边查看灾情，在骡马口村安置点，他安慰大家："只要人还在，就有希望，美好家园就一定能重建起来。"2014年8月4日，中共云南省委副书记仇和第一时间来到巧家地震灾区，看望受灾群众，指导抗震救灾，慰问奋战在抗震救灾一线的解放军武警官兵和干部群众，要求大家提振信心，众志成城、攻坚克难，带着感情全力做好抗震救灾工作……

这一个个"第一时间"，阐释着我们党人民至上的根本宗旨，体现了我们国家视民如伤的崇高理念。这样的情景，六年前的汶川特大地震中我们见过；四年前的玉树地震中我们见过；连续四年的大旱时，在西南皴裂的红土地上我们见过；山西王家岭矿难救援现场我们见过……危难时刻、人民最需要的地方，党和国家领导人都与人民在一起。

白纸黑字上的死亡人数每增加一个，这世上曾经鲜活的生命就会减少一个；时间每流逝一秒，一条生命得以存活的可能就会减少一分。时间的流逝与空间的阻隔在此时，比任何时候更让人备受煎熬。生命，是的，此时此刻，挽救灾区群众的生命，高于一切、大过一切、急于一切。

与地震灾害搏斗，必须争分夺秒。流逝的每一分钟，都令人心焦；赢得的每一分钟，都意味着生的希望。我们在和时间赛跑，我们在和死亡抗争。救援人员仔细搜索每一个有可能发生奇迹的角落，分秒必争地找寻着生还奇迹；顶着落石随时落下的危险，一队队救援官兵向震中挺进；车辆无法通行的地方，担架成了最实用的救援工具；和亲人失联的村民爬在残垣断壁上呼喊着他（她）们曾经熟悉的名字……

我们向此次地震中遇难的同胞们志哀，向那些在地动山摇的瞬间中寂灭的生命志哀，他们是相依为命的父亲、母亲、儿女、兄妹，是我们血脉相连的骨肉同胞，是红土高原无法割舍的挚爱。

我们向奋战在震灾一线的广大官兵致敬。国有难，操戈披甲；人有危，众士争先。灾害牵动着党中央、国务院的目光，灾情就是命令，鲁甸“8·03”地震发生后，成都军区迅即部署抗震救灾，云南省军区、陆军第14集团军、武警云南省总队和武警8750部队立即启动应急预案。昭通军分区迅速派出官兵和民兵预备役人员赶赴震中，了解并及时上报灾情。数千武警官兵救援的身影随处可见，他们表示“只要群众需要就奋战到最后”。大爱无言，谁是新时期最可爱的人？看到那些奋战在一线、英勇救灾的一幕幕场景、一幅幅画面，温暖灌溉心田，让人真正感悟到什么是“忠诚、温暖、人民军队爱人民”的生动画面……

我们向在后方默默支援、点滴奉献的国人致礼。他们不是伟岸的英雄，也不是耀眼的明星，他们没有亲历抗震救灾，但是他们的心和所有身在地震灾区的人一样。他们牵挂灾区、情系灾区，虽然普通，但他们却有着一颗颗执著不变的爱心，这一颗颗爱心凝聚成一种崇高的精神、一股道德的力量，最终在广袤的华夏大地上，发出正声音、传播正能量、树立正形象。

我们的社会日益强大，国家日益强大，但灾难是亘古不变的自然命题。我们当然有社会、国家力量护佑个体的安全，但面对始料未及的灾难，在偶然的情境下，生命仍如风中的稻草，她是无力的、无奈的。但我们清醒地发现：原来还有那么多的人，他们在等待救援的同时，并不曾绝望，并不曾慌乱，也并不曾互相抛弃。灾难之下见人心，迄今为止，我们看到更多的却是舍己救人，见义勇为，不计报酬，不讲条件，天南海北素不相识的陌生人，会在救灾这一至高无上的号令之下肝胆相照。人性之光彩，在地震废墟上无限闪耀。

笛声呜咽，警报哀鸣，举国寄哀思！2014 年 8 月 10 日 10 时，沉痛哀悼云南鲁甸“8・03”地震遇难同胞仪式在鲁甸县城举行，笛声、警报声响彻鲁甸的上空。同一时间，从震中龙头山到省会昆明市，龙头山镇，鲁甸县城，滇池大坝，金马坊，火车站，地铁站……在云南广袤的红土地上，汽车、火车、防空警报、长笛同时响起，云南 4600 万各族群众默哀 3 分钟，为遇难和失踪同胞们哀悼。在警报声响起的一刹那，所有人均默默面向同胞罹难的方向！

灾难是一次大考。考验着党和政府的应急能力，考验着民众的团结能力。云南鲁甸“8・03”地震发生以来，从党和政府到军队，所有的救援行动可歌可泣，可圈可点！

云南鲁甸“8・03”地震和以往应对地震灾害相比，鲁甸地震灾害的应对更为迅速，信息发布更为及时、透明，救灾应对措施更具人性化。道路抢通时间迅速，帐篷、干粮、矿泉水等救灾物资很快能够进入物资短缺的灾区。而救灾物资发放的全过程秉承着“公开透明”的原则，确保了每一位灾民有衣穿、有饭吃、有干净水喝。灾区更没有出现重大传染病疫情，这是多么难能可贵呀。

国人之命运即国之命运。每一次灾难，都是对党和国家“以人为本”的执政理念和公民社会的一次考验。铁的事实证明，只有党与政府和军队，才能救国救民。

哀悼逝者，救助伤者，抚慰幸存者。我们祈祷风调雨顺、国泰民安，但谁都知道，自然灾难不会远离这块多灾多难的国土。灾难，让我们遭受失去亲人之痛；灾难，也让我们的信念更加坚强。我们发现，一个国家和她的民族正在灾难中成长，正在灾难中变得更加从容和坚强。因为，人民高于一切，生命高于一切；因为，我们有一个执政为民、全心全意为人民服务的先进政党，有一个 13 亿人同呼吸、共命运、心连心的伟大祖国；因为，每一个公民都是国家的主人，失去任何一个生命，都是国家的损失，都是民族的哀伤。尊重生命，铭记苦难，将使一个国家在挫折中奋起，会让一个民族在磨难中砥砺前行。

历史上无数次的灾难证明过，地震能摧毁一些东西，但它必将被另一种形式重塑。救援已经结束，但是震区的重建还在继续，挑战仍在眼前。在以习近平同志为总书记的党中央的坚强领导下，感天动地的营救，不计得失的援助，无私慷慨的奉献，激发了华夏儿女和衷共济、万众一心的民族精神，再现了我们民族在艰难困苦面前不屈不挠、团结奋斗的光荣传统。

为“后天”忧患

截至2014年4月，阿里巴巴在过去的十五个月里的投资让人眼花缭乱，很多人不明白，马云为何每月会发起1.6起投资，且每项投资平均金额在2亿美元左右，这样天价的投资让人咋舌的同时，更让人对这样的投资迷局充满了期待和猜测。从国外各大投行公布的对阿里巴巴上市市值估算的数据可以看出，阿里巴巴每一起投资都拉高了其估值，使其估值从2013年初的1000多亿美元到今天的2000亿美元。一些投行更是发布报告，预测称阿里巴巴如果在美国成功上市，将创造最高市值纪录。

很多人认为，这样一家形势一片大好的公司何必如此折腾，何必担忧明天如何，后天如何？但以马云为首的阿里巴巴高层，还是想到了要提升企业在后天的价值，真可谓是“忧患始于危机前”。了解阿里巴巴的投行人士认为，阿里巴巴之所以这样做，一是花钱买时间、买未来，只要赢得时间，任何东西都可以变为金钱；二是提升上市估值，上市意味着更大的扩展空间；三是个人还能有收益。一箭三雕，何乐不为？即使从眼下实实在在的利益看来，用40亿美元拉升了一倍的估值，而且一旦上市，大部分阿里巴巴投资公司的报表，都将合并到上市后的阿里巴巴公司财报，这对阿里巴巴上市后的股价上涨很有帮助。如此，马云今天的动作，是为了明天乃至后天活得更好！

总结起来，这就是一种危机意识下企业生存也像自然规律一样，所谓花无百日红，未雨绸缪就是要考虑到后天你的价值能否超过今天。有些历史事实也给了我们一些警示，越有范蠡，警钟长鸣，勾践信任并重用他，终于灭吴兴越；吴有伍子胥，长鸣警钟，而夫差听信谗言，杀了伍子胥，终致亡国，让伍子胥“抉目悬门以观越人”。历史告诉我们，危机并不可怕，最可怕的是没有危机意识。当然，企业倒闭不至于像亡国这样可怕。然而有了危机意识，危机来了才能软着陆，这是马云领舵的阿里巴巴给我们的启示，危机也会变成机遇为己所用；没有危机意识，危机就会像黄河决堤一样席卷而来，形成灭顶之灾。所以圣人说，“人无远虑，必有近忧”。

这说明警觉比实力更重要，忧患比优势更宝贵，马云今天手握大把资金，所以他在警觉中把资金变成了明天甚至后天照耀自己的太阳抑或铺就更长远的财富大道。近代中国沦为半殖民半封建的国家，其根源并不在鸦片战争，而早在乾隆盛世之时就已经现端倪。当西方国家早已开始工业革命的时候，清政府还正陶醉于皇权集中，视科学技术为雕虫小技，缺乏起码的战略眼光和警觉意识，丧失了大好的发展机遇。任何事情都会有一个从量变到质变的过程，只是这个过程是渐变的过程，没有清醒的警觉并不能及时地发现。

美国康奈尔大学的温水煮青蛙的实验，相信很多人都耳熟能详，第一次青蛙之所以能逃离险境，是因为沸水的剧烈刺激，于是它使出浑身的力量跳了出来；第二次没有明显地感觉到刺激，便失去了警觉，没有了危机意识，甚至觉得很舒服，而当它感觉到危机来临时，已经来不及了。这就是所谓的“青蛙效应”。正所谓“居安思危，思则有备，有备无患”。阿里巴巴是被国内外普遍看好的企业尚能考虑到后天如何生存，足见商界竞争何其残酷和无情！

孟子曰：“生于忧患，死于安乐。”可见安乐对于成长中的企业来说，不啻于毒药；而忧患却常常唤起人的警觉与斗志，进而去早早地发现危机，驾驭危机，抓住和利用危机，抑或利用好危机之后的机遇，开拓出新的天地。所以全球管理大师、影响世界进程的思想领袖理查德·帕斯卡尔说：“21 世纪，没有危机感是最大的危机”。无独有偶，比尔·盖茨也说过：“微软离破产永远只有 18 个月”。居安思危似乎也是目前德国的一种商业文化，最新的资料显示，德国很多企业高管报告当前形势一片大好，却担心好时光难以持久。

中国的企业家在这个过程中，是不是也该学学阿里巴巴的“后天忧患意识”？未雨绸缪更适用于所有看上去蒸蒸日上的企业！

云岭大地的又一面镜子

为什么他能在巍峨高耸的高黎贡山下站立成一块丰碑，38 年不辞辛劳地奔走在群众中？那是一种责任与担当在支撑着他；为什么他能在穷困落后的独龙江畔生长成一棵扎根群众的不老松，38 年来，他为民谋福祉，务实廉洁，一如既往地和人民群众水乳交融地结合在一起？那是一种关切和无私让他情牵那片土地。

38 年来，他风风火火，苦干实干，一心为了那片几乎是与世隔绝的土地殚精竭虑，奔走四方。

中共云南省委书记秦光荣在号召学习高德荣的批示中强调："高德荣从独龙江走来，从独龙族群众中走来，他的眼神和脚步，永远离不开独龙江那个始终让他梦牵魂绕的地方。不管走到哪里，不管在什么岗位，不管遇上了怎样的艰难险阻，高德荣始终坚持党的群众观点和群众路线，把'一切为了独龙族同胞脱贫致富奔小康'的目标作为毕生追求，把自己的根深深扎在独龙江畔，为独龙族同胞的福祉尽心竭力。他将共产党人一心为公、一心为民，踏实做人、务实做事，不徇私情、不谋私利的优秀本质写进了青山绿水间，用自己的务实担当、无私奉献模范践行着党的群众路线。"

38 年，这是一种怎样的坚守！高德荣为了独龙族人民始终牢记党的宗旨，真心为群众谋利益。他对待工作满腔热情，对待自己从严要求，始终保持艰苦奋斗、勤俭节约的优良作风，做人坦坦荡荡，做事光明磊落。多年来，无论生活环境、工作条件和工作岗位怎样发生变化，他始终坚持党的群众观点和群众路线，对"当官为什么、掌权干什么、工作图什么"

始终保持清醒的头脑，对群众的感情从不疏远，把群众冷暖疾苦铭记于心，把发展好、维护好、实现好群众的利益作为毕生的追求。

38 年，这是一种怎样的执著！高德荣倾心尽力干的那一件天大的事，就是为了让 4300 名独龙族同胞尽快摆脱贫困奔向小康。作为一名党培养出来的少数民族干部，他始终放不下那份对民族、对群众的深厚感情，放不下独龙族干部沉甸甸的责任；他带头认真贯彻落实党的少数民族政策，长期驻守在每年大雪封山半年、工作生活条件极其艰苦的独龙江乡，投身整乡推进的帮扶攻坚行动中，先行先试、进村入户，为教育奔波、为环保呼吁、为民生解难，带领独龙族群众改善基础设施条件，发展特色产业，改变独龙江交通闭塞、基础设施落后、发展迟缓的面貌。

直到二十世纪 90 年代，独龙族群众还在吃国家救济粮，还在靠狩猎、打鱼、挖野菜维持生计。面对家乡贫穷、落后、封闭的现状，高德荣是看在眼里，急在心里，他常对乡亲们说："穷不是光荣，求富求强才是出路，而要致富得先修公路。"然而，独龙族人修公路谈何容易，要钱没钱，要物没物，拿什么修？"有条件要上，没有条件创造条件也要上！"最终高德荣借助国家、省市等多方的扶持、帮助，终于将路修到了家乡。

为了让独龙江尽快发展起来，让独龙族群众过上更好的日子，实现在全面建设小康社会中"不掉队、不落伍"的目标，他在投身整乡推进帮扶攻坚中奋发进取，在培育独龙江乡支柱产业发展中大胆探索，在贡山提出了"产业发展生态化，生态发展产业化"的新思路，创办了贡山县金座指导站（主要用于指导独龙江乡发展种植产业），一心探索以发展经济林木为独龙人闯出一条脱贫致富之道。在他的团结带领和科学指导下，独龙族人民克服困难，勇于实践，产业生态共发展，经济林木的生态效益和经济效益初步显现。目前草果已发展成为贡山县独龙族群众重要的致富产业。

2006 年 10 月，装机容量 640 千瓦的独龙江孔目电站建成投产，独龙江乡亮起了夜明珠，独龙族群众从此告别了不通电的历史。这也是高德荣为独龙江争取到的光明。等他再次去独龙江乡时，乡村的干部群众争着拉住他的手，激动地说："高代表、高县长，没有您的关心和操心，我们独龙族不知何时才能用上电！""我六十多岁，才看到了电光，谢谢您！"……

被群众热情包围着的高德荣特别感动和激动，他对乡亲们说："我是独龙族同胞的一员，为家乡做点事是应该的，我是在尽一名人大代表和一县之长应尽的职责和义务，要谢就谢我们的党和政府吧，是党和政府在时时关心我们。我真诚希望大家快快乐乐地享受祖国大家庭的温暖阳光。"

高德荣在促进民族团结进步中的积极实践，在全面提升民族同胞素质方面的良苦用心，实实在在地彰显了共产党人的公仆本色，生动诠释了"高原情怀、大山品质"云南精神的深刻内涵。

而今放眼独龙江乡：草果流芳，蜜糖飘香；一座五层楼的寄宿制学校拔地而起，窗明几净的宽敞教室里书声琅琅；国家资助建盖的一排排别墅式的农家小院井然有序；孔目电站发电输电运转正常；草果烘焙厂建成投产；跨江大桥上人来车往，平整的柏油路通向村寨；为了解除大雪封山之困而在建的新公路正进行隧道贯通施工；独龙族村民也和城里人一样享受着移动电话、数字电视、互联网等现代新科技带来的社会风尚。

在高德荣看来，"生活在群众中让人过得更充实，漂浮在官场上只会使人越来越浮躁"。

所以他 38 载执著坚守，不计得失，从独龙江来，回独龙江去。他作为怒江州贡山县"老县长"的公仆形象，牢牢地定格在了独龙族同胞和怒江人民的心中。他就是一个红色的"路标"，又一面闪亮的"镜子"。

榜样的无穷力量源于精神价值的闪光和感召。在云岭大地上土生土长的高德荣，身上展现的追求与梦想，无私与大爱，清风与正气，淳朴与善良，正是我们的时代、社会以及无数老百姓所真心期盼的共产党人的形象。他同时用实际行动深刻诠释了一个共产党人的先进性和纯洁性。他为独龙江群众建房、修路、架桥、发展产业，展示了他促进经济社会发展的战略思维和长远目光，展示了高远、开放、包容和坚定、担当、务实的云南精神，展示了民族干部的优秀品质和时代风貌。

为什么要学习高德荣，因为高德荣为我们树起了又一个示范的标杆，为我们立起了又一面闪亮的镜子。为引导全省广大党员干部树立正确的世界观、人生观、价值观，把云南全省党的群众路线教育实践活动不断引向深入，我们应学习他理想信念坚定、对党忠诚的政治品质；学习他为民务实清廉的价值追求，把人生追求融入到党和人民的事业中，融入到边疆各族人民构筑中国梦的生动实践中；学习他爱党、爱国、爱家乡的赤子之心和鞠躬尽瘁、无私奉献的公仆情怀；学习他始终与人民群众心连心、共患难的政治本色。以高德荣同志为榜样，扪心自省，查找差距，反对形式主义、官僚主义、享乐主义和奢靡之风，胸怀为民之义、亲民之心，践行助民之实、利民之举，争做群众路线的模范实践者，为谱写中国梦云南篇章凝聚起强大的正能量。

他是红土高原上继杨善洲等英模人物之后孕育出的又一个重大典型，是广大党员干部学习的榜样和楷模。云岭大地乃至华夏960万平方公里的土地上，学习高德荣的热潮一浪高过一浪，以先进模范人物为榜样、为镜子、为标杆、为教材，对照查找差距，解决现实问题，如此才能扎实推动群众路线教育实践活动深入开展，如此才能全面建成小康社会、不断夺取中国特色社会主义的新胜利、实现中华民族伟大复兴的中国梦。

誓言无声　时代作证

一本有着近八年历史的杂志，要实现一场华丽转身，殊非易事：那些既定的，那些成熟的，那些在广大读者心目中已约定俗成的面貌、品相、风格、特征、特色……都将随着历史性的改版，进行一次史无前例的颠覆。

大幕尚未开启，已引来众人瞩目，风光杂志社《时代名流》月刊颇具悬念的改版之举，是我们在激烈的市场竞争之中的一次深层思索的结晶，这是《时代名流》月刊更上一层楼的革命性举措。

今天，呈现在您面前的《时代名流》月刊，是她改版之后的第一次公开亮相。在资讯空前发达、表达方式个性迭出的当下，要保持这份综合类政经杂志所应有的高端、大气、内敛与厚重，是艰难跋涉后搏击时代风云的亮剑之举。但诚如您所见，今天的《时代名流》月刊无论从版式设计、印刷装帧，还是从谋篇布局、内容设置等方面，我们都做出了大胆的探索与尝试。尽管这些变化在浩瀚的期刊中，微如尘埃、细若纤毫，但我们仍将矢志不渝，竭尽所能，为您呈现云南政经第一刊对于这个时代的独特感知和现实考量。

时代名流人在八年的坚守中，殚精竭虑，精诚精进，在助推《时代名流》月刊跻身云南政经第一刊的征程中，我们在良心纸媒的誓言下良心精耕。八年来，《时代名流》月刊先后独家或重头刊登过红塔集团、联想集团、海尔集团、新希望集团、阿里巴巴集团、红云红河集团、远东控股集团、云铜集团、云天化集团、昆钢集团、冶金集团、煤化工集团、云南白药集团、雄业集团、澜沧江集团、万方集团、滇虹集团、昊龙集团、柏联集团、龙润集团、德鑫集团、东恒集团等省内外著名企业200余家。同时，独家专访并首发过秦光荣、李纪恒、仇和、罗正富等云南党政军主要领导的深度宣传文章以及段跃庆、刘建华、罗应光、高劲松、张祖林、侯新华、岳跃生等正厅级知名政要200多人。正是在这些耀眼的政界精英和商界名流们不懈地鼎力支持下，《时代名流》月刊连续八年被审定为云南省“两会”全体人大代表、政协委员唯一专阅刊物……这些支持与关怀给了我们改版的勇气与底气，这份勇气与底气必将为《时代名流》走出云南，走向中国增加成功的关键砝码。

据国家权威机构调查数据显示，《时代名流》月刊已成为云南乃至全国商界之间、政界之间、商界与政界之间沟通交流、相互借鉴、形象展示、信息传递的云南主流政经期刊第一品牌。伴随中国经济的高速增长，凭省内外成功商人的经营故事予人以鼓励和振奋，借精彩纷呈的政界生活给人以启迪和思考。《时代名流》月刊已被广大精英名流喻为“商贾读之觅得黄金屋，政客读之拥有大韬略，学者读之粲然大智慧，百姓读之可知天下事”的精品杂志。

尽管如此，我们亦深知唯有精益求精，方能开辟更广阔的文化疆域。习近平总书记“8·19”讲话精神为时代名流人催生了历史使命感，为时代名流人开启新征程指明了方向。如此重大的理论依据，将是我们在保持原有优势与风格的基础上，占据理论制高点的新希望，为此，《时代名流》月刊迎来了她的第一次重要改版。改版后，《时代名流》月刊将以一个综合政经类杂志观察者、发现者、见证者、开拓者的多重身份，潜身融入时代洪流，融入伟大中国梦、云南梦的实现之中，悉心感受来自政界和商界及社会各界炽热的体温，了解时代的每一个敏感触角，注目企业发展的每一寸细节，把握时势发展的每一次脉动，凸显字斟句酌的卓见之言，展现这本综合类政经杂志所应具有的深度、厚度、宽度、广度及高度。因为我们深知，您所期望的，就是我们竭尽绵薄所孜孜追求的！

风光杂志社《时代名流》月刊的这次改版，对于我们媒体人来说，是一场自上而下的颠覆，同时也是我们面对时代考量时，做出的创新之举。风雷激荡，大潮涌动，时代名流人必将为占领纸媒鳌头，披坚执锐！而改版将是我们破冰前行的闪亮犁铧，抓铁有痕谋发展，踏石留印谱新篇，《时代名流》月刊必将与这个时代的最强音实现历史性的共鸣！

在新的历史起点上，风光杂志社全体同仁将一丝不苟、兢兢业业为云南的宣传大计添砖加瓦，竭尽全力！

在新的历史起点上，风光杂志社全体同仁决定不辱使命，将通过继续解放思想，树立起全面、协调、可持续发展观念，确立好好字优先、快字当头、又好又快的发展路径，做到社属刊物全面发展、统一发展、协调发展的科学发展思路；将拉高标杆、明确定位、找准差距、奋力赶超，努力实现在云南同类纸质期刊媒体中，综合经济实力较强并奋力冲刺中国西部期刊前十强；将振奋精神、力争上游，弘扬不畏强手的胆气、直面竞争的锐气、勇创一流的豪气，敢与强的比、敢向高的攀、敢同勇的争、敢跟快的赛，力争走在中国西部同类纸媒期刊发展的前列；将勇于直面现实、正视困难，不为任何风险所惧，不为任何困难所绊，不为任何干扰所惑，咬定青山不放松，不达目标不罢休，不获全胜不收兵；将努力化危为机、危中寻机、危中握机，坚决克服唉声叹气、怨天尤人的悲观情绪，自觉纠正等待观望、无所作为的消极思想，彻底摒弃见矛盾就推、见困难就躲、见事多就跑的不良习气，将知难勇进、迎难而上、一往无前，迅速抵达胜利的彼岸；将问需于员、问计于员、问策于员，对员工的建设性意见科学合理地予以采纳，把员工反映强烈的突出问题科学合理地加以解决，更好地使全社人员凝心聚力、集智聚力、汇聚才力，为实现集团化发展注入强大活力和不竭动力；视信心为责任，视责任为使命，视使命为生命，争做团结干事的表率，珍惜一起共事的缘分，用高尚的人格增进团结，用坚强的诚信保证团结，用共同的事业维护团结；将各司其职、紧密协作，真正做到合心、合拍、合力，真正做到虚心、同心、全心，真正做到踏实、务实、诚实，真正做到想事、干事、成事，决不会在互相抱怨中消磨斗志，在无谓争论中坐失良机，在推诿扯皮中贻误事业；将充分激发和调动全员的积极性和主动性，引导大家把智慧和力量凝聚到跨越式发展的核心目标上来，把热情和活力投入到具体的工作中去，齐心协力，齐抓共管，众志成城，加快实现集团化发展的目标；将大力提倡敢于吃苦、勇于吃苦、乐于吃苦的“孺子牛”精神，始终践行在第一时间、第一现场，用第一速度完成第一质量工作的加速度精神；大力践行将相互欣赏、相互塑造，共同搭台、一起唱戏的团队凝聚力精神贯穿于期刊出版日常工作的始终。唯有这样，方可演绎出风光杂志社最为华美、最为铿锵、最为激越、最为璀璨的奋斗乐章。

在新的历史时期，风光杂志社全体同仁将始终以习近平总书记“8·19”重要讲话精神为总指导，以2013年10月30日云南省宣传思想工作会议精神为重要指南，戮力同心、精诚团结，以正确的立场、鲜明的观点、坚定的态度始终牢记作为媒体人的神圣使命：“守土有责、守土负责、守土尽责”“以导向为灵魂、以真实为生命、以人民为中心”“讲好云南故事、唱好云南声音、树好云南形象”和“始终发出正声音、始终传递正能量、始终树立正形象”。为谱写中国梦云南篇章凝聚属于媒体人的正能量。

企业革命进行时

当一种制度腐朽到人民已经不堪忍受的地步时，革命已势在必行。革命之后或许会有新的制度诞生，但也许还会有变本加厉的新统治者上台，继续对人民实行专制和更加残暴的剥削和奴役。于是更大的革命风暴继续来临，最终建立新的制度，使人民过上安稳的日子。周而复始，革命周期性的爆发，似乎是一种常态。

因此，企业的革命总是发生在企业发展到一定程度，碰到瓶颈时爆发。通俗的说法，这是所有企业的一个坎，跨不过这个坎，意味着企业将宿命般接受倒闭或者关门大吉的现实。也有不少企业外表看似十分光鲜，然而内部管理已宛如虚设，制度漏洞随处可见。无论是民营企业还是国有企业，如果其管理制度出现了严重的问题，这必然是其走向衰亡的前奏。所以无数的企业在遭遇寒冬的时候，都会从管理制度着手，进行革命。革命于企业来说，和推翻旧政权一样，是进行时般的常态。

要想让企业获得长久的生命力，严苛的制度是企业稳健发展的坚实基础。在这方面格力空调堪称典范。企业家是需要情商的，然而在格力空调的掌门人董明珠看来，制度下的人情味才是格力百年基业的基础。在格力空调，对管理队伍来说，首先不欢迎私心太重、考虑自我利益偏多的人；第二是不欢迎不愿意承担责任的人。20 年来，格力空调一直打造诚信的企业文化，每个管理层干部都在自觉和不自觉中按照这样的制度履行，遇到不履行或不按照制度规定做的就会被免职，有人甚至受到刑事追究。之所以这样严苛，一方面，是为了让员工安心工作，拥有不断向上的动力；另一方面，格力空调也通过严苛的制度对管理层进行约束。

在格力空调有这样一条明文规定，中层以上干部不允许自己的亲戚在上游为企业做配套。这条规定虽然从情理来讲有点苛刻，但却被认为是格力空调打造百年企业必须要做的事情，也是格力空调杜绝私人交易最重要的法宝。由于私人交易往往衍生对产品质量、顾客服务的威胁，因此对私人交易的严苛管理，也就衍生了格力空调长期以来的质量文化以及对市场负责任的精神，最终实现了消费者价值的最大化，当然也为企业带来了多赢的格局。

格力空调的成功从严苛制度的实施可见一斑，若不这样，格力或许已经像国美一样，内部早已硝烟弥漫了。所以有人说，国美要想在黄光裕之后再度辉煌，必须进行一场管理革命。有人以国美为例，做过分析。最终得出了这样的结论：松散的管理构架，让国美电器在诞生之日就埋下了革命的导火索。国美电器的纠纷，表面上是一群人在现代公司治理架构下进行的一场公开博弈，但其实是国美电器更多的利益相关人，没有一个表达其诉求的出口。于是治理国美的革命被提上了新的日程。

从以上正反两个例子，我们可以看出，管理革命必然会在企业发展到一定的时期，因为一个链条上的环节出现问题而集中爆发；抑或会因为长久以来的制度虚设，让企业所有人员都游离于制度之外，加之太多人情因素的干扰而引爆，积攒许久的矛盾就会像井喷一样将企业推向灭亡的境地。那么是不是越严苛的管理制度越好呢？其实不然，制度是企业管理者制定的，如果用之不当，必然会引发另一场革命，富士康就是一个极端的例子。富士康实施严苛管理，但缺乏尊重和个体关怀，这样的管理制度在很多业内专家看来，早已不适应现代化的企业管理体系。高压式的准军事化管理体系虽然服从于公司的整体战略，但却缺乏健康人才链的支撑。其导致的后果是，中层员工跳槽不断增加，底层员工中则存在很大的不满情绪……

倘若革命的风暴还未来临，所有蹒跚中起步抑或已经上路的企业，还是向那些百年老店学点经验吧！

政商难分界

政治和商业能否做到泾渭分明，答案可谓不言而喻。政治和商业从来都会产生交集，而且古往今来，多少富贾商家都和政治有着天然的联系。大家熟悉的吕不韦，虽然贵为大秦宰相，然而却是商贾出身，而且是一个极端工于心计、富可敌国的商人。虽然最后他的结局很令人唏嘘，但是他和政治的这种“联姻”无疑是政商难以分界的一个典型例子。

企业家教父柳传志“在商言商”的言论，在最近掀起了一场关于“企业家该不该谈政治”的热议。其实，柳传志的论调是非常理想化的。政治和商业如果能做到泾渭分明，那么早在古代，中国的政商关系的格局就该改变了。中国的企业家总逃离不了政治，在商言商，只能算是一种妥协和低头，商业不可能生活在真空里，任何逃避都是枉然，因为商业总要在政治规则里寻求发展。即便规则有公平和不公平的区别，很多企业家依然在政治规则的空当里追求着最大的红利。就这样，政治和商业结合滋生了很多的腐败，生出很多“怪胎”。

退休的高官为什么热衷于到企业挂职？其猫腻何在？为何企业也愿意拿出大笔的钱来变相“供养”这些已经退休的高官？其根源值得玩味。我想，原因不外乎：某些官员在位时为企业项目工程开了绿灯，曾为企业发展立下了“汗马功劳”，这“应得”的“赏钱”只能在离岗卸任后“领取”；二是这些官员虽然不再掌握实权，但瘦死的骆驼比马大，其掌据的人脉资源和行政审批方面如何投机取巧的本领，对企业发展是有百利而无一害。企业拨拉一下算盘，给付退休官员高薪厚利，与企业发展壮大获取的利益相比，只是九牛一毛罢了，又何乐而不为呢？其实，明眼人都清楚政商关系为何如此纠结，因为特殊政治下的商业规则和话语权大多掌握在那些官员手中，官员如何运用能直接影响到商业化的进程。在一种不成熟的商业文明环境中，政治总会左右商业社会的良性发展。

其实，许多中国企业家，只看重政治中的权力一环，而忽视了商业环境、规则和压力。他们要么如国美的黄光裕那样贿赂权力、大搞内幕交易发大财，要么如徐明通过卷入权力构建商业帝国，要么梦想着成为胡雪岩一样的红顶商人。最终结果，要么是因犯罪而下狱，要么随权力之争而浮沉，要么因改朝换代而被查抄。历史上的政治打压，使得中国商人不敢主张自己的权利诉求，反而加剧了对权力的崇拜和恐惧。看权力脸色行事的结果是，中国很难产生伟大的企业家和企业，往往一世而终。现实生活中的许多企业家，在积累了一定财富之后就忘乎所以，不仅喜欢和权贵们打得火热，而且试图通过各种形式走进权力中心。由于这些企业家在政治上的不成熟，将自己置身于政治斗争的旋涡而无法抽身，往往首当其冲，成为“你死我活”的政治斗争的牺牲品。因此，企业家应该懂得政治经济学，尤其是中国的企业家更应该了解政治和经济的辩证关系。

若说官员是肉食动物，商人则是食草动物。这样的比喻或许有些尖刻，但事实残酷地摆在那里。弄清这个属性之后，“食草动物”就应该和“食肉动物”保持若即若离的关系了，分寸必须要拿捏得当。这是原则性问题，离得太近，“食肉动物”就有可能将“食草动物”当作甜点；离得太远，食物链就会断裂。所以说，“食草动物”与“食肉动物”相互离不开，因为这是一个生物链中的两个必要环节，不论缺少哪一个环节，整个生物链都无法存在，也就无法保持生态平衡。

千百年来，中国商人从来没有远离政治，一直在黑暗中与权力勾肩搭背获取利益，期望着自己比别人有更好的运气，得到更多并躲过灾祸。

中国制造　品赢未来

2013年8月31日，中国企业500强发布暨中国大企业高峰会在昆明拉开帷幕。峰会上，质量问题被提到了前所未有的高度，“中国制造”的质量已然成为参会五百强企业都聚焦的问题。中国作为世界第二大经济体、第一大出口国，“中国制造”遍布全球，可是在西方人眼中，“中国制造”更大意义上代表着廉价和欠缺技术含量，质量难以保证。可以这样不无忧虑地预测：如果中国无法尽快解决安全质量关问题，“中国制造”将失去未来；中国产品将痛失在海外市场的良好形象，中国也将痛失未来市场。中国目前迫切需要的是一个从内到外的巨大改变。尽管中国的“硬产品”、高科技产品质量和服务较之20世纪已经大大增强了，但是有机产品，比如农产品和食品等却很难达到西方国家认可的安全标准，所以有很多看不见的“良心”指标还在考量着我们。

在国际制造业大国的成长经验中，一个较为漫长的、饱受国际压力的痛苦过程几乎是难以避免的。20世纪60年代，“日本制造”也曾意味着低劣产品。经过了将近30年的努力，日本才创造了“日本制造”在国际上“质量优秀”的良好声誉。然而目前我们面对着一个严峻现实，即“中国制造”大量进入国际市场的今天已经是后工业化时代，后工业化时代的消费特点是质量消费。所以“中国制造”现在面临的质量升级压力要比当年“日本制造”面临的压力更大。

其实对大多数外国人来说，中国形象在相当大的程度上是靠“中国制造”支撑着的。20世纪90年代初，中国货就是超市大筐里被人随意翻拣的便宜货，永远都挂着大降价、大甩卖的牌子。一般的外国白领是不会穿

“中国制造”的衬衣上班的。90年代中期，中档产品中开始有了“中国制造”。如今，中国货已经成了许许多多外国人日常生活中不可缺少的用品，中国的形象也发生了巨大变化，成了媒体特别关注的对象。当然，外国人看中国货的眼光也发生了变化，这就像20世纪60年代的中国一样，条件好的人家里爱用上海产品，用得多了就对它的质量有较高的要求。当然西方国家的白领也穿着“中国制造”的衬衣上班，他们对衬衣的质量要求自然会提高。而现在的“中国制造”恰恰又处于整体质量水平转型的时期，出问题也是很自然的，只能说明国外的要求提高了。尽管某些西方人士过于挑剔，有的媒体故意渲染炒作，但从另一方面看，恰恰是因为西方国家对中国更重视了。现在西方国家看中国形象已经大为不同，中国经济发展那么快，人民生活水平提高得那么快，大城市里高楼大厦那么多，怎么会出现这样的问题呢？从中国形象的变化来看，“中国制造”似乎有些滞后了。究其原因，在于中国市场经济还处于初级阶段，发展还不成熟。中国的市场经济才走了20个年头，企业的竞争力还不充分，企业之间的公平竞争体系还不完善。另外，加上很多企业对产品质量的重要性认识不够充分，政府管理的力度也不够，政府还应该加大对质量的监管。任何一个国家提高产品的质量都有一个过程，发达国家50年前、100年前也曾经出现过这样的问题。

但是仅仅这样为“中国制造”的质量问题寻找开脱的借口，显然是难以令人信服的。纵观世界500强企业，我们虽然欣喜地发现，中国已经占到了76家，但是100个世界品牌却没有“中国制造”的一席之地。可以这样说，品牌是一个国家的名片，企业则是国家营销的一部分，所以，一个国家的企业表现得如何与国家的整体形象有着息息相关的联系。中国的“软崛起”必须依靠国人的共同努力。

再来比较下“中国制造”与“日本制造”“美国制造”的不同点，它们与“中国制造”的不同之处在于，它们是靠品牌支撑的，“中国制造”不一样，我们是集体形象。日本或美国制造如果出了问题，消费者可能更多地会想到某个品牌，比如麦当劳、丰田。但“中国制造”产生影响是靠集团效应，也就是渗透到生活的方方面面。然集团效应最怕的就是一只老鼠坏了一锅汤。所以在“中国制造”还不能靠品牌支撑的情况下，要巩固自己的地位，就必须全方位地提升品质，同时，也只有在普遍提升品质的基础上，才会有一些品牌站稳脚跟。中国的企业有责任打造一批“中国品牌”，以增强自身的综合竞争力，增强一个国家的民族自豪感。

“中国制造”引起了世界范围的关注，更重要的是中国的知名企业家们也身体力行地加入到这个行列中来。在云南昆明举行的这次峰会的“打造质量竞争力”论坛上，与会的知名企业家们普遍认为，高品质的产品和服务是企业走向强大的基石，“抓质量，树品牌”是企业成长的必由之路。中国大企业如何发挥引领作用、打造坚强有力的质量管理体系、造就卓越品质形象？由新华联集团、天津天士力集团、海尔白电集团、云南大益茶业集团等知名企业的领导对此展开了深入讨论，发表了真知灼见。

西方有一个很著名的政治经济理论，说市场和消费者对商品有三种反应态度：一种是对这种商品保持忠诚；另一种正相反，是改变和退出，不再接受这种商品了；第三种是声音，就是说还接受这种商品但对它感到不满，提出更高的要求。当前，“中国制造”遭遇的寒流，主要还是国际市场的直接反应，不是要把“中国制造”挤出国际市场，而是要求“中国制造”提高质量。尽管有些声音过于政治化，但总体上说，国际压力对“中国制造”而言，主要是正面的、好的压力，是中国可以而且也应该做到的。

必须正视中国企业的品牌质量和国际标准存在的差距，企业自身要认清这种差距的存在，不断探寻差距的原因，找到解决的方法。国际化就是要跟国际的同行处于同一个竞争的平台，在国际化竞争中不断提升自身的科技创新能力和管理水平，还可以像国际中的一些先进企业进行学习和借鉴。

质量中国，期待发声，它要求每一家企业都应站在国家的高度做到：首先要自律。这种自律并非完全来自于法律的约束，更多的是靠企业凭借自身社会责任的约束去自律发展经营的道路。中国企业要通过自身努力为中国品牌加分。其次企业要有战略高度。一个经济强国必然要有自己众多的国际品牌，目前很多中国企业仅局限于眼前的利益而不注重品牌的发展。中国市场的消费能力虽然潜力无限，但随着国内消费者的购买能力的提高与国外品牌的进攻压力，不谋求品牌发展的企业必然要被新一轮的竞争所淘汰。再者，企业要注意产业的整体升位。中国的地位在世界上不断提高，中国的经济结构转型正在酝酿，中国企业若不注意自身产业的升级，再优秀的企业也会失去自己的核心竞争力，更无法凝聚成为国家的核心竞争力。

与著名商标一样，“中国制造”品牌影响力和辐射的建立需要相当多的时间、财智、技能，此外，还需要一些运气。然而，在网络和电子媒体盛行的时代，苦心经营的品牌弄不好有可能毁于一旦，且难以修复。值得称道的是，在打造质量中国的过程中，我们的政府出台了很多措施并向世界不断证明，我们有信心让“中国制造”的质量经得起恒久的检验、世界的检验。

“中国制造”的产品实质上是“全球的”，因为他们吸收了世界各地的元素。然而中国梦的实现，在很大程度上将取决于“中国制造”未来的发展，特别是它能否得到全世界的普遍认可。但要想得到全世界的普遍认可，首先要得到国人的充分认可。因为对“中国制造”的信心首先来自于国人自己，而不是别人。只有赢得国人的喜欢，继而才能赢得全世界的认可，也才能赢得“中国制造”的世界最强音。唯其如此，中国梦才能催生出“中国制造”在世界版图上的核心地位。

科技铸就　人防长城

科学技术是第一生产力，随着信息技术在军事领域的广泛应用，现代战争无论在形态、样式和手段等方面无不进行着深刻的变化，尤其是战时的空袭与反空袭行动都向着体系与体系的对抗方向发展。人民防空是我国国防事业的重要构成体，是现代城市建设的重要内容，也是国家安全和发展战略中不可或缺的领域。因此，我国人民防空事业（以下简称人防）在防空层面具有极特殊的地位和作用，必须适应现代化战争的要求、达到新形势的高度，加速人防科技建设、生成人防信息化体系，是适应当前信息化条件下大区域一体、多力量联合的中国人防新需要。

人防发展是从“十一五”才真正进入到快速发展阶段的；从“十一五”开始，省、市、州及人防重点城市才相继将人防经费纳入本级财政年度预算。至此，云南省人防信息化工程建设管理队伍得到了一定的加强，为云南省人防工程建设跨越式发展打下了基础。近几年来，云南省人防办在省委、省政府和省军区的正确指导下，全省 16 个州（市）、129 个县（市、区）均有人防机构，人防组织建设走在了全国前列。

人防信息化建设的发展、标准和水平，主要取决于人防办领导班子，特别是一把手对信息化建设的认识。充分认识到问题，才能将信息化建设摆到重要位置，才能积极主动争取党、政、军的支持和帮助，才能既考虑到眼前利益又能谋划着长远发展，才能真抓实干、不等不靠。沾益县人民防空办公室（以下简称沾益人防办）居高远眺，自 2010 年起，斥资 800 万建造并完成了新的人防应急地面指挥中心，2013 年 4 月 21 日开始投入使用并入驻办公，该项目通过审计节约建设资金 15 万元，对沾益县强化人防应急组织指挥、完善人防指挥体系建设奠定了扎实的硬件基础。2012年8月沾益人防办全体人员前往德宏州芒市人防办考察学习信息化建设经验，之后向云南省人防办报批申请人防信息化建设项目，并经多次协调，争取到了省、市人防办共计60万元补助资金，2013年，沾益人防办总投资140万元打造的人防指挥信息化建设，历时3个月完工。配备了先进的通信系统，涵盖指挥控制、信息处理、快速机动、综合救援、系统保障等功能，为沾益县今后的人防应急指挥演练、抢险救灾以及战时开展防空袭斗争提供了先进的信息化指挥平台，强化了网络互联互通和系统综合集成功能，完善了指挥信息系统软件应用和数据库建设，提高了基本信息系统的防护能力，推进了沾益县人防信息化建设的科学发展。至此，沾益县人防办成为云南省继昆明之后，第二家拥有防空地面应急指挥所中配有人防指挥信息化系统的人防部门。云南省人防办领导在沾益人防办视察时，根据2013年4月20日四川芦山大地震人防办抢险救灾的工作经验，建议沾益人防办应配备应急移动指挥车，以提高战时应急指挥能力和平时救灾抢险能力，沾益人防办正就此进行审批和资金的积极争取工作。

信息化是人防系统，乃至整个国防系统强有力的保证，也是人防建设历程上最关键的一步，是人防发展过程中的决定性因素，要推进人防工作大力且快速地发展，必须以信息化为方向、以信息系统为支撑。人防指挥信息系统想要发挥人防资源在预防和处置突发公共事件、应对抢险救灾和应急救援服务的作用，实现人防备战与应急管理资源共享，达到互为支撑、共同发展的目的，就必须要与政府处置突发事件应急指挥信息系统有机结合起来；从这一个层面上看，信息化人才是信息化发展的关键所在，如果没有各类高素质的信息化人才，那么信息化建设便无从谈起。

“士不在多而在于精，将不在势而在于谋”。沾益县人防办目前行政人员仅有6人，而沾益全县总人口为40多万人，人防办工作人员和人民群众比例约为1∶80000，以6人之力保障全县40多万人的防空安全，这也从另一个层面映射出一个事实，即沾益县人防办的每名工作人员都可谓是万里挑一，精挑细选之后才被输送至人防部门的精英，其在人防部门发挥的作用和所做的工作远远超过大众的预想。

人防办信息化建设的重点在于高素质人防队伍的培养，加强各个岗位人员的专攻及精练，得按照会使用、会维护、会管理信息化装备的标准来培养专业技术人才，形成类型齐全、梯次配备、优势互补的高素质信息化人才群体，在信息化条件下，现代人防体系加强各项建设提供强有力的人才支持。但在信息化人才建设方面，沾益人防办还缺乏专业的技术人才，战争或灾害来袭时，人防指挥系统无法充分发挥其优势与先进性，这样一来，信息无法准确、安全、快速传送，再先进的技术都将无济于事，战争对群众带来的损失将会不可估量。针对专业技术人员缺乏这个问题，沾益人防办积极向上级相关部门申请，引进了可以胜任人防信息化指挥工程的高科技信息化人才，从而先进的硬件设施发挥到极致，在现代战争中充分显示自身的科技优势。

信息战对非军事目标产生的威胁更甚于军事目标。未来战争可以凭借计算机兵不血刃、干净利索地破坏敌方的空中交通管制、通信系统和金融系统，这将给广大群众的日常生活造成极大干扰、带来不可限量的损失。为此，人防体系建设在新形势下要创新思路，建设要以信息化为主，信息的及时、准确对新体系的构建有着极大的推动作用。通过信息系统生成人防及与之相关联的各种力量、要素、单元综合集成，实现快速、准确、高效地掌握信息，并将信息转化为决策优势，形成整个人防系统的行动能力。

要在现代科技战争中取胜，对人防信息化建设的认识就必须全面到位，目前很多人对于信息化的认识主要表现在重硬件建设、轻软件建设，其中也包括很多人防系统的专业人员，认为信息化建设就是上计算机，建局域网和通信网。计算机和通信网络只是信息传递的载体，是信息化建设的重要组成部分，没有相关软件的支持，计算机最多只是一个文字编辑工具。而信息化人才才是信息化建设的重中之重，硬件的使用、软件的开发都有赖于人。

在信息社会中，任何一个国家及其军队，都面临着网络战的现实危险，如果网络安全的保密工作做不好、做不到位，在未来战争中就极有可能造成信息被窃、网络被毁、指挥系统瘫痪、制信息权丧失的严重后果。因此，追踪世界信息发展的前沿技术，构筑信息安全防护体系，建设具有“超强杀伤力”的信息技术攻击队伍，是“打赢”准备战的一项重要任务，是赢得未来信息战的重要保障。

无论是和平时期还是战争时期，这些千千万万高科技装备武装的专业技术人才将是保障国民安全和经济发展的一道坚固长城！而这一切，于云南129个县、市、区的人防工作而言，沾益县人防办无疑是将高科技装备与专业技术人才完美结合的一个重要典范，也是云南人防工作在科学发展观指导下涌现出的一支具有“超强杀伤力”的高科技攻击队伍。虽然这支队伍只有6人，但于战时而言，沾益人防办的作用对40多万人民的安全将显得空前重要。

善用集体智慧者明

善用集体智慧者明，这是治企方略和领导艺术中颠扑不破的真理。

拿企业来说，企业领袖的影响力固然可以从侧面为企业树立起良好的对外形象，然而真正要想创办一流的企业，就得依靠集体智慧。作为中国最优质的民营企业华为，就是一个很好的例子。

华为总裁任正非曾经这样对外强调，“人们总喜欢将成绩扣到我一个人头上，不然不生动，以虚拟的方法塑造一个虚化的人。我不认为自己像外界传说的那样有影响力，但是我很敬业、无私、能团结人。这些年华为有一点成绩，是全体员工的团结努力，以及在核心管理团队的集体领导下取得的”。任正非的这番话恰恰说明了他是善于将集体智慧的作用发挥到极致的人。

何谓“集体智慧”？不妨这样理解，管理团队并发挥团队成员的智慧是管理者智商的表现。不能有效开发团队智慧的管理者是喜欢表现自我能力的小聪明者，所谓的大智若愚、垂拱而治其实是对能够开发团队智慧的优秀领导者的比喻。开发团队智慧最关键的一项是不要把自己的意愿强加到别人的意见上。

在一次人力资源管理高级研讨会上，一位国企老总作了精彩的主题演讲，其中有这样一段话让人印象深刻：“在推动一项新的计划时，管理者一定要抱着谦卑的态度征求大家的意见，随时留意各方善意的批评，纳众言方能得人心，得人心方能得人智，得人智方能成大事。”

无独有偶。近读一位大学校长的发言材料，竟然看到类似的文字：“大学校长的第一要务是管理，主要职责是凝智聚力，推动学校科学发展，建设世界一流大学。发展不是‘单打独斗’，而是‘协同作战’。众人智慧优于一人智慧。一个优秀的管理者，就是一个出色的织锦人，只有善用集体的智能，才能织成美丽的锦裳。”

两个发言虽然话题不尽相同，但观点却很相似，那就是：再能干的人也不能包打天下，只有凝聚团队的智慧和力量，才能完成超越自己能力的事情。作为一名管理者，不仅要有出色的协调控制能力，还应具有容纳各种歧见的气量和善用集体智能的见识。

善用集体智能是一种管理智慧。善借外力才能成为赢家。国际知名企业的领导人，大多也是善用集体智能的高手。美国钢铁大王卡耐基曾预先写下这样的墓志铭：“躺在这里的是善于访求比他聪明者的人。”他平时善于与有头脑的员工打交道，从他们那里汲取智慧和力量。他认为，具有某项专才的管理者随处可见，而全知全能的管理者却如凤毛麟角，只有借助外力，才能越走越远；被誉为“全球第一CEO”的前通用电气首席执行官韦尔奇说，一个人有无智慧，往往体现在做事的方法上。能够发现别人的才能，并为我所用的人，就等于找到了成功的力量。他认为，从别人那里借用智慧，比获得金钱更划算。善借他人智慧的人，事业才有支点，才有可能迈向成功之路。

善用集体智能是一种品质修养。有人认为管理者不习惯于谦卑，其实许多杰出的管理者远比大家想象得更谦卑，而谦卑的背后蕴藏着恢弘的气量和深远的见识。国内一家颇具实力的上市公司的女老板，具备所有一流总裁所应有的条件：工作勤奋，有创造力，善用时间，有志向有抱负，并有健康的人生观。但熟悉她的人认为，这并不是她最主要的优点，她最大的长处是善用集体智能。在推行每项改革措施前，都要征询大家的意见，并对提出的意见认真研究。尤其重视那些具有建设性的批评意见，而且从不计较提意见的方式。由于公司注重开发众人智慧，女老板获得了善用智能的赞誉。

古人说，“下君之策尽己之力，中君之策尽人之力，上君之策尽人之智”。智者善借人智。善借他人智慧的人，往往能集众人智慧于一身，办众人无法办成之事，并取得事半功倍的效果。

知人善用者大都胸襟广阔，善用集体智慧者，必登巅峰，必入化境。这是经得起时间考验的治企方略，也是一门治企者锤炼领导艺术的必修课！

绿色发展　激活云南梦

美丽中国，需要绿色发展，美丽云岭更需要绿色升级。

党的十八大报告提出“把生态文明建设放在突出地位，融入到经济建设、政治建设、文化建设、社会建设的各方面和全过程，努力建设美丽中国，实现中华民族的永续发展”。“给自然留下更多修复空间，给农业留下更多良田，给子孙后代留下天蓝、地绿、水净的美好家园”。从而明确了中国特色社会主义事业“五位一体”的总体布局，这标志着我国社会主义现代化建设进入了新阶段，体现了中国共产党治国理政的新境界。这个论述曾引起公众的热议。无独有偶，2013 年 5 月 23 日，中共云南省委书记秦光荣在云南省产业建设年动员大会上强调，打造云南经济“升级版”，就要坚定不移地走绿色发展之路，立足绿色发展，调结构、促转型。

2011 年 6 月 5 日，《时代名流》杂志曾头条首发过秦光荣书记撰写的《生态环境也是生产力》一文，在文中，光荣书记饱含深情地写道：“生产力的发展离不开外部生态环境”“建设生态能极大地提高生产力”，“云南有责任、有义务，也有能力保护好良好的生态环境和丰富的自然禀赋”“一个鲜花盛开、百鸟和唱，明媚而光鲜、活泼而生动，充满生机和希望的春天必将永远驻留在彩云之南”。在云南省委九届四次全体（扩大）会议上，秦光荣书记再次明确提出要牢牢把握“永续发展”这一理念，更加注重生态建设和环境保护，走“生态立省、环境优先”的路子，建设天蓝、地绿、山青、水净的“美丽云南”。

春城的飞花，洱海的清波，束河的阳光，版纳的绿树……彩云之南的每寸土地，总流淌着大自然跃动的绿色生命力。到底是什么造就了这片土地的与众不同？又是什么推动着这片土地的自然张力源源不息？因为云南人民一直以来都在绘制着尊重自然的和谐图谱，所以，在生存与文明的进程中，绿色渗进了这片土壤，深入了人们的心田，并以深厚的形式播散、蔓延。

种种迹象表明，绿色发展已经为云南经济的产业升级装上了风火轮和加速器。

何谓“绿色发展”，它和绿色经济之间有何关联？这应该是民众都比较关心且需要迫切了解的问题。“绿色发展”是指我们每一个人、每一个家庭、每一个单位、每一家公司、每一个政府部门都应该身体力行，节能减排，推动低碳经济。当今世界，绿色发展已经成为一个重要趋势，许多国家把发展绿色产业作为推动经济结构调整的重要举措，突出绿色的理念和内涵。“绿色发展”是“绿色经济”的更高层次：传统经济模型只将“土地”“劳动力”和“制造成本”作为要素，不承认“生态成本”，也不承认“环境服务”。

有关资料显示，为了实现“绿色发展”“绿色经济模型”承认“生态成本”为经济运行要素之一，理直气壮地为“生态成本”定出适当股份，“生态成本”股份收益属于国家，主要用于生态建设和生态补偿。同时承认“环境服务”，为“环境服务”付费。这是“绿色发展”高于“绿色经济”的第一个层面。在局部地区，如云南、青海、西藏，“绿色发展”可以跨越“传统工业文明”，通过“去工业化”“逆城市化”，实现跨越式发展。这是“绿色发展”高于“绿色经济”的第二个层面。“绿色发展”是一种全新的三位一体思想理论和发展体系。其中包括“效率、和谐、持续”三位一体的目标体系，“生态农业、循环工业、持续服务产业”三位一体的结构体系，“绿色经济、绿色新政、绿色社会”三位一体的发展体系。这是“绿色发展”高于“绿色经济”的第三个层面。“绿色发展”和“绿色经济”是建立在“生态文明”和“生态价值观”基础上的。

所以，秦光荣书记在2013年5月23日的云南省产业建设年动员大会上，多次强调产业发展需要“绿色”“低碳”，云南要实现绿色发展就要把调结构、转方式作为产业建设年活动的重中之重，着力推动产业结构转型升级，坚定不移地走集约发展、创新发展、融合发展、绿色发展和特色发展之路，提高发展的质量和效益。一要立足发挥云南农业发展的比较优势，大力发展高原特色农业，加快转变农业发展方式。要重新认识云南农业发展的环境条件，充分发挥云南地理多样性、气候多样性、物种多样性、产品多样性的比较优势，积极发展节水农业，推动传统农业向产业化、集约型、高效化农业转变；二要加快推进新型工业化进程，调整优化产业结构，壮大工业经济总量。要以科学的态度来认识重化工业发展问题，坚持大企业大集团适度开发，坚持生态开采，确保节能减排达到世界一流水平。要严格市场准入和产业政策，加大力度淘汰落后产能；三要积极推进传统服务业向现代服务业转变。要在推进旅游二次创业的基础上，推动旅游与城镇发展、产业发展、文化发展相融合，走出一条融合式发展的路子；四要立足绿色发展调结构促转型，着力构建产业生态良性互动新格局，全面提高发展质量，努力走出一条具有云南特色、符合生态文明建设要求的产业发展路子。

绿色经济是双赢，绿色发展是多赢。搞“绿色经济”需要有奉献精神，因为坚持“绿色经济”总是把“保护”放在第一位，但“保护”是要付出成本的。为了保护水源地、森林中的生物多样性，承担保护的一方，要放弃砍树、开矿、建电站这样的发展机会，而这些失去的“机会成本”，是不能通过市场交易实现其价值的。因为，在江河上游为保护生态付出成本的一方与江河下游因生态环境改善而受益的一方，不在同一时空。因而也就找不到一个经济平台让下游受益者为上游保护者支付为保护生态而付出的成本。这样在不同群体和不同区域之间就存在资源利用和环境保护两者的成本与收益的不公平负担。这种不公平是“绿色经济”不能致富，不能持久发展的原因。这需要政府方针政策的鼎力支持，需要人们在保护环境的前提下全力发展经济。目前，怎样在发展绿色经济的基础上实现生态价值，促进社会全面发展还是一门亟待研究的课题。

具体来说，云南绿色经济则是在充分利用现代科学技术（特别是生物技术）的前提下，一是积极开发生物资源；二是发展少污染、无污染的产业；三是努力确保人口、资源、环境的协调可持续发展。云南绿色经济的发展要特别强调提高质量和效益；云南与其他地区相比，具有发展绿色经济的明显优势：通过发展绿色经济，使云南省的国民经济发展后劲不断增强；通过发展绿色经济，使国民经济快速、健康、稳定地发展，实现云南强省富民的愿望。目前云南省在开发生物资源和利用现代生物高新技术发展绿色经济的重点领域是：设施农业、生物医药、花卉、绿色食品、绿色农药、中药材资源、特种养殖。

绿色发展是实现科学发展的重要一环，其本质是资源节约型和环境友好型发展，核心是能源技术和减排技术的创新、产业结构和制度机制的创新，以及人类生存发展理念的根本性转变。绿色发展已经成为世界经济发展的主旋律，乘着党的十八大建设美丽中国的东风，云南绿色发展将迎来绚丽的春天！在云南省委、省政府密集出台的绿色新政下，一项接一项生态建设工程在持续推进，呵护着河流穿过田野，湖泊闪耀大地，森林成片绵延的天堂美景。绿色发展将在这抹底色上再绘新图，从森林云南、生态强省的战略选择到宜居城市的民生选择，绿色云南，正在激活一个云南梦。几十年思索、探求，从古老的生态法则中汲取智慧，云南做出了取法自然的抉择："既要金山银山，更要绿水青山"。

师法自然，维护和谐，云岭竞秀，绿色发展必当先！

时不我待

这是催人奋发的时代！

这是盛世愿景启征程的季节！

这是吹响全面建成小康社会最强音的日子！

这是中华民族复兴史上见证又一伟大里程碑的时刻！

国人瞩目，世界关注！时不我待！

时不我待！2012年11月8日至14日，中国共产党第十八次全国代表大会在北京隆重召开。胡锦涛同志在十八大报告中旗帜鲜明地提出“在中国共产党成立一百年时全面建成小康社会”“在新中国成立一百年时建成富强民主文明和谐的社会主义现代化国家”，两个百年！两个建成！未来已不止是蓝图，盛世已不止是愿景！这是国人期盼已久的目标，这是时代赋予的目标，这是宏伟远大的目标，更是只争朝夕的目标！目标既定，时不我待！

目标既定，时不我待！十八大首次提出，2020年国内生产总值和城乡居民人均收入比2010年翻一番——一个经济总量指标、一个人民生活指标，精准地指明了在重要战略机遇期的发展方向和攻坚重点，尤其是“人均收入翻一番”力透报告，彰显“人民”二字的重要分量和核心地位！这是向全党、全国各族人民发出的最庄严的承诺！

加快建设！加快改革！加快发展！我们党以高度自信和高度坦诚的态度明确表示：制约科学发展的体制机制障碍较多！深化改革开放和转变经济发展方式任务艰巨！障碍较多、任务艰巨，世情、国情、党情继续发生深刻变化，是全民族每一个人共同面临的形势和挑战；胸怀理想、坚定信念，不动摇、不懈怠、不折腾，顽强奋斗、艰苦奋斗、不懈奋斗，全面建成小康社会，是全民族每一个人共同肩负的责任和使命！

责任和使命！是的，我们有着这样的责任和使命，也更应该有着这样自信的责任和使命，为什么？因为我们有着拥有历史根基和实践根基的中国特色社会主义！以中国特色社会主义道路为实现途径，以中国特色社会主义理论体系为行动指南，以中国特色社会主义制度为根本保障，就一定能在我们这个“人口多底子薄的东方大国”实现中华民族的伟大复兴！

伟大复兴，建立在党的坚强领导、科学领导和正确领导之上，这同样对我们党提出了前所未有的考验和挑战！十八大选举产生了朝气蓬勃、奋发有为、值得信赖、充满活力的新一届中央领导集体，祖国期待着、时代期待着、人民期待着，期待着新一届中央领导集体带领13亿中华儿女在充满机遇、充满挑战、更充满希望的复兴之路上，迎接一个又一个更加伟大的胜利！

伟大的胜利，离不开伟大的党！伟大的胜利，更离不开伟大的人民！中国共产党，这个带领我们实现了中国历史上最深刻最伟大的社会变革、确立社会主义初级阶段基本路线、开创了全面改革开放全新局面的伟大的党，正经受着绝不亚于历史上任何阶段的严峻考验。“物必先腐，而后虫生”，2012年11月15日，十八届一中全会选出新一届中央领导机构，中共中央总书记习近平警示全党必须长鸣警钟，警惕腐败的侵蚀，否则问题将愈演愈烈，最终必然会亡党亡国！

亡党亡国！这是党的最高领导人对新形势下贪污腐败问题发出的最高警告！最强警告！最严警告！反腐倡廉、拒腐防变，保证党的纯洁性，这绝不仅仅是十八大对党的建设提出的新要求，更是全民族对领导我们前进的新集体的新期望！中华民族的伟大复兴，是全民族共同期待的最大梦想，这是用无数先辈的鲜血和汗水换来的胜利果实，绝不允许因一小撮人的一己私利而将国人的光明前景毁于一旦！人民绝不答应！

反腐倡廉，时不我待！小康社会，时不我待！美丽中国，时不我待！伟大复兴，时不我待！

我言秋日胜春朝

古人面对秋色，大都怀有一份萧条、寂寥之感。而唐代诗人刘禹锡在其《秋词》中却说："自古逢秋悲寂寥，我言秋日胜春朝。晴空一鹤排云上，便引诗情到碧霄。"在刘禹锡的眼里，秋天比那万物萌生、欣欣向荣的春天更具生气。

"诗言志"，古来悲秋是文人骚客对现实的无奈，对前途的惘然，但若真有志士之勇，便会有奋斗精神，不会感到寂寥。秋天，既满载丰收的果实、又孕育新的希望。云南的这个秋天是高瞻远瞩、运筹帷幄的秋天；云南壬辰年的这个八月，是继往开来、别开生面的八月。

2012 年 8 月 13 日至 14 日，世界茶城普洱迎来了云南省政府系统研究室（发展研究中心）2012 年工作会议，会议云集各方专家，围绕省第九次党代会确立的"三个发展"主题，共同商讨全省决策咨询工作的重点与问题，研讨促进云南全省及各州市地区经济社会跨越发展的主要对策和措施，共谋云南经济发展之大计，并取得斐然成果。本次会议在学习传达全国政策咨询工作会议精神的基础上，进一步研讨了云南县域经济、园区经济、社会事业等云南社会建设、经济发展中的关键性环节。会议从政策咨询的层面，提出了将直接影响下一步全省发展建设方向的若干成果：县域经济发展下一步重点应是推进"一城三区"建设——即县城建设、农业产业化园区建设、工业园区建设和商贸物流园区建设；而产业园区作为支撑跨越发展的重要平台，还存在发展不平衡、产业集聚少、要素难保障等一系列问题；在社会事业建设方面存在四个"滞后"问题，云南的公共服务体系建设才开始第一阶段，需要建立社会事业建设管理新体制。

一系列的研究成果，为整个云南建设的蓝图、社会发展的方向提供了重要的参考价值，恍如一幅清晰的画卷缓缓展开。然而，蓝图绘就之后若只是纸上谈兵，那么再绚烂的风光也很难呈现。所有的决策，都需要人来执行；所有的蓝图，都需要人来实现。因此，在这个八月，云南的另一个大手笔就是人事调整，让更多年轻干部充实到领导队伍中来，为云南的干部队伍建设注入活力、增强动力。

2012 年 8 月 8 日，云组干任公示［2012］第 4 号文件对蔡春生等 33 名云南省管干部拟任职务予以公示，其中，拟任正厅级干部中最年轻的为 1976 年 10 月出生的何华。何华于 2012 年 8 月 21 日赴任中共大理州委委员、常委、副书记并提名为大理州人民政府州长候选人，时年 35 岁零 10 个月，成为云南最年轻的正厅级干部，同时也是最年轻的少数民族正厅级干部；拟任副厅级干部中最年轻的为 1982 年 5 月出生的雷瑞，于 2012 年 8 月 24 日赴任共青团云南省委副书记，时年 30 岁零 3 个月。

这是对中共云南省委书记秦光荣在 2012 年 2 月 18 日云南省组织工作会议上指出的“必须以更宽的视野、更高的境界、更大的气魄做好干部工作，以开放包容的心态营造有利于干部成长和工作的良好氛围”“进一步拓宽选人用人视野，敢于打破地域、身份、年龄、资历、学历、性别等方面的陈规陋习，不拘一格选人才”和“坚持六个用人导向”的最好践行，是“走活干部这盘棋”在云南这个发展略显落后、经济稍逊一筹、结构亟待调整的边疆地区落下的深谋远虑的一子。

前有绘制蓝图的斐然成果、后有人事调整的不拘一格，这个八月，“我言秋日胜春朝”。看那振翅高举的鹤，在秋日晴空中，排云直上，矫健凌厉，奋发有为，大展宏图。这鹤是不屈志士的化身、奋斗精神的体现。愿云岭儿女能够弘扬这鹤的顽强奋斗精神，冲破“秋天”的肃杀氛围，使云岭大地日新月异、万象更新。

先进的力量

古有木府启昌盛，今朝古城换新颜。随着旅游业的迅猛发展，丽江知名度享誉海内外，古城已经成为一个重要的旅游品牌，为推动经济社会快速发展提供了有利条件。一池江水悠悠入城，不仅注定了盘龙山明水秀的气质，更为未来的发展之路奠定了山水之城的主题，其在“云南省县域经济发展十强县”中综合指数快速上升，排位由第七、六、五跃升为云南第二。享有“高原明珠”之称的滇池湖畔的西山区，历史悠久，人文荟萃，是昆明市面积最大的主城核心区，也是云南省、市领导机关驻地最集中的区域，更是建设区域性国际城市的主战场。抢抓新机遇，谋划新发展，五华区按照“商贸立区、工业兴区、科技强区、立足社区、城乡统筹、协调发展”的总体发展思路，努力实现率先发展、科学发展、和谐发展，促进了经济社会各项事业全面、协调、可持续发展。作为云南省人口第一大县，镇雄县以“时不我待，只争朝夕”的赶超意识，正力争将镇雄打造成“集重工、商贸、旅游为一体，滇东北独具特色的现代化中等生态山地城市”。芒市，这座古老的“黎明之城”将着力打造成为中国面向西南开放桥头堡黄金口岸中心城市，以“花果之城”“咖啡之都”的绚丽多姿吸引全世界的目光，向世人展示其耀眼的霞光……

2011 年 7 月 22 日，云南省人民政府在昆明召开 2011 年全省县域经济发展电视电话会议，全面总结“十一五”全省县域经济发展工作成效，研究部署“十二五”县域经济发展各项工作的思路、目标、重点和措施。会议表彰了丽江市古城区等荣获“云南省 2010 年度县域经济发展十强县”的十个县（市、区）、保山市腾冲县等荣获“云南省 2010 年度县域经济发展先进县”的二十个县（市、区）。

“县域强则全省强，县域经济的发展，直接关系到全省的发展。”云南省县域经济发展协调小组组长、中共云南省委常委、常务副省长罗正富在会上指出，中共云南省委、省政府高度重视县域经济发展，特别是“十一五”时期，省委、省政府坚持“抓两头、带中间”的思路，采取了“十点推进”和“分类指导”的工作措施，出台了“扩权强县”、财政奖励、金融扶持等一系列加快县域经济发展的政策措施，有效地促进了县域经济的整体协调发展。全省“三类县跨越发展、二类县赶超发展、一类县领跑发展”的发展格局基本形成。

走在云岭大地，举目生机欢腾。

这些就是先进，其先进的力量是无穷的。

这些就是榜样，其时代的召唤是澎湃的。

古人云：郡县治，则天下安。县，在中国是一个古老的行政区划概念。“导扬风化、抚黎民、审察冤屈，躬亲狱讼，养鳏寡，恤孤穷，务知百姓之疾苦”，这是古代“县”的主要职责。而到今天，提高人民生活水平，壮大地方经济，则是“县”级行政单位的最大功能。

县域经济是国民经济的基本单元，是综合经济实力的重要体现，在全省经济社会发展中具有基础和关键的作用。近年来，云南省县域经济发展势头强劲，成为了推动全省经济增长的重要力量。

经济快速发展，这是县域的必然选择。用大手笔、大气魄、宽视角、宽胸襟来夯实发展基础，转变发展方式，拓展发展空间，推动产业发展，提高科学发展水平，用强大的精神铸造建设经济更加繁荣、社会更加和谐、边疆更加安宁、环境更加优美的县域的强大引擎。

先进是凝聚力、先进是战斗力，先进就是力量。榜样的力量是伟大的，先进的力量是无穷的！丽江古城之柔软，西山龙门之峭拔，玉溪红塔之锦绣，大理苍山之雄健，高黎贡山之惊险……凸起在地表上，因之而神奇。鸟瞰地球，成为一道道脊梁，即是山脉之灵。他们是一股股时时刻刻涌动着强大的先进力量，云岭大地正是因为有了像他们一样取之不竭、用之不尽的力量，彩云之南才会永葆生机。

先进就是力量，这是新时代最响亮的誓词。先进就是力量，其精神的强大感召力、凝聚力和驱动力，必将激发云南各族人民万众一心的斗志，必将推动云南各族人民在全面建设小康社会的征程上奋发前行的跫音。云岭大地在这股强大力量的召唤和推动下，必将迎来彩云之南县域经济和谐发展的极速飞腾，必将奏响彩云之巅经济社会空前繁荣的盛世华章！

开往春天的地铁

春风袅袅入诗来，催开万千树丛间点点嫩绿。

不知道春天在唐诗宋词里被抒写和描绘过多少次，那缤纷和破土而出的希望，温暖着一种生活的新开端。

在这个季节里，我们可以回首走过的足迹，书写一份华夏大地、七彩云岭经济、社会健康发展的总结报告，将一年的辛劳作一个注释。这个注释里，有面对百年罕见的国际金融危机冲击，我们沉着应对、科学决策而取得的成果；毫不放松地做好“三农”工作，巩固和加强农业基础的收获；大力推进经济结构调整，经济增长质量和效益的明显提高；全力以赴夺取抗旱救灾的全面胜利；破解发展难题，保持经济平稳较快发展的良好势头；统筹推进经济社会协调发展，民生和生态建设得到加强；积极主动推进桥头堡建设工作，对外开放合作迈出了坚实步伐等华彩乐章；也有“云南仍然是一个欠发达省份，发展不充分、不平衡、不协调、不可持续的问题仍然存在，前进的道路上还面临着许多困难和问题”的现状分析和思考，同时还有长期默默奉献、不图索取、为社会作出贡献的平凡人物。正是这些成就，丰富了冬天。也正是冬天，提供了春天养精蓄锐的空间。

就是在这个冬天，我们立足云南实际，突出云南特色，抢抓机遇，化危为机，各项事业取得重大成就，为“十一五”画上了圆满的句号。此时，我们正站在一个新的历史起点上，满怀信心地迈入“十二五”。

新一轮又快又好的发展大潮，正在云岭大地涌起。

这是一个满怀机遇和信念的春天。这是一个阳光明媚、充满活力的春天。

民主之风，在这个春天荡漾；共识，在这个春天里凝聚。

信心，来自于我们努力拼搏取得的辉煌成就，来自于我们开拓创新积累的宝贵经验，来自于千载难逢的重大发展机遇。

机遇催人奋进，跨越时不我待。

机遇稍纵即逝，抓不住就会成为过眼云烟，抓住了就能变成巨大的优势和巨大的财富。抓住了机遇，就可以后来居上，实现更好更快的发展。

发展，是解决中国所有问题的关键——从专家学者到省市“官员”，都形成了这样的共识。

不发展没有出路，发展慢了同样没有出路。谋求发展如逆水行舟，不进则退。我们必须信心更加坚定，行动更加坚决，措施更加有力，始终保持知难而进的责任感、只争朝夕的紧迫感、不进则退的危机感，锲而不舍，抓住机遇，抓出实效。

2011 年 3 月 10 日，云南盈江发生 5.8 级地震，造成数百人伤亡，34 万多人受灾。突如其来的自然灾难，让来自盈江、来自德宏的人民更深切感受到了国家以人为本、执政为民的理念；里氏 9.0 级地震，随之而来的席卷数万人生命的海啸，核电站爆炸产生的核辐射……让日本这个国度受尽摧残，作为负责任的中国，伸出春天般温暖的大手，急速驰援，在那一刻，没有了旧恨，有的只是人道主义的光辉。

奋进之风，在这个春天荡漾；共识，在这个春天里凝聚——蓝图绘就，路径清晰。从这个春天出发，坚定信心，锐意进取，勇往直前，中华民族的明天必定更加灿烂辉煌。

万木峥嵘凝秀色，千帆竞发聚朝晖——

机遇正向我们走来，发展目标鼓舞人心。

登上开往春天的地铁，在这个崭新的春天出发，卸下一切疲惫，不妨到丽江的柔软时光里迷醉吧！去那个全世界天人合一的地方，高歌一曲“太阳啊，光芒万丈，雪山啊，圣洁无瑕。”

登上开往春天的地铁，在这个崭新的春天，所有梦想都将再次启程。

登上开往春天的地铁，在这个崭新的春天，所有幸福的征兆都将扑面而来。

举绿色涛岸

人类是幸运的，因为脚下是一颗蓝色的星球。在浩瀚太空中，地球就像一颗镶嵌于茫茫大漠的蓝色宝石，以其生命的瑰丽散发着迷人的神秘魅力。在地球上，70%的地域布满了蓝色的海洋，而江河则像一枝枝深入大地的脉管，供养了生命的繁育和文明的灿烂。水，无疑是地球生命的畅想曲，正如中国少数民族傣族语言里“水、水、水”一样充满了感激和兴奋的蓝色张力。

舟曲！此刻，中国的目光被硬生生从上海世博会上拽出来，为甘肃省一个叫舟曲的地方而高度聚焦。黄色的泥石流硬生生席卷了一个县城，1000多人遇难，人民生命财产遭受重大损失。素有“陇上桃花源”之称的舟曲，受白龙江哺育而繁茂璀璨。然而为何又是白龙江携带泥沙，将这一切毁于一旦？传说中人类文明的噩梦，像是被搬来了现实生活中。

云南，先是百年一遇的入春大旱，后又是暴雨成灾；珠江，澜沧江，怒江，先是河床倾露，后又是黄水泛堤……

于是，有人惊呼：文明固然精彩，但岂能忽略了大自然这个总导演！

绿色，人们开始深情地召唤着绿色。蓝色受黄色导演的场面太生猛，太暴力，太让人神经高度紧张。人们发自心底的呼唤：还是让绿色来吧，蓝色与绿色，那才是最佳绝配！温润如玉、和如翡翠的绝配！

地球上分别有一个绿色国家和一个黄色国家。绿色国家是南美的圭亚那，其森林覆盖率高达97%，满布的热带原始森林中珍禽纷飞异兽弋走；黄色国家是非洲的埃及，其森林覆盖率仅为十万分之一，黄沙满目风尘弥漫。有趣的是，圭亚那的印第安语意为“多水之乡”，境内河流广布，多瀑布，最著名的是凯尔图尔瀑布，号称是世界一次落差最大的瀑布。埃及则是典型的沙漠之国，全境95%为沙漠，仅有世界最长的河流尼罗河从南到北贯穿埃及，被称为埃及的“生命之河”，每年的“五旬风”，夹带沙石，使农作物受害，使文明古迹金字塔蒙尘。

全球气候与环境问题，已经在各种自然灾害、人为灾难的共同袭击之下，到了见者自危的地步。自哥本哈根全球气候大会发聩，各国纷纷群起响应，中国也不例外。于是，“低碳”经济开始备受青睐，“低碳”发展成为今后世界经济发展的主题。作为神秘天堂的秘境云南，更是鼓紧锣密，中共云南省委八届八次全委会提出，要把云南建设成为绿色经济强省、民族文化强省和中国面向西南开放的桥头堡；2010年年初召开的“两会”，明确了“低碳”发展的思路；秦光荣省长发表《感悟造化天道，保护灵性自然》的长篇讲话，继续倡导“七彩云南保护行动计划”……

本期的《时代名流》，也充满蓝色和绿色。有着“东方多瑙河”美誉的澜沧江，哺育了临沧市现代烟草绿色农业；澜沧江畔的三奇光电，在绿色新兴产业可再生能源“太阳能光伏发电”事业上卓有成效；有着“中国南方第一大河”之称的珠江，养育了魅力名流——风光杂志社的社长、总编辑，时代名流传媒的董事长；不仅如此，“普洱茶香香满天，青山叠翠翠无垠”的思茅在打造“绿色生态第一城”，绿林深处幽见思茅之美，自然人文共谱茶城新曲；“优质晚熟芒果之乡”华坪县起伏的群山与成片的芒果园相依相伴，漫山遍野的芒果挂满枝头，欢快的人们正在采摘金灿灿的果实；而立意高远的大全眼镜从影响云南，到影响中国，以创新和“低碳”助推品牌，让阳光充满温馨……

云南省政府系统研究室（发展研究中心）工作会议在“极边第一城”保山市腾冲县召开。腾冲是著名的侨乡、文化之邦和著名的翡翠集散地，自然景观与人文景观珠联璧合，交相辉映，魅力四射。选择在腾冲共谋“两强一堡”、展望“两强一堡”，大有彩云之南凭借“两强一堡”战略“腾起来、冲出去”之意。

蓝色是水，绿色是岸。举绿色而涛岸，则满江尽蓝，举目皆绿；当蓝色的波涛与绿色的岸涛交相辉映，则我们脚下的这颗蓝色星球，就成了太空中一颗翡翠明珠！

六十载锦绣彩云南

黄河滚滚沧桑变，风雨潇潇五千年。山河锦绣，万家和谐，美酒欢心杯起舞，春风得意笔生花。六十载在历史的长河里只是短短的一瞬，然而这一瞬于一个饱经磨难的民族来说，是漫长的。六十载激情迸发，移山之功，中国的变化令世界拍案惊奇和刮目相看。

泼墨难抒心中情，展笺未能尽胸臆。六十载改变了云岭大地，六十载重塑云岭风采。风云变革让云岭大地充满生机和活力，经济发展、文化繁荣、社会进步、民族团结、人民安居乐业。这对于一个历史以来就封闭、落后的地方来说，曾经像遥不可及的梦，然而伴随着共和国铿锵的步伐，云岭大地立足现实，从积贫积弱中艰苦跋涉，从羸弱中破茧而出，赢得的自然是绝世的风华和傲然的美丽，从此人们记住彩云之南，那个曾经的荒蛮之地，变成了人们心目向往的祥瑞之地。

曾经的云之南偏居于一隅，像祖国大家庭里一个默默无闻的孩子，很少得到外界关注的目光，然而六十载，她已经颠覆了人们的认识。云南的农业、工业和重点产业正在稳步发展；各项社会事业齐头并进，民生保障工程效果显著。此刻的她特色产业优势凸显，而且越来越多；重要战略资源开发、现代加工制造、科技创新、特色农业及深加工、新能源、特色旅游等产业已粗具雏形，产业集群优势逐渐凸显；农村居民收入大幅提高，衣食住行发生了翻天覆地的变化，云南经过了从脱离贫困、解决温饱、总体生活水平由温饱跨入小康并向更高层次目标迈进的新阶段。

她不再是躲在深闺人不识的云南。从封闭到开放，云南正以接纳世界的姿态屹立在祖国的西南方。雄鸡一唱天下白，云岭数变华夏晓，紧密联系东部，招商引资，借鸡生蛋，藉苇渡航，占据着天时和地利，云南的巨变可以用叹为观止来形容。作为南亚、中东和东南亚的陆上门户，在建立中国—东盟自由贸易区中，云南成为了促进对外交往、与周边国家进行友好合作的重要窗口。

六十载，肩挑背扛，马驮牛拉的行走和运输模式也彻底改变了，从泥巴路到弹石路，从弹石路到柏油路，从柏油路到水泥路，从水泥路到高速公路，再从公路到铁路，从地上到天上，这片昔日崎岖坎坷的边地而今密织的交通网络已成，文化色彩浓郁，以至于游客来此流连忘返，沉醉其中不知归途。

依托丰富的旅游资源，云南旅游产业已经逐步形成了集食、住、行、游、购、娱为一体的比较完备的产业体系。云南文化产业闯出了自己的发展路子，形成了令人瞩目的“云南现象”，青歌赛等央视几乎所有的重大活动总能聆听到云岭百灵的甜美歌声，总能看见红土地汉子雄鹰般的矫健英姿，一座座奖杯里盛满的不止是荣誉，更承载着云南人的骄傲和自豪。

六十载，云岭大地二十六个民族团结奋进，协作共赢，互爱互敬，开创了繁荣稳定的新局面。改革开放，特别是党的十七大以来，云南省委、省政府牢牢把握各民族“共同团结奋斗、共同繁荣发展”的主题，保持了民族团结、边疆稳定、经济发展、社会和谐、各族人民生活不断改善的良好局面。

当天安门城楼上那雄壮的声音浩荡五湖四海之时，一头东方的雄狮早已领跑世界。栉风沐雨，春华秋实，六十载，让云岭这块曾经的荒蛮之地变得繁花似锦，雄劲蓬勃。六十载，云南昂扬；六十载，云南奋发。一次次震撼心魄的回顾，一次次净化心灵的洗礼。九州生气，万马奔腾；彩云耀长空，朝日月施祥瑞！云岭蓄势，今朝勃发！

立业之道

天道、地道、人道、一切道，均归于大道。大道无形无相无始无终无极。

“道生一，一生二，二生三，三生万物。”“道”是种子，在任何一个地方任何一个领域都能开花结果。“道”是浩然正气，无所不包，不所不在。

老子《道德经》曾言：“上善若水，水善利万物而不争，处众人之所恶，故几于道。居善地，心善渊，与善仁，言善信，正善治，事善能，动善时。夫唯不争，故无尤。”

企业家是企业的首脑，是企业的生产行为、经营行为和市场行为的决策者，吸取“水道”而用之，将其转化为企业的品格、企业的精神和企业的经营发展之道，企业将利万众而立。

水之所以为万物所需要，完全是因为水能够给万物带去它们所必需的实在的利益。利益是公众和社会的利益，利益在万物而不在水。企业的利益须立在万众最普通、最实际、最迫切、最不可缺的利益需要上，而企业的位置和作用只在于为公众主体创造利益、输送利益或者帮助公众主体实际享受到他们所需的利益，就像水使万物得到利益一样。这才是现代企业最根本的立业之道。得此立业之道，企业肯定立得直、立得稳、立得正、立得久。

利万众而久立的企业，企业利益源于万众，万众的利益也源于企业，企业的利益是在给万众带去利益的同一机制中得以实现。

企业久立之根是服务于社会，造福于人类。治国治家如治水，水能载舟亦能沉舟，万众能救企亦能灭企。做企业，必有功于社会，有德于万众，这是企业治企的天职。

任何企业，并非创业之初立业工程就能一蹴而就。立业的工程像水的流程一样，是从雨点到小溪到河流到大江再到大海的，它是由弱到强由小到大的经常不间断的汇聚体。企业亦如此，是从一个立业点再到另一个立业点，是从一类立业点到一群立业点的演变中发展起来的，是在不断寻找新的立业点并不断更新对社会服务方式中成长、成熟起来的，也是遵循在立业中发展，发展中立起业来的。

立业之道亦如水之道，企业必须在"活着"的时候善于顺应，善于超越、善于融通，企业才能得于流畅、得于活力、得于长久。

老子还说："天下之至柔，驰骋天下之至坚。"我们的企业和企业家如能常作水观，常领水德，常悟水道，于水的生动形象中，获得收获，获得与大道相通的大利益，必将赢得市场、赢得众生、赢得正果、赢得成功。

所谓"水利万物而长流，企业利万众而久立"，说的就是这个道理。正所谓："天地有道，风调雨顺；国家有道，国泰民安；企业有道，欣欣向荣；人体有道，身心健康。"

从蜗牛爱家说起

凡事预则立，不预则废。

当“把每一件简单的事做好就是不简单和把每一件平凡的事做好就是不平凡”日渐成为企业成熟化和企业团队稳健化标准的时候，“蜗牛爱家”便开始构成。

企业是员工“蜗牛的家”。蜗牛之所以从出生那天起，就对壳忠贞不渝，是因为壳给它带来足够的安全感和归属感，它视之为自己唯一的“家”。如果企业如同蜗牛的壳一样都能给员工以绝对安全和长久归属，员工也将以知遇之恩和感恩之心献出自己的“忠诚”，始终“背负”着企业一直前进！除非聊以度日得过且过者，除非患得患失懒散敷衍者，除非屡战屡败屡败屡战又屡败者……

企业人每天三分之一至四分之一的时间都是在企业这个舞台上舞过的。从人的生命周期上讲，舞台上的工作品质直接影响着生活品质，生存需求直接抚慰着精神需求。作为企业团队成员而言，其苦苦寻觅的归属感就决定着其对企业团队的忠诚度。而人的“自我实现”的人生坐标就取决于其对“定音之锤”的“高峰体验”。一如山高人为峰时的自豪感决定于山峰的顶端能容纳多少自豪者。

用最合适的投入选择最适合的人才与用最适合的舞台跳最合适的舞蹈如出一辙。只不过前者说的是最经济的用人方式，后者说的是人才最关心的舞台样式。

这种双向抉择至关重要的核心就是天平两端承载着两个不同的物相：一个是企业给了我什么？一个是我给了企业什么？于企业给了我什么而

言，公平合理的薪酬机制、长盛不衰的企业文化、刚柔并济的本位管理与人性化管理、风雨同舟的共振与共赢模式等就显得特别重要；于我给了企业什么而言，企业的上层建筑有我的经济基础、企业的稳健升华有我的青春赌注、企业的杰出表现有我的忠贞不渝等就显得恰如其分。

物以类聚，人以群分。只有企业与员工“共振”与“共赢”才能都成为赢家。人心如天秤。当企业与员工之间的天秤失衡后，企曲一终，人也散尽就自然而然。只有两者都高度平衡，员工在“静坐多思己过”之后对企业的“忠诚度”才会如雨后春笋般落地生根！反之，企业在“不患寡而患不均”之后对员工的“公平度”也就会“在不确定的时候做出正确的决定”的风险承载中坚不可摧。

共振也罢共赢也罢，终将殊途同归。于员工而言，应做令衰朽杰士失色的新锐凡夫，并设法在勇气、才华以及所有事件上获得新生；于企业而言，只做令同行敬慕且尊重之心日益倍增的行业标杆，并试图制造一个又一个令员工欢呼喝彩的行业典范。“振”为基因，“赢”就必然。蜗牛再小，始终陪伴壳走完从生到死的漫长过程；壳再大，壳都自始至终与蜗牛“白头偕老”。

第三章 妙侃足球

1 大于 2

1 大于 2，这似乎是天方夜谭，是哗众取宠，是不可思议。但在绿茵场上，用“另类”足球理论来阐释，却那么的真实可信。

当中国足球联赛进入到第 6 个年头之时，当 1999 年 3 月 21 日甲 A 鸣哨之时，这个结论似乎贯穿了甲 A、甲 B 的头两轮。作为甲 A 新军的辽宁抚顺队，当做客大连这个令亿万中国人既兴奋又伤感的金州体育馆时，谁也料不到今年的甲 A 联赛竟如此的令人激动，辽宁健将曲圣卿的一粒黄金入球，终结了四次夺得联赛冠军的大连万达 57 场主场不败的神话。这看似小小的“1”字，比任何数字都能说明问题，也正因为第一轮曲圣卿的这个“1”的奉献，激起了全队的士气，鼓起了全队的勇气，扬起了全队乘胜追击的风帆。这个“1”，比任何一个数字都大，这其中就包括“2”。

带着“1”的喜悦，曲圣卿和他的队员们在主场迎接平安的“拳脚”。这一战役，又是曲圣卿神奇地在 1∶1 的情况下射入了一粒金球，使得自己的球队完战了不保险的平安。曲圣卿奉献的这个“1”，同样比任何数字都关键。这个“1”远比平安的“1”平安得多，也正因为有了第一轮客场的那个“1”的巨大动力，才有了第二轮主场的这个更至关重要的“1”，这个“1”远远超过了“2∶1”这一结果的真实含义。有了主客场这两轮的这个“1”作号角，辽宁抚顺队今后的战争将会更加充满奇迹、充满神话、充满精彩，继而诞生更多的“另类”足球理论，诞生更多的绿茵英雄，从而也自觉不自觉地产生了新的乾坤定律，这就是“1”常常能超越 1 本身的含义而大于“2”、大于“3”，甚至大于更大的数字。

这里的“1”，充当着扭转乾坤的重要角色，充当着核心舵手的核心作用，充当着比任何大于1还有激情的主导意义。试想一下，在'98世界杯亚洲预选赛上，中国国家队在主场金州2:0领先的喜人成绩下竟丢人现眼地以2:4输给了伊朗队，这多少个2还不如主客场的2个1:0从沙特身上净挣的6分重要。这多少也说明了“1”在关键时刻比任何“2”都大。

同样在1999年3月28日的一场比赛中，山东鲁能泰山队在主场以2:0领先的优势下，广州松日应该是完全丧失了斗志，可山东队的一次禁区内的无奈犯规使松日赢得了一个点球，当主罚命中以1:2暂时落后时，这个“1”激起了松日队的士气，在接下的比赛中越战越勇，趁“1”追击，继而2:2，再继而变成3:2，如愿以偿在客场完胜骄兵山东队，取得了宝贵的3分。试想一下，如果广州队没有以“1”作基础、作斗志、作“兴奋剂”，哪来胜利者的姿态。这个“1”的深远意义不知比山东队的“2”要黄金得多，精辟得多，成功得多出多少。

回味其他任何足球赛事，1大于2的“道理”比比皆是，不胜枚举。这也许是1大于2的真实存在和深层奥妙。

没有如果

从甲 A 联赛鸣哨之时至今，大连万达队的主帅徐根宝可谓度日如年，其执教万达的生涯已有些难以维系。

从第一轮至第四轮终场哨响，刚好经历了半个月，四轮下来，大连万达4 战 3 平 1 负仅积 3 分，排名仍在第三军团徘徊，是甲 A 职业联赛以来大连万达最尴尬的一次处境，名教头徐根宝也因此跌进了下课的深渊。

在第三轮大连万达客场被韩国教头老车逼平后，徐根宝向记者发出了“第四轮主场不拿下吉林敖东这块硬骨头，自己只有死路一条……”云云。而4 月 4 日有记者战前采访徐根宝，问徐根宝如果主场输了，自己命运如何？徐根宝当时很不情愿地抛出四个铿锵有力的字：“没有如果。”此话道出了徐根宝内心的巨大压力和复杂的心理斗争。但徐根宝确实倒霉透了，第四轮主场又被敖东逼平，且比分与第二轮一样，赛后，徐根宝面对央视体育记者刘建宏的采访，道出了自己艰难的处境：“只能破釜沉舟了，该下课时我会下课，但下课要先和俱乐部商量，必须征得俱乐部的同意，我留下是大连市市长薄熙来挽留的，即使要走，我也要跟薄市长打招呼……”作为中国土生土长的名教头，徐根宝在国内取得的成绩与在国外一样，令无数球迷欣喜若狂。时过境迁，在二十世纪的最后一年的开赛初期，徐根宝和他的弟子们却遭遇绿茵的失败和痛苦的煎熬，让许许多多的球迷、观众和支持热爱徐根宝的人们一同陷入了大连万达建队以来从没有过的打击和失落，这是令徐根宝这类上了年纪的绿茵英雄们潸然落泪的事，徐根宝能否会化暂时的悲痛为永久的力量呢？徐根宝是条汉子，这点压力相信他能应付得了，这点挫折对徐根宝以及大连万达甚至中国足球不见得是件坏事或是个坏消息，相反可能对他们的成熟和进步起到一定的促进作用，我们不必为徐根宝担心。因为联赛才开始不久，考察和检阅徐根宝的时间还很多很多。

徐根宝很累，足球也很累，万达的今天，似乎与郝海东的明天有很大的联系。郝海东的过激表现导致万达的江河日下，但这一切已为时太晚，郝海东犯下了一个不可饶恕的错误！

徐根宝说得对，没有如果是真。“如果”真有了，中国足球不至于发展了6年仍是如此水平。

《足球之夜》重 A 轻 B

“足球之夜，球迷每周的节日。”这是中央台体育频道每周四晚上向球迷发出的最响亮的声音。短短三年时间，中国球迷从这一迷人的声音里感悟到了足球的极大魅力，也从中逐渐熟悉和认知了张斌、黄健翔、刘建宏以及韩乔生等体育评论员。而从这熟悉的声音中，《足球之夜》的这四位记者日渐被观众接受、日渐崭露了各自的头角、日渐成为球迷心目中的知名人物、日渐成为足球公正和正义的天平、日渐成了央视的名牌栏目……骁将之一的黄健翔因这一栏目的权威表现而深受足球界、球迷的广泛认可，好评如潮。

尽管《足球之夜》非常火暴非常名牌非常专业非常拉拢球迷的心，但细心的球迷已经发现，《足球之夜》越来越重 A 轻 B，越来越疏远了一大批甲 B 的球迷。当《足球之夜》刚刚诞生时，球迷对国内部分的喜欢率并不高，而把重心倾斜到国际部分，这与中国足球甲 A、甲 B 联赛的精彩程度有关，其重心的偏移也是情有可原的。当中国足球发展到第六个年头时，《足球之夜》将昔日的两部分瓜分为《足球之夜》《国际足球赛场》，且《足球之夜》的这一部分在播出时插播的广告越来越多，令广大球迷越来越疏远……

作为甲 A、甲 B 联赛，甲 A 相对而言有较强的观赏性。但甲 B 发展到今天，一些赛事的精彩程度并不亚于甲 A 联赛，特别是今年甲 B 联赛的头四轮，其上座率、火暴程度、观赏性与甲 A 相比并不逊色多少。特别是一些强强比赛和弱队与弱队的比赛。应该说，甲 A、甲 B 均属甲级联赛，应该同等对待，可《足球之夜》的侧重点并不如此，甲 A 成了重头戏，甲 B 纯属添加剂；甲 A 始终排在这一栏目的最前面，所占时间也远远超过甲 B，甲 B 仅仅是这一栏目的一种陪衬、一种点缀、走走过场而已；这多少让甲 B 各队的铁杆球迷感到些许不公平、些许冷漠、些许轻描淡写。

甲 A 与甲 B，形同兄弟，而且总共才 26 支队伍，26 支队伍如同云南的 26 个民族一样，谁离开谁都不忍心，谁分裂谁都不应该，其中任何一个成员都是相对平等的。既然平等，甲 A 与甲 B 这两碗水理应端平才是，一如天平左右的砝码与物质的质量一样，只有左右质量相同，天平才是平衡的。但事实并非如此，《足球之夜》的天平自始至终没有平衡过，甲 A 与甲 B 的分量比自始至终没有对等过，这是难于体现甲 A 甲 B 的全貌的。

不管是甲 A 还是甲 B 的球迷，其对自己本土的球队始终要比非本土的球队铁杆得多、亲密得多、支持得多。如果来自 26 支球队的球迷在一起分享《足球之夜》的快乐，可以想象，这种快乐的含金量到底会有多少，这种相聚能让全体球迷一起快乐吗？这种分歧能抚平全体球迷的心态吗？我想，这些球迷恐怕会引发骚乱事件，甚至会远离《足球之夜》的快乐而另寻大家喜爱的快乐，这是一种伤害，是一种自私、一种自毁形象的失误表现。这也许是全国各地许多球迷共同的心声，共同的呼唤，共同的意见和共同的期待。

甲 A 和甲 B，一如一个家庭里的兄弟姐妹一样，重男轻女不行，重女轻男也不行，只有既重男又重女，这个家庭才会温馨起来、幸福起来、美满起来。对于《足球之夜》而言，也是同样道理。

福至大戚

在云南红塔25名将士中，几内亚国脚福迪年龄仅25岁，属队中中间年龄层，身高172厘米，属矮个队员，体重只有70公斤，属轻量级。尽管其表现毫无显眼之处，但在99甲B联赛的头三轮，云南红塔凭借3月21日福迪主场的一粒黄金进球和3月31日客场的一脚任意球怒射，红塔以一主两客3战2胜1负的优异成绩暂居甲B头三名。这是红塔球迷比较满意的开局，也令主教练戚务生的宝座愈坐愈稳。

尽管红塔在甲B队伍中被一些新闻媒体挤在"黑马"之外，但福迪的加盟，使红塔拥有了福运，使球迷增加了对红塔冲A的几许信心，心中似乎也多了一粒"定心丸"。而对主帅大戚，则应验了一句福至心灵的老话——真所谓："大戚遇福迪，心也变得聪慧起来。"

众所周知，在1999年3月27日红塔客场0∶3惨败太阳神时，许多球迷喊起了下课声，纷纷认为红塔无"星"，这种关心热爱红塔的球迷忧患意识，其初衷是好的，但并不成熟。大家知道，甲B联赛刚刚处于鸣哨时节，红塔刚战三轮就进入福星甲B第一军团，实属不易。冲A热门队八一金穗三战下来同样两客一主积分反比红塔多一分，如果红塔福星福迪和南非国脚杰瑞在今日对八一的主场作战中再福运大降，红塔借主场之利战胜八一并非难事；况且从上轮八一客场被士气低落的国力以零比零逼平后，人们便开始怀疑了八一今年的真正实力。如果这样，红塔稳坐甲B第二把交椅大局应该已定。

回首98甲B，红塔之路可谓酸甜苦辣啥滋味都尝过，客场全取3分的记录在99甲B鸣哨才三轮，就已经改写98甲B红塔客场仅胜一场的尴尬的纪录，成绩真有些来之不易，这完全归功于大戚的领导有方，全体红塔将士的精诚团结，广大球迷的呐喊助威，外援福迪的上乘发挥。正因为有了里应外合的先决条件，大戚平静的面色里才多了几许信心，多了几许球迷的理解和支持。这一切的一切，似乎都与福迪有关。

福迪，红塔感谢你！福迪，云南球迷喜欢你！是你，拉了一把大戚；是你，将白云山掀翻在广州球迷面前。

黑色5·19

十四年前的今天，1985年5月19日，国家足球队在北京工人体育场以出乎国人意料地以1∶2负于香港队，将一片光明化成暗淡之路，从而失去了第十三届墨西哥世界杯亚洲区小组出线权。这是中国足球史上具有切肤之痛的日子，这一天中国建国以来的首次大规模球迷骚乱事件在球场发生，这就是中国足球史上最有名的“黑色5·19”事件。

忆当年，中国国家队与香港、澳门、文莱同组，中国国家队四胜一平积了9分（胜2分平1分），与同组的香港积分相同。5月19日是中国国家队与香港队的最后一战，战平即可出线，且国家队又在主场，最理想不过，极具天时、地理、人和之利。一切似乎能顺理成章，但事与愿违，最终中国国家队以1∶2饮恨京城，痛失出线权。

十四年后的今天，中国足球发生了巨变，足球不仅发展成为家喻户晓的一种运动，而且也成为了一种产业。十四年的历史足以证明球迷的欣赏水平已日臻成熟，对于成败的理念也日渐认识得更透彻、更清晰、更理智。

十四年后的1999年的5月中国国奥队也开始了他们的冲奥之路，再过4天，即5月23日，国奥小将们将跟从英国主帅霍顿挥师在河内与越南国奥队打响冲奥的第一仗。我们的新闻界与球迷也将在河内与国奥一起同呼吸共命运，这是本世纪中国足球梦圆世界的最后一次良机，国人期待的目光不亚于任何突发的新闻事件。

今天是5月19日，中国国奥足球队正在积极备战奥运足球亚洲区预选赛，中国球迷心中的观战天平也倾向于国奥队，聚焦于河内。我们追忆历史，追忆足球事件，追忆切肤之痛，是为了更全面地寻找足球场上理智与情感的天平；是为了更恰到好处地寻觅到秩序与狂热的平衡支点；是为了更好地激发绿茵场四周惊心动魄的理性呐喊和情感助威。

“5·19 事件”已成为过去，成为大国足球梦开始前的一次反思与蓄力，一次警醒与励志；也是世纪末冲刺的开始和悉尼奥运备战的冲锋号和宣言书。

有了这些，我们还怕谁呢?!

胜者永在

1999年5月20日凌晨，三十九岁的“优胜者”在英国维拉公园球场缓缓地谢了幕。成为历史的欧洲优胜者杯自1960—1961赛季诞生以来，曾无限辉煌过，也曾暗淡过。不论是辉煌还是暗淡，作为欧洲三大杯赛之一，它使全世界的球迷狂热过、兴奋过、悲伤过。

弹指一挥间，39年逝去了，优胜者杯在它正值青春的不惑之年的前夜，历史性地停止了生命的脚步、停止了绿茵的呐喊、停止了媒体的追踪。永久性地栖息在世界足球史册是它最终的归宿。

39年前，意大利的劲旅佛罗伦萨以顽强的斗志捧走了首届优胜者杯的冠军，这是本世纪中叶优胜者杯迈出的第一步，意大利人也因此从这一年开始了他们优胜者的足球历史梦。时隔39年，意大利人与西班牙人为这一历史性的决战拉开了永久性的大幕，不论拉齐奥夺冠还是马洛卡捧杯，优胜者杯既已成了历史，世纪末的挽歌都十分悲壮、十分惨烈、十分引人注目。

优胜者的姿态谁都向往，谁都在全身心投入。既然历史的脚步定格在今天，不论对烽烟四起的绿茵，还是对永载史册的绝唱，其结果并不重要，重要的是这首挽歌从此在足球史上沉淀为一枚亮斑。从亮斑的身上，我们可以享受它的厚重，感受它的狂热，领悟它的历史，诠释它的运行轨迹。有了这些，绝唱与挽歌便演变成优胜者的绝版，演变成世纪末最强的音符，演变成一道最迷人的绿茵风景。

凌晨的夜景一片寂然，维拉公园的四周人山人海，现场的球迷与电视机前的球迷、收音机旁的球迷一样，心情都十分相同。因为现实正在成为永久的历史，成为绿茵场上的挽歌，球迷们还能诉说些什么呢？

无论噩梦醒来是早晨，还是高墙内最后的孤独；无论是英雄的挽歌，还是世纪末的绝唱。亿万关注维拉公园球场的足球同仁、球迷、新闻记者都将直面这一现实、正视这一历史。

黑夜给了优胜者杯一块黑色的绿茵，意大利与西班牙人正用挽歌、用绝唱、用泪水、用历史去寻找世纪末最后的光明之旅。

惊喜一盘棋

意甲悬念终于在1999年5月24日清晨浮出水面，一直不被新闻界看好的AC米兰如愿第十六次捧起了金灿灿的奖杯。斥巨资的拉齐奥与冠军失之交臂，劲旅桑普多利亚也掉进泥坑，去乙级队列品味苦果；亚洲球星中田英寿效忠的佩鲁贾因萨勒尼塔纳只拼得1分而如愿保级。这样，意甲的各大悬念也因此云开雾散。真可谓几家欢喜几家愁！

意甲的大幕已经降下，扣人心弦、提心吊胆的结局既令人惊诧更令人狂喜。惊的是强队不强、弱队疲软；喜的是AC米兰登基加冕，为其百年华诞献上了一份厚礼。

AC米兰如愿加冕，与意甲整个“98—99”赛季的混沌不堪有一定因素，更与主帅扎切罗尼的谋略有关。客观地说，意甲本季强队被弱队拉下水，尤文图斯、佛罗伦萨、国际米兰等豪华军团一蹶不振，游离在中游；拉齐奥在第27、28轮大比分输给了罗马、尤文图斯，在关键的夺冠之战中，又被佛罗伦萨逼平，为AC米兰继续凯旋创造了千载难逢的机会；曾一度坐冷板凳的博班在本季后期重新焕发青春，比埃尔霍夫与维阿的冤冤相报在比赛中期得到和解，两者由反目成仇变为绿茵兄弟，给米兰增添了和睦一家的喜气。同时，新闻界对米兰的冷处理为米兰排除了许多干扰，这恐怕是米兰最具杀伤力的关键因素；下半赛季，米兰门神阿比亚蒂的神勇护门、352的成熟阵型、古利等新人的神勇表现都为米兰加冕增加了制胜的砝码。

上赛季曾在乌迪内斯执教的扎切罗尼的运筹帷幄与用兵神奇，是米兰夺冠的核心砝码。一如一盘棋的执子者，每一颗子都充分发挥了自己的中流砥柱的作用；而每一步棋都像联赛的每一轮对抗一样，扎切罗尼步步为营，把最强劲的对手都一一斩落下马，为其最终获胜赢得了关键性场次的关键积分。

天下没有不散的宴席，意甲联赛随着 AC 米兰的最终夺冠而烽烟散尽。留给绿茵的是更多的余音绕梁，多日不绝。但现实既已如此，这又能怪谁呢？拉齐奥仅以 1 分之差饮恨冠军，国际米兰的罗罗组合以失败告终；强劲之旅桑普多利亚含泪告别甲级；恩波利、维琴察、萨勒尼塔纳携手降级；比埃尔霍夫以一球之差落选最佳射手，罗纳尔多的判若两人、佛罗伦萨的晚节不保……这所有的令人不可思议的惊诧与 AC 米兰在“默默无闻”中捧冠的惊喜形成了意甲本赛季最鲜明、最强烈的对比和反差，这多少让足球界感到有些意外。

雪耻也罢、蒙羞也罢，绿茵的变幻莫测就这么令行家难以预言、难以定论。战场上没有常胜的将军，这是一句用在足球场上也非常恰到好处的古训。

惊诧也好、惊喜也罢，胜负往往掌握在自己和他人的手中。但最终还是掌握在自己手中。对于意甲烽火，宛如一盘棋的整体运筹，顾此一定不要失彼，否则将酿成大祸！将品尝苦果！！将一无所获！！！

老本经营

瓢泼大雨的绿茵场上，可怜兮兮的球迷们目睹着霍顿弟子们的水上舞蹈，不由得想起了中国足球每年的春训。春训是中国球员每年春天的必修课，只有拿到毕业证，才能上岗，才能效力自己所钟爱的球队。

中国国奥队在与越南、缅甸队的较量中，虽然张玉宁两战都分别进了两球、两战的比分均为4∶0、所对垒的均为弱队，但取胜的最大筹码则是中国队的体力。是靠体力把对手拖垮、靠体力捕捉战机、靠体力出奇出彩。没有体力做后盾，霍顿的442难说会溃不成军。缅甸队是一支由大、中学生组成的混合型演练性兵团，实力可想而知，但却能在上半场与中国队抗衡，这不能不使人们对霍顿执鞭的这支奥林匹克号战舰的作战水平产生疑惑，产生担心和后怕。下半场如果不是中国队的充沛体力在支撑着全队的士气，支撑着霍顿的帅位，支撑着国人耐心的期待，恐怕结果并不像传媒所宣扬的那样：国奥如何了得、如何勇猛、如何强大。

霍顿两战两捷，朝鲜同样两战两胜，只不过中国队前两仗的净胜球多了几个，只不过城门没有失守，只不过遇到了弱旅中的最弱。如果中朝对话，不知霍顿的心态又将如何。河内三仗，已打了两仗，国奥的心态并非像在休闲时刻那样轻松自如、那样谈笑风生、那样放不下包袱；相反，队员的心态浮躁不安，乱成一团麻，这似乎与奥林匹克精神并不相称。

霍顿手中的这届国奥队，是中国历届国奥队中较成熟的代表，但其成熟的标志并没有体现在技战术上，相反却集中在体力上，这是令霍顿尴尬的，也是令球迷尴尬的。如果队员面对弱旅全靠老本经营，尚且能蹚过险滩、越过战壕；那面对强敌或与自己实力接近的球队，靠什么呢？

老本经营可以让一个球队维系一段时间，可以越过几道战壕、可以令国人欣慰一时。但长期下去，将陷入困境、陷入背水一战、陷入国人的非信任之中！

国奥正在路上，正在国人提心吊胆中，如此老本经营，这是一个危险的信号！是一次严峻的考验!！是霍顿冲奥路上自己打败自己的最终障碍!!!

曼联绝唱

古有“史家之绝唱，无韵之离骚”之千古名句，今有“天下奇，奇天下，天下奇书奇天下；千古绝，绝千古，千古绝唱绝千古”之上乘楹联。在足球史上，欧洲冠军杯已绝唱了四十五个年头，被喻为世纪绝唱的两王之争——曼联与拜仁虽已尘埃落定，但世纪末的“绝版”因曼联的绝对唱响而水落石出，这使人们再次将绿茵的硝烟燃向曼联，燃向弗格森这位救世主。

曾记否，45 年前即 1954 年，一位法国球员昂诺的一个美妙主意，竟成为了世界足球史上最动人、最美丽的乐章之一。纵然十四五年前英格兰人与意大利人的不冷静酿出了三十九人被践踏致死的绿茵惨剧，但冠军杯绝唱之后所经历的岁月总是那么富于美的旋律、美的乐章。它所铺显出的道路总那么激情、那么惊心动魄、那么耐人寻味。

这是血与汗铺成的梦想剧场，是一曲灵与肉搏击后的动人畅想曲，是智与谋碰撞后的结晶体。世纪末的这一世界大战，因红魔曼联队员的成熟和弗格森的“阴谋”得逞把钢铁之师拜仁克了。这充分表现出曼联成就霸业的霸主之气，展示出拜仁的强大，最终让曼联的“性感”所折服，这其中运气也多少帮了曼联的大忙。

不管上帝倾情于谁，主宰命运的还是自己。是上帝捉弄拜仁也罢，还是天堂向曼联伸出了善意之手，世界性的这场经典对决，伤停补时给了曼联比生命更重要的机会，戏剧性的绝唱最终以令人难以置信的结果而唱响，而响彻巴塞罗那、响彻诺坎普球场。

曼联成就了“三冠王”霸业，弗格森也因此奇迹般全面超越了巴斯比爵士；不管曼联的足球史曾经如何辉煌，但并未如此神奇过，并未如此绝唱过，如此霸道过。因曼联的绝唱而使得曼联在足球史将不朽！

绝唱过后，人们将期待新的绝唱，因为历史的车轮正在前进，绿茵健儿正在成熟，绝唱史也还会不断更新。既然这样，曼联也不能因一时的绝唱而昏了头，拜仁更不能因一时的失手而哑了嗓；该唱的还要唱，因为足球是不死的！

教练和球员的天职，就在于通过绿茵挥洒出足球的不朽！1999 年是曼联的不朽，是曼联的绝唱。但风水轮流转，难说明年的不朽又轮到拜仁，绿茵绝唱，谁也说不清！

危险的信号

又是一场舞蹈、水上芭蕾。霍顿和他年轻的弟子们的舞姿并不迷人，动作也不优美，节奏感差极了，完完全全的低迷状态，完完全全的乱糟糟。

在中朝对决之前，霍顿谦虚的狂言并没有获得骄傲的战绩，曾信誓旦旦的2∶0只换来了并不美丽的1∶0。甚至电视机前的旁观者们喊出一串串的“臭”字口号，只差没喊“霍顿下课”了。从这些旁观者清晰的心态流露中，不难窥见本届国奥队所存在的问题。

中朝对垒，中国奥林匹克号漏洞百出：个人盘带相对过多、直传球失误明显、队员心态不正、相互间的配合显得粗糙、门前抢点意识差、临门一脚欠火候、以多打少优势不明显、无关紧要的犯规不值得……所有这些构建成国奥队员最危险的信号。霍顿推崇备至的442在朝鲜人的532面前，显得不堪一击，显得无所适从，显得狼狈不堪。特别是整个下半场中国队以多打少的绝对优势并没有转化成进攻的动力，许多的狂轰滥炸，许多的“精彩”瞬间，只落得个并不完美的结局。这些信号的频频闪现，既是危险的也是致命的；多少让国人增添了对霍顿的愈加怀疑和愈加不信任。

河内战役结束了，纵使这支年轻的国字号三战三胜且城门不失，纵使净胜球比“弱队”朝鲜多了8个（中国9个，朝鲜1个），纵使“泡吧”主力屡立战功，纵使这是意料之中的结果，但中国的职业联赛已开展了6年，中国的部分球员已效力在海外高水平的俱乐部，中国的这支奥林匹克号已被公认为亚洲的一流球队，所有这些优势并没有体现在中朝对话上。

王鹏的红牌被罚，大羽的低迷和一些球员的萎靡不振，使得霍顿的442骤生疑惑、骤生不信任感，从侧面也反映出国奥队在排兵布阵上所存在的苦涩和捉襟见肘。

三战落幕，霍顿的“欧文就在国奥队中”“李铁是无价之宝”等狂言被一一击破和纷纷粉碎，这些狂言也导致了中朝1∶0并不完美甚至显得比较无奈的结局。中国人创造了世界上最含蓄的文字，一些脍炙人口的名句诸如“好钢用在刀刃上”“谦虚使人进步，骄傲使人落后”“不到长城非好汉”“卧薪尝胆”等等全被霍顿和他的弟子们抛到九霄云外，抛到绿茵之外，这是极其危险的，更是自毁前途的危险信号。

“打铁要靠本身硬”。霍顿在越南的河内打了三次铁，三次磕磕绊绊地打完了，并没有给深寄厚望的国人留下多少精彩之处和经典之笔。相反，所暴露出的问题接踵而至，令国人对霍顿冲奥的决心产生了许多的担心和忧虑，这是足协官员、霍顿和他的弟子们所必须要面对的。

亡羊补牢，为时不晚。河内战役结束了，6月中旬，霍顿挥鞭的这支国字号队伍还要面对三大战役。这期间，霍顿有近半个月的时间可以重新调教自己的学生，好好反省中朝之战，深刻面对余下的征程。好让这些危险的信号在短时间内得到及时的清理，得到国人最深情的信号和最执着的关注。危险消除了，信号也自然不复存在，这恐怕是国人对国奥冲奥的最大希望。

残酷的美丽

自足球绿茵有了升降级制度以来，许多精彩战役、经典对决最终演绎成了残酷的命运、悲惨的结局。不论世界杯还是各国的联赛，这种残酷的现实比比皆是。

德甲烽烟散尽，纽伦堡成了替死鬼，成了被甲级队伍遗弃的羔羊。而中国球员效力的提前好几轮就在降级边缘苦苦挣扎的法兰克福因进球数多而无情地把自己的“大哥”纽伦堡推向了深渊，打入了冷宫。纽伦堡无情地降入了乙级，法兰克福残忍地凭借最后一轮的四个净胜球（因比纽队多进四球），而将纽队的将士们推入了火坑，这种残忍远远超过了一支队伍的承受能力，超过了人们对输赢的接受能力。这种残酷的美丽直到德甲的最后一轮才游离出来，多少有些悲惨，有些无奈。

法兰克福惊险保级的成功后面，有一位绿茵的救世主，他就是该队的主帅贝格尔。早在10年前的1989年，他也执教法兰克福，同样也奇迹般地将深陷保级边缘的法队留在了甲级的行列。这位经验丰富的救世主不仅使科隆、沙尔克04成功保级，而且带领法兰克福两度保级成功，足可窥探到贝格尔“保级大师”的足智多谋。

足球是圆的，绿茵是方的。在圆与方之间，进行的是生与死的搏击，进行的是荣誉与金钱的较量，有的为了荣誉而战，有的为了金钱而战，不管以什么心态什么出发点而战，但结果只有一个，或输或赢或平。这就导致了不同的结局，导致了不同的命运。法兰克福相较纽伦堡而言，只不过幸运得多。

德甲残酷的保级大战因纽伦堡的失败而告终，因法兰克福光芒四射的

4 连胜而画上了一个并不美丽的句号。多少让人想起了“放水”“假球”“黑哨”“红哨”等一系列刺耳的不光彩词语。德甲的如此不美丽，使得绿茵多多少少渗入了不公平和金钱的交易在内，这实在令人心痛。

残酷也罢，美丽也罢，事实既已如此，这能怪谁呢？怪只怪法兰克福有了一名救世主，怪只怪纽伦堡在一片大好的形势下主场败给了自己的手下败将弗赖堡；怪只怪法兰克福的将士们学会了大比分赢球的技术，怪只怪弗赖堡在进球方面不思进取……

既然残酷出现了，美丽也就无形中被蒙上了一层阴影。德甲如此，其他联赛和杯赛也差不了多少。

足球的残酷性就在这里！能说美丽吗？

过客角色

在足球绿茵场上，每一支球队都不是常客，不是常胜将军。但每一支球队都不想充当匆匆的过客，不想平平淡淡地成为旅客、成为过路的客人。

与中国国奥队同组的朝鲜、缅甸、越南三支弱旅，在河内的六大战役中，东道主越南队在自己的国土上旅行了一周颗粒无收，缅甸队似乎也成了这一小组的匆匆过客。而受中国足协同情纯属“旅游”的朝鲜队并没有过客的姿态，相反，却显示了弱旅不弱的角色，险些将中国队的前进步伐停止在河内，停止在九强赛外。

九强赛之前的中国国奥队，应该是风平浪静的，出线大可不必担心，也没有理由不出线，关键的是如何面对10月的九强赛，如何面对自己的强敌：韩国、日本、伊朗、卡塔尔等曾让中国人伤心至极的冤家。因为中国队无论在冲奥还是在冲世界杯的历史上，只有高丰文执教的那届国奥队不是预赛队伍里的过客，其余的任何一次冲击，中国队均成了对手的陪练角色，成了平平淡淡的过客，这种角色的味道在20世纪令国人无数次地悲痛不已，无数次地泪流满面，这是伟大的中国人民所不愿看到的。

21世纪的钟声即将敲响，霍顿和他的弟子们已经踌躇满志，已经横下一条心，目标直指悉尼，这种远大的志向令国人欢欣鼓舞，令球迷拍案叫绝，令中国足协官员为之一动。但从目前国奥队的表现来看，其真实水平与远大志向间的差距越来越明显，一种过客的角色隐隐约约在凸现、在暴露、在突兀。这种突兀在国奥队身上满“身”都是：心态极度急躁、各种恐惧症并未痊愈、心理素质较差、失误频频产生、红黄牌较多、配合难趋成熟、技战术套路单调……所有这些，是中国国奥队九强赛前亟待解决的但又迫在眉睫的致命问题。如果将这些“不成熟”带进九强赛，中国队过客的角色必然在所难免，必然重蹈昔日的覆辙，中国的冲奥之路纯粹成了旅游之路，这是国人所不能容忍的，这种角色也是极度悲哀的。

中国足球在无数次的充当过客的悲惨命运中，该到止步的时候了。因为过客的生命是极其短促的，角色这顶流星般的帽子谁也不愿长期戴着；因为过客的待遇如履薄冰，角色的礼仪遭人白眼；这种滋味中国已“品尝”得够讨厌和恶心了，谁还会有滋有味有心情去品尝。

过客时代早该过去了，过客角色早该消失了。世纪末中国奥林匹克号战舰该为新世纪前夜的中国足球梦画上一个圆满的符号了。

霍顿有责任，国奥小将有责任，足协官员更有责任！

新世纪的曙光就在眼前，中国足球的过客角色是否该结束了!?

红色黑马

在彩云之南，在聂耳的故乡，狂热的球迷为红土高原上正冉冉升起的足球黑马红塔队提心吊胆着，殷殷期待着。

回首中国五年的足协杯，每届都诞生着不同凡响的黑马，每届黑马的姿态都不尽相同：1995 年的广州松日、1996 年的上海浦东、1997 年的上海豫园、1998 年的辽宁队，世纪末的 1999 年，最黑的也是最红的黑马堪称咱们本土的云南红塔。在甲级 26 支队伍中，红塔成为了足协杯八强赛唯一的一支甲 B 球队，可以毫不谦虚地说，云南红塔为甲 B 列强争得了一席之地，扮演着杀手的角色；同时，也为混沌不堪的甲 B 留下了一撮在足协杯上的净土。足协杯在众目睽睽下进行得并不如火如荼，有些球队完全是为了演练阵型为了锻炼新人为联赛做试验，而有些球队则是为中国足球的明天为夺冠为荣誉而战。云南红塔的出发点似乎两者兼顾，既为了练兵也为了荣誉更为了未来，这种应战心态应该是非常值得赞誉的。

红红的黑马云南红塔正扮演着“克 A”的杀手，先后以 5:1 和 1:0 将甲 A 风头正茂的沈阳海狮和上届足协杯亚军今年甲 A 联赛领头羊辽宁抚顺队这两支气势如虹的“东北虎”斩落在 16 强和 8 强之外。这种骄人的战绩是红塔历史上最辉煌的一笔，也是红塔足球史上呈现出的最光芒四射的一幕。在争夺足协杯四强席位的征程上，黑马云南红塔的对手仍是“东北虎”之一的甲 A 劲旅吉林敖东，既然红塔将士们已将前两轮的拦路虎的虎气灭了，相信凭借大戚深谋远虑和他的弟子们的乘胜追击战术，云南红塔再灭敖东这只“东北虎”并非不可能。再者，高晖掌印的吉林敖东自足协杯鸣哨之时便以锻炼队伍的低姿态出现在足协杯的绿茵场上，其

“应付”心态不言而喻，这对云南红塔是一个好兆头，一次战胜对手的千载难逢的良机，关键的是云南红塔以何种身份、何种面貌、何种心态应战。

去年列甲B第九位今年8轮过后列甲B第五的云南红塔能势如破竹打进足协杯八强，应该说已超额完成了任务，接下的战争虽然异常残酷和悲壮，但无论怎样，云南红塔也应该并必须以黑马身份出战。因为既然勇敢地以黑马的姿态呈现在足协杯上，理应继续黑下去，继续充当“杀手”的那种专业性“杀手”。这一点，不仅云南人民寄予厚望，全国甲B的球迷也在默默地祝福和期待着。这种崇高的待遇在今年的足协杯上只有云南红塔才能享受到，别的球队，只能等待来年的好运了！

明天，红塔将在亿万球迷焦急的等待与祈祷中做客敖东的主场，认真对待联赛和足协杯的红塔与不认真对待足协杯的敖东的首回合较劲，说不准红塔会抓住机遇将困难克服，一旦如愿，红塔回到主场淘汰敖东杀入四强则顺理成章，则成最红的黑马，则一鸣惊足坛……

红塔姓“红”，红红的黑马如能在足协杯的历史上继续前进并与上届最黑的黑马辽宁的角色一样，二者即可相提并论，这应该是众望所归的！……

平局算赢

又是东北虎，又是客场，又是平局。

又是甲A劲旅，又是黑马一匹，又是大爆冷门。红色黑马红塔将士在雨中的足球风暴再次席卷东北，敖东的傲气又被红塔在吉林父老乡亲的眼皮底下被扼杀，红塔红红的歌谣再次响起，图穆的舞姿依旧迷倒现场的各路东西南北的球迷。面对敖东，红塔以优秀的平局提前上演了黑马的角色，四强的席位因下轮主场的天赐良机而初见端倪，因客场进了一球而可能奠定红塔第三轮的胜券在握，这似乎在笔者的意料之中，也在球迷的期待之中。

平局得了1分，红塔与敖东握手言和，这是大戚精心布下的一局好棋，毕竟是在敖东的主场，红塔能从“虎口中拔下一牙”，亦算霸气的一种表现；再过1月，敖东前来高原挑战红塔，大戚大可挥师斩高晖。红塔主场的虎虎生威与敖东客场的虎头蛇尾将形成鲜明的对比，虎踞龙盘的红塔将借主场的东风掀起“杀A”的狂飙；而真正意义上的东北虎欲在高原称霸，似乎还欠强劲的东风——球迷的呐喊助威，能在红塔的“口中余生”算是万幸了。

在敖东彪形大汉面前，红塔的“弱不禁风”已不复存在，红塔任人宰割的历史已销声匿迹，取而代之的是红塔的骁勇善战、红塔卧薪尝胆后的锐不可当、红塔全体将士的精诚团结和戚务生的深谋远虑、大智若愚以及他的深厚的教练功底。所有这些，奠定了黑马红塔在足协杯上的惊人之举和惊世之作，从侧面也显示出红塔队的“家和万事兴”和戚务生的用兵如神，这是凸现在红土高原上值得云南各族球迷骄傲和自豪的一道风景线，在云南如此，在省外亦能如此。

红塔在渐红，红塔在前进，红塔在“杀 A”，红塔在成熟，红塔在称霸足协杯绿茵。这是黑马红塔自身修炼的必然结果。杯赛如此，联赛也理应如此，透过红塔足协杯赛上的杰出表现，我们不难透视出红塔蕴藏着的冲 A 杀机，不难觉察到戚务生的高人之处和屈居甲 B 后刻骨铭心的东山再起的惊人之作。从侧面更反映出戚务生对红塔只字不提冲 A 的初衷和蕴藏着的冲 A 本领、冲 A 资本、冲 A 机密、冲 A 绝招。这恐怕也是红塔在敖东主场以平局凯旋而归的最初表现，更是红塔能成为今年足协杯上最黑的黑马的必然性保障。

拥有了这些，红塔的前进步伐将愈加轻快，红塔跻身甲 A 和足协四强的曙光将指日可待；红塔继续红下去、黑马红塔继续黑下去便成为顺理成章的现实！

平局算赢的绝妙之处恐怕就在于此！

拒绝封闭

世纪末的中国奥林匹克号战舰闪电般紧急集合大上海后，霍顿领着他的弟子们进行了为期一周的“洗心革面”。在国奥嬗变期间，国奥将士面对记者的攻心术一言不发，有的胆战心惊，有的失魂落魄，有的如同惊弓之鸟；有关国奥的变革、球员的情况等话题，均遭到无情的拒绝。国奥在闭门造车、在故步自封、在封杀新闻，这引起了新闻界的巨大震惊，引起了舆论的广泛关注，引起了球迷的极度不满。

仅仅是因为媒体在第一时间将张玉宁等三人的“泡吧事件”公之于世，将国奥队内不尽如人意的表现见诸报端，将国人的不满和满腔期待印刷成了铅字。这种报道宗旨和报道方式无可非议，出发点是正确理智的，不仅有利于中国足球在改革的风口浪尖稳步推进，更有利于中国足球产业沿着健康的轨道茁壮成长，还有利于这艘奥林匹克号战舰知己知彼乘胜追击。这种缘由理应无可非论，但国奥战将不知怎么理解，总认为媒体揭了他们的疮疤、揭了他们的短、揭了他们“隐私”；这是这群期待成熟的孩子们的一种不成熟的反映，是国奥家庭所表现出的一种不敢直面现实的胆怯和自欺欺人。这是极其不利于中国足球发展的，极其不利于国奥队冲击奥运会决赛圈的，极其不利于国奥将士走出国门的。

有压力才有动力，有舆论监督才能净化绿茵；一切闭关自守、一切闭门造车、一切故步自封的表现都是极其危险的，都是不敢正视现实的虚伪表现，都是虚荣心在作怪的反响；在成长的道路上，国奥需要批评和自我批评，需要新闻媒体的监督和关照，需要不断地指出所存在的问题，需要眼疾手快的体育记者的不断提醒；一切忽略自身缺点和错误的侥幸心理都是不成熟的，一切违背体育道德的行为都是不可取的；国奥正年轻，国奥的压力不能因为媒体的监督而产生逆反心理，产生抵抗情绪，产生敌对矛盾，这是不正常的。

公平、公正、公开不仅是国人所遵循的一条行为准则，更是新闻工作者所必须遵守的一条新闻纪律，这一点，媒体基本做到了，甚至完完全全地按这一纪律来约束自己。作为新闻界，宣传国奥在成长过程中的足迹是一项义不容辞的职责，国奥大可不必这样与新闻界较劲，也不该与新闻界较劲。因为新闻界与足球界也是一家人，没有新闻界，足球再火暴再如何如何也无人知晓，这个道理大家都知道。

打开封闭的大门，让国人少些担心，让球迷少些害怕，让新闻界与人民大众共同分享国奥的荣誉，这是信息化时代的要求，是中国足球进步的要求。

拒绝封闭，是为了更好地圆大国足球梦。

敞开心扉，是为了更准确地将现实呈现给国人。年轻的国奥将士们，打开心灵吧，拥抱一回国人对世纪末足球梦的狂热吧！

傲慢的偏见

霍顿和国奥小将们回到了祖国，回到了上海，回到了亿万中国球迷的视线中。国奥战车在国人众目睽睽的注视下，仅以3:0胜了弱旅越南队，结果虽在国人的意料之中，但还比不上在河内4:0战胜越南队所赢得的净胜球数。多少有些令人遗憾、令人叹息、令人怀疑国奥队冲奥的可信度。

霍顿仍旧持着自己的老阵型当王牌，依然采用傲慢的技战术，以不变应万变的战略在越南铜墙铁壁的死守下，并没有发挥得淋漓尽致，并没有组织得有声有色，并没有占到主场的先机。相较前三战而言，虽然有所进步，但其毛病丝毫没有治愈；球员毫无靶心的远射，梦游般的盘带，无水准的传球，令人哭笑不得的只开花不结果，王鹏表现失常等等，仍暗藏着极大的危机。对弱队尚且如此，对强队恐怕就漏洞百出，毫无章法可言。也难怪球迷喝起了倒彩，这是一种极不正常的现象。

在中国的大上海，国奥小将的急躁不安少了，但并没有化成极具威胁的动力；所有的天时、地利、人和在绿茵场上全化为了泡影，化为了国人对国奥的些许不满，就连铁杆球迷也在看球的过程中玩起了麻将、扑克牌，显而易见能证明国奥小将们所存在的缺点和不足。国奥的真实水平离既然球迷的期望还有一定距离，霍顿和他的弟子们是否该反省反省了。

四战四捷且不失一个球的战绩也许令霍顿满意、令中国足协满意，但并没有让国人满意、让球迷满意、让新闻界满意。这也从深层次反映出国奥的江郎才尽，反映出国奥全体小将的作战能力有待提高和完善，更反映出霍顿死心塌地的傲慢所酿出的苦果，这种极度的傲慢只会带来国人对国奥的极度偏见和极度愤恨，最终的苦果将使国人伤心至极，使中国足球伤心透顶，使球迷众叛亲离，使新闻界避而远之。

自从中国有了足球运动以来，我们已刻骨铭心地亲历了中国足球的无数次失败，亲历了无数主教练因傲慢所酿下的悲剧，亲历了无数球员的饮恨绿茵。在世纪末的今天，难道我们还要强忍着泪水来对中国足球进行傲慢的实验，进行彻底的悔过，进行虚度年华般的检阅。够了，已经足够了！这种历史早该提前结束，早该销声匿迹了。

坚持傲慢，就相当于坚持极大的自我压力；坚持傲慢，就等于坚持失败的实践；坚持傲慢，就可能坚持噩梦的诞生史。

真正的考验是在九强赛上。霍顿先生，傲慢的偏见只能收割傲慢的苦果，傲慢的偏见只能收获傲慢的自惭形秽，千万别拿泱泱中国足球的前途做试验了！打住吧！

钢铁锈了

前苏联有惊世名著《钢铁是怎样炼成的》，德国有钢铁足球队拜仁慕尼黑。在中国惊世名著已惊世了几代人，而德国的钢铁拜仁已江河日下，锈迹斑斑。虽然两者没有严格意义上的可比性，但却产生了两种截然不同的效果。

钢铁是坚韧的，能被喻之为钢铁球队的一定有其强大的坚韧性。德甲今年的冠军拜仁慕尼黑曾一度黑透了德甲联赛的整个赛季，主帅希斯菲尔德信誓旦旦的“三冠王”目标皆在关键时刻晚节不保。欧洲冠军杯伤停补时阶段被红魔曼联将即将到手的金杯抢走，德国足协杯在点球决战中技不如人让德甲的中游之旅云达布莱梅夺走。坚挺的拜仁终于在“三冠王”的道路上被两度羞辱，令德国的铁杆球迷大失所望。

希斯菲尔德精心营造的这支拥有马特乌斯、扬克尔、埃芬博格、巴斯勒、利扎拉祖、卡恩等大将的钢铁之师在“三冠王”的道路上终因溃不成军而丧失霸业、丧失霸主，且这种丧失均在曙光即将呈现前而遭遇“黑色×分钟”饮恨绿茵。与弗格森挥鞭的红色曼联稳扎稳打，力挽狂澜形成了强烈对比，足见拜仁的岁月已步入了沧桑之域、步入了霸业的低谷，步入“黑色×分钟”的悲惨之列。

在德甲所向披靡的钢铁拜仁已经在强大的自我面前生锈了。这种绿茵场上的化学反应所导致的后果可想而知：大将纷纷被腐蚀，球队的钢性日渐减少，被批评声难免此起彼伏、铁杆球迷心灰意冷。所有这些危险信号和不利因素对拜仁的发展之路将会迎头一击，将会把拜仁拦腰斩在路上，这种苦果迟早会诞生。

钢铁生锈，属于自身环境自身原因所致；拜仁在生锈，归根结底在于自身，在于集体里诞生出的新生物所带来的巨大杀伤力。希斯菲尔德要怪只能怪自己挥师不利、技战术运用失策、整体作战能力欠火候；钢铁拜仁该顶住的没有顶住、该罚进的点球没有罚进、该赢下的胜利没有赢下、该擒下的弱旅没有擒下，拜仁多从自己身上找到生锈的原因，队员自我要进行反省，希大帅的排兵布阵有待商榷，该舍弃的爱将要不惜代价地舍弃，该用的小将要大胆执著地用；只要拜仁所有的好钢都恰到好处地用在战胜对手、用在整体作战、用在最能发挥钢的作用的刃上，强大的拜仁的锈迹就指日可除了，钢铁拜仁的光芒就会立竿见影，信誓旦旦的霸业就能日益凸现。

生锈不要紧，只要会除锈，老拜仁倒下了，新拜仁一定会站起来！

破门总动员

霍顿指挥的霍家军已提前一场小组出线，马元安统领的马家军已进驻美国。霍家军为了能冲击悉尼奥运会而卧薪尝胆，马家军为了在世界杯女足史上有所突破而精心排兵布阵鼓舞巾帼士气。两个不同的兵种都在为既定的目标发起了世纪末的最后冲刺，女足姑娘的表现令国人为之惊叹，男足小伙子的现状却令国人为之提心吊胆、忧虑重重。同样是世界性足球盛宴，两者的奋斗目标却迥然不同：老霍为了中国男足能实现国人期待已久的悉尼而愁眉不展，忙得焦头烂额；老马则为了中国女足能捧走世界杯女足冠军而忙得不堪重负、忙得寝食不安。不同的起点、不同的目标、不同的对手所导致的将是迥异的结果，这让人想起了中国国奥队在小组赛上单一的进球所蕴藏的巨大危机。

脚和头是破门的两大利器，头球破门固然重要，但更具威力的还是用脚去破门。小组预选赛中，霍家军面对比自己弱小的越南、缅甸、朝鲜频频用头球攻门，而脚的威胁似乎在锐减；面对比自己矮小的对手尚能应付，但九强赛上的对手均是亚洲的强者，在强强对话中，中国国奥的小将如仍用头球这种方式试图从龙虎身上捞到油水，恐怕就难了；最致命最具新意最能出彩的攻破城门的方式仍然是在脚下功夫上。这一法宝，女足姑娘们显得游刃有余，男足小伙则显得有些不着边际，这是霍家军目前所暴露出的极大隐患，也是最令人担心的弱点之一。

今日中朝之战于中于朝都无关紧要，紧要的是霍家军应全力以赴备战九强赛，调动所有国奥战将学会有目标、有准心、有威胁的脚下功夫，因为九强赛的对手均在射门方面有自己独树一帜的法宝，中国队必须高度警戒，全体总动员，才能把握千载难逢的抢分机会，否则，再多的毫无目的的射门只能使自己无功而返。因为霍家军在小组赛中枪林弹雨般的只开花不结果，已使国人感到了十分的不信任和十分的不满意。这多少也证明了霍家军的破门低能儿，证明了这支奥林匹克战舰的巨大缺陷。

而马家军则不同，孙雯、刘爱玲、王健、张鸥影等铿锵玫瑰不仅技术高超，破门手段也高招迭出，且主要得分方式均演变成脚下的绝活。霍家军的张玉宁、王鹏、隋东亮等骁将则显得有些力不从心，脚上活常常粗糙，头上活也无惊人之举。相较咱们的女足姑娘们，霍家军还得向这些姑娘们学习再学习。

破门总动员，是抢分过程中的核心，亦是战胜对手的法宝之一。面对国庆50周年之际的九强赛，霍顿该让小将们学会破门的技巧了，因为冲奥之路时间还长，还有足够的时间去实践，为此努力，千万别荒废了国奥小将们的绿茵学业。

至尊荣誉

随着霍顿称霸中朝精彩大战，霍家军在小组赛中的使命宣告结束。这支国字号绿茵战舰也驶出了荣誉的港湾，停泊在九强赛的期待与等待中。

霍家军在提前一场出线的最后一战中，热情的上海球迷在火热的上海体育场高扬着鲜艳的五星红旗，霍顿也系着象征荣誉与胜利的红色领带挥师绿茵。从这一迹象可以窥见国奥队对中朝之战的重视程度。霍顿没有以替补阵容出场，没有轻视朝鲜这支不弱之旅，没有给对方有利可图的机会，更没有故意放水；相反，霍顿派出了新的奇兵阵容，李金羽、李彦、张效瑞、李毅等饱尝冷板凳滋味的奇兵在场上真真正正地证明了自己所存在的价值，证明了他们不甘心沉默的豪情壮志，证明了自我表现对霍顿的极其重要性，更证明了他们在绿茵场上的核心作用。

在无关紧要的最后一战中，霍家军完完全全地在捍卫中国足球的荣誉，在捍卫他们在球迷心中的神圣地位，在支撑着霍顿的前路有知己，在继续着他们永不言败的豪言壮语，更在检阅着他们自身的足球天赋和足球使命。这是霍顿日渐成熟、日渐朝着令国人信任和满意方向发展的必由之路；是国奥将士们交给国人的一份相较成熟相较满意的答卷；是奥林匹克号战舰在漫漫征程路上所进行的一次边缘性地雷战。这也是霍家军刚刚凸现出的一道亮丽风景线，沿着这道风景线继续观望和欣赏，我们依稀可以觅到国奥战车的根基还算牢靠，霍顿的技战术运用和任人唯贤的用兵之道基本说得过去，这是目前霍家军突兀给国人的欣慰之处和亮丽之光。

荣誉是至高无上的象征，是追求者在逆境中奋发的动力支撑，是意志和力量在抗衡过程中所呈现的一种极佳境界，是足球魅力的完美体现。所谓至尊之极，大抵就集中在荣誉上，集中在国人对勇者的赞美声中。同样，朝鲜兵团也是为了国家利益，为了朝鲜足球的明天和未来，为了朝鲜大家庭的荣誉而与中国骁将展开了殊死搏杀，朝鲜虽败犹荣，达到了朝鲜兵团的练兵目的。

在国庆五十周年时，霍家军的重心又转移到了争夺冲入悉尼奥运会的三张入场券上。在第一阶段的荣誉和自尊战中，国奥战车抵达了预期的目的地；在九强赛中，国奥战车的压力在加剧，国奥小将的对手在强大，霍顿手中的王牌难显王者风范；无论如何，霍家军既已制定了冲入悉尼的目标，国奥将士必须时刻准备着为祖国的荣誉而战，为圆中国足球梦而冲刺，为实现中国足球跨世纪的战略目标而全力以赴。因为荣誉高于一切。

霍家军既已走出了光明的第一步，以后的道路纵然荆棘密布、泥泞重重，相信霍顿在正视现实和面对困难的道路上，选择的不是急流勇退、不是萎靡不振、不是前怕狼后怕虎，而是义无反顾地朝着荣誉至尊、朝着激流勇进、朝着光芒四射、朝着捍卫足球尊严的方向铿锵前进。

荣誉至尊，霍家军还在彻悟的路上……

榜　样

在绿茵的隧道里穿梭，在时差的闹铃下聆听，中国的铿锵玫瑰们在美利坚以不败的金身向世界宣布，她们是任何一支女豪杰在前进道路上的榜样，包括东道主美国，包括挪威，包括其他没有列入种子队但却以骄人的战绩昂首挺进第三届世界杯女足赛8强的队伍。

马家军在遭遇不公正待遇的逆境中，化压力为动力，化疲惫为制胜的精神砝码，化不利的天时、地利为有利的人和宗旨，用她们女性独特的足球天赋演绎出了足球本身在运动过程中的巨大魅力，这是女性足球在历史长河中所发生的绿茵巨变，也是女足日益火暴的重要因素。

女足世界杯是中国足球在世界足坛立足的最主要阵地，而中国女足更是世界杯女足赛上不可或缺的核心球队，少了中国女足，世界杯将顿时黯然失色，将少了足球的细腻感和观赏感。中国女足在世界足坛的地位举足轻重，这是国际足联每一位官员都毋庸置疑的事实。

榜样的力量是无穷的，中国女足的力量更是无穷的。在中国足球界，只有女足能为祖国争得巨大的荣誉；只有女足能叱咤世界绿茵；只有女足最不会让国人提心吊胆、让球迷们担心后怕；也只有中国女足才能杀入世界杯最激烈阶段的比赛。这是中国足球阴盛阳衰的突出体现，更是中国足球发展至今所面临的尴尬局面；这种局面不知要延续到哪一个世纪，哪一辈中国人身上。

值得国人深思的是中国女足成了世界女足的榜样多年了，但却并没有成为中国男足学习的榜样……

中国男足从未杀入过世界杯决赛，纵然高丰文执鞭的那届国奥队幸运地拼得了一张奥运会入场券，但并不能说明中国男足具备了冲击世界杯大赛的水平。因为中国男足在亚洲的表现众所周知，充其量算是二流水平，距一流水平差距还很远。这是中国足球的悲哀。

纵然霍顿指挥的国奥队小组已出线，但要从9强赛中捞得一张入场券，比登天还难。霍家军面对自己的困境，应该勇敢地谦虚地向中国本土的马家军学习。学习马家军胜不骄，败不馁的大家风范；学习中国姑娘在绿茵场上的不屈不挠精神；学习巾帼女杰甘贫守志的顽强作风；学习铿锵玫瑰们甘愿寂寞埋头苦练的高尚品格；学习“花木兰”们身上所折射出的那种宁为玉碎，不为瓦全的大无畏精神……

中国女足是中国足球的榜样，是中国足球的路标，更是中国足球的一盏永不熄灭的航标灯。不仅值得中国甲A甲B的任何一支队伍学习，更值得中国男足特别是为冲奥定下成功目标的霍顿和奥林匹克号战舰的将士们静下心来学习。中国女足光芒四射的形象，她们的每一个闪光点都值得学习，这是霍顿应该彻底清楚和明白的，因为时间对霍顿已经不多了！

榜样的力量是无穷的。

跨过沼泽

马元安率领的中国女足在美国旧金山斯帕顿体育场与冤家瑞典队上演了一场颇具喜剧性的对攻战，刘爱玲一记愤怒的远射为铿锵玫瑰们跨过了沼泽，为自己的结婚一周年纪念日献上了一份沉甸甸的厚礼，为女足姑娘们赢得了开门红，为中国队铺平了一条进军四强或取得更辉煌战绩的道路。

女足姑娘们经历过泪水的洗礼已经历史悠久，在首届世界杯女足赛中，老对手瑞典将这群姑娘的步伐停止在四强赛外，停止在自己的家门口；在第二届世界杯女足赛中，中国姑娘以牙还牙，重复了瑞典羞辱中国的那一幕。至此，二者结下了冤情，且这种冤情愈演愈烈。在第三届世界杯女足决赛阶段的首轮对垒中，中瑞冤家再度为四强赛名额而大开杀戒。卧薪尝胆后的中国姑娘不畏强敌，敢打敢拼，以六成的发挥将老冤家瑞典斩落下马，暂时度过艰难时刻，顺利跨过险滩。

铿锵玫瑰们的铿锵之战，以无可挑剔的荣誉写进了本届世界杯女足赛的历史；老将刘爱玲极度开阔的视野、强烈的位置感、全面娴熟的技术令世界人民为之一振；身体条件出众、技术和意识俱佳的金嫣与用脑踢球、极富创造性的尖刀孙雯组合的超级锋线，更是中国队顺利跨越困难的有力保障，再加之世界级优秀门将高红的自信心和神勇护门，中国飞越沼泽便顺理成章。

沼泽之路荆棘密布，强强对话火花飞溅，谁都可能成为常胜将军，谁都可能沼泽翻船；最关键的是用自尊心和自信心去克敌制胜；最关键的是用毅力、体力、耐力和民族的尊严感去称霸绿茵。这才是一支成熟球队的成熟表现，这才是中国女足挺进决赛圈的唯一砝码，这才是被其他世界级劲旅虎视眈眈的中国女足姑娘们的巾帼风采。

跨过沼泽，就是跨过了自己；飞越沼泽，就是实现了自我的飞越。跨过沼泽更是自我能力在困难面前的自我拼搏精神的真实反映。中国姑娘们的这种整体跨越意识，具备了与任何世界强队抗衡的水准和能力，也包括与称霸女足绿茵的美国队抗衡。有了这些，只要女足姑娘们发挥正常，真实地将自我展现在众敌面前，任何的艰难险阻、任何的沼泽险滩、任何的意外事故，中国龙的传人、中国足球的骄女们一定会在老谋深算的马元安的精心操作下，杀出一条血路，向着既定的目标前进、前进、再前进。

首战告捷，这是一个令人振奋的消息；首战跨过老冤家设计的沼泽之地，预示着中国的这支马家军已经开始强大、开始威猛无比、开始实践着零的突破——冠亚军的资格大战。

梦游症

也许大名鼎鼎的戚务生连做梦都没有想到，红塔将士会在拥有天时、地利、人和的绝对优势的情况下以白卷的形式交了一次作业；戚务生一心想隐居彩云之南塑造一匹令国人赞赏有加的红色黑马，可这种远大理想和宏伟目标在昨天将戚务生击得“粉碎”。风风光光地被国人公认在今年足协杯赛上扮演黑马角色的红塔队在主场梦游般的表演，令声名远扬的戚务生哭笑不得，令球迷哭笑不得，令……

今年足协杯第三轮第一回合的比赛距今已有 18 天了，在这半个月内，戚务生和他的弟子们载着来自方方面面的荣誉深入金庸大侠笔下的“大理国”去“休闲度假”，白州之旅的轻松让人们感悟到了戚务生的用兵如神，但大戚的神兵在昆明市体育场并没有天降。相反，像患上了严重梦游症一样，在偌大的绿茵场上面对弱旅陕西国力的表演，竟然懵懵懂懂，不知所云，大失足协杯赛上的水准，不禁令人心痛至极。

白州之旅的极度松弛也并没有让红塔将士极度清醒，恍惚间似在做梦一样，这种通常在入睡后才能进入的角色，恰恰在锣鼓喧天的氛围之中让红塔将士给碰上了。看红塔兵团在场上的舞蹈，给人一种噩梦未醒的感觉，呈现给戚务生的却是另一种醉生梦死的梦境芭蕾。致使很少在绿茵场上出现“呆、傻、笨”这三个常人难以接受的字都出现在了戚务生的爱将们身上，不能不说明戚务生确确实实对自己的弟子们失态的举止感到十分的不满和十二分的失望。

不满和失望至极，仅限于比赛结束后的那几分钟。更多的，将是戚务生在余下的时间里与众将一起无奈分享时的日子。红色黑马云南红塔的

“丑态”并没有百出，还好只出现在能拥有 1 分的平局结果上，如果是输了，不知戚务生会用什么字、词来评价自己朝夕相处的爱将们。有一点可以肯定，红塔将士的日子绝对不会好过，因为我们已经无数次地领略和感受过了大戚对该拿下的比赛而没有拿下后的心情和心态。

患上梦游症并不可怕，可怕的是长期患上梦游症而未知觉并自以为没病硬投入到绿茵战场上；患上梦游症也不可恨，可恨的是得不到及时诊治而感染上其他更严重的病毒。红塔的梦游症属于轻度性，还来得及医治，大可不必为此忧心忡忡，也没有必要对此惶惶不安；相比甲 A 联赛的四冠王大连万达，红塔之症算不了什么，但防病之心不可一日无。

患上梦游症我们可以同情，但不能同情的是不及早进行“治疗”，因为这种病一旦蔓延开来，不但会危及红塔足球队已经闯下的一片光明的前途，更会导致数以万计的铁杆球迷对红塔的“众叛亲离”以及新闻界接踵而至的如潮批评给红塔将士带来的巨大压力。

相信这种现象谁也不愿再次亲眼目睹，包括红塔主帅戚务生在内。

强　大

在国人的期待与助威声中，中国的铿锵玫瑰们开始笑傲美利坚的绿茵，一枝独秀的芬芳光芒四射；世界开始感受到了中国女足的强大，频频引发战争导火索的美国人更感受到了中国姑娘坚不可摧的强大。

在世界杯的历史上，中国姑娘自始至终都在诞生着强大，过去强大，现在强大，将来也一定会强大。这是不可否认的事实，过去如此，现在仍如此。中国姑娘曾战胜过所有世界劲旅，美国不例外、挪威不例外、瑞典不例外，这是巾帼英雄给中国人带来的巨大的一笔财富和宝贵的精神价值；在中国足球历史上不朽，在世界女足史上也不朽……

在中国女足姑娘们身上，我们感悟到了孙雯、金嫣、张欧影的前锋线强大，感悟到了世界头号守门员高红的强大，感悟到了马家军整个“家族”的强大。

一旦强大了，谁也不敢轻视；一旦强大了，谁也不敢欺负；一旦强大了，可以笑傲群芳，可以所向披靡，可以壮志凌云，但不可以目中无人、不可以妄自尊大、不可以日空一切。中国姑娘们非常强大，强大的美国人为了千方百计阻拦中国女足夺冠的前进步伐，为了实现美国女足在本土的夺冠目标，不顾中国人民的强烈反对，硬是采取了卑劣手段，对中国姑娘们“虐待”般的赛程不合理不合情不公正地安排，导致马家军东奔西走，疲于奔波，无度耗费大量财力、物力和人力。中国人民看在眼里疼在心里，中国足协官员在无声中更加给予了中国女足强大的精神支撑和经济支撑，为的是让女足姑娘们放下包袱，集中精力打好每一场战役。此举更是国人共同的期盼，也是作为中国足协所应尽的职责。

巾帼不让须眉。的确，中国姑娘强大得令其他 15 支进入世界杯决赛阶段的球队都深感压力重重，都不愿意和中国这支种子队同场竞技。因为其他球队也很强大，但在中国姑娘面前，她们的那种强大显然已露出了巨大的破绽；她们的那种强大相对中国女足的强大，几乎可以忽略不计，可以避而不谈。因为中国女足的强大不仅体现在意志的强大、毅力的强大、集体的强大；更体现在马元安的强大、个人技战术的强大、实践和经验的强大。所有这些强大，构筑成了中国女足整体实力的强大，从而也奠定了中国女足在世界上的强大。

强大是一支球队值得骄傲和自豪的资本，强大是战胜对手的有力保障，强大是任何一支球队赖于存活的支柱，强大是一笔宝贵的无形资产。因为强大，我们看到了夺冠的希望；因为强大，增添了我们对球队的热爱和敬慕之情，从而也增加了强大者们拼搏的动力；因为中国姑娘们的强大，中国男足小伙子们感到了压力，从而也激发了男足将士们的自尊心和自信心，中国男足的未来也就希望不灭了。

中国女足的强大是中国妇女强大的一个缩影，也是中国期盼强大的动力和源泉。

嬗 变

足球是圆的，自诞生足球这种产品的时候就是圆的。它不论颜色怎么变，大小怎么变，足球还是足球，圆的还是圆的。

足球运动抑或足球比赛却不是这样。只要绿茵场上有足球比赛，足球这种令人激情令人理性的运动便开始了它的不规则变化和有规律运行。中国的甲 B 如此，甲 A 更如此。

不论是在火辣辣的骄阳下，还是在灯火辉煌的霓虹灯下；不论是在瓢泼大雨中，还是在冰天雪地里；中国的甲 A 已经从今年联赛伊始至今，都在发生着极其复杂的嬗变。在这种裂变的过程中，象征中国足球今天与昨天的大连万达更是裂变得体无完肤，嬗变得不知原貌。这种嬗变成了今年春夏期间最引人注目的焦点话题，成了中国男足史上最具悬念的一个年头，更成为了各大新闻媒体促销的一大热点新闻。不仅如此，许多极具煽动性的预测、竞猜都一窝蜂地涌向甲 A，涌向了大连万达。

应该说，一支豪华兵团的兴衰是历史发展过程中的必然，中国如此，世界也如此。在欧洲五大联赛的生死保级战中，许多昔日的强队被迫降级，一些世界级的大牌明星队一个赛季下来颗粒无收，一些世界顶级球队的顶级风光也销声匿迹。中国甲 A 比起欧洲五大联赛的悲壮，又算得了什么呢？一支四冠王大连万达倒下了，另一支威风八面的球队照样雄起来；如果真没有了大连万达的甲 A 联赛仍会在全国各地如火如荼地进行，并不会因为万达的不在而取消中国的甲 A 联赛。

嬗变是中国足球职业化改革进程中所必然的，谁也无法抗击，谁也无法阻挡，谁也不可能一成不变。同样，大连万达在经历了十场不胜的悲惨命运后，也开始发生了更惊人的嬗变，第十一轮万达对松日的比赛中，王鹏、李明、闫松三粒金子般的入球，是大连万达嬗变的新起点。此前，他们的嬗变是朝着走下坡路的方向一滑滑到甲 A 诸强的尾巴上；这次，大连万达开始了向着王者风范的方向滑翔，这是李应发执教万达以来，在联赛中以最快的速度、最少的轮次使万达走出不胜之路的嬗变的开始。这也许意味着万达的洗心革面史已步入了正轨化发展方向，这是万达觅到嬗变味的第一刻激动和第一次兴奋，因为这种胜利来得太迟太晚了。

同万达一样，其他甲 A 的弟兄也在裂变，也在遭遇失败的痛苦和成功的喜悦，也在遭遇嬗变的即将来临或已经来临。这是每一支球队在自己的成长成熟成功道路上所必须经历的，谁也不会例外。

闯　礁

马氏元安的部队已按照既定的目标挺进了八强席位，俄罗斯也朝着雄起的方向抵达了八强的彼岸，两条巨龙明日凌晨（北京时间）将戏说绿茵，是中国巨龙吃掉俄罗斯姑娘，还是中国巨龙会在航行的过程中触礁，令国人捏着一把汗。

俄罗斯能将加拿大这支劲旅轻轻松松吞噬掉，足见其威风凛凛的一面。但其威风能否转化为中国姑娘前进的阻力，出言谨慎的马元安似乎并没有将此对手放在心上，只是要求自己的大家闺秀们以不变应万变。全军总动员将俄罗斯姑娘的前进步伐阻挡住应在中国玫瑰的信心之中。

防敌之心不可无。俄罗斯一如海中的暗礁，更是绿茵场上的一只拦路虎，如果马家军军心涣散，一旦出现漏洞或出现失误，中国女足触礁的可能性不是没有，而是很大。对此，马家军应慎之又慎之。

闯礁之路荆棘密布、危险重重，稍有不慎，将酿下世纪祸根，将前途一片黯淡，将悔之晚矣。

亡羊补牢，为时不晚。面对暗礁，马元安应全面透彻分析对方情况，及时通报对方军情，只有知已知彼，才能百战百胜。用兵之道，是胜负的关键所在。

面对暗礁俄罗斯，面对一块硬骨头，面对与自己风格截然不同的敌人，面对虎视眈眈的对手，中国姑娘一定要静下心来，充分发挥巾帼英雄的以柔克刚战术；充分发挥马家军整体作战的方略；充分发挥孙雯、金嫣、张欧影等锋线杀手的本色；充分发挥世界头号门将高红的核心作用；刘爱玲、赵利红等元老级的中场发动机也应高速运转，对对手的优势进行无情的扼杀，将对手的风格屠宰掉，将对手的威风扫出绿茵场。那么，中国姑娘不仅能轻松吃掉这支欧洲铁老虎，而且还能乘胜追击杀出一条夺冠的血路。

暗礁并不可怕，也不可恨。关键在于自身的技战术，如果胆大艺高，如果以平常心面对突如其来的危险物，只要不乱阵脚，只要军心齐，齐心协力将暗礁踹走，应该是一种正常结果。

闯礁是一次心理与技术的战争，更是抢占制高点的必经之路，还是两种风格真刀真枪的毅力、耐力、能力的综合较量。这是前进道路上的必然物，对中国女足未来的前途只可能是好事，而并非坏事。

在暗礁里闯礁，既能成熟一支球队，也能升华一支球队，最最关键的，还属于一种综合素质与能力的考验。

闯过礁石，就等于闯过难关、闯过危险地带、闯过生死线。闯过暗礁，也就等于迎来了黎明、迎来了荣誉、迎来了鲜花簇拥的胜利。

闯过暗礁，中国铿锵玫瑰的夺冠之路将一片光明。

彻悟仙诀

清代王有光曾有妙言："蛇有七寸，在头之上，腹之上，觑得清，击得重，制其要害之处，得之矣……"此虽谚语，实寓兵机。用在马元安的玫瑰兵团噬掉俄罗斯一役上，恰如其分。俄罗斯姑娘昔日天赐良机杀出重围获得八强赛入场券的优点优势全被中国铿锵玫瑰们的至高战术战略境界所击得粉身碎骨，狼狈不堪，这是马元安的兵机至上所致，是巾帼女豪杰精心备战，彻悟马教练兵机仙诀的忠实回报。

面对陌生的异军突起的俄罗斯女足，中国女强人清醒的智谋将大彻大悟这一成语原模原样地翻译成"盖凡升天之时，先参贫道，授予仙诀，大彻大悟后，方得升九天朝真而观元始。"

马元安的仙诀，马家军的彻悟，共同构造出中国玫瑰兵团在夺冠路上的凯歌高奏。从马元安的仙诀中，我们可以尽情享受中国玫瑰在旧金山绿茵场上的足球魅力：浦玮极赋创造性的远程炮弹的先下一城，快马金嫣与射手孙雯的珠联璧合、以快制快的用兵之道、素养境界的至尊之极；同时，还可领悟到中国妇女的坚强自尊心、自信心在战火中的威力无比。这是多年来全世界喜欢女足的球迷们梦寐以求的绿茵豪门盛会的开始，更精彩更激烈更扣人心弦的还在半决赛中挪之战中，球迷可以在休闲的惬意之中慢慢品味马元安的仙诀和他的弟子们对仙诀的彻底大悟。

珠联璧合是融会贯通仙诀与彻悟之间最好不过的词语。有了仙诀，才可能专心致志地运用仙诀彻悟用兵之道；因为彻悟，仙诀才能酣畅淋漓地体现在强强对话中。可以说，马元安和他的闺秀们是心想到一起，力使向一处，兵机的更高境界，恐怕也就在于此。

不是任何一位资深的主教练都会在生死战中酝酿出兵机仙诀，也不是任何一支世界级强队的队员都能将兵机仙诀完美无缺地体现在绿茵生死战中。只有两者之间天衣无缝的成功组合，才能放射出光芒万丈的火焰，才能将对手置于死地，才能捕捉到更多的战机，才能盘活整盘棋。

仙诀不是天生就有，彻悟不是生下就会。两者的诞生，与日积月累的经验有关，与挥洒掉的汗水有关，与孜孜不倦的追求有关，与教练与队员长期的沟通有关。离开哪一样，可能都难以璧合，难以珠联。

马元安的兵机仙诀似乎才刚刚开始，巾帼玫瑰的大彻大悟也似乎才刚刚启幕。更绝的仙诀，更全面的彻悟也许还在后面，在半决赛中挪恶战中。

彻悟仙诀，实则等于彻悟足球兵机，等于彻悟胜利的喜悦，等于彻悟耕耘后的收获。

雌鹰雄性

非洲雌鹰尼日利亚女足与足球王国巴西姑娘的雌雄一决，是历届世界杯女足赛史中极具魅力的足球大餐，令人食之精神为之大振。女足的观赏性、刺激性已与男足缩短了距离，这是女性足球男性化的真实凸现。

随着世界各国职业化足球改革的突飞猛进，重男（足）轻女（足）的现象愈演愈烈，这与并不和平的年代的足球氛围极不相称，足球男权化的垄断地位已延续了很长一段时间，且这种垄断地位已丧失了很多女性球迷。在男女平等的时代，女性足球很大程度上被男性足球所扼杀、所替代、所包容。

美德女足大战、巴尼姑娘恶战，雄辩地证明了女性足球很大程度上已经男性化，已经惊心动魄，已经魅力无穷，已经赢得了球迷、新闻界的广泛关注和垂青。这从侧面也再次无可挑剔地证明了女性足球并不比男性足球逊色，并不比男性足球差多少距离。

世界杯男足有加时赛，有金球制胜法；世界杯女足照样也有，并且金球的入球线路堪称一绝。这不，巴西10号女射手西西的一粒比黄金还贵重的任意球不仅破了世界杯女足的纪录，而且还因此将巴西狂热的桑巴舞带入了本届世界杯女足赛的半决赛。纵然雌鹰尼日利亚因此被含恨逐出四强，但巴尼恶战给足球带来的是一种极度的享受，给绿茵挥洒出了足球的无穷魅力，给球迷提供了兴奋的催化剂，给新闻界注入了新鲜的采访活力，给东道主赢得了大赚一笔的绝佳机会。这种无与伦比的足球盛筵难道不比男足比赛的大餐更丰盛吗？

非洲雌鹰能在0比3落后的情况下将比分扳平，不仅在世界杯男足历史上罕见，而且在其他洲际杯大赛上也很少见。这恐怕是雌鹰尼日利亚奉献给本届世界杯女足赛的又一杰作，也是她们雄性化的重要标志，因为尼日利亚姑娘的脚法、绿茵上的激情、门前机会的把握、逼抢的凶狠性已跟雄鹰尼日利亚男足十分酷似、十分相像。不仅尼日利亚如此，美国、挪威、巴西也同样如此。稍有不同的，恐怕就只有以柔克刚、以快制胜的中国玫瑰了。

飞鹰尼日利亚虽然被逐出了四强，但她们雌鹰雄性化的足球天赋将永载世界杯女足赛的光辉史册，这是谁也无法将其抹去也不可能抹去的。因为她们的足球素养已被世人所认可，纵然她们在加时赛上因为以少打多的劣势酿下了一杯苦酒，但这杯苦酒对尼日利亚女豪杰而言，也许是甜的。长长的日子大大的天，尼日利亚女足已经雄起，已经令具有足球美誉的巴西女足感到了无比的强大和恐怖，尼日利亚女足还能遗憾些什么呢?

君子报仇，十年不晚。雌鹰雄性化的尼日利亚姑娘既已有了非洲冠军的王者风范，相信会像她们国家的男足一样，在第四届世界杯女足赛上再刮雄风、再掀波澜、再创佳绩。

雌鹰雄性，是本届世界杯女足赛上呈现的一道迷人的足球风景线，更是女足向男足挑战的雄辩证明。这是世界足球在成长过程中的必然性。

生聚教训

儒教权威孟子曾言："生于忧患，死于安乐。"此经典之言用在足球绿茵场上，也同样恰如其分。任何一支不同级别的足球队，每时每刻都在为自身的生死担心着，都在为生存忧患着，都在为死劫悲恸着。

一次并未涉及死亡之灾的战役，虽然悲壮地以失败告终，但并不会因此而终结了一支队伍的生存权。强兵之道最关键的是必须在失败后能及时吸取教训，刻苦积蓄自身力量，力求再生之能力。

红塔主场败给远华，丢尽了戚务生的脸，丢尽了黑马的尊严感，冲淡了高原所刮起过的足球旋风。红塔夏之梦仍在梦游，仍在充当所谓黑马的反面角色，这不仅让昆明球迷感到害羞，而且让鲜活的昆明市体育场也蒙上一层厚厚的遮羞布。人们禁不住要问，红塔真的病入膏肓了吗？红塔主场真的没有主人了吗？红塔何年何月才能红火起来?!

臭骂红塔、责怪红塔、鄙夷红塔一时间成了广大球迷发泄的主要情绪。但所有这些暂时的不冷静行为，在热爱红塔的球迷心目中，仅为过眼云烟。可能战役刚刚结束，这种怨声四起便随着昆明市体育场的人走场空而烟消云散。红塔将士大可不必为此而遗憾。国字号名教戚务生也不必为此而大伤脑筋。虽然红塔无地自容了一次，虽然红塔一塌糊涂了一回，虽然红塔丢人现眼了一场。但是，红塔应该在自责中深刻反省，应该在教训中找回自我，应该在糊涂里清醒自己。只有这样，才能走出被列强包围的浓烈阴影，才能找回昔日的光芒四射，才能杀出一条绿茵血路，才能吸取主场失败的教训，才能悟出足球在胜负之间的自尊。

绿茵没有常胜将军，也没有永远的替死鬼，更没有永远的弱者。强与弱，胜与败是足球场上的必然，但不是永恒。强者随着时间的推移，可能变成弱者，弱者在经历了时间的洗礼之后，也会变成强者，两者之间没有绝对的久远的可比性。同样，胜败乃兵家常事，胜势往往会在一念之间转化为劣势，劣势也会在转瞬之间演变成胜势，这也许就是足球所带给人们的最大享受和莫大激情。

红塔主场翻了船，倒了球迷的胃口，但仅凭一场球下结论，也说不过去。迫在眉睫的是红塔必须在余下的这段休战时间里能更及时改过自新、及时加紧训练、及时弥补缺点、及时积蓄力量、及时调整战术、及时卧薪尝胆，将致命的弱点彻底清除，将出奇制胜的法宝修炼成金，“广积粮，缓称王。”

甲 B 之路路漫漫兮，红塔称王王气渐显，这是红塔征程，更是红塔目标。生聚教训过后，红塔冲 A 仍有一线希望，这是戚务生的梦想，也是球迷的期待。

先机定乾坤

第三届世界杯女足赛半决赛带着许多的问号在美利坚谢幕了。世人关注的冠军决战队伍已经产生，中国、美国皆是很大程度上抢得先机而定了乾坤，挪威、巴西只能含恨争夺三、四名。

中挪大战是半决赛的焦点之战，是两种不同风格的较量。挪威属力量型队伍，队员作风硬朗，拼抢凶狠，控球技术高一筹，但整体作战配合方面稍逊一筹，中国队则以柔克刚，信心十足，个人技术娴熟，整体配合失误较少。综观中挪大战，中国姑娘开局十分顺利，队员心情松弛，个人发挥十分出色，孙雯、刘爱玲梅开二度光焰四射，全队整体配合天衣无缝，中前场组织成功率极高，角球战术炉火纯青，高红初露世界女足头号门将的风姿，后卫补位不仅及时而且禁区内防守稳如泰山……而挪威队在开场14分钟后因2球落后，显得信心不足，队员沮丧，找不到行之有效的攻破中国队城门的方法。如果不是因为挪威门将出色的表现，比分还会扩大到8:0甚至更悬殊，作为上届冠军，挪威身材高大的优势被中国姑娘扼杀掉，是其失利的一大因素，个别得分手表现一般、整体作战技术失策也是挪威全盘皆输颗粒无收的另一原因。反观中国队，绿茵场上所表现出的顽强斗志，是挪威姑娘多始料不及的，特别是刘爱玲两记超水平的左右脚世界级凌空抽射，令挪威门将在毫无反应中失去了两粒球。中挪恶战，结果令所有球迷都感到意外，因为两支世界强队的碰撞，比分差距竟如此之大，从侧面更反映出中国马家军的强大无比，反映出中国姑娘冠军相的真实水平。

在中挪恶战之前，美巴之战悬念不大。只因为巴西年轻门将的一次致命的扑球失误导致全盘皆输。此役，美国队攻防转换快，球员心态冷静，门将表现出色、老队员经验老到，个人技术优势明显，整体配合可圈可点是美国队获胜的主要因素。巴西队在先失一球之后，队员心情急躁、机会把握不住、禁区内犯规多、缺乏整体组织与配合等是其失利的关键所在。

先机定乾坤，是两大战役异曲同工之处。美国开场5分钟一球领先，中国更是开场14分钟便以两球领先，占尽先机后，巴西、挪威面对美国、中国的强劲攻势便显得束手无策，只能被动挨打，只能急躁不安，只能败兴而归。但美国的胜利相较中国的胜利，则显得逊色许多，显得平平淡淡。巴西毕竟是一支刚刚成熟起来的队伍，还不具备与美国抗衡的本领，而挪威是一支令任何强队都深感头痛的队伍，她们不但是上届冠军，而且将很多强队都纷纷斩落马下，其强大不言而喻。

中美决战，先机仍然会左右冠军的道路，左右金杯的乾坤，这仍然毋庸置疑。

军心齐　泰山移

强大的威风凛凛的挪威号战舰终于被马元安的霸王花击沉了，中国女足终于改写了世界杯女足赛的历史，洗雪了前两届世界杯的屈辱，照亮了波士顿福斯波罗体育场，为东方大国扬了眉，吐了气；为国人争得了巨大荣誉，为妇女也为男子汉做出了榜样。

古训说得好，“军心齐，泰山移”。马家军正是以此为军令，将上届冠军挪威这座高耸入云的泰山硬是干干净净移出冠亚军行列。这恐怕是中国队每一位姑娘坚决贯彻马指导兵机的一种回报，更是教练与队员精诚团结一心战胜挪威的主要因素。

中国女足姑娘们“吃的是草，挤出的却是奶”，她们“多干活，少拿钱”的惊人之举与中国男足吃的是奶，却挤不出奶且“不干活，光拿钱”“一切向钱看”的思想形成了鲜明的对比。中国姑娘们默默无闻地既耕耘亦收获是中国亿万妇女的最好缩影，她们选择的远大理想是“向前看”而不是“向钱看”，这坚不可摧的意志也因此结出了丰硕的甜果。

挪威的的确确是中国霸王花夺取世界冠军的最具威慑力的拦路虎，更是一座人见人怕的泰山，欲彻底将其铲平，其难度可想而知。但具有愚公移山精神的马家军兵团在卧薪尝胆长达四年之后，终于占领了世界杯的制高点，终于令世人敬重，令国人喜上眉梢，令中国足协觅到渴盼已久的足球曙光。

在“军心齐，泰山移”的军令下，马家军利剑纷纷出鞘，前、中、后三条线紧紧围绕着442阵型展开一浪高过一浪的攻势。神射手孙雯以进球捍卫队长的荣誉，其梅开二度是集体荣誉的集体共识；老将刘爱玲拔脚怒射，两粒寒光闪闪的金球是集体作战的集中体现，更是其世界水准的真实再现，其入球的电闪雷鸣不亚于去年世界足球先生齐达内的两粒异曲同工之妙的头球；赵利红的核心牵制使对方铁老虎变成纸老虎，点火即将纸老虎化成灰烬；固若金汤的后卫线更像铜墙铁壁，将挪威虎射来的炮弹一一化解；寂寞得无事可干的高红也开始逐渐美丽起来，其左扑右挡的雄性风格令所有挪威虎望门兴叹；其他甘当人梯的玫瑰们更是稳扎稳打，稳守稳防，稳攻稳进。而马元安更是用体态语来指挥玫瑰军，将军心稳稳捏在一起；其他教练员心向绿茵心向马指导，将马指导的言传身教全部反馈到在场与不在场的霸王花身上。所有这一切，全面彻悟了“军心齐，泰山移”这一古训的深刻道理。

集体的力量所体现出的威力是强大的，是光彩夺目的，足可扼杀任何一支不团结的队伍，足可战胜比挪威队还强大的老虎，包括美国队在内。

“军心齐，泰山移”所诠释的不仅适用于中挪恶战，更适用于中美冠军争夺战。美国与挪威一样，均为泰山，所不同的只是地点发生了变化，美国泰山在本土，挪威泰山在美国；但不论山在哪里，对移山者而言，只要团结一心，只要齐心协力，没有移不走的山，没有铲不平的路。

命　运

夏天的绿茵，硝烟弥漫；绿茵的夏天，好戏连台。世界足坛热血沸腾，豪门战车狂轰滥炸，一道道盛宴令人惊诧，一粒粒入球令人叫绝。足球带给人们更多的是享受、是欣赏、是悲喜。命运决定球队前途，运气或多或少左右着结局；有的背时倒运，有的鸿运当头，有的霉运透顶，有的匠心独运，其结局也因此演绎得大悲大喜，演绎得飘忽不定。

中华巾帼实现了历史性的突破，日本男足在奥运会亚洲区预选赛上出尽风头，却在美洲杯上丢人现眼，中国奥林匹克号战舰为签运大伤脑筋但不得不接受亚足联的抽签安排，甲A四冠王大连万达雄风不再跌入保级深渊，外星人罗纳尔多意外复活美洲杯……所有这些嬗变，都让人感悟到了战争的残酷性和命运的不可捉摸性。

运用之妙，存乎一心。绿茵的悲壮和惨烈往往掌握在自己和他人手中。不管主宰命运的是自己还是他人，也不管主宰命运的是主观还是客观、是内因还是外因，最关键的还是由自身来运筹帷幄，由自己来捍卫荣誉。

马元安辛勤栽种的巾帼玫瑰已经怒放美利坚，但能否斩落美国姑娘，朱广沪的手气亦即中国队的签运如何，今日即可浮出。万达降级与否，红塔能否杀进足协杯四强，申花能否在甲A联赛上一枝独秀……核心的一点是靠自身的真实本领。外部因素虽然或多或少能带来一丝意外，但打铁靠本身，命运归根到底还是掌握在自己手中，命运之神降临与否，与自身因素的综合反映有关，一切侥幸心理都是梦想主义的表现。

当然，命运之神也偶然扮演过一些令人啼笑皆非的角色，但它毕竟只是偶然的一面，必然性更多地还在于队伍的综合能力能否集中释放，能否将胜利进行到底。

绿茵之争变幻莫测，但万变不离其宗。再怎么变化，一支球队的宗旨应该不变，一支球队的本质应该岿然不动。变幻莫测能使战争更加精彩激烈，能使结果更具不可预见性，但这仅仅只是一个可以忽略不计的小插曲而已。唯一不变的还是本质还是宗旨，还是主宰自己命运的真本领真本事。

胜负由命运决定，左右命运的主人是自己。一切与运气有关的非分之想都是虚无缥缈的，一切鸿运、黑运、霉运都是短暂的亦是迷信的，最终是靠不住的。

命运应握在自己手中，主宰输赢的尺子也应握在自己手中。残酷的绿茵之战唯有自己去争取，别的，都是次要的。

兴奋史

马家军极其朴素的战舰有史以来从未像今天这样光焰万丈过，马元安也从未有过今年这样骄人的战绩，中国亿万球迷更是史无前例地将热情和痴情全都押在了巾帼玫瑰的无限风光史上。这种令国人兴奋的足球争霸，是中国女足在深刻裂变之后雄起的始点，是中国妇女卧薪尝胆后的必然，是世界绿茵潜移默化之必然，更是中国足球在世界足坛的一段光芒四射的兴奋史。

对足球自始至终都倾情推出绿茵盛宴的中央电视台也破例用一、五两套节目来现场直播中美决战，世界各国媒体更是不甘落伍，争先恐后对本届女足大献殷勤，炮制大块头文章宣传女足赛。美国总统克林顿更是为了亲自在玫瑰碗体育场观战而不惜改变自己已定的行程；中国各大媒体火线出击，不惜在黄金时段、黄金版面、黄金位置播发、刊登马家军的最新消息。而东道主更是借助女足东风狠狠地赚了一笔钱，其经营之道更是空前的。连美国的少男少女们都如痴如醉像过年一样钟情于女足赛，他们不仅喜欢美国的姑娘，更喜欢伟大的中国红玫瑰们出神入化的绿茵表演，其兴奋之点在美国随处可见。

中国人民同美国人一样，也表现出少有的兴奋和狂热。首批北京的球迷有93%都乐意熬灯夜观中国妇女的杰出表演，而92%的球迷都认为马家军必赢无疑。这种兴奋的制高点远远超过了男足世界杯，超过了霍家军征战奥运会亚洲区足球预选赛的征程，超过了新闻媒体的意料之外。这种罕见的兴奋现象的诞生，是中国姑娘创造的，是马家军的辉煌史所带来的必然，绝非偶然。

女足决战迫在眉睫。其倒计时的观战概念已深入到中国大江南北的每一位球迷心中，深入到华夏各地的所有大中城市的市民中。而几乎所有的国内新闻媒体都对女足决战挖空心思地想与众不同想别出心裁想捷足先登，想借中国妇女的雄风为自己的听众、观众、读者觅到最佳的兴奋点，以此来激活自己的媒体市场，以此来兴奋观众、听众、读者，从而将自己的媒体推向相应固定的市场，以此赢得如潮好评，以此创造巨大利润，以此提高知名度。

国人翘首以盼的盛宴即将拉开兴奋的帷幕，球迷盼望已久的节日即将鸣哨。心静如水的马家军与兴奋异常的美国人形成了鲜明的对比，马元安的喜形于色也被按捺不住地告白了天下；极度寂寞的世界头号门将高红也开始以静制动，向媒体吐露了女性最动人的心声；一向少说多做的孙雯变得活泼开朗起来，一扫昔日沉默是金的心态，将笑脸频频射向摄像机、照相机；傲气十足的鲍比·霍顿也开始感到了国人对他所施加的压力，渐渐变得谦虚起来，变得聪明起来，变得小心谨慎起来，而霍顿更大的变化则是意识到了应该向马家军学习些什么的时候了。这恐怕就是马家军的兴奋史所带给霍顿、带给男足的最大启迪和促进作用。

世纪末的女足盛宴即将启动，国人的兴奋已经开始，马家军的兴奋史也极有可能登顶世界杯屋脊，各大媒体也临阵以待。所有这些不同类型的兴奋点所演绎的却是同一个目标、同一心声：摧毁美国女足，登顶世界杯冠军。

把兴奋调到最佳，让国人与玫瑰碗同呼吸，共命运，去共同聆听马家军捧杯时所发出的那种铿锵有力的声音。

自信至尊

足协杯的黑马云南红塔在近三轮甲B对垒中无可奈何地倒下一截，只剩捍卫尊严和捍卫荣誉的那一截了。红塔极其危险的困境，陷入了被球迷此起彼伏的怨声包围之中，陷入甲B中下游难以自拔的被动局面，陷入低迷期的平局怪圈，多少与大名鼎鼎的戚务生当主帅有些不协调。红塔的自尊和自信心一时间在甲B队列消失殆尽，仅存的只有在足协杯上的那丝令人尊敬的消灭东北大虎的虎虎生气，而这丝生气能否在今日虎气十足，成了球迷担心的一块心病。纵然在主场，在红塔赖以存活的后盾之地玉溪，敖东虎的虎气也很足，是主场红塔镇住东北大虎，还是东北大虎高原掀翻红塔，似乎是不言而喻的话题。但众望所归的是，主场球迷寄予极大厚望的是红塔能否继续黑下去，能否斩掉东北虎头，和泰山国安的胜者去一拼高下争夺足协杯决赛权。

但近来红塔将士的表现已令人大失所望，那自暴自弃的迹象亦充分暴露出其自怨自艾的一面，暴露出其自作自受的一面，暴露出作茧自缚的一面。昔日红塔吃海狮、铲抚顺的英雄气概已不复再生，而其更多的孤芳自赏之心又在红塔将士的身上诞生了。福迪、图穆已在甲B联赛上三轮都未有入球进账，特别是福迪保持了八轮之久的射手王称号也拱手让给了他人，且排名已跌到倒数行列之中。种种迹象表明，红塔的高潮期已过；裂变出的，只有红塔无奈的任人宰割，只有红塔的不思进取，只有红塔的被动挨打。

红塔像去年联赛一样，再次跌入低谷，跌入了低迷期，这是极不正常的。红塔不需要平局，红塔不需要步万达、泰达等在甲A中的平局后尘，因为红塔不姓“平”也不姓“负”，而是姓“红”。

“千万里，我追寻着你……”，这本是一句歌词，但它在绿茵场上已演化成球迷呐喊助威的心路图。红塔不论在哪里踢球，总有一批忠贞不渝的球迷在激励着红塔将士的斗志，在追寻红塔战车的不败之身。这是球迷对红塔将士的最大奖励和最高礼仪，也是对红塔一种至高无上的捍卫和保卫。戚务生要学会自强不息的道理，红塔将士应该用进球来安慰对他们钟情有加的广大球迷，也只有这样，才能使球员与球迷之间最大限度地趋于平衡，趋于合理。

今日红塔决战昔日敖东，是戚务生和红塔将士证明自身水平的关键战役，更是捍卫甲 B 的最好时机，只要不让东北虎进球，哪怕双方互交了一次白卷也是红塔莫大的荣誉。这样，红塔就以客场进球多而再斩东北虎昂首挺进四强，这才是红塔自信心、自尊心的一种真实展露。也只有这样，才能捧走足协官员所颁发的“黑马奖”，也才能在随后的中英友谊战中抢得心理先机，和范大将军效力的水晶宫在彩云之南一决高下。

红塔目前的状态，激情不够，压力有余。这是前进道路上在所难免的，但红塔不能因此萎靡不振、因此自轻自贱；相反应从这种困境中自拔出来，学会像女足姑娘扫荡美利坚一样扫荡东北虎扫荡甲 B 列强。这才是戚务生和红塔将士在多舛时期的自信表演，才是自信至尊的最佳诠释，才是自强不息的宏伟追求。

捍卫自尊就是酿造自信心，捍卫荣誉就是捍卫至尊。自信至尊的最大益处，就是学会在逆境中战胜自我，在困境中克服困难，在困难中赢得胜利。红塔需要铭记这个道理，戚务生更需要铭记这个道理。

东方不败

东方大国之铿锵玫瑰在美利坚之玫瑰碗的激情表演，令全世界球迷为之振臂高呼，为之如痴如醉，为之夜不能寐；马元安之巾帼豪杰因点球失利而痛失金光灿灿的奖杯，令全中国人民为之泪流满面，为之遗憾终身，为之扼腕叹息。但中国妇女的杰出表现，正诠释了东方文明古国的强大与坚强，诠释了中华民族的自尊与自豪，诠释了华夏儿女的坚贞与不屈，诠释了中国女足的雄性与伟大。纵然马家军因球运差而惜败，但其精神是不朽的，其性质是不败的，其意志是坚不可摧的，其号召力是无穷无尽的。

中国女足是中国妇女的代名词，是中国前进的号角，是中国人赖以骄傲和自豪的最大资本，是中国最强大的动力和源泉。她们殊死搏杀的精神，她们炎炎烈日下的顽强斗志，她们胜不骄败不馁的品格，她们如临大敌所表现出心静如水的境界，她们泪洒绿茵的英雄气概，她们将压力变前进的动力之意志，她们……值得所有华夏儿女学习、学习、再学习；值得一蹶不振的男足深思、深思、再深思；值得任何一支运动队咀嚼。

马家军虽败犹荣，雄性女足英雄无悔，中国妇女东方不败，这是国人对她们的一致评价，是炎黄子孙对她们的精神奖赏，是共和国为她们庆功的终极原因。回首中美今年的四次较量，双方握手言了和，应该说谁也没有一枝独秀，唯一能赢得如潮好评的仍为中国女足。因为她们在兔年战胜了所有的世界强队，这是一个了不起的成绩，这是一支能令任何强队都心惊肉跳、闻名丧胆的极具威慑力的队伍，能说马家军“败”了吗?!

中国女足永不言败。因为她们具有团结拼搏、勇攀高峰的事业心；具有艰苦创业、锐意进取、勇于奉献的自尊心；具有甘于清贫、甘于寂寞、不计报酬、不计名利的进取心；具有勇于克服困难、敢于挑战顶级目标的自强心。中国女足东方不败，她们为全国妇女树立了自尊、自信、自立、自强的榜样；她们攀登上了世界足坛所营建起的最高峰；她们用汗水和泪水撑起了祖国和人民的荣誉，撑起了中国足球的昨天、今天和明天，撑起了世界女足的过去、现在和未来。光荣永远属于中国玫瑰！胜利永远属于中国女足!! 这种赞誉永远不会从世界足球史和中国足球史中消失，相反却光荣永存、胜利永驻。

宝剑锋从磨砺出，梅花香自苦寒来。一分耕耘，终有一分收获，对于只干活，不计报酬的中国女足而言，能以大无畏的拼搏精神赢得世界人民的赞誉，赢得祖国人民的首肯，赢得共和国领导的关注和鼓励，这是女足姑娘应该获得的最高荣誉。

中国女足东方不败，美利坚可以作证，玫瑰碗可以作证，祖国人民可以作证。

丰　碑

中国女足回家了。带着荣誉、带着鲜花；带着光荣、带着微笑、带着骄傲、带着激情；带着风采、带着眷恋；带着奖牌，更带着丰碑。在祖国人民的盛大欢迎下回到了阔别已久的家。

中国女足回到了家里，回到了祖国和人民的怀抱里。她们紧紧和亲人拥抱在一起，在亿万同胞的欢呼声中，她们眼中似乎又噙满了热泪，噙满了巨大的遗憾。

美国总统克林顿在看望中国女足时说："这是一场伟大的比赛，胜利属于美国和中国两支队伍。"美国女足主教练的评价则十分中肯："这是所有结局中最好的结局，赛场上其实产生了两个冠军。"中国铿锵玫瑰虽然与金杯擦肩而过，虽然战胜不了运气，但却战胜了美国人精心设计的"艰难险阻和重重困难"。应该说，女足姑娘们是一支有着铁的纪律、铁的斗志、铁的坚强、铁的毅力的钢铁之军，她们用超凡的意志和坚不可摧的英勇谱写了一曲令世界赞叹的战歌，她们用无尽的汗水和泪水铸就了一座世纪丰碑。

女足之路充满艰辛，充满荆棘。她们自球队成立以来，一直受到国人的冷眼，报酬低下。她们在被捧得高高在上的腰缠万贯的男足的阴影下默默承受着巨大的常人难以支撑的压力，在闪光的荣誉的背后忍受着被国人、被球迷、被媒体冷落的痛楚，这是怎样的一种心境、怎样的一种心态啊！但铿锵玫瑰们十年如一日的拼搏终于迎来了她们足球生涯中的又一次巅峰，这也是中国足球史上最光焰万丈的巅峰，这个巅峰实则已成为一座中国人自己铸造在世界足球史上的丰碑。

铿锵玫瑰铸造的丰碑是带着汗水和泪水的。赵丽红小腹阵阵作痛、孙雯的膝盖半月板严重积水、白洁的颈椎疼痛难忍、温莉蓉的牙疼又犯了、高红被冲撞受伤、刘爱玲被球撞得眼泪横流……但她们仍一声不吭浴血奋战在绿茵场上。这是何等的英雄，这是何等的风采！正如一位白发苍苍的老人对女足姑娘们所说的那样："你们在我们眼中是最漂亮的姑娘，你们的表现令我们华人骄傲无比。"这难道不是吗？她们用热汗凝聚、血染征衣的顽强赢得了世界的赞誉，赢得了一座世纪丰碑。

互联网上，有一段歌词"美丽奉献给绿茵，青春奉献给赛场，荣誉和骄傲奉献给球迷，我们的女足……"这难道不是一曲女足姑娘谱写出的世纪绝唱吗？难道不是铿锵挺秀、高风亮节、清香四溢的不朽杰作吗？这难道不是中国妇女自己获取的伟大功绩吗？

向女足致敬！向丰碑致敬!！中国女足——我们华夏儿女心中永远的骄傲和自豪!!!

恐什么韩

霍家军最不情愿发生的事终于发生了，他们获得了一支倒霉透顶的下下签。一时间舆论哗然，就连张吉龙也深感运气不佳，朱广沪更是无言可说。

“金种子”韩国喜形于色，横空杀出的“程咬金”巴林暗自欢喜。为安慰一如既往支持中国奥林匹克号战舰的球迷，霍顿大言不惭，认为碰韩是好事，国奥小将也出口狂言“不恐韩”。两位大名鼎鼎的韩国籍甲 A 主教练也意见分歧，车范根向霍顿大泼冷水，李章洙向霍家军大献殷勤。老车唱低调，老李执高调，一个红脸，一个白脸，煞是热闹。但国人却为国奥捏了一把冷汗，因为在中韩近十多年的交战史上，中国毫无胜绩可言。特别是自 1992 年至今，中韩国奥激战四次，中国国奥无一胜局，其十分尴尬的不胜局面，已令国人谈“韩”色变，令国人对霍家军的前途产生了极大的担心和后怕。这种担心和后怕并非没有道理，而且国人对中韩胜负的概率已十分清楚，霍家军冲奥凶多吉少。

巴林既然能将曾灭掉中国的伊朗彻底消灭在九强之外，相信也能消灭掉同组的韩国或中国。其士气十分高涨，其投入也十分惊人，足见其冲奥的决心之大。面对巴林，霍家军决不能小觑。而韩国则是霍顿心中的一块心病，从表面上看不把对手放在眼里，但从内心而言，霍顿极不情愿与韩国同组，欲从韩国人手中掌握主动权比登天还难，首先心理上就被对手击垮，战术上韩国 433，中国 442，双方战术虽各有千秋，但霍家军的后防线仍是致命的弱点，毕竟孙继海式的铜墙铁壁太少太少了。在赛程上，霍家军首轮客场即遭遇韩国，此战胜负将直接左右霍家军的士气；在最后一轮，霍家军又遭遇轮空的无奈，只能眼睁睁看着韩巴之间的“悬念”之战，这一战不排除“放水”因素，因此霍顿之军只能任人“玩弄”、看人“眼色”。其极其被动之处贯穿着整个九强赛的始终，霍家军将再次遭遇“命运由他人摆布”的尴尬境遇。

一味地恐惧只能导致失败。马失前蹄的教训已经很多很多，韩国不可能是常胜将军，巴林也不可能是一枝独秀。霍家军目前应做到的是抛弃昔日遇韩不胜的阴影，重新振作起来，重树信心，像中国铿锵玫瑰一样顽强拼搏。前怕狼后怕虎的历史不应该在鲍比·霍顿及其弟子们身上重写，自尊心、自强心、自信心是最能战胜一切虎狼的秘密武器，有了这些，还能恐什么韩，恐什么巴呢?

应该说，世纪末的这艘中国奥林匹克号战舰是中国国奥史上最坚挺的，是能战胜一切艰难险阻的。而韩国、巴林并非无懈可击，并非坚不可摧；韩国伤兵满营，巴林缺乏大战经验同时也可能成为韩国致命的弱点。既然对手也有弱点，霍家军就应该将对手的弱点吃透，从而万众一心给予对手致命一击，打出士气，这样就不会再恐什么了。打蛇打七寸，说的也是这个道理。

国奥性命攸关，不能再恐什么韩了。

残酷的裂变

六月的甲A，一场游戏一场梦；甲A的六月，几家欢喜几家愁。

自五月中旬便偃旗息鼓的中国甲A联赛，进入六月骄阳似火的季节后，在短短八天的煎熬中，三轮比赛的绿茵大餐，着实让球迷领悟到了战争的残酷性。

全兴郎酒酒兴大发，主场不仅灌醉了大连万达，还喝翻了北京国安，其主场威力由此可见一斑。但此陈年老酒到了客场，却被两连败的抚顺小伙给品砸了，全无郎酒的味道，从而也失去甲A龙头老大的酷相。

在六月黯然神伤的拉扎罗尼，令人称道地继续保持不败金身。老拉拉着他的申花战车，从红桃K的软刀子杀人中抢走一分后，在青岛喝掉海牛，在上海射落松日，不存怜悯之心地硬死皮赖脸地坐在了甲A老大的龙位上，算是在甲A的六月真刀真枪地怒放了一回。

在六月暖洋洋的日光浴下，重庆隆鑫云开雾散。杀手高峰杀机四起，不仅杀了自己昔日的家人北京国安，还杀了风光无限的辽宁抚顺，虽在自家门口被老车的平安保了一次险，却仍净挣七大分排名一路高歌直逼怒放的申花。

韩国人车范根跟定大都市深圳并将平安落到实处。在短短八天内，既扒掉敖东战袍，还铲了泰山，平息了重庆主场连胜的势头，活脱脱为深圳买了足够的平安保险分。老车的战车也得以风驰电掣提前驶入甲A的中上游，尽情饱览昔日辉煌今日受苦受难的兄弟们的度日如年。

桑特拉奇坐在泰山顶上，静观甲A诸强的裂变，八天两个主场一个客场，日子过得优哉游哉。但桑式奇兵只能主场稳如泰山，客场则受尽车范根爱将艾里的一番戏弄，只有招架之功毫无还手之力，眼睁睁望着全兴、申花先后坐上龙头宝座，心里滋味可想而知。还好，稳稳当当的泰山越来越令同盟东北虎们望山兴叹，追赶不及。

金志扬在八天里获得了从未有过的扬眉吐气，不仅走出了长期不胜的阴影，还无可奈何地将平局延续到了七场，虽然积分一路攀升，但距三甲还有一定距离，老金志还需志在必得，还需扬眉吐气。

江河日下的大连万达、北京国安、辽宁抚顺，广州松日三轮抢得三分，平均每一场只分得一碗羹，算是背时倒霉极了。比起武汉红桃 K、沈阳海狮三战分得两分要好得多，但与八天抢得四分的吉林敖东相比，却又十分可怜。

其他十三诸旅都基本实现了“零”的突破，深陷火山口的青岛海牛如泥牛沉大海，三轮毫无挣分的音讯，且均被甲 A 中游游击队偷袭成功，其软弱可欺令球迷大呼失望之极，导致其积分也只能原地踏步，排名也一落再落，陷入保级的危险地带。如果海牛再不使出杀手锏，将成为一头病入膏肓不能自拔的小牛。

六月的甲 A 硝烟已散尽，又一个三轮过后，甲 A 真真切切地实现了大面积的裂变，大面积的改头换面，其强弱之势也日渐浮出了绿茵场，这就是甲 A 残酷性的真实反映。

怪 圈

万达的平局怪圈已经终结，泰达的平局怪圈仍在无可奈何地继续着，这是甲A今年最悲惨的阵痛。

曾在足协杯上红极一时的红色黑马云南红塔也陷入了不可思议的平局怪圈中。足协杯上如此，甲B联赛上如此，就连与水晶宫的商业比赛中也因平局怪圈而在点球中将水晶宫点翻。在甲B第九至十二轮中，云南红塔四战三平一负，仅捡得三小分，致使其排名一滑再滑，滑向中下游的深渊，滑向球迷不愿目睹的尴尬位置，滑向已经倒着数的名次。

广大球迷对红塔的前途开始担忧，媒体对红塔不尽如意的表现开始斥责。红塔的日子被汗水和泪水洗刷着，戚务生的神机妙算也开始失灵，福迪的神射已经江郎才尽，只有图穆的命运还稍微能激起一些涟漪。的确，红塔的怪圈时代已经火线来到。每轮只拼一分的"目标"已使其"黑马"角色暗淡了刀光剑影；草草以平局收场的结局已使大名鼎鼎的戚务生感到了一丝恐怖和些许压力，毕竟红塔是在用钱养着的，只花钱不干活的景象谁也不愿意将大把大把的钞票花出去。钞票挥霍到一定程度，却不见其起色，这是令任何一家财大气粗的公司都为之反感的，也为之不屑的。红塔到了最危险的时候，红塔将士以及大戚也应该被迫发出最后的吼声了!?

缺少了中场大将杰瑞的红塔，其绿茵场上的表现宛如一盘散沙，纵然大戚将福迪调遣至中场以吸引对方重兵防守，但此招一旦被对方看死或识破，图穆的寂寞并不会使他美丽起来，图穆的孤注一掷也自然而然地黯然失色。红塔的悲惨也就顺理成章。

红塔步了万达、泰达之后尘，是谁也不愿听到的消息，包括戚务生在内，如果老是以平局这种怪圈来结束甲 B 每一轮的激战，那么一个赛季下来，其总积分只能陷入降级的保组线上；与其不死不活地陷入平局怪圈的被动之列，倒不如轰轰烈烈地放手一搏，该赢下的万众一心将对手擒下抢走三分，不能赢下的就别再打肿脸充胖子去硬拼，这样不仅会引来伤兵满营，而且还会将士气减弱。既不利于队员的调整，也不利于以后的比赛，何苦呢？

怪圈自足球诞生以来就存在着，不仅有胜怪圈、平局怪圈，还有点球怪圈、加时赛怪圈。但此怪圈只可能停留在某一个赛季的某一段时间，不可能贯穿于某个赛季的始终，除非是不败怪圈。

既然红塔已经步入了这个平局怪圈的时代，不妨将重心转移到胜负上面去做文章。该拿下的比赛坚决不手软，不该拿下的比赛不要死拼到底。想一想，四场比赛如果两胜两负总比四平要好得多，至少积分上会使球队士气大振，会使排名一路攀升。这种算分法往往在保级大战中至关重要。

红塔平局怪圈已持续了一段时间，不知这种怪圈戚务生已经意识到了没有。这是极其危险的预兆，也是致命的一击，弄不好会将红塔的光明前途断送殆尽，到时则悔之晚矣！

复 活

美洲杯的绿茵硝烟已停止滑翔，各项荣誉之争也尘埃落定，但其余音却没有销声也没有匿迹。存活下来的最引人深思的却是将桑巴舞到了家的巴西人，以及巴西外星人罗纳尔多在夹缝中的再生。

曾蝉联世界足坛最高荣誉“足球先生”的罗纳尔多自去年法兰西世界杯之后，其足球天赋狂飙一下子踪影全无；随后的意甲烽火中也患上了梦游症，导致了国际米兰豪华军团的破烂不堪，跌入中游与昔日的手下败将们为伍；导致了威风八面的莫拉蒂主席也开始了他的“另谋出路”，虽然老莫江山坐得稳稳当当，但其心痛却是无法抹去的；同时更导致了罗伯特·巴乔在无家可归中苦苦寻觅能让其闪光的家，其失魂落魄之窘态令世界球迷为之潸然泪下。凡此种种，引爆了国际米兰王朝的骤然崩溃，罗纳尔多可谓“罪大恶极”，“罗罗组合”也因此以失败彻底告终，与荣誉相差甚远。

“罪魁祸首”的罗纳尔多在球迷的失望声中，在与苏珊娜尽最后一丝温情后深知情场球场双双失意后的被人不屑和遭遇冷眼，终于横下一条心，养精蓄锐出征美洲杯这样一种洲际比赛。功夫不负有心人，罗纳尔多领着他的巴西弟兄们一路过关斩将、一路高歌猛唱、一路狂舞桑巴，终于如愿以偿、终于笑到最后。罗纳尔多也不负众望，如愿穿走金靴，如愿复活起来，如愿继续闪光。这是巴西人的众望所归，是全世界球迷的共同期盼，是国际米兰的等待，是新闻媒体的向往已久。

俄国著名作家列夫·托尔斯泰在十九世纪为世界文坛奉献了《复活》，足球王国巴西人在二十世纪末为世界足坛不疼不痒地捧出了复活着的绿茵大餐。两者虽不能同日而语，亦不可能相提并论，但对人类却有着极大的刺激作用：前者促进文学繁荣，引导读者进行文化消费，后者则推进足球进步，吸引球迷饱览绿茵魅力。其目的具有异曲同工之妙，具有相似相近的一面。

足球运动或足球生涯一旦萎靡、一旦消沉、一旦蔫了，对一支球队或一名球员将是致命的、无情的扼杀。不仅球队会因此跌入万丈深渊、球员会从此一蹶不振，而且最致命的将是绿茵生涯的被迫终结，其足球运动的提前结束，这种生存之道也是足坛的巨大损失和极大悲哀。还好，巴西人并没有从世界杯的阴影中跌入泥潭，外星人罗纳尔多的黄金时代也没有激情勇退。相反，巴西队引以为骄傲和自豪的赌注罗纳尔多奇迹般地复活了，巴西桑巴再次令世界绿茵震撼，令异国球队虎视眈眈。

巴西队重见了天日，罗纳尔多重振了旗鼓，这似乎也意味着巴西王朝称霸世界足坛的时刻已经到来，意味着罗纳尔多的“世界足球先生”之最高荣誉将三度、四度光顾他。复活后的威慑力也许就在于此。

商筹游戏

在市场经济充斥绿茵赛场的今天，商业性炒作已成为一种不可阻挡的大气候。友谊赛、对抗赛、热身赛、挑战赛、企业出钱冠名的各类杯赛等等名目繁多、明目张胆的商业比赛，已在世界各大洲、各国愈演愈烈。这类胜负无关紧要的赛事，实则是一种金钱味极重的商筹游戏，其最终目的是让广大无辜球迷“心甘情愿”地从自己干瘪的衣兜里大把大把地掏钱玩休闲游戏、玩心跳感觉、玩绿茵气质。结果导致比赛的对抗性极其贫乏，精彩性无从说起，既骗了球迷，也骗了媒体，更骗了足球本身的尊严。

目前这种商筹游戏在世界足坛风靡一时，连处于足球改革初级阶段的中国也此起彼伏。炎炎烈日下的七月，英国老牌甲级队水晶宫分别与中国甲 A 的国安、万达以及甲 B 的红塔进行三场商业比赛，效果并没有球迷所期待的那样使人如醉如痴；相反某些赛场因为出场费没有到位导致球员在球迷的众目睽睽下进行了罢赛，这种一心钻进钱眼里的比赛，能真正发挥出球员的真实水平吗？的确令人怀疑！

水晶宫如此，红透世界足坛的曼联借访华旅游之机，分别与上海申花、香港南华进行应付性的对抗，纵然这种绿茵游戏的目的众所周知，但还是将盲目的球迷的钱掏了出来，押在了观战的入场券上。上当倒霉的只有球迷自己，而大把大把赚钱的则是企业、球队和球员。

以“比赛”的名义，在商筹的操纵下，这种游戏完完全全围绕着“钱”字展开，围绕着利润出发，彻头彻尾地玩商味游戏。不仅会使纯洁的绿茵弥漫铜臭味，更会将球员的斗志削弱，更糟糕的是会断送球队的光明前途。同时也不利于球队、球员的发展，不利于足球改革的突飞猛进，不利于球队与球队间技艺的交流，不利于队员与队员间的相互沟通。其实质令足球完全变了味，足球规则与执法尺度也变了味，这能推动世界足球的飞速、健康发展吗?!

这种商筹游戏的规则其实很简单，但却都能屡屡得手、频频发财，其主要原因是，某些媒体过于夸大其词的宣传，误导球迷在选择是否掏钱看球时出现盲目乐观性，既害了球迷，也害了自己。

商筹游戏是现代化足球产业发展过程中的新生事物，但从长远的目标着眼，这种新生事物的出现一旦被球迷识破，它的生命力也将随之慢慢终结、慢慢消失。如果这样，球队不仅丧失了有力的支持者，还丧失了自己的拥护者，到头来落得个鸡飞蛋打的悲惨下场，只有自食其果!

少些商筹游戏，多一些真刀真枪的较量，这是球迷共同的期待，也是球迷强烈的要求。商业比赛，商筹游戏是否该打住了……为了自己，也为了别人。

天才堕落

天才一旦举世闻名，骤然成为人们关注的焦点，成为抢占新闻媒体的主要角色，其一举一动便成为了记者追逐的目标。不管是其光芒四射的一面，也不管是其公众形象的一面，还是其私生活的一面，均可能成为人们茶余饭后的最大谈资。

惊闻天才著名球星罗纳尔多与吸毒及嫖妓挂上了钩，不禁令人大惑不解。外星人罗纳尔多可谓二十世纪末最璀璨夺目的足坛巨星之一，小小年纪已蝉联过两届世界足球先生的至尊称号，虽然他在去年世界杯之后一度江河日下、一度岌岌可危、一度低迷不堪，但其受伤病困扰是其萎靡的主要原因，在其伤病痊愈复出后，通过美洲杯证明了其足球天赋的威力无比，验证了其如日中天的天才表演。球迷也因他极其出色的表现而将热情掌声给予了罗纳尔多，应该说，罗纳尔多复活的迹象使其再度成为绿茵豪杰，成为球迷狂热的“新偶像”。罗纳尔多比其他球星显得十分幸运，十分受宠，这是罗纳尔多自身奋斗的结果。但其“吸毒及嫖妓”事件，又给球迷迎头泼了一盆冰水，万万没想到一位受到人们喜爱至极的年轻球星竟如此“无法无天”，如此不自重；一步步走向堕落的深渊，一步步逼近“抱恨终生”的边缘，一步步向着毁灭地带迫近……令人失望至极，令人不屑至极。

再红极一时的名人，也应该受到有关法律的约束和制裁。如果任其为非作歹，任其胆大妄为，任其自我嚣张气焰延续下去，不仅毁了自己，也毁了与之有关的别人。这是法律所不能允许的，在巴西这样一个足球王国里更不允许。

吸毒、嫖妓，是天才走向堕落的作茧自缚，自毁前程是最终的恶报。罗纳尔多还很年轻，罗纳尔多的足球天赋世人皆知。如果罗纳尔多轻率地将自己一世英名押在毒品、妓女身上，这将是世界足球的巨大不幸和极大悲哀，更是一代足球明星的自我陨落，最终将导致自己身败名裂，导致自己臭名昭著。这是任何一位大牌球员都不愿走的下坡路，不知外星人罗纳尔多是否就咬定“毒品、妓女”不放松。相信罗纳尔多会作出明智的抉择，会作出令球迷欣慰的选择，会作出令巴西人满意的举动。

悬崖勒马、回头是岸本是中国的名言警句，用来警告和提醒外星人罗纳尔多应该再恰当不过。相信谁也不愿意看到罗纳尔多滑向犯罪的深渊，谁也不愿意目睹一代天才的堕落，谁也不愿意让一名年轻有为的足坛巨星销声匿迹！

弹铗有鱼

在惊喜混沌不堪的甲 A 烽火愈烧愈烈，其阵痛感令人喜出望外。这是中国足球的希望之火，是中国绿茵的强力催化剂，是球迷大饱眼福的良辰美景。

甲 A 鸣哨以来一直令广大球迷牵肠挂肚的王者之师大连万达已向着甲 B 的边缘慢慢靠近，但上周的两次骤然反弹，不仅将多舛之灾的红桃 K 定格在降组的悬崖峭壁上，而且将保组部队的战线越拉越大，近半数甲 A 诸侯站在了保级的起跑线上。相反，冠军之争也出现扑朔迷离的群雄纷争局面，甚是热闹。

曾一度弹铗无鱼的李应发也开始露出了笑靥，其愁眉也开始了舒展，其令名教头们胆战心惊的发迹史重现甲 A 江湖。结果将甲 A 圣水搅得波涛四起，涟漪不断，也将绿茵硝烟弄得一阵浓似一阵，大浪淘沙之势滚滚而来，甲 A 诸旅一片狼烟四起，热闹非凡。

甲 A 半程之路，万达不仅萎靡到了家，而且下课声一直缠绕着名教头徐根宝。万达王朝的衰败呈现一片凄凉景象，昔日威风八面的十足霸气一败涂地，躲到任人宰割的夹缝中，其悲惨之境令人扼腕。李应发在万达身处水深火热之中时接掌帅印，其勇气和胆识令人敬畏有加，只可惜在后几轮没有多少作为，也遭到同行的诸多冷眼冷语。但大师李应发的忍者风度终于得到了回报，两连胜的突兀而出像一场及时雨把万达浇出了死亡地带，浇出了噩梦之外。棋高一筹的李应发在其运筹帷幄间逃离出了无边苦海，抵达了令球迷深感阳光灿烂的保险队伍，这恐怕是万达将士彻悟李应发用兵之道的仙诀所在。

万达在不知不觉中醒来，李应发在潜移默化中崛起，球迷在大喜大悲中再生，媒体在不紧不慢中喝彩。千真万确的事实雄辩证明李应发和他的万达之师不仅迅猛反弹，而且昔日雄风东山再刮，不是在一夜之间，也不是在一月之间，而是在压力与动力之间轰然喷发，完完全全是新生事物的一次性诞生。虽然来得有些步履蹒跚，来得有些无可奈何，来得有些跌跌撞撞，但对万达而言，却是风驰电掣，却是电闪雷鸣，却是“好雨知时节”，却是一剂再好不过的良药。

在万达的危难关头，救世主李应发变魔术一样盘活了万达，将弹铗无鱼的狼狈相幻化成弹铗有鱼的峥嵘相，将气息奄奄的万达从死亡的谷底硬是抢救过来，足见李应发的大智若愚和万达将士的万众一心。

万达死而复生的迹象再次证明，只有弹铗有鱼，才能游刃有余，才能治病救人，才能手中有粮心中不慌。

雪　耻

一场暴雨的骤然降临，将红塔将士激战前夜的心情清洗得格外轻松，将近来表现神奇的太阳神浇得心态极其浮躁。好雨知时节，红塔重再生，球迷干涸已久的心田终于在暴雨的洗礼后由红塔将士悄然而至的胜利得以解了渴。这样的胜利似乎来得太晚，但对帅位摇摇欲坠的大戚而言，却是解了燃眉之急，解开了顾虑重重的不胜怪圈之谜。

1999 年的“3・27”对于红塔而言是耻辱的，是不幸的。现在回味那个日子，皆令红塔将士无地自容，他们在太阳神的主场以 0∶3 惨败，创下本赛季以来的最大失败。“7・24”，对太阳神而言也是不幸的，其连续五场不败的纪录在高原止了步。双方可谓握手言了和，但这种握手方式对红塔而言，却是及时的，也是球迷所迫切期望的，更是戚务生迫不及待的。近段时间以来，红塔之路越走越窄，不仅步了甲 A 某些豪华兵团的后尘，而且也令自己滑入了尴尬的境地。红塔将士真真切切在球迷与媒体的臭骂声中度日如年，个中滋味恐怕只有红塔将士和戚务生能够感悟到、体会到。旁人，只可能忧心忡忡地观望和等待。

太阳神在花城羞辱了红塔，红塔人君子报仇一年不晚，在闻名遐迩的春之城反刺一剑，同样干净利落地将太阳神射落，可谓报了仇、雪了恨。更难能可贵的是本土的骑兵将太阳神陨落在湿滑的高原，为彩云之南的绿茵勾勒出一抹亮丽的风景线。球迷狂热的嗓音和执著的呐喊从而也汇织成了风景线上最感人的一个个音符。从球迷声嘶力竭的呐喊声中，我们不难解构出痴情球迷的用心良苦；从红塔将士斗志昂扬的场面上，我们不难觉察到他们对胜利的渴望至极；从戚务生忐忑不安的表情中，我们不难咀嚼出大戚在胜利到来之前的心急如焚。的确，残酷裂变中的红塔每一场比赛的结果，都直接左右着其前途和命运，更令球迷牵肠挂肚的是戚务生的江山问题。江山易改，本性难移的球迷自始至终对红塔情有独钟，绿茵场上丝毫的闪失都会牵动着球迷急促的呼吸和跳动的心弦。应该说比戚务生更想雪耻太阳神的还是咱们本土的铁杆球迷们，咱本土的新闻媒体们，咱土生土长在云之南的体育老记们。

可谓半斤对八两的红塔与太阳神，在甲 B 征程上同为兄弟，但联赛惨烈的升降级制度却将兄弟之情撕得粉碎。不是你想占对方的便宜，亲兄弟明算账在这个时候已显得极为突出、极为明显。谁都想将对方置于死地而后生，谁都想当绿茵的真英雄，谁都想做称霸甲 B 的老大而晋升光芒四射的甲 A 赛场，这种心态这种理念这种奋斗目标对每一支求队而言都是一样。甲 A 甲 B 没有缩头乌龟也没有永远的弱智之师，更没有甘当食物的菜谱队，谁都想独占鳌头，谁都想独领风骚。

雪耻是暂时的，并非一成不变或一蹴而就。最关键的是在哪里跌倒就从哪里站起来，这才是一支极富生命力的队伍。

残败不堪

霓虹灯下的上海体育场十分迷人，几乎所有的媒体和球迷都把目光聚焦在这座八万人的绿茵胜地，再过两个多月，国人期待已久的霍家军也将在这里争夺奥运会的入场券。但申花与泰山的最终结果，却令一部分人欢喜一部分人忧愁。

甲A联赛的夺冠大热门申花在父老乡亲的殷殷期盼中无可奈何地结束了其56场主场不败的金身纪录，拱手将主场荣誉让给了势不可挡的泰山，充分显示了申花江山的动荡不安和拉扎罗尼的江郎才尽。申花王朝的锐气、霸气、士气威风扫地，而桑特拉奇的泰山之师则是骁勇有余，离冠军荣誉近在咫尺。

申花残缺衰败，拉扎罗尼摇摇欲坠，二连败对于申花而言，是七月里最黯淡失色的绿茵噩梦，是球迷心目中最不堪的结果，是对申花的无情摧残和无情折磨，更是甲A在骄阳下最残酷裂变的真实写照。主场救不活申花，名教头滋润不了申花，热情的球迷也激活不了申花。申花开始凋谢，开始萎缩，开始枯萎；阿拉开始失宠，开始后怕，开始不幸。申花变成残花，这是夏夜最悲壮的一道绿茵风景线。

巴西名教头拉扎罗尼与南斯拉夫名教头桑特拉奇均率领过自己的国家队征战世界杯，其知名度在中国可谓家喻户晓。但两人所改造的两支队伍却向着两个极端发展，老拉的申花逐渐枯萎，滑至中游；老桑的泰山一升再升，升至甲A老大且比老二足足多了三分，比申花多了五分。两种截然不同的走向，导致桑特拉奇的帅位稳如泰山，拉扎罗尼的龙座岌岌可危。这也许就是胜负所直接左右其主帅地位存否的终极原因。

申花王朝残败不堪，极度骄傲的拉帅终于连尝苦果的煎熬，甲 A 的惨烈因申花的衰败而更显悲壮，甲 A 的裂变因泰山的势如破竹而十分美丽迷人。中国足球踢到这个份儿上，也应该踢出个所以然来了。这也许就是国人所梦寐以求和渴望至极的。

申花晚节不保的教训，恰好印证了骄兵必败的道理，一如万达的一蹶不振而无可奈何将誉满海外的孙继海召回解其燃眉之急一样，申花是否也在忍痛呼唤范志毅的归来，这恐怕也是申花即将打出的一张王牌，但这是球迷和媒体所最不愿看到的。万达无路可走才召回继海，申花还有资本可支撑着，召回大范根本没有必要。

申花凋谢的刻骨现实，将激活中国足球的希望之梦，这未必不是一件好事。

小富难安

小富即安早已成为流行语，小富难安却不多见，流行的语言常常被滥用，但很快会被人遗忘，如风的走势一样，是在不知不觉中；不多见的却往往被人们一下子就铭记在心，因为它与众不同，因为它容易过目不忘。

球迷对高原一词并不陌生，戚务生对高原更是再熟悉不过，只是李勇属初来乍到之人，戚务生的熟悉和李勇的陌生并没有激起大喜大悲之结果，红塔与白云山的再度交手完完全全成了四个月前那个周末的翻版。只不过红塔做客白云山时那粒金球是福迪进的，而这次则是本土骁将常辉进的，福迪则作壁上观，相同的比分并未带来相同的效果，相同的挣分方法并未给戚务生带来多少掌声和鲜花。主场 1∶0，客场 1∶0，主场的天利消失殆尽，倒是客场扬了一回眉，吐了一回气。

众所周知，白云山是甲 B 诸旅中任人宰割的菜队，谁都能降服白云山，谁都能大比分刺破白云觅到灿烂的阳光，令人惊悸的是大戚攻不倒，红塔小将做不到，高原胜地也难出奇迹，能说高原优势明显吗?

近来，小富即安的思想似乎一直根深蒂固着红塔队，一直围绕着红塔在运转，在梅雨与骄阳的洗礼与暴晒下，红塔还未找到进两球以上的感觉，特别是福至大戚的福迪已有七轮没有入球进账，状态时好时坏令人担忧，其福气更是离大戚而去。不知今后的福气能否使之重现昔日甲 B 射手榜的风采。

高原没有绿灯，绿茵没有绿卡。戚务生的惊人之举只在足协杯上停留过转瞬即逝的几次，在甲 B 战场却难以出彩。相信曾几度为红塔落泪的球迷对主场 1∶0 的结果并不满意，这支高原之狮的锐气、勇气、士气、大气并未集于一身而火山喷发。这种小富，难安球迷的铁石心肠，难安媒体的火线出击，难安戚务生的声名远播，难安死守电视看比赛的观众之热情。既然是赢球，既然是抢了三分，那就要痛痛快快地赢，分秒必争地抢，提心吊胆的赢球和抢分方法实在危险至极，说不定在黑色几分钟之内就会将这种小富局面葬送殆尽，说不定这种小富会使球员萌生惰性、萌生邪念，如果这样，不仅冲 A 无望，而且保级也无望，其冲 A 之日不知要等到哪一年，哪一个世纪。小富的确难安球迷的心灵，更难安俱乐部的苦口婆心。起码这种思想是不正常的。这种心态是不合情理的，这种追求是不崇高的，这种目标是不远大的。想一想欧洲的各大联赛，能进球时必进球，能多进时要多进已成为各支球队的一致意见。如果上赛季德甲弱旅法兰克福不是以进球数多，那么早就降入了乙级联赛。这个经典之例足以让国人回味几年，对于戚务生和红塔而言，更不例外。

东道主现象

大凡在某一个固定区域举办的赛事，只要有东道主参加，其结果就有些可预测性。98 法国世界杯足球赛法国夺冠，第三届美国世界杯女子足球赛美国夺冠，第四届墨西哥洲际杯足球赛墨西哥夺冠……这种东道主国家最终将金杯收入囊中的现象不胜枚举。

的确，这种现象的诞生有其主观和客观的因素在内，既然东道主主办某一赛事，其队伍实力一定有其潜在的一面。一则占尽天时、地利、人和的绝佳条件；二则有国家和人民在为荣誉而倾尽热情；三则动力的驱使成为队伍拼搏的共识。这方方面面的天赐良机，不仅会使队伍的战斗力火速增强，队伍的凝聚力、自尊心、自信心也会得到加强。从而也造就了东道主队伍的超常规、超水平、超能力发挥。当然金光闪闪的金杯也自然而然成了其囊中之物。

世界杯、洲际杯如此，一些小范围的联赛也如此，中国甲 A 的大连万达有过 57 场主场不败、上海申花有过 56 场主场不败的辉煌历史，这也充分说明主场的优势确实能为球队赢得鲜花和掌声，赢得欢歌和笑语，赢得荣誉和赞誉。

东道主或者主场现象，几乎在所有的体育赛事中都有存活力，其生命力不仅旺盛，而且犹如势不可挡的“战舰”，既能逢凶化吉，也能击沉冰山，更能起死复生。法国人是这样，美国人是这样，连墨西哥人在巴西面前也能这样，可见主场的威力有多大。

东道主现象的出现并非偶然，也并非令人不可捉摸。往往会使得赛况日趋白热化，使得冠军相扑朔迷离，从而也将比赛的精彩性、观赏性、难以预测性推向极致，推向经典。

东道主在尝尽金杯荣誉所带来的巨大利润后，不惜血本争办各类赛事，在这些争夺战中，尤以足球赛事最为激烈，最为热闹。的确，一旦这种现象出现，东道主的东风可能一夜之间便吹遍全球，这是一笔难以估测的无形资产。东道主现象的价值取向的隐形反映也许就在于此。

小屈大申

全世界的目光都在瞄准蔡家军，全世界的顶尖乒乓手都在想方设法对付国球手，但他们最终都以失败告终，以遗憾饮恨，以功亏一篑而在荷兰名城埃因霍温崩溃。这就是残酷的现实，这就是国球手的伟大，这就是小球的魅力所在。

鲜艳的五星红旗，气壮山河的国歌，喜上眉梢的华夏儿女，汇成了第四十五届世乒赛的交响曲。埃因霍温这座异国名城，被中国乒团的名字一次次淹没，一次次洗礼，一次次震撼。14 年后，世乒赛的五个单项的冠亚军全被中国人又一次包揽无余；沉甸甸热乎乎的男单王冠又回到国人滚烫的手中。中国之栋梁刘国梁继瓦尔德内尔之后终于圆了一回奥运会、世界杯、世乒赛三冠王于一身的大满贯梦想，瞧他夺得男单冠军而仰天喘息时的那份激情，谁不为之喝彩、为之鼓掌、为之叫绝！

不难想象，泪水与汗水浇铸了中国的胜利，但在这胜利的背后，在这大有作为的背后，国球健儿们忍受了多少寂寞与孤独，接受了多少白天与黑夜的煎熬。这份荣誉来得多么不易，特别是男单王冠，其拦路虎的强大前所未有，瓦尔德内尔、萨莫索诺夫、金泽洙、埃捞瓦、盖亭、施拉格、普里莫拉茨、塞弗等均为当前世界超一流选手，稍有闪失，男单冠军都会旁落他人之手。可见这尊桂冠的含金量之重。

战略上藐视对手，战术上重视对手，是蔡振华的用兵仙诀；“勿轻小事，小隙沉舟；勿轻小物，小虫毒身。”是国球健儿的共识，更是中国人的谦虚谨慎之道。所谓“小隙沉舟”之道理，被蔡家军完全悟透。《三国志》古训“小屈大申，存公忽私，虽尺枉而寻直，终扬光以发辉也。”更是被蔡家军诠释得淋漓尽致，诠释得透彻之极。

乒乓球是咱中国人的国球，小得不能再小，直径只有3.8厘米。但其威慑力之大，在中国的其他球类运动项目中是所向披靡的，可谓无与伦比。它小得恰到好处，但又伟大得光彩照人，应该说，它比任何球所发出的光芒都强大，强大得令世界瞠目结舌，强大得令世界望而生畏，强大得令国际乒联嫉妒有余，强大得令异国超一流选手望而却步。想想能装进很多个乒乓球的中国足球，在亚洲、在世界上却是那么的弱不禁风，那么的任人宰割，那么的渺小至极。不仅冲不出亚洲，而且连亚洲的二流之辈都能骑在其头上撒野，其悲哀之状、悲惨之态、悲伤之处、悲壮之极，已令国人大为不满，令亚洲诸虎无所顾虑。

国球的伟大，足球的渺小，在中国体育产业革命中进行着两极分化，的确危险至极。如果中国足球能吸取小隙沉舟之刻骨教训，发扬小屈大申之至理之光，诠释卧薪尝胆之复兴之道，那么中国足球不仅有所为而且有所大为。

耻辱的窟窿

潸然落泪的申花人被辽小虎的“刀剑合璧”与“盖世神功”捅出了六个耻辱的大窟窿，巴西名教头老拉再一次步了徐根宝、安杰拉的耻辱后尘，历史惊人的相似之处令申花落泪难成金。

“无情”的杀手李金羽、张玉宁、曲圣卿的封喉剑法及其盖世神功的火线出击，不仅将既夺甲A联赛桂冠又夺足协杯皇冠的耀眼之旅申花的理想和信念击得粉身碎骨，而且将申花的夺冠目标和称霸王气赶尽杀绝。申花人又一次重重地摔倒在年轻人的气盛和奇迹里面无可救药；申花球迷的激情和倾情再次受到奇耻大辱的重创而江河日下。

作为拥有申思、朱琪、吴承英、谢晖等国字号兵团的豪华之师，论技术比辽小虎全面，论资历更是让抚顺小伙望尘莫及，论经验更是丰富十足，但却没有生气，没有虎气，没有霸气。倒是张引的“青年近卫军”个个生龙活虎，人人生机勃勃，全军斗志昂扬；既闪现出其升班马捧冠的吉相，又凸现出其“杀手”的铁面无私和无情面目。这就是辽军称霸的资本和实力的真实写照。

沪军被摧毁的不仅是其光荣的历史和荣耀的地位，不仅是全队的信心和意志，而且摧毁了沪军的自信和自尊，摧毁了沪军夺冠的希望和梦想。其失落之感将会随着申花的凋零而结束在整个赛季末；其元气大伤将使换帅频频的申花高层人士伤透了心，拉扎罗尼的世界级威望也将随着世纪末这些耻辱的窟窿的诞生而扫了地。

看看人家抚顺队，人气渐旺盛是众望所归，士气大振是张引领队有方，夺冠相渐露是其实力的证明。辽队全军上下团结一心，既不惧怕任何一支强队，也不轻视任何一弱旅；他们在理想与现实的夺冠路上，稳扎稳打，不仅将绿茵硝烟燃得激情四溢，而且将甲 A 格局搅得精彩绝伦。能与之媲美的，唯有雅量十足人品最好的桑特拉奇操刀的那支泰山军。虽然塔瓦雷斯挥鞭的山城棒棒军也有所作为，但相较辽军、鲁军则显得逊色一筹，沪军则无法与之相提并论。因为沪军军心涣散，“倒拉风”风声鹤唳，六个大窟窿足让申花人回味到本世纪结束。

无言无语的申花人唯有在大彻大悟后去努力补一下能载入中国足球史册的大窟窿，五年前被松日捅了六个窟窿、两年前被国安戳了九个大窟窿的沪军缔造了中国足球史的三次“奇迹”，这三次奇迹均失落在年轻人当道的甲 A 史上，这项奇耻大辱让申花人的确有些难以下咽。但残酷的现实只有自己去面对，并想方设法去弥补、去改变，一切靠运气、靠天时、靠地利、靠人和的想法都是非分，也都是不现实的。

甲 A 的两极分化既已到了这个季节，申花的美梦既已在“理论上有可能夺冠”的幻想中幻化成泡影。那么，横在拉扎罗尼或者申花将士面前的道路只有一条：彻底从耻辱的窟窿的阴影中挣扎着悄悄爬出来，去为洗涤污迹和耻辱史而放手大搏，去为荣誉与地位拼死一争。

勇者也惧

戚务生没有被魅力四射的张惠妹的疯狂所迷了途，红塔在冲A无望保级无忧的平安岁月里度过了一段令媒体和球迷斥责的苦日子，这段充满愤怒和不屑的日子，足足让大戚在阳光和梅雨的缝隙间存活着。的确，球迷对红塔的期望过高，过于激情，过于倾情。

勇者浦东倒是被阿妹的魅力所倾倒，梦游在自己的腹地，拱手将冲A路上极其珍贵的三分轻而易举让给了红塔，让给了手中缺兵少将但却足智有谋的戚指。红塔算是甲B的幸运儿了，本赛季两个回合共从浦东身上捞得四分，算是大幸，红塔将士也该知足了。

知足者常乐，这句古训用在足球战场上也许不太恰当，但它能说明一些问题：遇弱不宜乐观，遇强不宜悲观；平弱平得极冤，平强平得恰好；该知足时要知足，该乐观时才乐观，乐观前不一定抵达知足之最高境界。因此红塔纵然赢了甲B老二，纵然将浦东的冲A之路拦腰减慢，但也不能乐观，最多知足一次罢了。

勇者浦东在刚闻秋风拂面的季节轰然栽倒在红塔下面，这是一个在收获季节里最令球迷不愿听到的消息。这个消息直接左右着甲B第一军团在冲A路上的蜿蜒曲折和不可预测性，从而也将领头羊远华的冲A步伐骤然放快，火线直窜，将追兵甩在遥远的梦想之中，甩在可望而不可即的梦幻地带。甲B的精神领袖远华的独秀也导致甲B激情的光芒四射，导致甲B硝烟的迷雾重重，这正是球迷和甲B联赛本身所放射的诱人激情和期望所在。

金秋是收获的季节，戚务生在金秋的第一个夜晚，便在上海滩获得意外的收获，这是红塔在这个金秋收割到的第一枚亮斑，也是戚指不惧勇者的第一场胜算。从理论上，红塔冲 A 又现一丝生机，且光明一片，但表现时好时坏的红塔将士却仍令人堪忧，不仅主场占不到丝毫便宜，而且把握机会的能力也离幸运之神越来越远。其冲 A 的生机很大程度上被其自信、自尊、自强的逆反心理左右着，该自信时没自信，该自尊时难自尊，该自强时不自强。这种冲 A 心境，能冲上甲 A 那高不可攀的圣坛吗？令人怀疑，令人后怕。

勇者不可能常勇，也有恐惧的时候。浦东惧怕了红塔。如果红塔也能将余下的冲 A 拦路虎宏远、五牛、远华一一吞噬掉，那么对付诸如红岩、太阳神、国力这样的保级球队，也许冲 A 会顺畅得多。因为在余下的六回合大战中，前三只虎是危险之物，后三只猫好应付得多；如果真能这样出奇制胜，红塔不仅一跃成为了勇者，也成为了令勇者恐惧的更勇者，冲 A 也就顺理成章了。

勇者无惧也得惧，弱者不惧最好惧。这恐怕适合甲 B 任何一支有冲 A 野心的球队作为训诫，于红塔而言，更适合不过。

迎风一刀斩顽敌

又是秋风瑟瑟扫落叶的季节，又是金秋欲结硕果的旺季。霍家军两克乌队，令人对国奥前途骤燃希望之光。

金秋的颜色是深沉的，金秋的记忆是惆怅的，金秋的史册是惨痛的。两年前的十强赛，大戚在金秋的金州一败伊朗、二败卡塔尔、三败法兰西之前的最后希望。狂轰滥炸的怒愤之声和无可奈何的屈辱之泪将中国足球逼向了万丈深渊……这个教训，球员和球迷都不会忘记。

金秋的阳光忽而火辣忽而萧瑟，国奥的战车迎着阳光和瑟风又将再次搏击绿茵，带给国人的是更多忐忑不安和担心后怕，纷至沓来的闲言碎语和冷言冷语将国奥年轻小将的雄心壮志，推向压力的悬崖。因为国人都在期待中国足球能有一个好的开端；因为球迷对足球的钟爱是极度的自私；因为中国男足的历史实在无绩可载。

著名诗人北岛曾写过一句这样的诗：上帝，如果倒在你脚下有一千个挑战者，那我就做一千零一个！与北岛齐名的另一位诗人顾城在自戕之前的成名作中有：黑夜给了我黑色的眼睛，我却用它来寻找光明。是的，中国男足已经无数次地倒在亚洲同胞的脚下，已经无数次在黑夜中迷失了方向；何不以勇者的身份去充当“第一千零一个”，何不用“黑色的眼睛”去探寻光明的征程。理性的思维，精神的至尊，壮志的将酬，热血的沸腾……这一切，已在路上，只等哨音鸣响。

国奥小将们稚嫩的面孔与霍顿严峻的面容形成了国奥战车的新风景，但国奥弟兄们娴熟的脚法和日渐成熟的球风却令人耳目一新。在世纪末的终点线上冲刺，不仅有前人老大哥们失败的足迹作教训，而且有更多的痴心球迷在支撑着国奥战车的轰然启动，有了这些，国奥的精神动力将超凡倍增。但要相信自己，相信教练，坚信必胜，才能开创中国男足跨世纪的历史新篇章。

在同龄人中，国奥小将们是更年轻的拼搏者，是更优秀的中流砥柱，是“杀韩”的中坚力量，是能讨回血债的真汉子，是千锤百炼后闪闪发光的金子。这一切，国人看在眼里急在心里，球迷记在心里急在眼里。

风萧萧兮易水寒，壮士前途志难酬。纵然秋风渐起，国奥战车也应岿然不动。拿出巾帼女足扬威时的豪情壮志，体现出三夺国际象棋桂冠的谢军的那种拼死一搏的大无畏精神，全队上下横下一条心，破釜沉舟，杀出一条冲进悉尼的血路，并不是不可能。如果前怕狼，后怕虎，纵有激情万丈，也将一事无成。

国奥壮士已被韩国、巴林两支同组的死敌虎视眈眈着，霍家军如不灭韩巴，韩巴将灭霍家军，国奥众将唯有同心协力，在瑟瑟秋风中横空出世，一刀斩掉韩巴，才能了却球迷的世纪夙愿，才能证明中国男足的后继有人，才能提升中国足球在世界的地位。

仍在路上

“在你的身边，我用情太专；在你的背后，我目光流连；往日的温情，有些不胜寒；痴迷的心中，还是很情愿……”这是中央台体育部拍摄的《在路上》的专题片的主题歌。很令球迷动情，也很适合中国足球的国情。的确，广大痴迷的铁杆球迷在目睹国足之现状时，总是用情太专，总是目光流连，总是十分情愿。一如红塔球迷所打出的标语那样：“赢了我爱你，输了也爱你，不拼不搏我恨你……”此话一语道破了云南球迷对红塔的真心呐喊。

今年红塔之路可谓磕磕绊绊，一波三折。前半轮，红塔锐不可当；第一轮收盘阶段，红塔连连遭遇平局和败局的煎熬；第二轮前半程，红塔势如破竹，连克浦东、宏远等甲 B 劲旅。17 轮过后，离甲 B 老二仅差一小分，可算是提前保了级，但离领头羊远华却差得离谱，高达三场胜利的积分。欲追远华已望尘莫及，但攀升到老二却迫在眉睫。但前有八一、五牛两支伏兵，后有浦东、宏远、太阳神等追兵，伏兵和追兵将红塔团团困住，想从重围杀出一条冲 A 的血路并非易事。只能在冲 A 的路上继续努力，继续战斗，继续大开杀戒才行。

红塔冲 A 的道路相较其他伏兵和追兵而言，的确荆棘密布，但在开垦这条冲 A 的道路上，余下的五大战役，丝毫不能有任何闪失，特别是倒数第二轮主场与五牛一役，最后一轮客场对远华的恶战，是决定红塔甲 A 名额命运的关键所在。红塔冲 A 仍在路上是红塔目前最尴尬的局面。

正因为如此，有着名教头声誉的戚务生在面对体育界老记们的唇枪舌剑时，自始至终只字不提“冲 A”二字。只有在记者的再三追问下，才勉强说一些诸如："目前条件还不成熟，还不具备冲 A 的资本……"等一些既谦虚又谨慎的话语。从这一点看，大戚和红塔将士的心理压力确实很大。在这种心理压力下，红塔提前将目标定在冲 A 上，确实有些勉为其难和为时尚早。因为红塔今年在甲 B 的拼搏路上遇到了许多坎坷，队员状态时好时坏，整体作战能力起伏不平，潮涨潮落的时段时有发生。况且后面的征程泥泞重重，至少有三支弱旅要为保级而拼死一搏，在这种境况下，可见红塔冲 A 之路的艰难险阻之大。

但不论如何，既然红塔已走到如今的这条冲 A 的希望之路上，那么大戚应该不会放弃任何机会，包括将昔日难兄难弟赶尽杀绝，也包括将西南军团彻底击溃。唯有这样，大戚才能死而复生，红塔才能光明正大地走在甲 A 的悬念路上。要不然，红塔今年与去年一样，仍毫无收获，仍属平庸之军。

《在路上》的主题歌很打耳，也很催人奋进，但红塔仍在冲 A 路上的这种拼搏精神，着实令人欣慰。

收割成熟

成熟是一种标志，它标志着进步；也是一种象征，它象征着前进。

骄阳下的高原拂着金秋的气息，正以绿茵的姿态放射激情，以入球的方式击溃对手则成了收割的本意，成了绿茵场上最绚丽夺目的光环。

老谋深算的大戚和他的并不太大智若愚的红色兵团轰轰烈烈地在甲 B 浓烟滚滚的战场上势如破竹，不仅赢得了四连胜，而且赢得了冲甲 A 的绝对资本，赢得了空前火暴的球市，赢得了本土媒体的格外关注。这的的确确为云南人扬了眉吐了气。

红塔是该到了收割的季节。不论从戚务生的执教水准，还是从红塔骁将们的精神面貌上看，都在收割之列；也不论是从红塔足球俱乐部高层人士的来临助阵，还是从红塔将士的竞技状态上看，也应该在收割之列。因为红塔在经历了风风雨雨的洗礼之后，已渐入绝佳之境界，已进入成熟的标志时期，此时不收割，更待何时?!

在红塔全面收割胜利的同时，他们也逐渐在收割自尊心、收割自信心、收割鲜花和掌声。更值得一提的是他们同样也在收割经验、收割着红牌的血训、收割着坚不可摧的那种拼搏精神。可以想想，一支昔日任人宰割的稚嫩之军，在斗转星移的洗心革面过程中，能突兀出杀敌制胜的锐气、底气和霸气，不能不说这是一种莫大的成熟，这是成熟的必然所致。

在前有伏兵后有追兵的冲 A 血路上，任何一支甲 B 劲旅都渴望着收获季节的提前降临，都梦想着能有一个光明的美梦变成理想的现实。而红塔正是这样的使者，他们在理想与现实的煎熬中，正确估计了自身的能力，正确谋略了对方的软肋，真真正正地长大成人，一丝不苟地变换着现实道路上的用兵仙诀，一步一个脚印地将成熟演绎成成果，将收割诠释成收获。这是何等的明智，又是何等的无可挑剔。

为成熟喝彩，为红塔的成熟喝彩，这也许是每一位云之南铁杆球迷共同的心声；为胜利礼赞，为胜利的大戚礼赞，这更是高原老记们一致的笔法。在红塔义无反顾走向成熟走向辉煌的世纪末的前夜，我们有理由相信戚务生的剑指何方。虽然他自始至终缄默不言冲 A 的心里话，但是在残酷的绿茵场上，没有任何一位主教练不想有所作为且有所大为。难能可贵和高人一筹的主教练反其道而言之是谦虚美德的一面，另一面则是该到冲 A 说冲了 A 是其稳健的高明之举。之所以红塔后劲十足，冲 A 近在咫尺，这也许是大戚谦虚美德的最好回报。因为他已品尝过无数次失败的刻骨和铭心，这当属意料之中的理性闪现。

尽管红塔已经剑指甲 A，尽管大戚风光再现，但是红塔将士的不够冷静而无为“收割”到的红牌，却是红塔成熟期最危险的信号。因为红牌会导致一支队伍在排兵布阵上的捉襟见肘，会导致主力队员在关键场次比赛的关键性缺阵，这是值得红塔队深思的。

在红塔收割成熟的同时，我们依稀寻觅到成熟甲 B 的脚步声正向着激情甲 A 仅有的两张入场券的目标迈进，而红塔正在这声音之中。

破釜沉舟时

昨天是普天下华夏儿女欢庆祖国50华诞的盛世佳节；今天，大江南北的炎黄子孙沉浸在庆典中；明天，无数的热血球迷正殷殷期待中国足球的雪耻。

中韩足球20年的“恩恩怨怨”，以中国25战2胜7平16负而遭国人责备至极。的确，中国足球将太多的失败和泪水留在了这个不同寻常的世纪。

“多少事，从来急，天地转，光阴迫，一万年太久，只争朝夕。”中国足球是该争朝夕了。是该在祖国五十华诞的伟大日子里奉献一份礼物了；是该借韩国“到了最危险的时候”将老冤家韩国人迎风一刀斩下；是该凸现出令国人兴奋和激动的曙光了。因为国人等待得实在太久太久。

“路漫漫其修远兮，吾将上下而求索。”以霍顿为舵手的这艘中国奥林匹克号战舰已昂首挺胸地闯进了悉尼奥运会亚洲九强赛的决战阶段，就应该沿着这条弥漫艰辛和光明的康庄大道义无反顾地向前进。上下而求索的道理在理论家霍顿的头脑里已十分清晰，“奔不到悉尼，就下课”的霍顿已踌躇满志，最令人放心的“金玉组合”也已豪情万丈，雄心勃勃，国人对霍家军的满意程度可谓史无前例。况且，巴林军临阵易主帅，韩国兵团决战前两败日本，许丁茂的帅鞭也岌岌可危，这些对霍家军来说是百年不遇的良辰之机，是国奥将士力斩顽敌的最佳时刻。如果霍家军万众一心，众志成城，首仗吞掉韩国兵团，应是天赐良机。

“逢韩不胜”的怪圈已伴随着中国球迷几十年，“恐韩症”的历史也延续了近二十年。在世纪末的这个金秋，咱们的国奥将士已公开对韩说了

"不"，这项历史性的心态跨越，越过了几代人的心理障碍，排山倒海式地征服了亿万中国球迷提心吊胆的心弦。有了这种雄心，有了这种自信，有了这种远大的抱负，还能惧怕什么虎狼呢？

国人需要荣誉，不需要遗憾。荣誉对一个国家唯一的一支国字号球队是十分重要的，荣誉对于振兴中国足球事业是多么的迫在眉睫；因为我们错过了很多荣誉，因为我们无数次品尝过遗憾泪水的煎熬，因为我们的遗憾太多，荣誉太少。不论中韩首战结果如何，只要霍家军真真正正地打出了中国人的自尊、自信、自强，我们有理由肯定国奥战车的能力，我们会一如既往地为之呐喊助威，会齐声为之鼓掌与喝彩。反之将会使遗憾的悲剧带进新世纪，这是谁都不愿面对的残酷现实。

"深秋不必寄寒衣，壮士从来有热血；雄关漫道真如铁，而今迈步从头越。"这是四句前人留给后人的名句，是警示国人的名言。只要国奥众将士热血沸腾，只要霍顿挥师方略正确，从头一越的历史即将诞生在这个举国欢度的日子里。

破釜沉舟的时刻到了，力挽狂澜的时机成熟了，雪耻历史的机会来了。全体令国人牵肠挂肚的霍家军，让我们一起沐浴着国庆的喜气为你祝福，为你祈祷，为你加油！

胜利必将属于卧薪尝胆、破釜沉舟者！

拒绝失败

今夜，又一个令国人夜不能寐的历史时刻即将骤然而至。习惯了失败的人们都将希望寄托在今夜灯光阑珊时，太多的缺憾已延续了几十年，球迷太多的泪水已铸造不出中国足球的辉煌时日。在这个深秋的夜晚，我们拒绝平局，更拒绝历史性的失败。

《江城子》中有言在先："十年胜败两茫茫，不思量，自难忘。万里江山，无处话凄凉。纵使相逢应不识，尘满面，鬓如霜。昨夜幽梦赢几场，扫诸强，踏长江。相顾无言，唯有泪千行。料得年年断肠处，心逐浪，出线忙。"的确，中韩积怨太深，难忘之史长达廿载有余，中国足球凄凉多多，泪水涟涟，距踏绿茵、扫诸强的时代还很远。许多业内人士早已两鬓如霜，却仍情牵中国足球的前途，只可怜中国足球败绩茫茫，胜绩几无。

毛主席曾说过："战略上要藐视敌人。"面对虎狼般的韩国大学生兵团，霍家军必须重树信心、重树耐心、重树必胜的尊严。可以想象，一支没有信心、没有尊严的兵团必将不战自败。中外兵史上已有刻骨记载，这是毋庸置疑的。但信心、耐心、尊严是建立在自身实力之上的，只有抓住敌人的死穴，给予致命的重拳，才能将敌人击败。

种种迹象表明，韩国兵团并非庞然大物，亦非奇兵，在滚滚浓雾散尽时，许家军的软肋也跃然纸上。特别是其后卫的顾此失彼和缺乏足够的默契以及其前锋线上的低迷状态，给霍家军在拥有"天时、地利、人和"的绝佳境况下提供了千载难逢的天赐良机。应该说，在八万人体育场，战胜敌人只是迟早之事。但中国的前车之鉴不容霍家军有丝毫的闪失和丝毫的失误，这是“信心 + 耐心 + 尊严”的前提和根本保证。

从不胜到胜是一次至关重要的质变，亦是中国球员逃离“恐韩症”的标志之一。虽然在如火如荼的绿茵场上带有盘外因素：放水、黑哨、腐败、不公平、错判、漏判……但这些盘外因素并不能完全左右一场比赛的胜负。只要霍家军充分发扬了勤劳勇敢、严防死守、永不服输、智谋双全的民族之精神，干净利落地进球，毫无争议地进球，从而将敌人的阴谋诡计彻底消灭掉。这样的胜利可以堵住一切具有非分之说的嘴巴和眼睛。也只有这样，才能将国人漫长的期待温暖成一股“援足”的热潮，也才能让昔日的阴影、失利、耻辱、泪水幻化成中国足球前进的号角。

“狭路相逢勇者胜”，这曾是刘伯承的战斗口号。今夜中韩狭路相逢，也毫无闪躲之处，一切退和闪都只有死路一条。只有迎着敌人凶猛的炮火前进、前进、再前进，才能杀出重围，冲出重关，直捣许丁茂的老巢，从而将许家军歼灭在闻名世界的上海滩。

发挥出平常曾经发挥出的功力，好好善待每一次触球和每一次配合，抓住绝佳时机。失败将与霍家军彻底分手，平局也将与中国无缘，有缘的只有大获全胜，只有宝贵的 3 分和更多的净胜球。

中国拒绝失败，球迷拒绝泪水，让所有曾经的痛苦、悲哀和耻辱都消失得一干二净；让所有纷沓至来的鲜花、掌声、尊严都带到悉尼，带到奥运会的决战时刻。

生荣死哀

生者荣，死者哀。这似乎有些悲情成分。于中国足球，悲情的时刻实在太多太多。

“生的伟大，死的光荣。”这是毛主席赐给英烈刘胡兰的八个大字，亦是对刘一生的评价。但这句影响了几代中国人的至理名言，于今天，仍在鼓舞着中国人民向着伟大、光荣的至高境界攀登。

中国足球半死不活在二十世纪已有些年头，特别与韩国的决战史更成为了中国足球的耻辱史。二十年了，这一奇怪现象仍然在重复着，特别是在各方面都优于对手时却惨败给对手，这是令国人不能接受的耻辱。应该说，本届霍家军是中国历届最强大的一支绿茵豪门，而韩国兵团却是历届中最令韩国人担心至极的散兵部队，面对这两极队伍，中国没有任何理由不去努力冲击奥运会。但事与愿违，九强赛首仗失利后，霍家军已被逼上悬崖、逼上绝路。中巴之战，唯一的抉择便是大获全胜，平局对霍家军无任何意义。这一点，霍家军国奥众将士比任何人都清楚。

“到了最危险的时候”的韩国兵团已逃离苦海，而真正“到了最危险的时候”的霍家军却掉进苦海的海底，每位国奥小将只能被迫“发出最后的吼声”。雄起吧，霍家军，向着弥漫硝烟和荣哀的悬崖前进，前进，再前进！这是中华民族的光荣传统，这是战胜一切艰难险阻的冲锋号角，除了冲锋，霍家军别无选择。

“谁的眼泪在飞”。几乎目睹了中韩首战的铁杆球迷的眼泪都在纷纷而飞，这已不是第一次空前了，但这种“空前”比任何一次都显得潸然，显得惨痛，显得悲哀。从“意外”失利的阴影中清醒过来并战胜这层笼罩近一周的阴影密布，沿着“理论上还能进军悉尼”这条条件充分的道路拼死一搏，向着“生者光荣”的宏伟目标阔步前进，这恐怕是霍家军及其弟子们的必然选择。别的非分之想，均是虚无和缥缈的，也是球迷痛恨之极的。

“哪怕只有百分之一的希望，也要付出百分之百的努力去争取。”种种迹象表明，霍家军在韩国兵团“不惜一切代价进军悉尼”的目标面前，已希望渺茫；而绝非鱼腩的巴林队在得到韩国20万美元援助的恩惠下，其慈悲的天平必然倾斜于自己的“救命恩人”。在这种金钱交易的后面，霍家军“死路一条”已基本成为现实，不管后三战是全胜还是大获全胜，霍家军的命运仍掌握在巴林手中，怨天尤人已不可避免。怪只怪首战失利，怪只怪国奥众将士技不如人时还盲目乐观，被逼上绝路时却难觅曙光的降临。曙光即使有，霍家军也难于“扼住命运的咽喉”去沐浴曙光的光环。

“智者千虑必有一失”。霍家军既不是智者，亦不是愚者，但霍家军绝对是能战胜智者的“智者”，但其“一失足”已“铸成千古恨”。不仅如此，在这支“智者”军团中，“大名鼎鼎”的后防中坚孙继海的愚者之举，不但会步亚洲第一前锋郝海东的后尘，而且将使霍家军“理论上能进军悉尼”的目标化为泡影，这种既害己又害国的愚昧行为，只能成为历史的“罪人”，成为“害群之马”。

“痛并快乐着”的霍家军，将“痛”彻底根除，将“快乐着”快乐到最后，即使“死亡”，也能减少球迷更多的“痛苦”；即使“意外出线”，也是在意料之中。因为霍家军的“成熟感”在中国足球史中，至少到现在已“史无前例”。

点石难成金

《列仙传》记载着这样一则神话故事："许逊，南昌人。晋初为旌阳令，点石化金，以足逋赋。"宋代大作家黄庭坚《豫章集·答洪驹父书》中亦有"老杜作诗，退之作文，无一字无来处，盖后人读书少，故谓韩杜自作此语耳。古之能为文章者，真能陶冶万物，争取古人之陈言入于翰墨，如灵丹一粒，点铁成金也。"此语道出的是惊人之举。

于霍顿而言，其种种迹象证明，此君满腹经纶，足球实战经验也颇为不错，领导能力亦不可小觑，但此君面对巴林这样的西亚之旅，却难将自己的得意弟子们都点化得金光闪闪。像患上梦游症的张玉宁、表现失常之极的门神陈东等小将，皆因其难觅激情而遭球迷责备至极。此二人虽乃国奥的中流砥柱，但在自己的主场却生了锈，在镀上一层厚厚的铁锈之后，任凭霍顿怒发上冲冠，却仍不见其闪光之处，实乃沦落为"点金成铁"之人物。这是国奥队冲奥路上呈现出的极不正常之现象。

于巴林而言，却突兀出并非鱼腩的真面目。特别是门将艾哈迈德，在其主帅萨拉曼的点化下，屡立战功，将霍家军极具威胁的至少四粒必进之球扑了出来，真可谓有些点石成金了。想想曾数次败在自己脚下的巴林军团，要不是客场作战，恐怕早将霍顿的帅位给掀翻了。在霍家军阵营中，能点石成金者可谓寥若晨星，唯一能让球迷觅得心跳感觉的仅梅开二度激活国奥队的李金羽一人，这多多少少反映了本届国奥队的不思进取和不想进取，这是中巴之战中呈现给球迷的极大遗憾和极度危险性。

中韩巴"三国演义"的时代还没有来临，霍家军众将士却在天时、地利、人和的绝佳氛围中尽现疲态，许多大名鼎鼎的人物纷纷在"雨滴"

的洗涤中镀上了一层层的锈，这是极度危险的信号，于国奥前程而言，冲奥绝对凶多吉少。不仅如此，只求小胜不求大胜，只求得分不求净胜球的霍家军似乎提前向人们预示了其圆梦奥运会的提前破灭性。况且巴林军于韩国兵团有“猫腻”成分在其中，滴水之恩，当涌泉相报的道理大伙都清楚，老实巴交的中国人只能在冲奥的路上自毁长城。

金子生锈了，并不十分可怕，可怕之处是没有将“锈迹”彻底溶解，破除掉。最后吃亏的，仍是自己。看看同组的韩国兵团，每一位都是各条线上的尖刀，在许丁茂的精诚所指下，纷纷金光四射；其中一些并不能闪光的“铁类”“石类”之辈，也在自尊心的驱使下穿破“锈迹”的包围，闪光在绿茵场上，闪光在给对方致命一击的关键时刻。

霍家军在步入点石不成金和“点石成金”的悲哀岁月里，我们没有理由对其期望得如痴如迷。因为现实和历史证明了这点。

男儿当自强

香港天王刘德华以一首《中国人》而频频在央视抛头露面，倒不是因为其歌声如何了得，而是《中国人》激起了亿万中国人的共鸣。那种龙的传人的精神时刻在激励国人要发愤图强。

以一群少壮派组合、以一位英国教头为首的国奥队目前已无退路可言。在老冤家韩国兵团两战两捷且净胜两球的情况下，1999 年 10·29 成为举世关注的特殊日子，倒不是因为这一天非常特别，而是因为这一天决定着霍家军冲击悉尼奥运会的生死关头。因此，这一天对于苦苦期盼中的中国球迷而言，变得异常重要。此役的结果，对中国足球的命运乃至中国足球的历史，具有特殊的裂变意义。

每一位华夏的热血男儿，特别是对中国体育事业格外关注和格外倾情的人们，现在都在为霍家军祈祷和祝福。这种心境与对某件重大事件进行倒计时一样，都在一分一秒地等待着，等待着那个激动人心的时刻的早日到来。其等待的用心良苦和痴迷程度，堪与热恋的情侣。

一边是球迷的等待，一边是国奥男儿的拳拳报国之心，两者一如磁石的两极一样，都具有强大的运动着的磁场，都为了一个共同的心愿在时刻准备着。准备着为国争光，准备着将满腔的热血洒在如火如荼的绿茵场上。

自古英雄出少年，既为男儿当自强。这群国奥男儿的心底，都刻着“耻辱”的烙印，都应为改变历史而浴血奋战，都应为改变中国足球的命运而奋斗，那种盲目乐观和妄自尊大的心态应彻底消灭在鸣哨时节之前，那种孤芳自赏和个人英雄主义的极不利于团队精神的表现应彻底制止；那种像无头苍蝇在场上梦游的队员，应坚决换下；那种固执和执迷不悟的想法和做法，应完完全全及时更新，只有解放了思想，才能以不变应万变，才能出奇制胜，才能在有限的时间内创造无限的机会和奇迹。

霍家军走到今天，实属不易，学会珍惜机会和利用机会并把握住机会，这恐怕是球迷最关心的一块心病，大羽关键时刻的关键立功，是国奥“理论上有出线可能”的根本保证，只可惜在霍家军这支少壮派队伍中，这样能力挽狂澜和起决定性作用的核心人物实在太少太少。自强不息的大羽和经常无所作为的玉宁是决定国奥命运的两张王牌，但这两张王牌在霍顿的手上却并没玩出什么新花样，令人怀疑霍教头的帅印到底还能执掌多久。

还是那句老话，是男儿，就应当自强，只要自强了，不论结果如何，都会让人理解和谅解的。咱们 10·29 见。

沸腾时刻

掐指一算，中韩世纪大碰撞，霍家军生死时刻已进入沸腾阶段。1999年10月29日午夜的钟声越来越近，30余小时的“漫长”等待已使许许多多的中国球迷急不可待，在失望中寻觅和找回曾经失落的那些暗淡岁月的教训，重新构建中国足球跨世纪的梦想。

霍家军步履蹒跚到今天，许多的美梦已化成无尽的泡影，在这些破灭的泡影背后，是太多的遗憾和毫无尽头的漫漫黑夜。可敬的中国铁杆球迷在无数次地喊出“中国没戏”的悲哀声中仍一如既往地在紧跟着中国队的硝烟声嘶力竭地擂鼓助阵，这种“言而无信”的执著和痴迷，令国人为之感动、为之喝彩。

在世纪末这个荒芜的秋天，亚洲足球的低能和令欧洲足坛乃至国际足坛的不屑，构成了亚洲绿茵的一道极不顺眼的风景线。站在这条令人“讨厌”的风景线上俯视中国足球，一种末日的预兆似乎呼啸而至，更可悲的是连一群象牙塔里的“孩子王”临时组建的杂牌兵团都难以逾越，谈冲击奥运会实为纸上谈兵。

从目前的舆论上看，持乐观态度者有之，持悲观态度者更有之，介于乐观与悲观间的观望者不胜枚举。乐观也罢，悲观也罢，观望也罢，中国足球就这个样子，越是期望大，失望则也大，倒是在失望中期待，往往会觅到意想不到的结果，高丰文执教的那届国奥队便是最好的佐证。脸不发红心不跳，“吹牛”不留任何余地的霍顿把中国足球列为亚洲第一，现在面对亚洲第三的韩国队，理应轻松擒下才是。因为按霍顿的“精妙理论”，亚洲第二的日本在热身赛中曾狂灭韩国国奥的嚣张气焰，那么，亚洲第一的中国与亚洲第三的韩国对垒，获胜肯定是不在话下，至于是狂胜还是大获全胜，就看临场表演了。令人对霍顿的狂言不屑的是，至今霍顿还没有轻轻松松赢过韩国，而且其在中国的饭碗问题就掌握在韩国人手中，一旦韩国人反目成仇，霍顿便自砸饭碗。一时间，霍顿不但会成为中国球迷的眼中钉，还会成为中国足球史上的一位“历史罪人”。

沸沸扬扬的舆论界已把中韩生死战宣泄得家喻户晓，连从不看足球的人们都将等待的目光定格在10月29日晚上的央视直播上。这种沸腾到极致的时候，谁都想一睹结果后的狂欢或悲哀，但更多的期待都希望奇迹能在霍家军身上凸现，而不是赛后国奥众将士的仰天长叹和老泪纵横，也不是教练组的“真实的谎言”和某些官员的“无理辩解”而草草将失利因素推脱掉。因为结果最能说明一切，因为球迷的眼睛比谁都雪亮。

沸腾的时刻一定能如约而至，沸腾的时刻也一定会随着主裁判的终场鸣哨而奏响。但令球迷和舆论魂牵梦绕的是那个沸腾时刻是垂青中国还是垂青韩国……

彻底完蛋

昨夜像一场噩梦，它残酷地提前将国人的圆梦季节变得十分凄惨和悲凉。

昨夜更像霍家军举行的告别悉尼奥运会的誓师会。其耻辱的历史再次伤透了国人的心，其主场的优势幻化成一股股酸楚的泪水。中国足球彻底完蛋，霍顿再次成为中国绿茵的失败者之一，一切不负责任的推脱之辞都挽救不了现实，挽救不了平局，挽救不了夺取进军悉尼奥运会的入场券。

本届国奥冲奥运，又将是竹篮打水一场空。四年的煎熬和等待化为空悲切，四年的汗水和泪水终将付之东流。这是中国足球的悲哀，更是广大球迷的悲哀……

曾经的山盟海誓，曾经的信心百倍，曾经的信誓旦旦，曾经的美轮美奂……一夜之间被焚烧得干干净净，90 分钟之内变得那么的苍白和无奈。以霍顿为首的这帮年轻人的宣言又一次宣告成白卷一份，这样的历史在中国延续了半个世纪，这样的创伤将泱泱大国的足球梦击得粉身碎骨，击得支离破碎，击得溃不成军，击得一败涂地。这是残酷现实决定的，无法更改，也很难变更。

历史总是那么惊人地相似，中韩这对冤家总是在狭路相逢，中国足球大梦总是被韩国人终结，想一想，令人对中国足球的前途顿感渺茫，过去是这样，现在仍是这样，将来会怎样呢？只有历史在记载着梦醒的那一个时刻，只有中国奔出亚洲之日，才可能将将来改写。

国人拒绝平局，球迷拒绝泪水，霍家军拒绝耻辱。但平局、泪水、耻辱还是重现在上海滩，一如去年重现在金州一样。所有这些伤心、伤感、伤怀的字眼一齐“赐予”中国足球，一齐砸向这群肩负重大使命的年轻人和球迷身上，实属生命不能承受之重。但又无法改变，只能是自掘坟墓，自毁前程。

跨世纪的美梦已经彻底破灭，理论上出线的可能已经将大门关上，侥幸心理只是自欺欺人的一种自我安慰。下月纵然能擒下巴林，但韩国只需平局，或小输巴林，中国队的梦想仍将失真，中国队的前程仍然漆黑一片。能怪谁，只能怪自己的毫无建树和毫无信心。

霍家军玩完了这段历史，霍顿也极有可能玩完了其在中国的绿茵生涯。国奥将士的壮志也彻底玩完了。一切的一切，已成为冲不出亚洲的耻辱史；一切的一切，已成为中国足球的悲哀和落难史。翻一翻这段历史，欣慰的只有女足，失落的皆是男足，阴盛阳衰的刻骨铭心和两者之间的迢迢差距，令人更相信女足，更钦佩祖国的铿锵玫瑰们。

的确，中国男足还在路上，还在路上慢慢地摸黑前进，但这种前进的方式却以完蛋而结束，以彻底完蛋而画上一个奇怪的问号。

解甲投戈

汉代杨雄《解嘲》中记载:“叔孙逼起于桴鼓之间,解甲投戈,遂作君臣之仪,得也。”三国魏·钟会《蜀平上言》亦有记载:“群冠困逼,知命穷数尽,解甲投戈。”《野叟曝言》还有:“今一闻钦差之命,即解甲投戈,率先恐后,钱粮悉归府库,器械尽纳军资。”该成语后被译为:“卸掉盔甲,放下兵器,不再战斗。”

想一想霍家军,被泪水、耻辱、失望包围到现在,被苦涩、无奈、不屑维持到如今,干脆解散算了,英国人霍顿也早点辞职算了。一则可以将队伍提前解脱出来,再则可以抚慰国人受伤多年的心灵,三则可以为国家节约大量资金和人力物力。同时,还可减少亚足联某些官员对中国足球的恨之入骨,减少球迷对国奥过分宠爱后的大量钞票的投入,减少媒体间为此耗去的许多黄金版面,减少中外记者为此而结下的恩恩怨怨……如果这样,既能为国家节约大量流动资金,而且还能令国人少些提心吊胆、少些涟涟悲泪、少些牵肠挂肚。何乐而不为呢?

作为亚洲的一支队伍,霍家军的战斗能力已令国人怀疑至极,令球迷不屑一顾。既然到了这种程度,霍家军这张脸还要了干啥,干脆把冲奥的信心让给今年甲 A 的龙虎之旅鲁能泰山、辽宁抚顺算了,说不定这两支劲旅都能给国人带来些许欣慰和快感,因为他们的成熟和自信为他们开辟了一条更加光明的理想之道。更何况他们的骄人战绩已巩固得坚不可摧。这是中国足球甲 A 职业化改革以来最令人兴奋的新起点。

面对霍家军的奇耻大辱,面对霍顿的顽固和不能自拔,面对国奥小将们的大言不惭,面对某些足协官员的盲目乐观,让我们去回味一下球迷撕心裂肺的悲恸，国人真是心都彻底凉了，凉了一个漫长的世纪。“王俊生下课，霍顿下课，国奥队全体解散……”一声声发自肺腑的良言，一串串流也流不干的悲泪，并没有唤起中国足协的洗心革面，并没有将顽固到底的霍顿从其顽固的深渊彻底清醒过来……这一切，既是一剂镇痛剂，亦是中国足球太值得总结的“经验和教训”。可这一切的一切，都已在麻木中沉淀为记忆，沉淀为历史。

颗粒无收的霍家军不但没有实现自己的诺言，而且将这些诺言变成了战斗的谎言，变成了挥霍国库的“罪人”。球迷能原谅他们吗？这简直是在做梦，简直是拿巨资在开国人的玩笑。

球迷可以找一百个、一千个甚至一万个理由去痛斥霍家军。但球迷没有，他（她）们只在有限的伤心中默默地一忍再忍过去。这是何等宽广的胸怀，这是何等的死心塌地。

“中国冲出亚洲日，家祭勿忘告乃翁。”这是对中国足球何等的期盼。可惜呀可惜，冲了几十年仍在原地踏步甚至退步，此时不解散国奥，更待何时呢？还是早点解甲投戈吧，可能还有一丝生路。

机会来了

明日，于红塔而言，真可谓机不可失，时不再来。

浮躁了一年的甲 B 联赛伴着寒冬的冷气姗姗步入尾声时节。不善狂言的戚务生与语言大师陈亦明终于要在这个寂寞的严冬点燃足球恶战的火把，点燃甲 A 另一张入场券的激情之争。于大戚而言，真有些成竹在胸，机会难得；于小陈而言，真可谓如履薄冰，相煎恨晚。冰火相溅，实乃惨烈至极。

老实善战的红塔在无声中碰撞出铿锵之声。千禧之交的机会实乃千载难逢，甲 A 一席的梦想实乃光芒四射。时至今日，红塔迎来了最理想的冲 A 天机，同时，亦迎来了最可怕的对手。在天机与可怕之间，红塔别无选择。只有用百倍的努力去捍卫主场的尊严，只有用百般的拼搏去回报铁杆的家乡球迷，只有用胜利去捞足冲 A 的本钱，只有深谋远虑去击碎各种流言蜚语。因为天机不可遗漏，因为机会实在难等，更因为五牛并不十分可怕。可怕的是消极应战、可怕的是漏洞百出，可怕的是心不在焉……

无论是在心理上还是心态上，无论是在天时还是在地利上，也无论在是士气上还是谋略上，红塔并不逊色于五牛，大戚并不弱智于小陈。要知道红塔在主场是虎，在客场也能灭虎，挟着这股五连胜的虎气，将牛气彻底消灭并非天方夜谭。牛气十足的五牛与虎气生威的红塔在伤病上属同一条船上的兄弟，你有我亦有。同时，平局对双方而言几乎毫无意义，只能使西南兵团在相互肉搏的惨剧中让广东宏远渔翁得利，这是谁都不愿面对和接受的结局。唯有决出胜负，才能将宏远的阴谋瓦解。但胜利的天平倾向红塔是众望所归，是人心所向。五牛毕竟尚在牛犊之年，不仅甲 B 联赛上比红塔逊色半截，而且在足协杯上也毫无建树。与其兄弟之间相互残杀，倒不如协助大戚让红塔冲A成功。这样既为西南兵团作出了一份巨大的贡献，也为甲B最后的悬念揭开了一个谜底，毕竟与宏远还有一段冤情未了，何不当个好人呢？

机会来了，奇迹亦随着来了。在机会中创造奇迹，是红塔今年最完美的微笑；在天利中缔造奇迹，更是甲B今年最夺目的一道绿茵风景线。相信大戚和众将士都不会错过！

红塔至尊

在这个诗意盎然的冬季，在这座古老而文明的城市，在这个千禧之交的时刻，在这个四季燃情的春城，我们期待已久的冲进甲A的美梦终于成真。由戚务生执导、红塔集团出资，红塔队大班人马联袂主演的绿茵豪门盛筵终于火暴寒冬，火暴云南，醉倒众多红塔铁杆球迷。

云南人迎着激情和欲望走入甲A的矩阵，云南红塔队带着光荣与梦想昂首挺进中国最高级别的足球联赛队列，这是云南体育事业发展史上崛起的又一块通体透明的丰碑，是彩云之南在这个世纪点燃的一簇熊熊燃情的火把，更是云南在体育事业上树起的一面高高飘扬的旗帜。

激情之外，荣誉之外，至尊之外，一切的一切，对于红塔而言，都显得那么苍白和微不足道。在成功与汗水的结合中，保级变成了晋级，下课幻化成上课；红塔昔日的阴云密布刹那间变得晴空万里，大戚委曲求全造就了其大智若愚的又一面。成功再一次雄辩地证明，大戚当导，绝对黑马扬鞭自奋蹄。

1999年的11·27，一个云南球迷的世纪盛典；1999年的11·27，云南足球骤然而至的春天；1999年的11·27，云南红塔在二十世纪的狂欢吉日。我们有理由向红塔致意，更有理由向红塔将帅们致敬。因为云南红塔不仅圆了云南人渴盼已久的甲A梦，而且圆了云南球迷一个世纪的夙愿——在本土看甲A争霸。这是一个了不起的成就，更是史无前例的梦想成真。

云南红塔在成立不到两年的艰苦岁月里从黎明中转向漆黑，从漆黑中迎来黎明，又从黎明中势如破竹地更上一个台阶挺进甲A这座激情无比的足球殿堂，真可谓好事多磨。曾经的潸然泪下，曾经的任人宰割，曾经的风风雨雨，已成为云南二十世纪的体育历史。未来的荆棘密布，未来的浴血奋战，未来红塔的未来，还是一个漫长的梦幻时代……但可以肯定的是，红塔已经日臻成熟，红塔已经积沙成“塔”，所有想漠视红塔者，所有想轻而易举地登“塔”者，必将自尝苦果。

在平静中，我们等待奇迹；在奇迹中，红塔缔造神话；在神话中，云南人享受足球的乐趣。沐浴神话的云南球迷是可爱的，更是幸福的；缔造神话的云南红塔将帅是可敬的，更是可歌的。

至尊的红塔为我们彩云之南铸就了一道迷人的足球风景线，站在这条清晰可辨的线上，我们依稀嗅到了红塔将帅们挥汗如雨的忘情拼搏，我们清楚地感悟到了红塔日渐伟岸的英姿，我们恍然间谛听到了红土高原上驰出的一列甲 A 战车的艰难之所在。

“锄禾日当午，汗滴禾下土。谁知盘中餐，粒粒皆辛苦。”红塔将士顶骄阳、抗严冬、南征北战的身影一次次回放脑海；红塔胜不骄、败不馁的不屈精神，感化了天地，感化了绿茵，终尝甜头，终得回报，终结正果。其生产的“盘中餐”，不仅“粒粒皆辛苦”，而且“粒粒金灿灿”，粒粒力挽狂澜。

红塔实该至尊，至尊的红塔挟着黑马奋蹄的雄姿正在酝酿着另一个新世纪的大梦——甲 A 玩啥？在甲 A，在这座激情四溢的绿茵大殿，云南第一支高原兵团活脱脱成了西南大部队的新鲜血液，红塔在西南已拥有四川全兴、重庆隆鑫两位大哥，一贯擅长高原论剑的红塔小弟将和大哥们同场操戈，共同与另外十一支甲 A 豪门龙争虎斗，其热闹场面相信能一石激起千层浪。红塔黑马旋风也必将会灿然在新世纪的绿茵场上，这是我们的心愿。

祝福你，致尊的红塔；祝贺你，永远的红塔！

无奈的悲哀

世纪甲A的大幕终于在这个冬日暖阳的辉映下戏剧性地揭开了虚伪而又悲哀的面纱。

年年狂言永争第一却年年收成欠佳的北京国安在首都数万球迷的“假球”声中磕磕绊绊将辽宁小伙铲平之后终于赢得了暂时的清白，同时也为中国足球的明天拂来了些许新的祈望和新的端倪。对中国足球失望至极的南斯拉夫教头桑特拉奇作壁上观后意外狂袭早已降级的武汉红桃K，用屈辱和泪水捍卫了甲A桂冠的真实性和存在性。

甲A老兵广州松日关键时刻的关键性失利令人哀悼不已，唯有下世纪重整旗鼓杀回甲A了。

海牛、海狮此前是到了最危险的时刻，但似乎验证了那句“最危险的地方最安全”的无奈之说，得以渔翁得利幸运留在了甲A。可能这两支队伍的赛前工作做得较令对方满意吧，不然，苦中怎能品尝到保级的甜味，实属不幸中的万幸、无奈中的强者。

257天的甲A悬念伴着泰山得意抚顺失意、松日不幸海狮万幸而水落石出。万达的一落千丈、申花的过早凋谢、全兴的意外崛起、平安的下游击水、隆鑫的晚节不保、海牛的意外三连胜、泰达的“残酷无情”、敖东的孤芳自赏、国安的牛气十足、红桃K的过早失血，这一切的一切，建构了甲A的戏剧性和毫无规则的游戏性。与此同时，还诞生了许多令人不愿目睹的乌鸦般的黑色风暴，明眼的球迷不点破也知道游戏后面的深层内涵。

有些寒冷的这个冬天出人意料地热闹了一个周日，随着这个周日的彻底破译，无奈的甲A终于为这个世纪涂上了一个令世人纳闷的悲哀性的句号。在这个句号的前面，甲A联赛故意制造了许多隐藏得极深的其实并没有多少价值的悬念和许多破绽百出却又伪装得极真实的漏洞。这些悬念和漏洞并未引起足协官员的高度警觉和极度关注，仅以同时开赛（其实并没有同时准点开赛）和聘请洋裁判来敷衍甲A悬念终结战。这些无奈的举措和悲哀的处理方法，不仅没有唤起球迷的铁石心肠，反而误导了球迷赏球的雅兴，实乃悲哀至极。

怪模怪样的甲A已经6岁了，已经成了国内媒体争相关注的焦点，已经成为了家喻户晓的大赛事。但其“孩子”般的天真和稚嫩令懂行的业内人士扼腕叹息。作为“孩子”的甲A，我们可以千百次地给予谅解和忍耐，但作为中国唯一的甲A，我们是无法接受和容忍的。不信，我们可以搞一次大规模的抽样调查，结果相信会一目了然。

无奈的甲A、无奈的足球！悲哀的甲A、悲哀的结局!! 这就是甲A在这个世纪末赋予球迷的最大“收获”。

胜任愉快

《史记·酷吏列传》载言："当是之时，吏治若救汤扬沸，非武健严酷，恶能胜其任而愉快乎?"梁启超《中国货币问题》亦有言："四万万人之众，而于此事可以胜任愉快者，竟无一人。"

于中国甲A新桂冠鲁能泰山而言，该兵团在名教头桑尼的点化下，一举成为能胜其任而愉快甲A者。不仅如此，此兵团客场与甲A四冠王大连万达在世纪末最后的足球晚宴中为争霸足协杯首回合握手言和之后，已提前迈向双冠王的巅峰时刻。泰山时代也宣告呼之欲出。这是中国足球在本世纪凸现出的一丝新景观、一种新气象；更是亿万球迷所期待已久的足球神话的另类复活。

终于继万达、申花之后成为甲A新霸主的泰山在胜利的包围下，并没有被冲昏了头脑，相反却乘胜追击，将利剑直指中国足球的新纪录——甲级联赛与足协杯的双料冠军。这种新纪录的诞生与桑尼的用兵如神和挥师谋略有着最直接的关系。胜不骄，败不馁的足球精神在这支贫民的近乎完美的兵团身上，体现得淋漓尽致和干净磊落。

在成功与失败之间，我们饱尝过无尽的泪水和悲恸的煎熬；在成功者的路上，泰山兵团同样与泪水和悲恸相依为命，不仅在甲A联赛上如此，在足协杯赛上亦如此。正是有了这种刻骨的磨难和铭心的奋斗历程，才铸就了新泰山时代的泰山神话。

在胜任愉快的路上，泰山正一步步走向足球使命的制高点。一如英格兰的红魔之旅曼联一样，卧薪尝胆后必有惊人回报。这是失败、泪水在迫使这些队伍超凡脱俗后追求成功、喜悦的一种途径。从巅峰跌入低谷，从低谷攀越巅峰，从不胜任愉快到胜任愉快，这是一幅自我超越的路径图。没有风风雨雨的洗礼和溃不成军的打击，就没有光芒四射的艳阳普照和鲜花簇拥下的掌声如雷。这似乎是任何一支足球队伍在成长、成熟、成功、成王路上的必由之路，于泰山而言，也不例外。

在通往胜任愉快的天堂之路上，我们祈盼泰山将这种愉快胜任到最后。因为泰山（时代）似乎向我们提前发出了新世纪的足球宣言——中国足球的第一支双冠王非我莫属。

亡命好戏

随着中国足球在历届世界杯、奥运会亡命之后，二十世纪留给球迷的是中国足球的奇耻大辱和苍白一世。但随着桑特拉奇将泰山神话延续得无话可说之时，球迷迎来了冬天里最温暖的热流，洋教头至尊了中国甲A联赛，桑尼缔造了二十世纪中国足球最伟大的奇迹——泰山统一中国足坛。

“江山代有人才出，各领风骚数百年。”这是一句老话，可“将不脱袍，马不挂靴”的泰山奇兵与昨日巨无霸万达惊心动魄的亡命激情，堪称本世纪中国足球最迷人、最经典的悬念性十足的好戏、大戏、压轴戏。这种神话般的奇迹在中国足球史上不仅空前，而且在本世纪也属绝后。如果这出亡命好戏能凸现在国家队、国奥队身上，那中国足球早就提前雪耻了“恐韩症”，雪耻了无缘世界杯、奥运会的耻辱史了！可这一切的一切，都出现得太慢太亡命了！

正如一位名叫金麒麟的网友所写的那样：“中国男足‘温室花朵，遇外敌，嘴硬腿软。赛场下，抽烟酗酒，自由散漫。夜泡酒吧不归宿，日思美女懒训练。无大志，浪费好年华，只想钱。吉隆坡，蒙旧耻；麦纳麦，添新冤。最可恨，二十年未胜韩。冲出亚洲遥无期，走向世界梦难圆。须何时，鱼跃龙门，问苍天。’”于中国男足而言，确如此。想想一败再败的中国男足，我们却渴望鲁能泰山的这种“唯泰山独尊”的神话能在下一个世纪的前期继续延绵着。因为中国足球太需要这种神话，太需要这种奇迹，太需要这种亡命戏了。

更令人激情四溢的是，在泰山濒临与足协杯桂冠擦肩而过的亡命时刻，竟然在最后的关键时刻捍卫了甲A新盟主的尊严，硬是将“足协杯”

失而复得。这种亡命至极的拼死一搏精神和不到终场哨响决不罢休的执着毅力，值得中国任何一支甲级球队学习、学习、再学习。虽然中国足球的环境、气候十分糟糕也十分恶劣，但泰山终于挣脱出这恶劣的环境和气候，在千禧之交绝了顶，从而可见一览甲 A 甲 B 众旅之小，可谓难得至极。

“卑鄙是卑鄙者的通行证，高尚是高尚者的墓志铭。”这是诗人北岛《回答》里的两句惊世之言。卑鄙的中国甲 A 年年在臭骂声中苟且偷生，这已成为历史；高尚的桑尼通过泰山骑兵高尚的品格，捍卫了这支队伍在本世纪的座右铭——雄霸中国足坛，为中国足球加油！

亡命一搏，搏出个双冠王，搏活了中国足球，也搏活了泰山时代，实为本世纪中国足球的戏中之大戏。

两条腿上路

今天，中国政府如期对被葡萄牙政府统治了三百多年的澳门恢复行使主权，这是亿万中国球迷欢欣鼓舞的一件大事。

中国足球发展至今，“黑哨”与“假球”也从根本上发生了量变与质变。“黑哨”声声不绝于耳，“假球”频频愈演愈烈，且这种明目张胆的趋势，自始至终伴随着甲A、甲B联赛。令球迷、媒体、俱乐部深恶痛绝，但却哑巴吃黄连无法倾诉，只能在各自熟悉的“领土”通过语言和文字发泄一时的不满和愤怒之情，其他正道，无法寻觅。更令足协无话可说的是，派去大量人员四处追踪查证，却泥牛沉海杳无音信，面对媒体只能一而再再而三地将足协通气会提前宣告流了产。

花费巨大人力物力财力的中国足球职业联赛演变至今，年年循环着降级、升级、夺冠的原始之规则、原始之经营游戏、原始之发展道路。倒是“黑哨”和“假球”的介入，引得媒体老记忙得不亦乐乎之后仍未果。纵然有一石激起千层浪之猛烈，但于中国足协官员而言，仍无大震动，只能“事不关己，高高挂起”而了事，实属悲恸至极。

如今，澳门继香港之后顺利回到祖国的怀抱，而且实行“一国两制，澳人治澳”的方针，于足球改革而言，提前了却了一大批想打假球、想吹黑哨、想消极比赛的球员、球队、裁判的“心愿”。因为“一国两制”的构想使中国足球的大门变得更开阔了，亦使港澳球员、球队、裁判可以更大范围地与大陆球员、球队、裁判进行最大权限的对话和交流，而在对话与交流的过程中，必将诞生新的足球“事件”，这是毋庸置疑的。

澳门的回归，必然会使越来越多的大陆球队将目光移向澳门，而澳门的博彩业众人皆知，这就意味着中国足球的公开化赌博有了合法化的契机，这从另一个侧面反映出球队之间、球员之间不可沾上赌博的风气。如果真是这样，那中国足球的“黑哨”和“假球”不仅变得合理化，而且变得合法化。我们知道，在国外，足球赌博已经成为一些大公司的合法经营渠道。我们还知道，任何一支球队靠夺取联赛冠军、足协杯冠军而想大赚一笔，似乎难度极大，况且冠军的奖金就那么一点点，重要的成分被荣誉占领了。想大赚特赚，唯有开赌，像国外的足球俱乐部那样，但在社会主义的中国，这似乎属于违法行为。

但有一点不得不承认，既然“一国两制”已成为澳人治澳的方略，那么于足球产业而言，必然会受其影响，进一步说明“黑哨”和“假球”的存在性。如果这样，中国足球就只能坚持用“黑”和“假”这两条变了形的腿走路，“黑”腿也罢，“假”腿也罢，于中国足球的畸形发展之路而言，形同真腿一样，“黑”的、“假”的最终一切都变成真的了。

随着香港、澳门的回归，中国足球在“一国两制”的方针指引下，看来只能两条腿上路了。

玩火必自焚

面对赤裸裸的“假球案”，面对惨不忍睹的甲A足球联赛，中国足协雷声隆隆震耳欲聋，却无雨点纷纷而下，更无暴雨倾盆。有只有不疼不痒的从轻处罚，有只有主教练遭了殃，而球队、球员、幕后策划“打假”的高人却安然无恙，仍在我行我素，仍在高枕无忧。足协的办事效率之低下和手段之简单令球迷啼笑皆非，令足球专业人士恨之入骨。

每每涉及夺冠与降级的关键战役，足协总是表现得异常“敏感”和异常“火眼金睛”，但在战役鸣哨之时，却总像赛前人们预料的那样，“放水”“假球”“黑哨”不会因足协提前下令的那样严谨执法，相反，却在关键性战役中出现关键性的结局。令国人特别是捍卫甲A甲B尊严的球迷们瞠目结舌，足协的权威性、威严性、严肃性、指导性、领导性从而一落千丈，被人小觑至极。

而每每出现这类司空见惯的问题时，足协乃至足协官员却极度的无可奈何和毫无办法，常常在“好人”中随便抓几位主教练并取消执教资格作为最终处理的结果，而且被取消执教资格的主教练们没有过几周或者几月便又重新缴钱培训后上了岗。去年的张引、陈亦明如此，今年的李章洙、高珲也会像去年一样如此，这是不需要质疑的，不信，咱们等着瞧吧！

足协大张旗鼓地表示一定要将“打假”者揪出，然后重罚。但其工作态度、工作效率、工作方式令人怀疑。面对一场假球，足协官员的“专业性”打假水平还不如体育记者业余的打假水平高，总是真伪难辨，对一些记者冒险采写的“假球”线索表现出极度的冷淡和漠不关心。其实这些经过冒险采写的“打假”稿不仅真凭实据，而且绝大部分观点属真知灼见，文里的“真凶”“真赃”一目了然，可足协的态度往往是“各扫自家门前雪，莫管媒体瓦上霜”，这种消极态度比消极比赛还严重得多，假A、假B的假性在这样的“权威”机构的操作下，能不假才怪！

足协玩了6年足球职业联赛的火，这把“火”几乎烧得涉及所有的甲A、甲B的球队，可只有在这把火燃得快要自焚时，足协才跳出来开几次会，发布几条不轻不重的“消息”，处罚几位可有可无的主帅而潦草了事。就其实质而言，不仅将足协自己的威信扫了地，而且将足协自身推进了自焚的火坑，最终既害了己，又害了中国足球，既给中国体育抹了黑，又给中国体育健儿抹了黑。这完完全全属于玩火自焚，完完全全属于自暴自弃、自取灭亡。

足协要打假，还得从自身打起，仅采用杀鸡给猴看或杀猴给鸡看的小聪明伎俩，中国足球将永无宁日，将永远冲不出亚洲。

拥抱新曙光

在二十世纪的足音骤然停泊的今夜，我们回首百年之路的百年节拍。

中国的新体育，在一百年特别是自建国以来五十年的风云变幻中，历经坎坎坷坷起起伏伏至今夜，有无数次的蜕变和新生，有无数次的惊诧和叹息；亦有许多抹不去的丰功伟绩和潸然泪下，更有许多的徘徊不前与铿锵而起。与此同时，我们积累了许多的经验和教训，但在转瞬即逝的百年里，在中国体育的历史卷宗里，百年只是一瞬，百年之后的新百年才刚刚开始，但这却是令人欣慰和愉悦的新起点，新的一页。

在新千年的新曙光穿透云雾喷薄而出时，未来之体育永远是不断刷新的，在二十世纪上路的时刻，我们开始拥抱新世纪的曙光再度上路，再度从零起步，从开始出发。

在新世纪的路上，我们用稚嫩之脚步和着中国体育日臻成熟之脚步一同上路；用我们的精心、精致、精彩和着我们的耐心、信心、雄心去拥抱新世纪中国体育的清新一刻；用我们的努力向着更高、更远、更强的理想之所在努力。

在新世纪曙光即将开眼的那一刻，我们和着新世纪的节拍和中国体育的激情一道四溢在新的开始，并在新的起点上起步。

站在新的起点上，我们将与世界体坛同悲喜；起跑在新世纪的起跑线上，我们将与中国体育的荣辱同呼吸共命运；从起跑线上奋力起跑，我们将与彩云之南的体育健儿一道起跑在每一次成功或失败的最前沿。因为我们爱着体育的爱，我们梦着体育的梦，我们悲哀着体育的悲哀，我们快乐着体育的快乐……

在体育这一能激情出悲喜交加的新的时刻，我们在激情体育新闻的快捷，我们在燃情体育赛事的不朽一瞬，我们更在倾情着体育迷们的心灵之歌吟和心灵之悲切。因为我们的血管里流淌着激情的血液，因为我们的眼睛里闪烁着双重性质的泪水，还因为我们的笔端宣泄着对体育的真知灼见和对事件的明辨是非……

一个世纪在匆匆忙忙中走远了，另一个新的世纪在忙忙匆匆中来临了。让我们一起将挚爱体育的双手握在一起，一起携手，一起感悟，一起从开始走向新的开始，一起从一次成功走向另一次更激情的成功。上路了，在新的千年的钟声敲响之际！该上路了，在新千年的曙光闪现之际!!

纯属海埂捞月

新千年昆明的冬天出奇的可爱，暖洋洋的太阳光走进春城的大街小巷，“五百里”滇池吹奏出凉爽爽的“海风”令人顿觉春天脚步的即将来临。这是北方人最向往和憧憬的冬天，更是彩云之南在这个冬天的“特产”，于来自神州大地甲 A 诸旅的教练、队员以及蜂拥而至的老记们而言，可谓雪中送炭，大可在春城享受长达一月的“阳光灿烂的日子”。

在中国足协官员的亲临督阵下，甲 A 大本营的海埂随着日历的一天天翻新也渐渐在平静中浮躁起来了。这种浮躁不仅体现在这一久负盛名的集中营里，而且更体现在春训的每一位球员的脸上，因为甲 A 年年冬训或春训，但甲 A 却不见真能通过训练而令人倍感成熟的那一天的早日到来。倒是许多名将在测试中纷纷落马沦为下岗者。纯粹的为了体测而体测的这种陈旧得近乎麻木的锻炼方式，于许多球员或队伍而言，有些“冬扇夏炉”，不客气些讲纯属“海中捞月”。想一想，体能的确对一名队员或一支球队都显得至关重要，但仅仅个把月的训练就能彻底改变一名队员特别是带来一支队伍的整体体能的提高吗？令人怀疑十分！

俗话说得好，冬练三九，夏练三伏。只有坚持长期不间断的建立在自觉意识上的自我训练、自我调节、自我提高，才能拥有一个能承受高强度对抗的体魄，靠临时抱抱佛脚抑或吃吃老本，是不可能胜任足球绿茵场上的“激情革命”的。再者，即使通过个把月的“突击战”之后能奇迹般塑造一个强壮的体魄，但这一强壮的体魄也会随着“突击战”的暂时“流产”而流了产。日夜被媒体追逐、年年被球迷追随的甲 A 众将士体魄的好坏，直接能左右球队甚至甲 A 年终的最终结果，这一事关重大的体魄大事，岂能在短而又短的月内解决，不免有些大题小做，有些拿成败当儿戏。

自始至终还在老路上踽踽独行的甲 A 联赛蹒跚到新世纪的今天，虽然成为了国内媒体争相报道的重头体育大事件，但其每年年终经过盘点后的甲 A 依然弱不禁风不堪一击。这说明了什么？说明了甲 A 的极度脆弱和甲 A 诸旅的不能吃苦耐劳性，还说明了甲 A 的不思进取和小富即安之陋习。别的高歌猛进和深刻巨变，只能留在未来，留在未来的未来……

今天，是农历旧世纪最后一年最后一个月的初一（第一天），时至小寒的第二天，亦即甲 A 14 支队伍春训的开训时刻。自今天开始，甲 A 春训的游戏规则宣告出炉，自今天以后的近一个月内，300 来号甲 A 士兵将像“蹲监牢”似的度过他们年头最危险的封闭生活期，不管谁能上岗或谁上不了岗，都是甲 A 今冬最迷人亦最不迷人的尴尬事，因为上岗是每一位球员追求的终极目标，下了岗通过一而再再而三的补测，终将会重新上岗再就业，只不过需要过一段暂时的冷板凳或壁上观生活；吃亏的不是别人，还是挚爱球员的无辜球迷，纵然这些下了岗的球员可能暂时损失一笔数目可观的薪水，但对于薪金高得出奇的球员而言，此乃“小菜一碟”，无碍钱包的鼓与瘪。

一年之计在于春，甲 A 诸旅在高原春城冬日的阳光下踏上了新世纪的征程，不知这种年复一年的“海埂捞月”能否捞到一轮圆圆的月亮？

忠告米氏

在中国男足迎来职业化改革的第七个年头，在中国男足从一次次失败走向另一次失败的嬗变过程中，骚动在中国足协心头的又一位大名鼎鼎的南斯拉夫籍的中国队主教练终于水落石出，终于将亿万球迷心头魂牵梦绕的谜底揭开了。但于米氏而言，不知是其生命在晚年时期最疯狂的舞蹈，还是其功绩在生命末年的悲壮葬礼……不管如何？米氏都将赤裸裸地面对，老米都将血淋淋地接受。

在中国，特别是在第一大体育项目足球发展到现在的中国，是非随时随地都在诞生和消亡。是者，令世人称道，不是者，令大众愤慨，这似乎已成为一种球迷在茶余饭后最时尚的谈资。

想想施大爷当年从德国来华执掌中国男足的那几年，肯定失败比成功多得多。再说说从英国来华掌印中国男足的霍顿，刚入主主帅时，被国人誉为中国男足的救星、中国足球的希望，但一届国奥队下来，对其骂声诉声愤怒声不绝于耳。曾经踌躇满志的霍顿到头来只落得个失败者的下场，可悲可恨。两位知名度极高的洋教练最终的中国之旅以完完全全的失败而结束了他们在中国国足执教的生涯，而且还背了许多的臭名和黑锅。怪谁呢？也许谁都不怪抑或谁都可怪。

似乎名气更大、资历更深、经验更老道的米氏的到来，能缓解广大球迷对足协的颇有微辞，能缓解足协面对无法打假的尴尬局面时的魇然一笑，缓解即将备战亚洲杯、世界杯外围赛时中国男足群龙无首的无奈和漫长煎熬。但这种缓解并不会因为名气的大小、经验的多少、资历的深浅而起绝对作用，最最关键的还是靠成绩说话。只有成绩才能赢得球迷的信任、才能赢得媒体的认可、才能赢得圈内人士最大范围的首肯。否则，其理论水平再高，其目标再远大，其追求再宏远，一旦战绩一败涂地甚至止步不前，“享受”的只能是来自四面八方媒体的压力，只能是来自五湖四海球迷的责骂和不屑，只能是来自足协无情的下岗宣判。

“打拼2002年日韩世界杯!”这是米氏投掷给国人最具威慑力的重磅炸弹。听之，令亿万球迷为之振奋，令媒体老记为之汗涔，令甲A诸多洋教为之汗颜，更令体总为之欣慰……但此话既出，便成为米氏在中国站稳脚跟的先决条件和远大抱负。尽管如此，此话仅为纸上谈兵，更具体更实在更令人叹服的还在后面，在亚洲杯上，在世界杯上，在国际A级赛事上……一旦这些比赛成绩不理想，老米只能潦草结束在中国的悲惨之旅。

说这么多，目的只有一个。一如广大球迷所苦苦期盼的那样，“咱们日韩世界杯见!”这是给我们千呼万唤始出来的米卢的一个小小的忠告，小小的提醒：“少说空话、大话、废话，多干实事、胜事、成功事。”要知道，千里之行，始于足下是很有道理的。

世纪挽歌

今日凌晨，本世纪最后的绝唱在英国维拉公园球场缓缓地谢了幕。已成为历史的欧洲优胜者杯自1960—1961赛季诞生以来，曾无限辉煌过，也曾黯淡过。不论是辉煌还是黯淡，作为欧洲三大杯赛之一，它使全世界的球迷都狂热过，兴奋过，流泪过。

弹指一挥间，39年逝去了，优胜者杯在它正值青春的不惑之年的前夜，历史性地停止了它生命的脚步、停止了绿茵的呐喊、停止了媒体的追踪。永久性地栖息在世界足球史册是它最终的归宿。

39年前，意大利的劲旅佛罗伦萨以顽强的斗志捧走了首届优胜者杯的冠军，这是本世纪中叶优胜者杯迈出的第一步，意大利人也因此从这一年开始了他们优胜者杯的足球历史梦。时隔39年，意大利人与西班牙人为这一历史性的决战拉开了永久性的大幕，不论拉齐奥夺冠还是马洛卡捧杯，优胜者杯既已成了历史，世纪末的挽歌都十分悲壮、十分惨烈、十分引人注目。

优胜者的姿态谁都向往，谁都在全身心投入，既然历史的脚步定格在今天，不论对烽烟四起的绿茵，还是对永载史册的绝唱，其结果并不重要，重要的是世纪挽歌从此在足球史上沉淀为一枚亮斑。从亮斑的身上，我们可以享受它的厚重，感受它的狂怒，领悟它的历史，诠释它的运行轨迹。有了这些，绝唱与挽歌便演变成优胜者的绝版，演变成世纪末最强的音符，演变成寿终正寝前最迷人的绿茵风景。

凌晨的夜景一片寂然，维拉公园的四周人山人海，现场的球迷与电视机前的球迷、收音机旁的球迷一样，心情都十分相同。因为现实正在成为永久的历史，成为绿茵场最后的挽歌，球迷们还能说些什么呢？

无论噩梦醒来是早晨，还是高墙内最后的孤独；无论是英雄的挽歌，还是世纪末的绝唱；亿万关注维拉公园球场的足球同仁、球迷、记者都将直面这一现实、正视这一历史。

黑夜给优胜者杯一块黑色的绿茵，意大利与西班牙正用挽歌、用绝唱、用泪水、用历史去寻找世纪最后的光阴之旅。

盛宴刚开始

霍顿在第27届奥运会亚洲区预选赛第七小组的全部六场战役，共指挥自己血气方刚的弟子打进20球并不失一球，从而结束了小组赛的战斗，综观中国队的全程表现，虽然有一些可圈可点之处，但其存在的缺陷和不足仍然很多。

一成不变的442阵型是霍顿赖以存活的老式法宝，这种以旧换新的战术策略，勉强对垒诸如缅甸、越南还能稳操胜券，面对朝鲜则有些力不从心，照此下去，面对日本、韩国、卡塔尔、阿联酋、沙特等亚洲实力较强的劲旅，不知一直傲慢和有些偏见的霍顿是否还采用这种以不变应万变的阵型去为争取悉尼的一张入场券而孜孜以求，442阵型克敌制胜已在欧陆绿茵实践了多年，其成功之处并未显而易见，其失败的教训却有些刻骨铭心，采用这种单一战术，将导致中国国奥队冲刺悉尼的复杂化和不可预测性。因为通过小组赛，其他对手已彻底了解了霍顿的用兵之道，对手欲想攻破这种固定的阵型应不会存在过多的压力。霍顿这种以不变应万变的阵型是该换一换了，因为九强赛不是纸上谈兵，更不是儿戏，谁都不会轻易地放弃机会，谁都不会拿奥运会入场券资格开玩笑。

六战六捷，霍顿用人的残酷性已淋漓尽致地浮现出来，大批表现神勇的国奥小将始终打不上主力，包括渐入佳境的李金羽、张效瑞在内，其他诸如舒畅、李蕾蕾等更是眼睁睁地望着自己的队友在绿茵场上表现自我、检阅自我、暴露自我，应该说在小组赛的对手是如此软弱可欺的情况下，一批批替补队员可大胆地派上用场，权当热身、权当提升自我、权当进行锻炼。但这种非常能锻炼队伍的战役都没有他们的份，更莫提以后的九强赛了，不知霍顿是如何用人的？他的用人尺度是什么？但按霍顿固执的用兵之道来分析，大凡能出现在他的首发阵容上的弟子，均是他心目中的最佳人选。至于后来战上海时李金羽、张效瑞等替补出现的上佳表现，可能会给霍顿有所发现和启示，毕竟大名单是从去年8月中下旬至今年4月底才最后敲定的，每个人的情况霍顿应该了如指掌，但这种了如指掌似乎只游离在表面，并没有具体落实到比赛中去。

国奥将士还很年轻，还没有遭遇到致命的打击和挫折，更没有品尝过失败后的苦果，他们在小组赛中的表现有目共睹，虽然全胜了，但令国人仍不满意，这些明显的劣势主要集中在进攻战术单一、心态极度浮躁、技术水平稚嫩、配合陌生、临门一脚大失水准、不必要的犯规较多、传球失误频频、个人表现主义突出、破门法宝少之甚少、后防线险象环生、定位球技术尚欠火候……所有这些，集中表现在中缅、中越之战中，只是到了最后一场无关疼痛的中朝之战，才多少有了一些起色，有了一些改观，有了一些明显的自知之明。不可否认，存在以上毛病是允许的，关键是如何将这些致命的祸根剔除，如何将这些不成熟尽快成熟起来，如果这些毛病在九强赛鸣哨之时都还没有彻底或部分根除，那么九强赛的结局大家可想而知，每一次失误都可能断送这支奥林匹克号战舰的光明前程，每一次不成熟的表现都可能葬送霍顿信誓旦旦的豪言壮语。

国奥骁将的体力优势在亚洲相较明显，但仅有充沛的体力是不行的，这种资本只能拖垮体虚的队伍，面对体力与自己差不多的对手，此招便立即失灵。足球大战不是用体力来衡量的，更关键的还在于技术、心理、进攻的平衡点、用人的出奇制胜、防守的固若金汤和自尊心、自信心，这一点，中国男足还得向中国女足的大姐们学习、学习、再学习。

奥运的豪门盛宴还在烹饪过程中，霍家军欲想品尝，还有一段极其艰辛的弯路要走，这是霍顿及其弟子们所必须时刻铭记的！

沉默的火山

沉默的上海体育场、沉默的红黄牌、沉默的缅甸国奥队；沉默的门将陈东、沉默的主帅霍顿、沉默的球迷……构成了一道沉默的绿茵风景线。

霍顿指挥着国奥小将以五战五胜进球十八个且不失一球提前一轮小组出线，基本完成了中国足协既定的奋斗目标。这多少对热切期盼的国人注入了一剂安慰剂，多少打出了一点国奥小将的英雄本色，多少让忐忑不安的霍顿可以进行为期百余天的屯兵深造，多少鼓舞了球迷对国奥冲入悉尼的些许渴盼之志，多少让新闻界对提心吊胆不善于接受批评只允许如潮好评的霍顿松了一口气。

被长期压抑而沉默许久的中场发动机张效瑞远距离的一脚怒射，似火山爆发一样刺破了缅甸国奥的大门；长期坐在替补席上的李金羽在全场的表现令人叹为观止，他沉默的拉弓怒射又一次光芒四射；后腰核心孙继海火山一样地飞溅导致开张大吉。霍顿以不变应万变的变阵魔术，最终像沉默的火山喷发一样，赢来了五场比赛最不令球迷喝倒彩的关键一场胜利，赢来了中国国奥队历史上第一次提前一场并不失一球进入决赛阶段的残酷复赛，赢来了中国足球绿茵史上的一枚闪闪发光的亮斑。一度危机四伏的国字号奥林匹克战舰终于如愿提前进驻九强赛的光荣榜上，让国人松弛了紧绷已久的足球心弦。

曾经不在霍顿首发视线之中的几员核心战将，在沉默的大多数人群中，脱颖而出，以自己深厚的足球功底折服了绿茵、折服了霍顿、折服了缅甸，从而也雄辩地征服了球迷、征服了雪亮眼睛的体育记者、征服了沉默已久的冷板凳。

古语说得好，不在沉默中爆发，就在沉默中灭亡。中缅之战的最终结局，似乎就证明了这句话，李金羽爆发、张效瑞爆发、孙继海爆发。相信在以后的比赛中特别是在无关紧要的中朝之战中，“闲人”郝伟、李蕾蕾等沉默得几乎想要离开国奥的这群羔羊想必会像张效瑞等同病相怜的弟兄一样令国人眉开眼笑，令球迷刮目相看，令霍顿倍加重视，令国奥集体锦上添花，令中国足球实现零的突破。

张效瑞等沉默奇兵的火山现象与霍顿用人的傲慢与排兵布阵的固执形成了鲜明的对比，幸亏这些中国未来冲击世界杯的守望者们没有让霍顿失望，否则被打入冷宫的时间还会延亘下去，他们的绿茵光芒也会因其看客身份、替补角色而黯淡无光，我们也因而失去了一次次亲眼目睹“火山爆发”的喜人景象，这将是中国足球巨大的悲哀和不幸的先兆！

火山喷发的力量巨大无比，火山喷发的震撼力威猛无比，这是不言而喻的。中国国奥队里沉默的将士们将通过这一自然现象寻找到他们的绿茵本色，因为张效瑞开了一个好头，这决不会是霍顿用兵的结尾，但愿能成为霍顿的梦醒时分。

泰山精神

泰然处之的南斯拉夫教头桑特拉奇终于领着泰然自若的鲁能泰山在金州这块万达的福地结束了六年不胜大连的奇耻大辱史。着实为泰山步步高升增添了沉甸甸的夺金砝码。

诚然，鸣冤的万达输得并不太冤，侥幸的泰山赢得也不侥幸。万达之输，归根结底是输给了自己，输给了前锋线的无能，输给后防线的杂乱无章，输给幸运女神的不垂青。天才孙继海也并没充当救世主，在被冻结其天赋之后仍属“庸者”之子。倒是泰山福气多多，将追兵全兴、申花抛在身后，紧紧咬住辽小虎不放；倘若张引稍有闪失，桑帅即可乘人之危抢了头把甲 A 交椅，从而笑傲各路诸侯，坐观风云变幻。

泰山的稳健，泰山的“性格”，泰山的谦虚，泰山的自强与自信，构成了今年甲 A 里光芒万丈的泰山精神。这种精神令拉帅敬畏，令塔指敬畏，令张教头瞠目；这种精神令甲 A 充满无限悬念，令球迷热血沸腾，令球市日渐看涨；这种精神令中国足协觅到黎明，令中国足球寻到希望，令洋帅争得荣誉无限。

桑特拉奇为泰山带来了运气，桑特拉奇神话激活了泰山，神圣了泰山。不仅使昔日泰山的任人攀登变成泰山压平任何人，而且还使泰山人昔日的恐强症一扫而光。我们不得不为桑帅的这种仙诀拍手叫绝，不得不为泰山的这种精神敬佩有加。是桑帅缔造了泰山神话，是桑帅盘活了甲 A 联赛，是泰山打乱了甲 A 阵脚，是泰山灭掉了诸强霸气。这才是甲 A 凸现出的新气象、新事件。

相较塔瓦雷斯的咆哮公堂，拉扎罗尼的怒斥裁判，桑特拉奇更令人尊敬，令人称道。输了球，桑指多从自身找原因，鼓励队员千万不要灰心丧气；赢了球，桑指也从不骄傲自满、沾沾自喜，而是总结胜算经验，备战下轮比赛；平了球，桑指深刻反省，吸取平局教训，力争军心稳定。所有这些从桑帅身上所释放出的四射魅力，也是泰山精神的一种最直观和最侧面的反映。不仅如此，桑帅的谦虚更令人感悟到这种美德的可贵之处，他很少提夺冠二字，在公开场合只谈保级。虽其出发点令人费解，但其精神实质则不言而喻：全力以赴打好每一场比赛，现在谈夺冠为时尚早，到了夺魁时才言夺了魁。这才是高人的深不可测之处，这才是高人一筹的精妙之处。

是泰山精神左右了世纪末甲 A 混乱的必然结果，是泰山精神将甲 A 联赛推入了扑朔迷离的境地，是泰山精神挽救了中国男足的穷窘状态。泰山人和桑特拉奇的完美结合，在这个金秋结出了丰硕的果实，果实的内核可能有些松软，但却金灿灿的，水灵灵的，丰满满的。有了这些松软的果实，于泰山在甲 A 历年的战绩而言已经足矣！

泰山精神构建了泰山王朝，桑氏神话营造了泰山的黄金时代。泰山王朝在其黄金时代，如能一如既往，不仅会如日中天，而且将缔造甲 A 的另一个神话：洋帅霸占中国人的甲 A 金杯。这对中国足球的未来，肯定不是一件坏事。

第四章 人物春秋

天下谁人不识君

怀念陈忠实老师

惊闻忠实老师骤然离世的消息，我一时不知所措，好像天塌下来一样……沉默半晌，一种痛彻心扉的悲楚涌上心头。我记得非常清楚，那天是2016年4月29日（农历丙申年三月廿十三）11:49分，远在山东淄博的大学同学陈作云给我发信息说："著名作家陈忠实于今日7:40去世!"当时我正在曲靖市麒麟区茨营镇参与一个振兴家乡的发展论坛。

作为当代著名作家的陈忠实，他既是我非常敬重的同仁，又是我十分尊敬的前辈；既是我文学之路的老师，又是我生命中不可多得的朋友。他的突然去世，在中国文坛无疑是一个惊天噩耗，更是一个晴天霹雳。于我来说，我失去了一位相识多年、同声相应、同气相求的良师益友。我忽然想起了毛泽东写过的一首词《蝶恋花·答李淑一》中的后面两句："寂寞嫦娥舒广袖，万里长空且为忠魂舞。忽报人间曾伏虎，泪飞顿作倾盆雨。"这或许正是当时我心境最真实的写照。

作为同仁前辈　我为忠实老师的溘然长逝感到万分悲痛

他的离去不仅是陕西文学艺术的重大损失，还是中国文学的重大损失，更是世界文学的重大损失、深深热爱着他的同仁及全世界广大文学爱好者的重大损失。忠实老师一生发表过很多大家喜爱的作品，1997年凭借《白鹿原》获茅盾文学奖。其他代表作有短篇小说集《乡村》《到老白杨树背后去》，以及文论集《创作感受谈》；中篇小说集《初夏》《四妹子》《陈忠实小说自选集》《陈忠实文集》，散文集《告别白鸽》等。他可以说是著作等身，荣誉满堂，实至名归，在文学这条充满艰辛与困苦、坎坷与崎岖、寂寞与清贫、酸楚与感伤的曲折道路上，为世界文学和中国文艺做出了垂范与引领，堪称当代世界文学领域的经典与楷模。

忠实老师呕心沥血撰写的《白鹿原》，第一时间从新华书店购买到，我就爱不释手，夜以继日把它读完，并连看了三遍，现在还放在我的案头。这部被忠实老师称为“死的时候可以放在棺材里做枕头的书”，是一部充满传奇色彩史诗般的扛鼎巨作，一部饱含着作家心血与汗水的经典之作，一部被广大文学爱好者交口称赞的传世之作，为中国文学树起了又一座永久丰碑的文艺巨作，让我们扼腕称叹，击节叫好。这部长篇小说从萌生到写成历时六年，从草稿到定稿，大概一百多万字。这厚重而饱含忠实老师生命温度、思想厚度、精神高度和社会关注度的一百多万字，忠实老师用了六年的时间打磨而出，字字珠玑，句句溢彩，从中我们可以看出一个作家对文学创作那种严谨的态度，对文学作品那种精雕细琢的精神，对文学热爱的那种大家风范，对文学执著的满腔热血，《白鹿原》就是一个忠实老师创造出的新生命，一个刚刚出生的鲜活婴儿，一个和他血脉相连的孩子，“怀胎十月”终于“一朝分娩”。

我也曾苦心孤诣地创作发表过一定数量的诗歌、散文、小说和文学评论作品，谙熟文学创作的艰辛与痛苦，尤其像创作《白鹿原》这样的鸿篇巨制，更是要抽丝剥茧、艰苦备尝。路遥说过：“只有在暴风雨中才有豪迈的飞翔，只有用滴血的手指才能弹奏出生命的绝响。”这句话用来诠释忠实老师创作《白鹿原》的过程再恰当不过了。光构思和准备，忠实老师就用了两年时间。他查阅了大量的地方县志，主要是蓝田、长安和咸宁三个县，光摘抄相关素材就是厚厚的几大本，他还到这些地方找一些当地老人了解历史掌故，丰厚小说的历史深度与广度。他当时家里孩子多，生活负担重，家里的老屋已经破败不堪却无钱维修。遇到下雨天，家里甚至找不到一块不漏雨的地方睡觉。后来，忠实老师就借宿在亲戚家的小屋中，一张小饭桌，一个板凳，便成了他“笔落惊风雨，诗成泣鬼神”的灵魂之所、追梦之地。他说：“我在创作时必须把自己关在屋里，这里笔下的人物仿佛都在我的周围活动，要是屋子里进来一个人，那些人物都吓跑了，我也就写不出一个字了。”忠实老师在农家小院一住就是十年，老婆和孩子则居住在西安，直到《白鹿原》出版他才回到西安。《白鹿原》就是在这样艰苦的境况下创作出来的，过程之艰辛、过程之痛苦、过程之煎熬、过程之揪心，便可窥见。

实际上，忠实老师的《白鹿原》初稿是 1988 年年底完成的，直至 1992 年年底才在《当代》第六期刊载，期间有四年的跨度与间隔，忠实老师一直在修改润色和推敲中，在“寻找属于自己的句子”。他分析自己的创作历程时说：“我从初中二年级的作文课上写下第一篇小说，实际上就开始了寻找，只是那都是无意识的盲目，是从模仿赵树理的语言开始的。许多年后，当我在经过短篇小说中篇小说的探索，进入到长篇《白鹿原》的创作时，企图要‘寻找’到真正‘属于自己的句子’的欲望是前所未有的。”“寻找属于自己的句子”这句话源于海明威。这让我想起了杜甫的两句诗：“为人性僻耽佳句，语不惊人死不休。”不同的表达方式，却说明了一个共同的意思，就是对文学的虔诚与严谨，对文学语言个性美与特色美永无止境、至死不渝的热爱与追求。我认为，一个伟大的作家，总是有自己独特的行文个性与语言风格，忠实老师正是做到了这一点。一看到《白鹿原》，我总会想到忠实老师那沟壑纵横、褶皱遍布黝黑而平实的脸，仿佛看到了那广袤苍凉的黄土大地，闻到了那里浓浓的烟土气息。在这里，我随便撷取几段，便可窥见一斑。“能享福也能受罪，能人前也能人后，能站起也能圪蹴得下，才活得坦然，要不就只有碰死到墙上一条路可行了。”“人是个贱虫。一天到晚坐着浑身不自在，吃饭不香，睡觉不实，总觉得慌惶兮兮。人一干活，吃饭香了，睡觉也踏实了，觉得皇帝都不怯了。”“世上有许多事，尽管看得清清楚楚，却不能说出口来。有的事看见了认准了，必须说出来；有的事至死也不能说。能把握住什么事必须说，什么事不能说的人，才是真正的男人。”“朋友之交，宜得删繁就简。”

我认为，忠实老师能写出《白鹿原》这样的史诗性巨作，源自于他对陕西这片黄土地的热爱与钟情，眷恋与感恩，坚守与付出，包容与笃定。黄土高原广袤而淳厚、雄浑而苍凉、地灵而人杰，与我所在的云南红土地有着不同的别样况味。路遥、贾平凹和忠实老师都是当代中国文坛的巨擘，他们都来自于黄土高原这片丰厚的沃土，是这片土地赐予了他们创作的激情与灵性，责任与担当，操守与风骨。忠实老师出生在农村，在农村当过中学、小学老师，在公社工作了十年，才调到文化局工作，大半生都在自己的老家——西安灞河边的白鹿原上度过，从没有离开过那一片土地。这也为他后来的创作作了先期的铺垫，打下了雄厚的基础。他自己曾说过："那十年是我对中国乡村的体验、理解及生活积累最重要的时期，对农民世界的了解和感受，为我后来创作打下了最坚实的基础。"《白鹿原》深深烙上了黄土大地的印记，可谓雄浑而苍凉，慷慨而悲歌，大气磅礴，汪洋恣肆，波澜壮阔，丰厚隽永。

作品彰显个性，风格体现人格。忠实老师把自己的一生都奉献给了中国乃至世界的文学事业。作为前辈，他堪称典范，像一盏永不熄灭的火炬永远烛照在文学的天空，鼓励和引领我们慷慨前行，放飞梦想，粲然人生。其实，忠实老师是在一个普普通通的农民家庭里出生的，过着平凡而穷困的生活。1958 年，年仅十六岁的他，就在《西安晚报》发表了诗歌处女作《钢·粮颂》，1965 年发表散文处女作《夜过流沙沟》，1973 年在《陕西文艺》发表短篇小说处女作《接班以后》。1979 年发表的短篇小说《信任》，获得了 1979 年全国优秀短篇小说奖，还被翻译成日文出版。就在他文学创作初有建树的时候，1981 年 4 月，他的父亲陈广禄因食道癌去世，享年 76 岁。1992 年，《白鹿原》问世，他当选为陕西省作家协会主席，直至 2007 年，他担任陕西省作协主席长达 15 年之久。2001 年，他当选为中国作家协会副主席，并连续担任了中国作协第六届、七届、八届三届作协副主席。他还从事过文化局工作，担任过《延河》杂志主编等等，不一而足。

忠实老师一生躬耕在文学这片沃土上，呕心沥血，殚精竭虑，竭尽所能，他对当代世界文学特别是中国文学的繁荣，对陕西的文化建设和文学发展，有着宏观的思考和践行。他倾心爱护、帮扶了一大批青年作家的成长。即使是在百忙之中，他也乐意抽出宝贵时间来满足一些青年作家的各种需求。比如他曾为根本不认识的作家王焕庆的长篇小说《抽搐》写过序，没有一点架子，只要作品质量好，他都是有求必应。2015 年 11 月 23

日他重病住院，但即使是在生命垂危的境况下，他仍然按时参加了“陈忠实当代文学研究中心成立十周年暨陈忠实创作研讨会”，并在会上发表了催人泪下的讲话。这不正是忠实老师“春蚕到死丝方尽，蜡炬成灰泪始干”的文学写照吗？正如鲁迅所说：“我好像一头牛，吃的是草，挤出来的是奶、血。”这句话用来评价忠实老师再恰当不过了，他务实的事业担当与高尚的人格操守，令我辈中青年作家肃然起敬，钦佩万分！

作为良师益友　我为有忠实这样的老师的相识相携而受益匪浅

我和忠实老师是2004年春天在云南相识的。我还清楚地记得那天是2月28日。从我们相识到他的溘然离去，已有十二年零五个月了。但风景依旧，人却远走。真是“同来望月人何处，风景依稀是去年。”那个阳光明媚的春天和他的音容笑貌永远定格在了我记忆的最深处。

我记得，那是2004年2月29日，中国作协理事会结束后，作家郑千山和我，陪同62岁的忠实老师以及陈世旭、葛笑政、艾克拜尔·米吉提、尹汉胤几位作家到大理、丽江进行诗意的文学采风活动。

一路上，我们都亲切地称呼忠实老师为陈老。陈老给我的印象，不像一个蜚声文坛的著名作家，更像一个朴实敦厚的农人，没有丝毫的架子，谦虚而低调，他说话有一股浓浓的陕北口音，和他交流的时候，以至于我认为我是在和一个陕北的农民老大哥交谈，没有半点生分之感，反而是一种亲切，那是一种接近大地真切而自然的真情流露，让我仿佛闻到了黄土大地那醉人的泥土芬芳。

陈老喜欢抽那种细长细长的雪茄烟，一抽起来就停不下来。陈老抽的雪茄是那种价格低廉的雪茄，他顺手递给了我一支，我本来不抽雪茄的，但还是把它接了过来。我感到，抽雪茄的过程仿佛就是一次阅读“陈老”韵味悠长、气息浓烈的作品的过程，那袅袅升腾的烟雾弥漫四周，让人感受到了意味隽永的幽远意境。

陈老虽然话不是很多，但一路上总是有说有笑，中巴车里的气氛很是融洽。我们花了五个半小时，才从昆明抵达大理。我们在苍山脚下、洱海之滨、蝴蝶泉边、新华村口驻足欣赏，尽情徜徉，流连忘返。

我们在大理一待就是一天半，第二天一早，也是2004年3月的第一天，我们一行七位作家又风尘仆仆地往丽江赶。三个多小时后，中巴车在丽江的古城停下了。纳西族作家沙蠡、我的胞族诗人鲁若迪基早早在美誉天下的丽江古城等候着我们并在一起交流取经，一同采风。一路上陈老对云南的风土人情、秀美风光都赞赏有加，他说，云南作家在如此大美的土地上，可以写出很多很好的作品。对此，我们四位云南籍作家深有同感，但倍感压力。忠实老师深邃的眼光深情地凝望着彩云之南的红土地，若有所思，若有所悟，仿佛又想起了生他养他的那片黄土地，想起了他为那片他所挚爱的土地所写下的那些隽永而厚重的作品。

陈老的平易近人还体现在有问必答，有求必应。大理、丽江之行，一路上我没有少向他请教一些在文学道路前行中所遇到的难题或棘手问题，陈老总是耐心解答，语重心长，一副谆谆相告、诲人不倦的样子，让我大为感动。作为一名年轻的中国作协会员亦是忠实老师的弟子，我深知要想和陈老这样的文坛巨匠见上一面，比登天还难，更深知大文豪的墨宝极其珍贵。2004年3月1日，在如火如荼的丽江采风期间，我见缝插针请陈老题词，没想到陈老爽快地答应了。一晃十二年过去了，陈老的题词我仍珍藏于办公室内，只是忠实的墨宝还在，但陈老却已驾鹤西去。每每看到这些题词时，都会想起那个作为良师益友的陈老。陈老的题词是："激扬时代""品味成功　策划先行　策划专家　激扬时代""激扬时代　策划专家　品味成功"。其他三位作家之前就已为我的激扬时代工作室题了词，我记得是2004年2月28日题的词。艾克拜尔·米吉提的题词是："兼容并蓄　海纳百川"，陈世旭的题词是："激扬时代"，尹汉胤的题词是："激扬时代　无处不在　策划专家"，他们的题词让我倍感亲切、倍感珍贵、备受鼓舞。

陈老结束彩云之南的采风活动回到西安时，一直难以忘怀这次大理、丽江之行，还专门写了篇近9000字的散文《从大理到泸沽湖》，对云南这片红土地的风土人情、秀水青山进行了独到而细腻的描写与歌咏。陈老的散文平实而隽永，奇巧而俏丽，鲜活而生动，意蕴悠长，亮人眼目。他在"头上的风花雪月"章节中有着这样的描述："苍山是深灰到黑青的颜色，一眼望不到边际的宽幅襟怀里，是大片白亮亮的建筑群，如此强烈的反衬，又如此和谐，从视觉到心理都感觉轻俏和透亮。”寥寥数笔就把大理白族文化与自然的和谐之美写了出来，一个“轻俏”，一个“透亮”，让人过目难忘，倍感新颖别致。“我很感动，一个自古以来就把风花雪月顶在头上的民族，当会是怎样的一种胸怀和心地?”这种奇巧俏丽的写法让人耳目一新，令人回味。在“凤凰山·鹤翼村”的章节中，他有着这样令人难忘的描写：“沿着两条山系之间平坦宽阔的坝子西行，黄突突的秃山在右，苍劲挺拔戴着银白雪帽的苍山在左。清凉的晨风让人忍不住敞开车窗。窗外田野里一抹翠绿。一色的蚕豆秧，如绿波涌过来，闪过去，一眼望不到边际，看多了就觉得缺少色彩的变化和调节。”在描写凤凰山时他这样写道：“这山戳进人的眼里，一满是蹭硬和干涩，根本不想触摸也不敢触碰。”这种新奇的比喻，让人眼前一亮，顿呼过瘾。在“泸沽湖畔”章节中，他还有着这样隽永醉人的描写：“那一片蒙蒙的水雾又在两座山头之间出现了，稍为宽限的时间，可以看到灰色水雾下蓝色的湖水。第一眼和第二眼的最新鲜的直感，就是沉静，一种悠远的沉静。”“站到泸沽湖边上，我的心也顿然沉静了。不想欢呼，连赞叹的词汇也不想出口，只有哦哦哟哟的呻吟。”文章的结尾，忠实老师还有这样深情自然的流露：“我也不难想象，从泸沽湖从田地里从山野里摆渡耕作放牧归来的男人和女人，漱洗完毕吃罢夜饭，女子进入花楼等待夫君时该是怎样一种甜蜜的急切；那些匆匆走过幽暗的村巷进入花楼偏门的男子该是怎样一种坦然和幸福。那些甚至需要骑马或摩托赶到另一个村寨的小伙子们，以怎样动人的痴情在两个村寨之间的山路上的每一个夜晚走向自己心中的花楼……这是怎样充溢着激情的生动的泸沽湖。”像这样发自心灵深处的描写在忠实老师《从大理到泸沽湖》一文中还有很多很多……

我还记得，自 2004 年至今的 12 年里，我与忠实老师隔三差五会通过手机相互问候，更多时候是我向忠实老师讨教和祝福之类的交流。虽然这看似次数不多的心灵交流与虚心求教和那貌似平淡如水的真诚祝福与诚挚问候，但历经岁月的积淀和发酵，变得味美而甘醇，久远而弥香，宛如从山间高处滴落的清泉，时时浸润并滋养着我，开阔了我的文学视野，宽广了我的创作思路，丰厚了我的思想灵魂，升华了我的人生境界，让我受益无穷，终生铭记，没齿难忘！“高山仰止，景行行止”，忠实老师用他做人为文处事交友的高尚人格风范与务实担当精神，树起了当代中国文学大家的卓越形象与伟岸风骨，令我心生景仰，万分感怀。

相交十余载，友谊一生，受益一生，感恩一生，铭记一生。2014 年 11 月中旬，忠实老师大病初愈之后，因一本书的缘故又多次打扰过忠实老师。著名作家段平、官玉华历时两年采访撰写的《昂首名流 · 蔡金华小传》一书完稿后，忠实老师在病房里还专门为此书写过一段推荐语，印在了该书的封底，至今我仍然记忆犹新：“天将降大任于斯人也，必先苦其心志，劳其筋骨，饿其体肤，空乏其身，行拂乱其所为，所以动心忍性，增欲其所不能。孟子这段话可以说是穷其蔡金华半生之小结：生于穷乡僻壤，食不果腹中完成学业，事业将成却又累遭横祸。然，我们更多看到的是百折不挠，是百炼成钢的蔡金华。就像这部小传的书名——《昂首名流 · 蔡金华小传》，终成大器。”忠实老师的过誉之词，令我汗颜，更让我诚惶诚恐，但给予我更多的是莫大的鞭策与极大的鼓舞，以及那汩汩流动永不停息的奋斗动力。往事难回首，十多年过去了，每每忆起读起，都让我心潮起伏，感慨万千。

2015 年初夏的 4 月，听闻忠实老师病重，我多次打电话对陈老进行问候和祝福，当时忠实老师的记忆力已经开始衰退，长时间的讲话已有些吃力。虽然马不停蹄地奔波于工作生活中的繁杂琐碎之事，但我心里一直揪心着忠实老师的病情，衷心地期盼着忠实老师能战胜病魔，渡过难关。2015 年 11 月 30 日，那时我在鲁迅文学院培训，鲁迅文学院副院长、著名作家、文友邱华栋突然告诉我说，忠实老师的病情恶化，已病入膏肓，人就只剩下一堆皮包骨了。我黯然无语，一阵酸楚涌上心头，眼泪已在眼眶里打转……没想仅隔五个月，忠实老师就像他父亲一样因食道系统的癌症而仙然长逝，留给我无限的思念与悲痛，只能长歌当哭，化解哀思。“故人已乘黄鹤去，纵有白鹿在人间”，忠实老师的大家风范和他的《白鹿原》系列巨作，将永远铭记我心中，成为我继续慷慨前行、粲然人生的最宝贵的精神财富和最耀眼的指路明灯。

在忠实老师离开我们将满一百天的日子里，我写下以忠实老师 1992 年 12 月撰写的创作谈《天下谁人不识君》文章的标题为标题的此篇追忆陈老的文章，旨在深切缅怀我的良师益友，我最敬重的同道前辈，与云南的山山水水、与云南的文学艺术、与云南的作家诗人们结下深厚情感的忠实老师。

鸣呼痛哉！鸣呼悲哉！

忠实老师，一路走好！

（注：青年军旅作家王顺江对此文亦有贡献。特此致谢！）

乔公：九十欢笑金沙江

跨世纪的戊寅年（1998 年）的 8 月 10 日，是令云南文艺界最值得欣慰和喜悦的日子，是令各民族同胞欣喜倍增的特殊日子。这一天彝族当代文学的开拓者和先驱、我国著名的彝族老作家李乔迎来了他的 90 华诞。

晚上八点，热闹非凡的昆明四星级翠湖宾馆新楼门前，熙熙攘攘的宾客中，绝大部分是来自云南各条战线上的诗人、作家、评论家、彝族同胞以及新闻界的资深老编老记们。从他们欢声笑语的谈吐中，依稀可以感到李乔 90 华诞庆祝会的即将开始。

翠湖宾馆宽敞明亮的一楼会议厅内，早已座无虚席。这里，是李乔 90 寿辰的庆祝会现场。会场正中央，90 根红色的蜡烛依偎在五层高的生日蛋糕周围，似乎象征着“九五之尊”，摆放蜡烛和蛋糕的桌面上，秩序井然地摆满了各色鲜花。正前方，一块巨大的红色墙面上，写着“祝贺李乔同志九十寿辰”十个刚劲有力的大字。四周，一排排精致的花篮，一块块精美的匾，一封封来自五湖四海的贺信、贺电、贺词或放在宾客桌上，或揣在宾客身上……整个庆祝会现场，呈现一派热闹景象。

夜幕逐渐降临，当主持人宣布庆祝会开始的时候，全场响起了雷鸣般的掌声。从这掌声中，足可窥见与会人士对李乔的敬重之情之心，对文艺事业的崇尚之心之意。

庆祝会上，中共云南省委书记、省政协主席令狐安，省委副书记、省委宣传部部长王天玺，省委副书记、省纪委书记孙淦，省委副书记、省委秘书长王学仁送来了祝贺花篮，令狐安、王天玺分别写来了贺信、贺词。

令狐安在贺信说：“李乔同志，欣逢您九十华诞，谨以喜悦和崇敬的心情向您祝寿！作为云南和中国文坛上德高望重的著名彝族作家，您在70余年的文学生涯中，勤奋耕耘，为云南文学和当代中国文学的发展作出了杰出的贡献，这是您的光荣，也是云南的光荣。您一生追求光明和进步，在民族危亡之际，您秉笔从戎，奔赴抗日前线；在解放战争中，您投身边纵，为人民自由而战；建国后，你无限深情地为新中国的建设讴歌；在改革开放的时代大潮中，您光荣地加入了中国共产党。您的人生道路，您的作品和人格，如同不老青松，永远是我们学习的好榜样。尤其令人钦佩的是，已过耄耋之年的您至今笔耕不辍，佳作迭出，生命之泉如金江欢笑，奔涌不息。衷心祝愿您健康长寿！”

王天玺题词“九十逢盛世，妙笔写春秋——贺乔公九十大寿。”

中国作协在贺信中说，李乔是我国少数民族作家中最具代表性的作家之一，在他60多年的笔耕生涯中，他始终坚持文艺“为人民服务、为社会主义服务”的方向，始终保持艺术探索的勇气和锐气，做到了与人民共命运，和时代共欢歌，用他的生花妙笔，创作出了《欢笑金沙江》等多部脍炙人口的文学作品，为增强民族团结、丰富人民文化生活、繁荣社会主义文学，做出了积极的贡献。

当主持人用清脆的嗓音大声宣读完令狐安、王天玺以及中国作协的贺信、贺词后，全场所有人士都不约而同地鼓起了掌。这掌声，像一场及时雨，使云南文艺界的广大诗人、作家、评论家们为文艺受到如此高度的重视而激动而流泪，掌声也因此经久不息……

晚九点，庆祝会进行正酣时，令狐安从玉溪赶回昆明，赶到庆祝会现场，发表了热情洋溢的讲话。令狐安指出，“李乔为云南文学和当代中国文学的发展作出了杰出的贡献，这是李乔的光荣，是云南的光荣。”他勉励云南的广大诗人、作家、评论家们要向李乔学习积极投身到火热的现实生活中去，努力创作出更多更好的精品，努力为云南文艺的繁荣再创辉煌。

令狐安的一席话，使在场的文艺界人士感动得热泪盈眶。庆祝会又掀起了一个高潮。

寿星李乔在听完令狐安的讲话之后，也按捺不住内心的激动和感激之情，即兴赋诗一首：“笔耕年年欠丰收，汗水更比墨水多。愚公已将山挖去，老朽执笔叹奈何。”

省文联党组书记、文联副主席、作协主席李仕良代表庆祝会主办单位省文联、省作协致了词。他说，为李乔90华诞举行庆祝会，是对敬老爱老这一中华民族传统美德的最好体现；乔公人品、文品举世公认，得到国内外一致肯定；乔公热爱人民、热爱党、热爱祖国；乔公在高龄之年，还深入到少数民族山区体验生活、潜心创作，这是值得广大文艺界朋友学习、效仿的；我们要学习他这种无私为人民奉献精神食粮的崇高精神……

省委宣传部副部长顾伯平代表省委宣传部全体同志，向李乔90华诞表示祝贺，并祝愿李乔身体健康、晚年幸福、佳作不断。

著名白族诗人、评论家晓雪说："乔公为云南文艺树立了形象，我们要团结一致，不断探索；我们不仅要宣传他，而且要向他学习，学习，再学习。"随后，晓雪为乔公敬献诗歌一首。著名彝族作家张昆华也献诗一首："少年背筐去走厂，青春燃烧台儿庄。凉山跑马心不惑，九十欢笑金沙江。"

当庆祝会现场的灯光完全熄灭，当90根红色蜡烛逐一点亮，当乔公迈着矫健的步伐走上庆祝会中央和十余位活泼可爱的小朋友们一道吹灭生日蜡烛，当乔公精神抖擞地握着长刀把生日蛋糕一一切开，当到场的一百多位各界知名人士一起唱起"祝您生日快乐"的时候，人们完全沉浸在喜庆李乔90华诞的极度喜悦的氛围之中，庆祝会现场沸腾了，从小孩到老人，从一般人士到知名人士，从普通干部到省委领导，抑制不住内心的激动，纷纷落泪，庆祝会现场再掀高潮。

夜已经深了，与会人士一边品着生日蛋糕，一边以吟诗、唱歌、朗诵李乔作品片段等方式表达对李乔90华诞之祝愿、祝福之情之心。

"难忘今宵，难忘今宵……"省文联的合唱队与现场的同志们一起唱起来了，李乔90华诞庆祝会也因此圆满结束。可与会人士仍不肯离开，仍在为乔公祝福……

人们渐渐地依依不舍地离开庆祝会现场，这时，令狐安紧紧握着李乔的手，与李乔、有关领导及李乔家属、亲朋好友合影留念，并祝愿李乔健康长寿，佳作倍出。

1998年8月10日，一个令云南文艺界十分难忘的日子，它将永载史册。乔公，我们永远祝福您健康长寿，祝福您艺术青春永驻！

查干印象

对于著名蒙古族诗人、编辑家查干，我十余年前就在《诗刊》《人民文学》等国内大刊上拜读过他的诸多脍炙人口的作品，与他的联系，是在1997年的秋冬。我所主持的一家省级报刊的文学版设了一个“民族名家”重点专栏，约稿函发出不足一月，他便欣然将信照寄给了我。

从诗人查干的信函中，我才知道他是1939年在内蒙古鲁特旗出生的，毕业于当地一所大专院校，学的是蒙古文。我很诧异学蒙古文的他如今已成为著名诗人，编辑家，国家级刊物《民族文学》专职编委（副司级）编审，并身兼中国诗歌学会理事，中国少数民族作家学会副秘书长等职。他出版过《爱的哈达》《蹄花》《无艳的一枝》《灵魂家园》等八部影响颇大的诗集，其部分作品还被译成英、法、德、日、朝、匈等外文，真可谓中国少数民族诗人群体中的杰出代表和领袖人物。

随着信函往来的日益频繁，我开始对他有了一定的了解和感知。丁丑年金秋十月，他随“中国文艺家滇云采风团”赴滇采风，在他下榻的一家星级宾馆，我赴约拜谒了他。

敲开他的房门，查干笑容可掬地接待了我。他的穿着极普通又朴素，没有一点儿大家的架子，操一口极其和蔼可亲的北方普通话，给人一种长辈胜似诗人的印象。话匣子一打开，他便向我询问了白族著名诗人晓雪，彝族青年诗人李阳喜、王红彬，满族诗人金鸿为，景颇族作家晨宏等民族诗人、作家的近况。他说，云南是个好地方，昆明四季如春，大西南孕育了许多民族诗人、作家和评论家，在全国都是颇具影响力的。

查干不抽烟也不喝酒，对茶别有一番研究，他的平易近人的为人作风，深深打动了我，至今记忆犹新。拜谒他的那天晚上，他对我谈了许多关于诗歌的话题。他说，现在读诗的人越来越少，写诗人的却越来越多，诗坛正面临着市场经济的挑战，此话道出了诸多诗人、作家的共同心声，同时也道出了整个诗坛萧条态势。查干还说，《民族文学》月刊的办刊经费一年比一年少，但《民族文学》还得坚持宗旨继续办好，这可忙坏了他和他的同事们。

在昆明的文艺采风中，查干和其他文坛大家一道种下了一株株象征友谊之情的梅树，在文山的那几个日日夜夜，途经的村寨都留下了一串串深深的扶贫足迹。

查干除了繁忙地为人作嫁衣以及著诗立说之外，还恋恋不忘散文、随笔等文体，并见诸报端许多有影响的大作。他说，这几年身体欠佳，著作少了，主要是为台湾、东南亚华文报刊的约稿而创作。当然也为国内报刊写稿。

与查干短暂而又仓促的相遇，使我对这位来自内蒙古大草原的著名诗人、编辑家有了更深刻的认识。他像一位慈祥可亲的长辈，时刻关注着云南文坛特别是云南民族文学新秀的成长。云南民族文学的日益发展壮大，可以说，与查干的百般扶持和长久栽培有着直接的因素。我衷心祝愿他以后的诗之路更加辉煌灿烂，光耀九州。

杨世光：璀璨的星辰

春城的夏天似乎来得过早过急，火辣辣的阳光炙烤着这座四季如春的城市，街上行人稀稀疏疏，我骑着一辆破旧的赛车在环城路奔跑，汗珠不时将眼镜模糊起来。在云南出版社生活区，一幢幢新落成的住宅散发着碧蓝碧蓝的光。绕过大门，沿着一条小深巷往里穿行，在尽头一楼，我止住脚步，轻轻敲开了著名纳西族诗人、作家、学者、云南人民出版社副总编辑、大型文学双月刊《大家》主审杨世光家的门，这已是第三次了。杨世光老师热情地接受了我的专访。那天，是四月下旬的下午，杨老师刚从大理参加著名武侠小说家金庸的一次采风活动回到家的那二天。

丰硕的成果

面对被收入《世界名人录》的杨世光简单的　份简历，我隐隐感到这一丰硕的成就是如何来之不易。

杨世光，1940 年 7 月 10 日生于云南省中甸县，纳西族。大学毕业。1979 年在历史名城丽江创办并主编文艺期刊《玉龙山》。现为云南人民出版社担任副编辑，编审，主管终审国际大 16 开本文学名刊《大家》。中国作家协会会员，中国少数民族作家协会常务理事。全国第五次作代会代表。已发表散文、格律诗、学术论文近 700 篇（首），发表纳西古典长诗译作《创世纪》《黑白之战》《大鹏之歌》《猎歌》《赶马之歌》《逃到好地方》等九部。散文《玉龙春色》《夜石林》获第一、二届全国民族文学创作一等奖，论文《论明清时期纳西族作家文学的崛起》获中国少数民族文学研究优秀奖等。出版著作有散文集《神奇的玉龙山》《爱神在微笑》《孔雀树》《中国逍遥游·云南》（台湾版）、诗词集《金沙集》、论著《纳西族文学史》、童话集《金沙姑娘》《巧断偷骡案》等。主编《东巴文化论》《贝叶文化论》。参任《中华古典名著精解》《中国传说故事大辞典》《中国民族文化大观》《长江的传说》等大型书籍的主要撰稿人。主持编辑出版具有国际影响的象形文奇书《纳西东巴古籍译注全集》100卷及东巴文化丛书。其编辑的图书《南诏文化论》《东巴文化艺术》获第六、七届中国图书奖。其曾以作家身份应邀访问缅甸，作为期刊考察团核心成员应邀赴美国旧金山、纽约、华盛顿、洛杉矶、夏威夷考察交流，应约长期为《世界日报》副刊撰稿。

在其所发表的700余篇（首）作品中，有250余篇（首）作品被美国《世界日报》、英文版《中国文学》《中国新文艺大系》《中国散文百家谈》《世界民间故事》《中国当代绝句精选》《中国文学大辞典》等50余种报刊、选集等翻译、介绍到国内外。其作品10余次荣获国内全国性文学奖及云南省文学成果奖；其生平与作品词条20余次被《中国文学家辞典》《中国作家大辞典》《中国当代艺术界名人录》《中国少数民族作家辞典》《中国当代文学史》《近现代中国少数民族英名录》《中国当代著名编辑记者传记集》《世界华人文学艺术界名人录》《中华大百科专家人物传集》《中华人物辞海》《中国大百科专家人物传集》《中国跨世纪文艺英才大辞典》等国内外权威性著作收入和译介。这在中国文艺界、出版界、报刊界是为数不多的少数民族英才之一，在云南，更是少之甚少。

坎坷文学路

在文学这条弯弯曲曲荆棘丛生的道路上，杨世光和其他一些文坛大家一样，走过了他极不平凡的童年、少年、青年时代。

58年前，杨世光出生于云南中甸县江边境（现虎跳峡镇）木笔弯（现新仁村）拉托里一农民家庭。家门前流淌着金沙江水，北面是著名的玉龙雪山和虎跳峡，诗情画意般的灵山秀水，使他从小就受到了自然灵韵的熏陶，加之他的家乡从古至今便有神奇的东巴文化根深蒂固的陶冶，在他7岁时，他的父亲便为他请来了老师，老师和父亲一样，对他管教极其严格。他开始读和背诵《千家诗》，从此文学成了他童年的启蒙老师。一天，老师出了一个对子“风来花自舞”让他对下句，他望着长势正旺的一草一木，想了想，一句“草木风来齐鞠躬”脱口而出，老师大惊，认为小小年纪的他有灵气、肯动脑，将来必成大气候。在老师的谆谆教导下，他开始对文学产生了浓厚的兴趣，在拉马洛小学和新仁高小的小学生涯中，他写的作文在班上得分最高，经常受到老师的表扬和夸奖。

14岁时，他以优异的成绩考入离家较远的丽江中学，他一边认认真真学好功课，一边练习写民歌式的诗歌。初中时代的他，便在《丽江日报》开始发表诗作；与此同时，他开始翻译一些在当地广为流传的纳西民间故事，这些翻译作品后来被收进了由上海文艺出版社出版的《纳西族民间故事集》里。由于他过人的天赋和勤奋好学的上进心，高中二年级，他便被学校推荐进行提前高考，并顺利地考入了省城的昆明农学院（现为云南农业大学），在高等学府里，机遇从他身边擦肩而过，在没有文学专业的情况下，他只得攻读遗传学专业。大学时代的他，边攻读学业，边钻研中外文学名著，他常常利用星期天的放假时间，跑到风光旖旎的黑龙潭公园写长诗，其中《神秘的金鹿》和剧本《曲江试墨》等颇具影响的作品就出自他的学生时代，后来收入《金沙集》的部分旧体诗，也是他在公园里刻苦练笔的结晶。

他的学生时代，晚上几乎都是和松明火、火塘相依为伴的，白天跋山涉水，晚上深夜才回到家，从小的独立生活，使他学会了吃苦耐劳，学会了自强不息。他的寒暑假，是和牛群、书本、砍刀、森林为伴的，他边放牛、边读书、边砍柴、边拾菌子；有时，还帮助父母做农活，从小的生活所逼，使他懂得了劳动的真正内涵，领悟出了文学的最初来源。这期间，他写了大量的与父爱、母爱有关的散文，《母亲与火塘》《父之爱》《火土》《一个憨厚的寨子》等就是他学生时代最初的散文作品，发表后收入了他的散文集《神奇的玉龙山》里。同时，他开始有了买书的强烈欲望，家境虽穷，父母却支持他，《普希金童话诗》《钢铁是怎样炼成的》《三国演义》《水浒传》等就是他学生时代节假日的亲密朋友，这些中外名著，深深吸引了他，同时也成了他写作时的最好老师。这些名著，为他的文学之路点亮了一盏又一盏航标灯，也为他后来文学创作的一发而不可收奠定了良好的基础，打下了坚实的根基。

为人嫁妆路

24 岁，杨世光从大学顺利毕业走入了社会，并先后供职于丽江地区文化馆、丽江地区写作报道组、丽江地委宣传部从事自己喜爱的新闻、理论写作和文艺创作。这期间，他笔耕不辍，写出了一篇又一篇脍炙人口的精美散文，其中《虎跳峡散记》在《云南日报》发表后引起文坛的强烈反响，并收入了《少数民族散文选》专著，从此杨世光这个名字便被云南文坛的前辈们所记住。

在丽江工作期间，他又迷上了文学评论这一难度极大的文体，并在《云南日报》《云南工作》《云南文艺》等省级权威报刊上发表了（评《红楼梦》）等评论文章；同时，他还主持创办并主编了文艺刊物《玉龙山》，从策划到组稿到编稿到校对到印刷到出书到销售刊物，几乎每道程序都由他具体操作具体完成，通过《玉龙山》这份地州级文艺刊物，他自己既得到了锻炼又发现和培养了当地一大批文学爱好者，有的目前已成名成家，有的加入了全国、省、地作协。

在办《玉龙山》刊物期间他笔耕不辍，翻译整理发表了《龙女树》等大量民间文学作品，写成并见铅了《黑白之战》《创世纪》等九部纳西古典长诗。

由于他出色的工作和在文学艺术方面取得的显赫成就，1981 年年初，他调到了云南人民出版社工作，仍然做着为他人做嫁妆的文艺编辑工作。并相继任副编审、编审和副总编辑，并主管终审国际大 16 开本文学名刊《大家》。这期间，经他之手编辑、终审、出版、发表的作品就达九千余万字，经他之手栽培起来的文学作者队伍已遍及省内外。

他与大家休戚与共

在他任副总编期间，一边参与出版社的策划、组稿、审稿工作，一边主审《大家》杂志，忙得他无法分心搞创作。《滇文化丛书》《对联丛书》《云南作家丛书》《云南宗教文体丛书》，荣获第六、七届中国图书奖的《南诏文化论》《东巴文化艺术》以及有世界影响的极高文化学术价值的《纳西东巴古籍译注全集》100卷和东巴文化丛书等重点丛书，就是经他之手问世的，这些图书出版后有30余种获奖。他，功不可没。

在严肃文学刊物走下坡路的九十年代，《大家》发表的每一篇（首）文章都注入了他的百般心血，目录、封面、版式、插图、内文、都渗透着他仔细审读、修改的墨迹和声音。

在机遇与挑战并存的刊物竞争队伍中，其残酷性不言而喻，对此，他和《大家》的同仁们一道，化天时、地利、人和的不利因素为有利因素，大胆求新求变，走出了一条令世人刮目相看的道路，无论发行量还是文化品位在全国都是首屈一指。正如杨世光所说的那样："立足云南，面向全国，走向世界，大容四海，海纳百川"，且追求的是内蕴深刻、品位主仰、勇于探索的大家之大作。以这种宗旨办刊，并以诺贝尔文学奖得主虔诚仰视文学殿堂的黑白肖像为封面，怎能不受广大读者的钟爱，怎能不成为名刊呢？

真诚为本　无律非诗

大凡成名成家的人，都有自己对文学艺术的独到见解和主张。杨世光也不例外。

他对自己所钟爱的散文追求是：笔下生微笑，偶然一皱眉，情思穿史哲，炼语织文诗。这是他对散文所主张的二十字"方针"；这层面，真诚是散文之本。正如他在《中国新时期散文百家传略》里所主张的那样："不把散文当清闲、玩偶、调剂品；做散文也是做人，当他是人生的一种追求。""散文传泻主体的心流，渲示'我'对天地人三界的观察与思考，来不得假伪悲善、故作多情，来不得子曰诗云地邯郸学步掩没个性。喻理者不故弄玄奥，华美者不哗众取宠，素朴者不浅寡无聊，谐趣者不戏耍噱头。无论叙事、灵物、怀人、雄辩、抒情、述趣，无论是何等立意、构思、境界、情致、藻华、音律，亦无论是阳刚阴柔、豪犷细腻、热切冷峻、深沉轻快、奔纵简约，但有十分真诚在，则高、则活、则新、则美、则散文幸甚。”

对于格律体诗词，他主张“无律非诗”。一则诗贵立意，构建出一个相对完整的意境，传达一种情致，一种思想；二则诗要形象思维；三则诗词要清新明畅；四则诗贵孤独，要独出心裁，与众不同，有鲜明的个性、独特的自我；五则真诗则佳；六则诗要锤炼，人所共知；七则诗是有情物，情志要一体。

的确，杨世光之所以能成为著名的诗人、作家、学者、编辑家，这与他先天性的刻苦和后天的创造是分不开的，他的散文主张、诗词主张等确实让常人难以攀及。也难怪他发表、出版了这么多影响深远的精品佳作。

热爱生活　讴歌生活

面对图书市场的日益混乱成灾，面对诗人、作家、学者的纷纷市场化，面对拜金主义对文坛的强烈冲击，杨世光表现出一种超然的大家风范。他不想知难而退，只想迎刃而上，他如此，《大家》也如此。正如他面对生活那样，自始至终充满着热爱，充满着激情，充满着无比的宽容和大度。

面对现实，杨世光出版了很多有影响的著作，可他认为才这还小点，他说：“以前的成就属过去，今后的成就靠现在的努力。”目前，他只能暂时牺牲自己的创作时间，去努力把各项工作搞好，在搞好工作的前提下，他还想挤点时间搞创作。可时间对他确实有些不公，他曾写好一部长篇小说的创作提纲，但苦于没有时间，他无法动笔。

在谈到今后的创作打算时，杨老师告诉我，拼命挤时间，计划对从古至今的纳西族生产生活描写的长篇小说，以填补目前没有一位纳西族文人写自己本民族的长篇小说的空白；努力完成以前没有动过笔但提纲已写好的那部长篇小说。

的确，时间有些不公平，不知不觉中，杨老师一个下午的宝贵时间被我占用了，采访也随之完结。我合上厚达数十面的采访本，匆匆离开杨老师家时，在我的脑海里，依稀有他伏案笔耕的身影……

时间对他何时才公平!?

我衷心祝愿他未完的心愿早日实现。祝愿他永远健康幸福!

走近米思及

与著名诗人米思及相识是五年前的冬天，一个阳光灿烂的下午。是我的一位诗人朋友引荐相识的，那年，米思及刚好50岁。

其实，在10多年前，我就读过米思及的许多诗歌作品，大部分是发表在《诗刊》《人民文学》等文雅刊物上，感觉米思及的诗与众不同，有一股独特的红土高原所散射出的令人兴奋的气味；在更早些时候，我也零零星星地在一些报纸上看过米思及写的一些有关爱情、生命及希望的诗作，感觉像外国某些大诗人写的诗作一样，让人愉快和激动。

当我从南方一所大学毕业落脚昆明以后，才知道米思及和我共同生活在一座城市，两者相距不足十公里，在文朋诗友的频频聚会中，几乎每次都谈及过米思及及其人其诗，米思及是云南文坛公认的好人，在我心里，米思及给文朋诗友们留下了极其深刻的印象，我却未曾与其会面，深感遗憾。

丁丑年夏天，我在东华小区夏阳里一幢老式住宅楼里，拜访了米思及，对其才真正进入到了解的角度。

米思及，云南姚安人，1942年11月出生，1966年毕业于云南大学中文系，1968年分配到原中央文化部直属北京幻灯制片厂编辑部，1973年调回昆明市文化局，1979年参与创办纯文学刊物《滇池》。著有诗集《爱情·生命及希望》和《隐藏的土地》以及其他文体若干。

大学时期的米思及便在省级报刊发表大量文学作品。“文革”后，其诸多诗作纷纷在《人民文学》《诗刊》《当代》《文学报》《星星》《边疆文艺》《四川文学》《云南日报》《羊城晚报》等全国各主要报刊发表，引起了诗坛的广泛关注。其中大量作品被《当代短诗选》《中国抒情短诗选》《中国诗人自赏诗选》《中国百家爱情诗选》《中国当代诗人座右铭汇赏》《世界华文诗歌赏析》《中国报刊文艺编辑作品精选》《中国当代青年诗人爱情诗选》等二十余种全国性选集刊用；部分被纽约《美洲华侨日报》，香港《文学报》《新晚报》、北京《中国文学》（英文版）等海内外报刊选载和翻译。《中国作家大辞典》《中国文艺家传集》《中国新诗大辞典》《中国当代艺术界名人录》《中国当代诗家诗话辞典》等多种辞书收录了米思及的从诗生涯及其诗理论。

面对诗歌，诗人米思及感慨万千，诗理论如数家珍，他说，诗，已经回归，回归到了自己固有的家园。已经从权势的禁锢中走出来，远离了急功近利熙熙攘攘的闹市，不再到大街小巷每个角落去行游表演，再不必随时探询“画眉深浅入时无”，开始随心所欲地歌唱。被迫去占据别人的居所让给了后来的主人：标准、口号、宣传、说明、表态、祝贺、介绍等，使大家各得其所，相得益彰。如今的诗歌，已站到了自己应有的高度。因此高贵、尊严、博大、精深、睿智、对足下的土地深深眷恋，并耐着寂寞清贫精心耕耘，播种爱，播种美、播种智慧、播种高尚，真情和理想，并且目光深情地越过眼前的世界，思索和关注着人类的未来以至终极。这时，只有真正热爱它的人，只有抵御得住金钱、地位、物质和诱惑的人，才肯翻山越岭不辞辛苦长途跋涉到它的圣地朝拜，这样的追求者——诗人怎会成群结队呢？米思及认为，人性中最基本、最主要的素质就是爱，就是善良，就是向往和追求，这恰恰是诗歌最本质的内涵和出发点；有了爱和向往就需要倾诉，就需要知音和共鸣者，无非是，有的人用眼睛，有的人用手势，有的人用行为。他还说，诗是一爝灯火，一粒星光，诗能超越痛苦和虚无拯救自己；诗人有哲人、思想家、改革者和亿万热爱生活并为之的奋斗的人同行，诗人并不孤独。此番话语，道出了诗人米思及对至高无上诗的精辟见解、主张和倾诉。

米思及现为昆明市文联副主席，作为省第七、八届人大代表、中国第五届作协代表、中国作协会员的米思及，对红土高原这片令人痴迷的土地有着深深的眷恋之情，他行吟在这片尚未被世界所认识和理解的隐藏着的土地上；他始终如一地在歌唱那些隐藏着的美丽、神奇，隐藏着的不幸、艰辛，以及隐藏着的爱情和向往。这也难怪他的诗歌创作对云南独具特色的“红土诗派”的形成及推广起到了倡导和推动的作用，也引起了评论界的极度注意，当代著名评论家谢冕、晓雪等曾著文进行评论介绍，多年来，诗人米思及发现和扶持了云南及全国不少青少年作者，其中不少作者如今已成为著名诗人、作家、评论家，在全国文坛已备受人们关注，这里面，融进了米思及诸多的心血和汗水。

米思及在其所著的诗集《隐藏的土地》一书《代序》中曾写道：“用哲理才能破译出我的哲理，用激情才能释放我的激情，用呐喊才能听到我的呐喊，用冷静才能理解我的冷静；岁月从我的眼睛里流走，我愿沉默，让波涛带走我的声音。”在米思及所刊发的绝大部分诗作里，都充满了《代序》里的哲理、激情、呐喊和冷静，这只是米思及为诗的诗歌哲学的一面，更多的，还是他为人的另一面。

沉默的米思及并不沉默，近几年，除了大量的工作及社会活动外，他对诗歌情有独钟。虽然云南首届艺术节、中国第三届艺术节、云南省九运会等大型活动的长篇朗诵词及解说词耗去了他诸多的时间和精力，但是这并没有消减他对诗歌的创作；相反，他以诗人独有的敏锐创作出了大量诗化的散文，备受评论界和读者的如潮好评。

面对真实的诗歌，面对浩大宏阔居无片瓦的诗的家园，诗人米思及将绵绵不断地追求更高境界诗的多彩、丰厚、深邃和美丽，诗人米思及的天空将更加完美。

怒江因他而醒来

“为什么我的眼睛含满泪水？因为我对这片土地爱得深沉。”一位州委书记这样深情地爱着他主政下的这块土地。

“水击三千起鹏程，罅隙深处谋福祉。绿色锌都勇创业，蛰龙一啸动千山。”泸水、福贡、兰坪、贡山，同饮一江水，水绕山缠，拥城入怀，人工之美都黯淡；城居江畔，依山傍水，无愧福地小洞天——这块土地就是怒江，就是世界上最长、最神秘、最美丽险奇和最原始古朴的怒江大峡谷。

学而优则教，教而优则仕。他是学者、是诗人、是书法家、是中国民族史博士、是大学客座教授、是硕士研究生导师——这位州委书记，就是中共怒江州委书记段跃庆，云南跨越发展最早的实践者、怒江二次跨越战略的提出者。

怒江，江边有路，路窄，最窄处只容汽车单边通行；怒江，路边有山，山险，最险处悬崖峭壁——而怒江大大小小的村庄、乡镇、县城乃至州府，就建在江与山之间的路边。怒江，是沿江而建的怒江：有天无地，有水无财，有脚无路；怒江，是严重闭塞的怒江：无铁路、无高速公路、无机场。

这就是怒江，一个人们也许会惊艳于其雄俊的江山、但必然会却步于其原始生活的怒江；一个有着无比秀丽的景致，却因其恶劣的交通导致即使是旅游黄金周也鲜有人踏足的怒江；一个有着丰富水资源、电资源、矿资源，所辖四县却均属于国家级贫困县的怒江——但就是在这个背景下的怒江，一位中国共产党的书记的出现，注定要让它睁开看向世界的眼睛。

党的十七大提出到2020年实现全面建成小康社会的奋斗目标，为了怒江州不落伍，为了怒江州各民族不掉队，怒江州委、州政府在党的十七大精神的指引下，用科学发展观的思维重新认识并把握州情，比照国情、省情、州情后作出科学判断，率先提出推进科学发展、促进社会和谐的战略，并创造性地提出了怒江州必须坚定不移地实施二次跨越的恢弘战略。

从此，怒江睁开了眼、睁大了眼、睁亮了眼。怒江，有着爆炸性的巨大力量，一如汹涌流过的怒江水，但却沉睡太久。而今天，因为一位书记的到来，因为一个重大战略的提出，怒江已经睡醒，二次跨越就是它面向世界的眼。从此，带它领略四季的变换，变换了人间；从此，带它穿越拥挤的人潮，敞开了胸怀；从此，带它阅读浩瀚的书海，跨越了文明。

大江一怒从天降，惊涛裂岸震八荒。
高黎贡，碧罗雪，雄峰对峙峡谷长。
丙中洛里藏锦绣，石月亮中透星光。
峡谷低吟古老的歌，千年大江任流淌。
大江一怒从天降，经天纬地变沧桑。
片马血，泸水魂，刀山火海脚下闯。
民族共饮同心酒，和声响彻和谐江。
峡谷高奏跨越的歌，千年大江奔海洋。

正如这首由段跃庆书记亲自填词、如今早已唱遍怒江大峡谷的《大怒江》之歌，在二次跨越的战壕里，怒江突然间越过了“刀山火海”。

就在2012年9月7日，怒江州贡山县的独龙江乡“通网”了，中共云南省委副书记、省长李纪恒通过网络与独龙江乡的领导干部、少数民族群众进行了视频通话。李纪恒省长宣布，独龙江乡信息通信网络开通。至此，云南省最后一个未通固定电话、宽带及第三代移动通信系统的少数民族乡实现了现代信息通信的跨越，“这是党和政府对独龙江的深切关怀，希望你们利用好网络，与世界多接触，学好知识，脱贫致富，走向现代文明。”李纪恒省长的这句话，是对怒江二次跨越成果的最好检阅。

这代表着，曾经，独龙族人民被高黎贡山阻隔在世外，封闭、原始、贫穷、落后。

这代表着，现在，随着独龙江乡推进独龙族帮扶三年行动计划的实施，一个帮扶人口较少民族发展的“独龙江模式”正在怒江大地悄然进行，独龙族人民正在进行着“多级跳”，一个民族的千年梦想正在加速度变为现实。

这代表着，在恢弘的二次跨越战略中，怒江最后一片漆黑的角落也已被照亮，怒江，已完全睁开了它的眼睛。

因为这个人，那片原始的土地，终于睁开了它的眼睛；因为这个人，沉睡已久的怒江，终于也睁开了它的眼睛；它们都醒了，为什么它们都醒了？它们是想让它们的53万子民知道，世界已在它们面前。

侯新华：挑战无悔的青春

这是一片神奇而又迷离的土地，它积淀着古老而又年轻的跫音。这是红土高原上最绚丽夺目的一道风景，它记载着一串串感人至深的故事，记载着一位傈僳族汉子坚强执著的跋涉足迹。在这片充满挑战的红土地上，有位傈僳族汉子用心血和汗水弹奏出了跨时代的强音，用灵魂和意志谱写了一段开拓奋进的历史。历史强音的弹奏者便是现年 34 岁的云南省民族中等专业学校的校长侯新华。

沉甸甸的荣誉

摆放在记者面前的是侯新华校长自 1986 年至 1996 年 2 月近 10 年时间里所取得的部分荣誉和学术著作。

1986 年 2 月，他个人编译的傈僳文小学算术课本（教材）第二册共 7.2 万字由云南民族出版社出版发行。同年 8 月，他个人编译的另一本傈僳文小学语文教材第四册计 8.4 万字由云南民族出版社出版发行。

1989 年 1 月，他个人编译的第三本傈僳文小学语文课本第七册计 9.6 万字由云南民族出版社出版发行。同年 9 月，他的长篇论文《傈僳语文翻译工作促进了本民族的两个文明建设》和翻译的《傈僳族青年文学作品选》分别在第三次全国语文学术讨论会上受到一致好评并由云南民族出版社出版。

1993 年 10 月，他编的《汉傈新词术语集》及个人编著的 40 万字的《傈僳族丧葬歌》均由云南民族出版社出版发行。同年，他被云南省委直属机关工委授予“先进党委工作者”称号。

1994年，他被云南省委直属机关工委授予“青年知音”称号。其编著的《傈僳族丧葬歌》被云南省新闻出版局和省出版工作委员会评为1991—1992年度滇版优秀图书一等奖。

1995年，他被云南省民委授予“先进工作者”称号，学校被云南省委、省人民政府授予“贡献奖”称号。

……这里摘下的仅是侯新华成绩与荣誉的一部分，更多的，还是在他平凡的工作岗位上。

坎坷的求学路

1963年8月，侯新华出生在怒江州泸水县六库镇苗干山一个极其贫穷的傈僳族农民家庭里。他五岁那年，便孑然一人到离家5公里的一所小学读书，每天早上鸡叫便起床，背着苞谷面揉成的粑粑去上学，晚上5点钟太阳落山时才拖着饥饿的身子回到家，那时家里没有电，只能将从山上采回的松明点燃后借着忽暗忽明的光线做作业，预习功课。7岁那年，他赤着脚，到离家20公里的马黄庆完小继续读书。当时家境极为困难，只能靠自背的苞谷面和稀饭来维持生计和学业；1975年8月，他以优异的成绩考入了泸水县一中，他还是只能跋山涉水，到30公里以外的中学求学，其中求学滋味，是非常让人难以忍受的。在他读中学期间，每月仅靠家里七拼八凑出的2元钱来维持一切费用，而这2元里，凝聚着侯新华的母亲和姨娘无数次的含辛茹苦卖鸡蛋换来的一点点积蓄。也正是这无数个2元的强烈支撑，他终于没有辜负家人的期望，以优秀的成绩考入了云南民族学院民语系攻读文学学士文凭。5年的大学生涯，使他真正体会到了求学的甘苦。

经过5年的大学生涯的征程，他以优异的成绩顺利毕业，并取得了烫金的文学学士证书，面对这沉甸甸来之不易的文凭，在毕业晚会上，这位从农村走出来的硬汉子，终于落泪……

在毕业分配时，他争着要回生他育他的怒江工作，因为他十分眷恋怒江的山山水水。但是作为一个党组织培养起来的大学生，他最终服从了组织上的安排，被分配到云南省少数民族语文工作指导委员会工作，担负起了编译工作的担子。

勇挑重担　忘我工作

1983 年，在专家们的指点下，刚从大学校园走进社会工作的侯新华仅用 2 个月的时间便学会了老傈僳文文字。在民语委领导的鼓励和支持下，同年 10 月便奔赴交通闭塞、山高坡陡的怒江州福贡县石门登乡进行社会调查工作。在那里，他认识到要改变山区贫困面貌，首先要发展教育，而双语教学是能迅速提高傈僳族文化水平的一条有效捷径，当即熬灯夜战，撰写了《石门登小学开展傈汉双语教学获全区统考第一名》的调查报告，此文对指导傈僳族高寒贫困山区如何发展少数民族教育事业起了关键性作用。

在省民委工作期间，侯新华除独立完成了傈僳族小学语文第四、七册，小学算术第三册的编译出版外，还撰写了省八五重大科研项目——省志《云南省少数民族语言文字志》中的傈僳族语言文字部分等。因对傈汉双语教学和傈僳族社会科学研究做出了贡献，他被推举为云南省少数民族古籍文库傈僳文库编撰委员会主编、省翻译学会常务理事、中国职业教育研究会理事、云南民族学会傈僳族研究会常务副会长等职。

通过深入学习与实践，侯新华深深地感受到作为一名少数民族知识分子的一种强烈的责任心和紧迫感，促使他不懈努力，为提高少数民族文化素质而奋斗、进取。

6 年的编译工作，不仅燃旺了侯新华对少数民族同胞的热情，更磨炼了他坚忍不拔、忘我工作的奉献精神。

新任务　新奉献

1991 年，经组织上严格考查，他被选调到云南省民族中等专业学校从事行政管理工作。省民族中专是全省唯一的一所省级民族中等专业学校，同时也是省民委下属的拥有 80 多个教职工，近 700 名学生的大单位之一。当时他想，自己从未搞过行政管理工作，作为一个受党教育多年的民族干部、共产党员，在组织需要时能知难而退吗？不，他要摸着石头过河，边学边干。

侯新华走马上任不久，那些一开始觉得他年轻而不放心的同志一个个相继坦然了，不论刮风下雨、不论天气寒暑，他每天早上第一个带头打扫好办公室卫生后开始工作，身为行政科长兼机关党委委员的他，繁杂而又琐碎的后勤工作总是从早到晚地缠着他，直到很多人家厨房飘香他才拖着疲倦的身体走向家门，而回到家里后仍有不少人找上家门，有要求调进学校的，有来申请住房的，有因家里闹矛盾要求调解的，还有因学生生病要求送医院的，甚至因学生违纪要求处理的……一件件的事情在等他一一解决，他总是顾不上休息，不厌其烦地当即帮助解决，给予答复或做思想工作。

由于他忘我的工作，总是让自己的孩子在幼儿园里等到小朋友们全部走完了都没法去接，孩子的一日三餐只有在学生食堂匆匆对付，此举令来访的亲友瞠目，连他四岁的孩子生病都抽不出身去医院看看。在工作之余，他虚心好学，常向老同志请教，学习老同志丰富的工作经验；功夫不负有心人，不足一年，他摸清了学校行政方面各项工作的规律，熟练地掌握了行政管理的诀窍。

身居要职　廉洁奉公

1992 年的 9 月，由于他出色的工作成绩，被组织任命为省民族中专主管行政的副校长兼校党支部副书记。分管行政、后勤、财务、基建、计生、初级卫生保健、学生管理工作。在短短的三年中，改、扩建了图书馆、阅览室、计算机室、理化实验室、行政办公楼、新教工宿舍，使学校有效用房面积增加了 5000 余平方米；由于加强了财务室和医务室的管理，学校连续 5 年获得了上级部门的嘉奖。同时，大力支持书法教师组织辅导 15 名学生参加了中日青少年书法比赛并全部获奖，其中一些学生的作品还入选妇会书画展。在第五届全国少数民族传统体育运动会开幕式上组织学生参加表演了大型舞蹈《欢庆》获省政府最佳节目奖，他本人因此被评为“优秀党务工作者”和“青年知音”荣誉称号。

侯新华任职期间，免不了和钱物打交道，但他廉洁奉公，从不占公家一分便宜。一次，有一个浙江人到学校推销医疗器械，当时学校正缺这种器械，买下也无妨，但那人为了促销，竟在无人处私下对他表示，给500元做回扣，当即，侯新华板起脸严肃地说：“你睁开眼睛看看，我是共产党员，决不会做这种损害公家利益、对不起党的事。”类似这样的例子还有几次，他一一给予严肃回敬。他的这些举动和措施，保护了学校的财产，维护了学校的尊严，为学校赢到了社会声誉，深深感动了他周围的同志。

一校之长　任重道远

1995年的2月，改革大潮把侯新华推上了省民族中专校长的职务，使工作不满十年的他，成了全省百余所中专学校最年轻的校长。身为一校之长的侯新华，深感自己的任务重、担子重，尽管如此，他凭着自己的长期积累的经验和方法，又开着顶风船一步一个脚印前进了。

刚上任，工作千头万绪，他仍坚持每星期都听课，虚心向老校长求经，虚心向老教师学习教学方法，帮助年轻教师不断总结经验，提高教学水平，努力创造条件让年轻教师到大学进修、深造，让后勤职工到省级饮食服务部门学习提高管理、烹调、服务技术……

侯新华走马上任校长才3年，学校便形成了良好的校风和学风，学生人人思想上进，发誓要为发展边疆民族经济文化发奋学习；教师长期超负荷工作而无一人有怨言，只想为着边疆经济繁荣多出人才、早出人才、快出人才而努力。一年来学校乡镇企业管理15班被评为全省唯一的一个中专全国优秀班集体、德育教育先进单位、96年度招生先进集体、省青年文明号，学校党支部被评为省直机关先进党支部，35名学生入了党，34名学生被评为省级优秀三好学生或优秀学生干部，13位教职工被评为省民委系统的“先进工作者”，一人被评为全国优秀教师。而作为一校之长的侯新华，则多次主动将各种荣誉让给了第一线工作的教职工，此举赢得了全校教职工的赞叹。

由于学校管理日臻完善，校风日淳，教师素质日高，招收的学生虽然

90%以上是少数民族、是边疆贫困地区考生、是农业人口，但进校后都反映“学得好，用得上”，毕业生合格率达到100%，合格率位居全省中专学校前列，且毕业生工作几年后都成了各基层单位的中坚技术力量。

作为一校之长的侯新华，加强了学校各科室人员的管理，他一手抓教学管理，一手抓学校管理、扩建工作，补充完善了学校的三制改革方案，明确了各岗位责任，制定出了新的奖惩制度，让每位教职工都能有规可循，各司其职又能相互配合。不仅如此，他还先后负责举办了全省民族地区厂长经理培训班、民族地区“热点”工作干部培训班、民委主任培训班等，不仅为边疆民族地区培养了大批的专业技术人才，同时也扩大了学校的知名度，打出了学校的牌子，吸引了成百上千的优秀人才到省民族中专求职。

面对跨世纪的挑战，侯校长四方奔走，上下协调，争取到了1800多万元的资金，为把云南省民族中等专业学校改扩建为21世纪的现代化的省部级重点中专学校奠定了坚实的基础。

侯新华就是这样，一步一个脚印，扎扎实实，埋头苦干，忘我工作，廉洁奉公，乐于牺牲，在短暂历程中，谱写了一曲曲新时代可歌可泣、可敬可亲的乐章。面对新世纪的挑战，面对更加沉重的担子，他再一次说出了他作为一名年轻校长的心声，“有一份光发一份热，乐意为民族教育奉献自己绵薄的一点力量”。

又是一度辉煌，又是一个梦想的结束和开始。侯新华，我们等待您的下一个奇迹，下一次辉煌……

梅，美给她自己看

正是恋爱的季节，我曾孑然一身在沿海发达都市漂泊，漂泊的滋味至今仍浓浓地围裹着我，就在那些飘忽不定的日子里，认识了一位在粤打工的川妹，川妹长得不算美，但很迷人，在人欲翻滚的都市里滚打已多年，受过大学教育的川妹学会了女人很难学会的东西：抽烟、喝酒、赌博。这令我一见面就有些生厌。

可能是环境所迫的缘故，一个阳光灿烂的日子，我离开了那座喧嚣得令人惆怅的城市，离别时朋友很多，可最终能送我到飞机场的只有川妹，我觉得情况有些不妙，便开玩笑似的问川妹一句，没想到她的回答荒唐得有点脱离现实……回答过后是长达二十余分钟的沉默，这是一种煎熬人心的沉默，我被弄得神经错乱思维不停地打转。最后，不知何故她与我同一航班飞机抵达同一城市。

在以后无数个孤独寂寞的日子里，我常常独守一间空房，在偌大的屋子里坐着，思绪的缰绳不由自主地跑到了川妹的身上。意念中的我想去逛一逛的士高舞厅，时间就选择在我生日的那天晚上。

舞厅里追潮的靓女很多，我要了一杯酒坐在吧台边看着一群年轻人在狂欢，晃动的灯光和人影让我浮想联翩，朦胧中，一个少女端起了我的酒杯，我眼睛忽然一亮，原来是令人难忘的川妹，川妹旁边还站着一位少女。

川妹擎起了酒杯，很庄重地和我碰了一下，继而介绍：这位是湘妹梅，这个舞厅是我承包的，生意还可以，每月除去房租、水电及其他费用，还能赚它个一两万。川妹边喝边自豪地说。我与梅步入舞池的时候，川妹是用一双异样的火辣辣的眼光看着我的。

从那一晚起，梅便像一块强磁性的磁石，深深地吸引了我。无论在夜深人静还是孤星高悬的黑夜，梅的一举一动都会跳跃在我赖以生存的文字游戏中。

在我所认识的女性朋友中，梅是那种属于成熟、有气质、有品位、会体贴关心他人的东方女性，和川妹相比，两人的情趣爱好、生活习惯、思维方式有着迥然的不同。只是在频频的交往中，才顿觉梅的爱情观有些多变，多变到每天可以和三个以上的男人恋爱都不觉得害羞，不觉得良心会受到谴责和诅咒，更不会觉得累。

我试图摆脱对梅的追求，试图逃离被梅拥抱过的那些空间，试图忘掉让梅垄断过的日子，可是我做不到。越是这样，川妹越会用金钱的手段和寻求帮助的借口让梅频频出现，越是这样，梅越显得亲昵、热烈，我却愈来愈显得烦躁不安。在爱情的天平上我不知道如何称量自己。这样的不安大概持续了两个多月。我终于给自己立下军令状：远离湘妹，忘却诱惑，忘记过去。

又是一个阳光明媚的下午，我与梅途中相撞，我显得极度的尴尬和无奈，梅告诉我："川妹和她是大学同窗，川妹亦叫梅。我们都喜欢你。"我一时呆了，不知所措。

尽管川妹和湘妹都很美，我还是远远地离开了二梅，我深知，她们追求的是背叛灵魂的精神生活，她们的美是盛开在虚伪的花园里，极度的享乐和玩弄别人是她们青春坠落的支柱，爱情这门选修课已被她们蹂躏得支离破碎，面目全非。她们固然很美，可她们的美美得并不精彩，相反美得一塌糊涂，美得道德败坏良心分割。二梅的美，只属于她们自己，只美给她们自己看。

记得台湾一位诗人写了一句绝美的诗："海，蓝给它自己看。"此句诗绝就绝在大海蓝得睿智蓝得敏锐蓝得明净而淡泊，蓝得远离浮躁、虚华，它将生命的蔚蓝展示给自己看，而二梅的美，却不能与海的蓝同日而语，更不能相提并论。二梅唯一的美，只美给她们自己看。

青春的故事

世间万物都有自己的青春，都有春意拂面的故事。诸如季节的青春是春天，彩虹的青春是细雨，人类的青春是红颜一样，万物都在它最青春的时刻编织着一个又一个秘密，演绎着一个又一个秘密的故事。

和青春气十足的雯静相识，是在10年前的那个被夜雨淋湿的夏季，我大学毕业的联欢晚会上，一段容易被遗忘且又容易被铭记的岁月。雯静是校广播站的播音员，晚会的女主持便由她担任，她其实跟许多大学生一样，长相很一般，说她美丽是因为她全身散发着一股活泼可爱的魅力，她属那类因可爱才愈发美丽的青春少女。那天晚上，雯静在许多老生的呐喊声中，大大方方朗诵了我的一本诗集里的一首苦涩味较浓的情诗，使我在毕业的前夜和她成为了诗友。

在我的记忆里，雯静来自天山脚下的新疆，也有一双令许多女生羡慕不已的大眼睛和极富挑逗性的三寸不烂之舌。这一切，使她成为许多男生追逐的对象和追求的目标。只可惜岁月无情，青春短暂，红颜很难恋成知己。

挥泪告别象牙塔，便扎进了行色匆匆的都市，人生的舞台便开始在青春的岁月上刻着失意、喜忧和苦欢。青春的丰碑也开始接纳世事的沧桑和记忆的明暗，时间这把剪刀总像影子一样追逐着青春的日渐消退，许多象牙塔里的故事也在岁月的洗礼中发黄干枯。

十年之后，一个阳光灿烂的秋天，我从一本沪上大刊的目录里寻觅到一个陌生得快要被遗忘的名字，这个名字就是十年前曾朗诵过我的诗作的那个叫雯静的名字。激动之中，我与那家刊物的编辑取得联系并马上知道了雯静的电话和地址。原来，雯静在大学毕业后去了上海淘金，在一家女性杂志社工作，业余撰写并发表了不少都市题材的小说，是海派女作家的新宠。

金秋时节，单位派我到上海专访一位名人，临赴上海之前，我与雯静通了电话，目的是请她帮我订一家便宜一点的宾馆，好安身后逛逛上海的夜景。雯静满口答应，并言说为我接风洗尘。在虹桥机场的出口处，我从拥挤的人流中，一眼便搜寻到一位举着牌子的大眼睛的女孩，四目相对的一刹那，我们都似乎回到十年前的那次毕业晚会上。

雯静开着一辆富康车把我送到了大上海最繁华的南京路上的一家宾馆。呈现在我眼前的雯静，一如她的名字那样，既文静又青春活泼，和十年前的她相比，增添了许多成熟和妩媚，活脱脱一个都市白领女孩的形象。

在上海，在南京路步行街上，我与雯静一边赏夜景，一边闲聊。在亚洲第一高塔——上海东方明珠电视塔对面的外滩，在有着悠久历史的和平饭店旁，我聆听到了关于雯静的许多青春的故事。她对我吐露，“美丽之所以讨人喜爱，关键还得感谢上天赐予女人的那份最好的礼物，而青春之所以让人心跳，是因为女人能将美丽的秘密保持得恰到好处。作为在都市生活的女人，必须像爱护自己的眼睛一样爱护自己的青春和美丽，没有青春和美丽，许多事都会力不从心……”我对雯静的倾诉，不敢苟同，但却意外发现雯静比学生时代更有思想和更具女人味了。

随着夜幕的渐暗和外滩人流的减少，我们在一家酒吧里落座，雯静为我点了一瓶名牌红酒的同时也为她自己找到了一个喝红酒的机会。随着红酒的频频减少，雯静的话语也多了起来，也说青春易逝，年华易逝，趁着青春留驻的这段岁月去做一件为自己也为别人的事，是种惬意更是种如意。原来，雯静为使自己在众多靓丽女性中脱颖而出，正在持续服用一种能使皮肤柔润、光泽、亮丽，能使黑斑、色斑明显淡化，能促进新陈代谢并迅速增强肌体活力的名叫奥祥的羊胎胶囊。见我一脸的疑惑相，雯静借着微微醉意，悄声告诉我，“胚胎是生命的摇篮，活体胚胎含有生命所需要的活性功能因子和营养成分。产羊大国澳大利亚红细胞生成素、褪黑素、保湿因子、保幼素、表皮生长因子，这些都是永葆容颜亮丽的关键成分，不用这种来养颜用哪样”。

在迷人的灯光下，迷人的雯静在红酒的作用下，其成熟女性的一面完全暴露在我的眼前。仔细端详着同桌这位昔日校友，我惊觉她那旺盛的精力，她那妩媚的容颜，她那近乎完美的白皙皮肤……惊叹十年前因可爱才显美丽的雯静在十年之后不仅青春未逝，而且三十岁的年龄乍看上去像二十来岁。

在雯静送我回宾馆的路上，她一边滔滔不绝地大谈文学，大谈青春的故事，还畅谈人生、畅谈婚姻的缘由。在她心底，青春、美丽和爱情、婚姻同等重要，在充分享用现代高科技绿色商品的同时，要充分为自己更为他人留驻青春与美丽，留驻上天赐予女人的最好礼物。只有这样，才能让自己青春的故事更加灿烂，更加富有魅力。

抵沪的第二天上午，精神抖擞的雯静依旧着开着那辆崭新的富康车如约而至我要采访的那位名人家里。我的采访因雯静的在场而十分成功，那位名男人也因雯静的出现而发挥到了极致。在我们采访结束后返回宾馆的路上，我突然接到那位名人的电话，电话里那位名人告诉我，“雯静是他见过的诸多美女中最具魅力和吸引力的女性之一，娶一位这样的女人做伴侣，能幸福一辈子……”我将此话转告雯静，雯静不以为然。她说，大凡跟她交往的男人，都会不约而同地说同样的话，唯独我这位老校友不在此列。

沪上行结束后的半个月，我在春城拥挤的人潮中接到雯静一个电话，她告诉我 11 月 19 日是她和一位电视台节目主持人举行婚礼的日子，地点就在我曾下榻过的那家宾馆的玫瑰宫，问我能否赴约，还向我推荐她已连续服用四个月的那种绿色商品给我的萍试一试……

雯静的故事结束了，可青春的故事并没有结束，才刚刚开始。因为青春的内涵实在太多，美丽的秘密实在太少，我爱和爱我的萍正延续青春的故事，延续美丽的秘密。要知道，留下魅力等于留下了人类无价的财富。

再有机会，我会和我的萍结伴沪上行，去和雯静再叙青春的故事、美丽的秘密。

洑演：红土做证

彩云的故乡，以它博大的胸怀，丰硕的资源养育着由众多民族构成的4000万人民；南国扑朔迷离的自然风光，古朴浓郁的民俗民风以及红土地上土生土长的淳朴热情的各族人民，像一块巨大的磁石，深深地吸引着省外、国外数以万计的炎黄子孙。洑演，这位经历过人生沧桑的青年摄影家、昆明红土情影业有限责任公司总经理便是从江南名城到彩云之南创大业者中的一员。

历史的年轮回到13年前，年仅20岁的洑演，身背一架海鸥4B相机，一套简陋的暗房设备，怀揣200多元钱，与一位摄影同行一道来到云南，来到群峦叠翠，山岚氤氲，凤尾竹婀娜多姿，大青树摇曳婆娑，山路幽径逶迤的滇西南，开始了他采撷“光与影”的摄影创作生涯。

凭着对艺术的孜孜追求，凭着身上仅有的一点生活费的支撑，他踏遍了云南的山山水水，一路披荆斩棘，一路艰辛困窘，村村寨寨都留下了他的足迹。

羞涩的钱袋迫使他每天对每一分钱进行精打细算，在四季如春的昆明，他只能用价格最便宜的危房，生命的不安全感随时在威胁着他，他处处谨小慎微硬是熬过了一年多，在摄影途中，他常常用二三毛钱买碗菜汤下饭吃，一个星期只吃一次排骨汤算是“打打牙祭”，滋补一下身体；住不起高档旅店，只得东奔西跑寻觅最便宜的旅社住下；在一次车祸中，他险些丧命。

然而，困难算得了什么？神奇旖旎的红土地，热情好客的边疆人民，激起了他极大的爱心和无穷的灵感，他全身心地投入到光和影的捕捉与构思之中。

一次，他路过一个傣族村寨，顿觉眼前骤然一亮，一栋栋竹楼星罗棋布地依偎在山麓下，翠绿欲滴的凤尾竹、大青树，营建成天然的黛绿色屏障，几位身着艳服的少女在汲水。多么富有诗情画意！他凝神驻足解下相机，但天公不作美，几块浮云遮住了西坠的夕阳，等了两个多小时，不见夕阳复出只得悻悻而归。到了晚上，他转辗不眠，傍晚的美景如电影一样历历在目。第二天一大早，他披着星光沐着晨露，步行四里多路，在拍摄地点等待时机，又等了两个多小时，终于摄下了《金色的边寨》《日暖山寨》等几幅彩照。待他归返时，才感到饥肠辘辘，早餐都被他忘了。几天后，他在山寨转悠，偶见一妇女赤膊穿着马夹，下着长长的筒裙，背着儿子，赤脚坐在竹楼上，给女儿梳头，这幕情景，引起了他对孩提时崇高母爱的又一次共鸣。他立即取下相机，选准角度，长焦拉近，趁其不备，抓拍了这幅神态自然，生活气息浓郁，独具民族特色的《母爱》。在这之前，他到大理拍摄过“三月街”等许多大型民族节日照片；创作了别具新意的力作《成功一瞬》《磁力》；在美丽的西双版纳摄下了“泼水节”，创作了《路》《思远》等优秀作品。

宝剑锋从磨砺出，梅花香自苦寒来。几年下来，他展示云南风情的照片中有100多幅在省级以上的摄影大赛中获奖，国内外数百家报纸杂志发表了他的数百幅作品；他表现澜沧江畔丰收后的《不违章超载》一照，摘取了《可爱的中国》中国——日本摄影大赛的金牌；1992年他被授予“福士胶卷杯”全国摄影十杰的殊荣，他还被昆明市摄影家协会嘉奖过；他土生土长的故乡江苏也对他投来垂青之眸，几次给他颁发了省级荣誉证书和奖金；一些佳作还在欧、美、非洲等地巡回展出。

面对频频而来的荣誉、鲜花、赞扬；面对成功，洑演只是淡淡一笑，他告诉我：“艺术的追求是永无止境的，过去的事并不能代表什么，将来的路还很遥远，现在一切仍得从零开始。”几句肺腑之言，道出了一位大地之子对红土执著追求的远大理想和宏伟目标。

洑演的摄影创作事业成功了，但他的经济却十分拮据，仅靠那微薄的稿酬和奖金，怎么也难以长久支撑下去。为此，他曾在创作过程中给照相馆老板打过工，承包过照相馆，挣了钱再下大力气搞创作，一切的一切却不尽如人意。1992 年至 1995 年，洑演在昆明宝善街承包昆明现代影像图片社摄影部。先搞商业摄影，有实力再搞创作，吃尽“下海”苦的洑演终于悟出了文化人的苦衷与出路。

近几年春城掀起了拍巨型黑白艺术照片热，冒出的黑白像馆多如牛毛，竞争对手如云，作为外来的“光与影”的使者，没有“三板斧”的扎实功底很难拥有属于自己的一席之地。洑演深知质量的内涵，深深体味到质量才是成败的关键，他把商业人像和艺术摄影技术有机地结合；将光、影、化妆融为一体，采用独特配方进行冲洗，运用多角度多变化的造型，开创了独具特色、高品质的黑白艺术“明星”照。他像神奇的美容师一样，拍出的照片“既像自己，又比自己还美”。凡经他化妆拍摄的顾客，年老的显得年轻，年轻的更显俊俏，年少的天真活泼，人的形神气质得到极大表现。与此同时，他狠抓质量关，严把照、扩、洗等程序，力求让每一个“上帝”满意。

凭着上乘的质量、周到的服务，他的摄影部在市场经济竞争日益激烈的今天脱颖而出，在昆明众多的兄弟行业中独占鳌头，生意干得红红火火，顾客不仅来自昆明及各地州，还有来自法国、瑞典、日本、印度等 10 多个国家和地区的华侨。他和他的摄影部的名声，也日渐从大西南传播到海内外。两年来，他为 2 万多名女士拍过照，近千名男士也慕名前来，他经商终于成功了。

洑演洒下的心血和汗水最终没有白费，通过自己的努力，他赚到了钱，钱袋已不像刚出家时那么干瘪。然而，他忘不了云南的父老乡亲，忘不了曾培养过自己的这片红土地，是红土高原浓郁的风俗民情，激起了他对摄影事业的执著追求；也正因为他脚下的这块红土地，他才记录了一叠叠美妙的瞬间，才使他在短时间内出名成才。他时刻想着并希望自己为云南人民办几件好事，尽一点微薄之力。1998 年 4 月 8 日，他免费为五华区新萌学校 21 名特级教师摄下了光辉形象；同年 5 月 4 日，他的摄影部对外停业一天，专为昆明十大“杰出青年”免费拍照，并精放 24 寸照片；同时，为了照顾儿童摄影照，他又投资 5 万余元，增设了独具特色的儿童摄影棚，此举深受广大市民家庭的好评。同年 5 月 15 日又免费为“国家劳模”“省劳模”拍摄艺术照各一套。除了这些，洑演还想为“三八红旗手”“优秀企业家”等有突出贡献的广大人士免费拍照……

赢利了，成功了，洑演并没有忘记自己所孜孜追求的摄影创作事业。久居都市的人们，对大都市的环境污染、嘈杂和喧嚣已心生烦闷，他们渴望去村寨乡野去大自然的怀抱，呼吸清新的空气，追忆种种美好的往事……回归自然，返璞归真，已成为现代都市人追崇的时尚。那么，何不把观察大自然景色的心得糅合进人像摄影之中呢？于是，洑演经过周密考虑，精心策划和筹备，在昆明黄金地段——东风西路96号成立了昆明红土地情影业有限责任公司，公司选在地底下，这里装潢设计典雅别致，各种返璞归真的摄影棚应有尽有。步入影棚，湘西瑶家的古井，蒙古大漠的牛车，泸沽湖“女儿国”的独木舟，远古祖先的草屋，神秘九寨沟的小木桥，夜郎国人的石板屋……没有更多的斑驳迷离，却实实在在地传递着一份毫不掺假的淳朴，令人感悟到人生是存活在诗意澎湃的境界中……大胆地在“光与影”的无限世界里创意创新，追求和探索一种源于生活又高于生活的艺术境界，把人与自然，把美与心灵有机地融合在一起，这就是洑演在摄影艺术世界里的追求和试尝。

对于艺术这个博大精深的领域，洑演自始至终这样解剖：艺术作为一种追求，摄影作为艺术领域里的一分子，我所孜孜以求的是以艺术抚慰人类伤痕累累的历史，用摄影将人与人、人与自然之间漠不关心、各自闭锁的心灵打开并巧妙地连结起来；以艺术唤醒人的自尊自爱和自重，激发人的自强不息的精神，以摄影拂净人类心头厚厚的尘垢，使人类能够自我净化自我超脱达到“轻装前进”。摄影家一生辛勤，一生劳作，一生奋斗，一生追求，为的只是为人民创造朴素而又辉煌的美，以美充实生活，丰富人间，引导人类走出一切与真善美相对立的空间，让美的歌声陪伴人民的生活、工作和学习，让老年、中年、青年、童年的美洗涤一切痛苦和孤独，让人类永远存活在美的世界、美的空间里。

摄影是洑演追求的天然乐园，他摸爬滚打在这个乐园里；摄影负载他完成了使命中的一条驿道，图像和背景的周围万紫千红，风光无限，他以一种成熟的审慎和忘我的热爱，选择了这条道路，在这条道路上留下他的诸多汗水、时光、爱和记忆；摄影是一个温馨美丽的家园，洑演在这里寻找归宿，并看到了希望的旗帜，他匆匆地、一身疲惫地奔进这扇大门，结束了他天性中的丰盈和矛盾，真纯和飘忽，沉重和凄凉，本能和追求，担忧和病痛，所有的焦灼、不安、烦躁归于一种强大的冲动之中，并在这种冲动完结之处，准备了一泓清泉，给洑演以宁静的陶醉和创作后的幸福。

在云南这片红土高原上拼搏了十年的洑演，与红土地结下了不解之缘，面对这片曾给予他成功和希望的红土地，洑演深情地说，他将为这块红土地倾注他作为异乡人的一份最真挚的情意，他将伴随这块红土地走过他人生最最辉煌的历程。

红土正为他做证！

“脱口秀才”江涛

有点像黄健翔

1999 年年初，云南人民广播电台卫星广播推出了大型新闻类谈话节目《百姓与社会》，省领导牛绍尧、梁公卿、邵琪伟以及兄弟省市区领导、云南有关部门负责人，专家学者纷纷走进直播间，就群众关心的环境保护、树立云南新形象、世博会筹备工作等与听众直接交谈。云南广播界的谈话节目（英语中叫 talkshow，也译为“脱口秀”）已经有不少，但嘉宾这样权威，讨论的话题又这样受群众关注，这个节目是头一个。听众把这个节目称为“公众的论坛，民意的窗口”。

《百姓与社会》有一支精干的主持人队伍。其中，江涛的主持自然、亲切、思路清晰、控场能力强、有幽默感。话题和时机选得也不错，例如：世博会倒计时 100 天请邵副省长谈世博会筹备、高考前请省招办领导谈“扩招”、七月初请天文学家谈从“1999 大灾难”看伪科学等。《百姓与社会》已经播出了两百多期，江涛的主持得到听众的认可，许多听众把自己的难题写信告诉他。还有听众就自己关心的话题跟他交换意见。很多听众和同事都认为，江涛有点像中央台体育部的体育评论员黄健翔，此话一点不假。

话筒前的世界很精彩

江涛是半路出家干上广播的。他毕业于工科大学。因点子多，大三时成了学校广播站的站长和节目主持人。广播站越办越红火，后来不得不招兵买马。江涛请人画了一幅很抽象的招贴画，写上九个大字："话筒前的世界很精彩"。这下，全校有一百多名同学来应聘。毕业后，江涛来到昆明西郊的一家国有企业工作。在这里的两年时间里，他先后在车间、技术部门和经营部门待过。江涛说："我非常珍惜在工厂的这段经历，但自己在大学广播站时设计的那幅招贴画时不时会出现在脑海里。"

1994 年上半年，即将成立的云南经济广播电台公开向社会招聘主持人。在几百名应聘者中江涛和另外十几个年轻人成为幸运者。

没有稿子说得更好

云南经济广播电台是云南人民广播电台的"系列台"之一。它采取新的运作模式，要求主持人是采、编、播合一的"全能型"主持人，除新闻节目外，大部分节目采取"提纲加材料"或"嘉宾访谈"的直播形式。经济台有一个业务水平很高并且很开明的领导班子，江涛这些年轻人干起活来没有过多的条条框框。第二天轮到自己主持节目，想到一个不错的话题，既没有稿子又没有嘉宾，怎么办？几个年轻人一合计，提纲就准备好了。直播的时候，三四个主持人一起"开侃"。《谈追星现象》《怎样看待保姆与主人的矛盾》《谈美容热》等贴近生活的话题就这样被"炮制"出来。这一系列在经济台带有实验性的节目，实际上就是"脱口秀"。而江涛对谈话节目的"大局观"、引导谈话的能力以及大方又不失幽默的风格也通过此逐渐形成了。

因为"会电脑"，江涛被分配到早间节目部（也就是新闻部），以便接收新华社新闻稿。没想到因此在新闻部一干就是四年。虽然主持和采访的工作量已经比较大，但江涛对这份额外的工作没有厌倦。"四年下来，经济台的老师以一种非常传统的师傅带徒弟的方式把我领进新闻的大门。"

江涛说：“我觉得非常幸运，在国外，主持人往往是从记者干出来的，尤其是新闻类谈话节目主持人。新闻采编工作为我主持《百姓与社会》打下了基础。”进入电台三年后，江涛这个半路出家的记者、主持人破格晋升了技术职称。

有同事说江涛做节目有个特点：没有稿子比有稿子好，有嘉宾比没有嘉宾好。江涛说：“这大概说明我播音员的功夫还不够。我认为直播应该是‘说’而不是‘读’，谈话是大家平常交流的最普遍的方式。跟嘉宾谈话，双方碰撞出‘火花’来，节目就会很生动很精彩。一次直播就是一次创造活动，这种‘创造’还不是指声音上的塑造，而是主持人和嘉宾的思维活动。最理想的情况是让嘉宾进入曹植写‘七步诗’时的状态，而我要做的就是当曹丕。”。

1998 年年底，云南人民广播电台卫星广播酝酿已久的大型新闻谈话节目《百姓与社会》呼之欲出。卫星广播的总监们开始物色节目主持人，有人推荐了江涛。

关于“脱口秀”的对话

经常与领导和知名专家一起做节目，会不会紧张？在直播开始前的几分钟直播室是什么情景？

“节目开始前五分钟内，我都是在和嘉宾开玩笑或闲聊。根本就顾不上紧张，必须在最短的时间内让嘉宾适应直播室的气氛，让他们感到这里是一个交谈的好地方。我实在不能想象节目开始前大家都不说话，那样嘉宾只能听到自己的心跳声，神秘和紧张的感觉越来越强烈，结果嘛……”

对当好谈话节目主持人有什么考虑？

“我对自己有几点要求，一、要让嘉宾表现出最好的状态，主持人不要刻意表现自己；二、要冷静，知道什么时候收什么时候放，不要在细枝末节上多花时间；三、千万不要低估听众，他们不喜欢华丽空洞的议论；四、要用说话的语言；五、提纲只是参考，必须在节目进行中提出比原来准备好的更精彩的问题。”

怎么评价自己的主持水平？

“一般。经常为自己和同事的节目感到遗憾——直播就是这样。希望一次比一次好。”

菜谱爱好者

江涛是一个很有生活情趣的人。这两年江涛是真爱上了菜谱，并且经常用胳膊肘夹着本菜谱在灶台前忙碌，时不时抽出菜谱看一眼，然后大叫“快拿小粉来，20 克”之类的。他希望能买到“一种悬挂在抽油烟机上的像乐谱架那样的东西”这样就可以实现“理论与实践的最佳结合”。据他太太说，前几天半夜他忽然爬起来找菜谱，说是要研究泡菜的做法，书上没有，就打开电脑到因特网上“满世界”找，结果真在世博会的网页上找到了。“现在我们家每顿都少不了泡菜。”

这就是“脱口秀才”江涛的点滴缩影。

诗人何晓坤

面对纷繁复杂的中国诗坛天文数字般的“先锋派诗人”“探索性诗人”等鱼目混珠的所谓“诗人”，我深觉从诗的表层意义上去理解、认识、解剖和评判何晓坤属于哪种派别似乎有损于云南诗坛，特别是对曲靖诗坛作出相当贡献的文学工作者之一的他的文学形象，因为在这个写诗者（姑且以诗的神圣名义相称呼吧！）比读诗者多得多的年代，能谓之诗人的诗歌写作者实在太少太罕见了，就以云南诗坛来说，就那么几位，仅此而已。

在我所认识和交往过的文人朋友中，何晓坤属于艾略特式的那类，在为数不多的诗人方阵中，晓坤的诗具有严格意义上的责任感和非凡领域里的自我约束能力，他摒弃了曾延续很长一段时间的所有抒情老调，完全着墨于实质性的事件与事物上。严峻、硬朗、质朴，但又不时地为来自奇迹、罕见与启示的永恒空间的光芒照耀，他所追求的是探寻和挖掘与大自然有着密切联系的严肃文学。这并非盲目加冠，历史是真正至高无上的见证人。

和晓坤拜把子，此乃诗兄雷平阳、高文翔的缘故。

晓坤的革命工作不是报刊的编辑，亦不是记者。而是在清水衙门从事办公室工作。他似乎每天八小时都在为罗平的各行各业忙碌和奔波，很少顾及永恒的爱人——文本组合和文本嫁接。这一点，大凡与他深交过的心里都有底，都有账可查。看他那卖命的样子，真想俯在他的耳边提一句：生命是有限的，别在无限中丢了革命的本钱。但在如此有限的空间里，他却精练出近千首诗（不包括散文及其他体裁的作品在内），这是令文艺界所无法想象到的。为此，我感到惊绝至极。

说他是真正诗学意义上的诗人，这肯定是无可非议甚至无可挑剔的。这从他十年从诗以来见诸《诗刊》《飞天》《绿风》《诗神》《江南春》《滇池》《大西南文学》等颇有影响的权威诗刊、文学月刊以及获奖、被多种诗选集选载过的诗的首数和频率来看，其惊人的数量在云南诗情中是为数不多的。同时他还加入了云南省作协，兼任曲靖地区作家企业家协会理事，评论家协会理事等多种职务。他的《红房子》《舞蹈者》《大鸟》《问候》《最后的风景》《雨》《夜》《死者的睡眠》以及后来的长诗《一群人的一个黄昏》都从不同程度上构建了一位真正诗人成长的艰辛足迹。其综合诗力的强度，是不能用百分比或者逗号来完成和标榜的。

晓坤的诗与一切俗物无关，正如他在一本颇有影响的诗选集中所独白的那样："我走进来，做站着的人，写站着的诗，以一生的代价。"大概所有"睡着或躺着的诗人"是无法领略和感悟到的。

他不仅是真正严肃意义上的诗人，他还是散文的制造者和驾驭者，这从最近频繁刊于党报的《抵达罗平》《走多依河》《鲁布革大峡谷》《热爱城市》等美文中大抵可窥见一斑。

酒和烟可谓是他情感世界里不可缺少的"合法第三者"，朋友相聚，他总是以海量压人，令一大帮子文人朋友不得不畏退三分。我每次去罗平，每次必从头天晚上十一、二点钟醉"死"到第二天中午太阳照在被褥上。提及烟，使我想起了许多因烟而英年早逝的文学巨匠。酒和烟从某种意义上可谓"孪生兄弟"。在他身上，常常平分秋色，不分彼此。难怪他的诸多作品是在烟熏和酒泡的深夜酿制出的。

很多文字工作者都不认识他的诗以及他本人，但很多省内外知名的诗人和作家都认识他的诗，都知道盛产大米，菜油的罗平有位诗人叫何晓坤。

一群朋友在喧嚣、芜杂、倾斜的大街上穿梭，他喜欢低着天才的脑袋四处捕捉和搜寻与城市毫不相干的东西。偶尔也抬起头仰望湛蓝的天宇是否掠过大雁的影子或哼几首外国名曲，但仅仅只仰望几秒钟甚至更短的时间，便又低下了高贵的语言的头颅。我试探着问他，你在思索什么？他笑了笑，无话可说。后来我才惊觉，他的许多诗篇都与沉默得近乎发狂的雨水、大地和高空中翱翔的雄鹰有关。

去年八月二十日，黄昏过后，“何晓坤依旧在那间黑屋子里，心狠手辣地虐待着语言，平心静气地鞭打自己；在小城，只有一个人知道他对语言的一往情深，那是他的妻子。有很多人说他是语言的疯子，见他便落荒而逃，但张钦国例外，大峡谷的若干个深夜，松鼠的舌尖同时舔过他俩冰凉的额角；他们同时神经质地在床上舞蹈，和蚊子对话，与螳螂亲吻。”从他的诗中可以领悟出，他对大自然、社会、人生的觉醒以及觉醒后的把握已到了另一个深邃的断层，这是许多文人所无法体验和感受到的。

晓坤文以外的形象，并不英俊，亦不洒脱，和一首名叫《一代人》的诗差不多，一个标点就可以将其全部的意义标点完。

高文翔：生命的风旗与搏斗的灵魂

首次和云南诗人、评论家高文翔见面，是我背着空行囊离开南方一大学走进社会这个大舞台的第一个金秋。在这之前，我全然不知高文翔是何许人，只从大学图书馆公有的那些报纸杂志中，零零星星搜读到他的一些诗作和评论，初读的印象不算很深，只觉得他的评论作品宛如海底潜伏的鱼群与水流、岩石的回旋、盘植、树根一样缠绕、扭结，拉奥孔式的内在痛苦仿佛在烧红的铁砧上忍受锻打，每一次重复都是一丛火的燃烧与铁的敲击，而他的诗则如生命的风旗，收容了人生的云光山鼎、莺飞草长，甚至偶尔的心灵悸动。关于他的部分评记在当时还读不懂，这与我学理的局限有着极大因素。

学校放暑假，一个极其偶然的机会，从报摊上见得了一本曲靖地区文联主办的纯文学刊物，翻开版权页，一个熟悉而又醒目的名字映入我有些疲惫的眼帘：副主编高文翔。才知道他在《珠江源》杂志从事诗歌、评论、散文的编审工作。

我以拜访的名义和高文翔见面是在 1992 年金秋八月一个阳光灿烂的下午。《珠江源》编辑部人很少，当时他正忙着审阅批稿子。见面的第一印象令我有些吃惊，没想到冲进《诗刊》等诸多权威性刊物上发表作品的他竟如此年轻，看上去三十刚出头，正值文学创作的鼎盛时期。我揣了一沓诗稿，只跟他简单地聊了几分钟，便留下几首诗放在他办公桌上，很谦虚地称呼了一声“高老师”便匆匆离开了《珠江源》编辑部。

大约过了三个月，我突然收到寄自曲靖文联的一封沉甸甸的信，其中有他主编的两本诗集，还有一本他自己的诗集和两本散发着油墨味的《珠江源》杂志。杂志的诗歌栏目刊发了我拜访他时留下的那组诗，标题是黑底白字很显眼，里面夹了一封信，大意是说我的诗作有些浅显，缺乏灵性和完整性，意象不够深邃云云。我从内心感激他，因为在我所刊发的报刊编辑中，高文翔是第一位直言不讳给我提创作缺点的编辑。时过三年多，这封短信仍被我视为珍贵文物锁在我的抽屉中。

频频的通信，导致七十年代初出生的我与六十年代出生的他成了兄弟般的朋友。我们也常常相聚在酒店，文翔兄的酒量与我差不多，只是酒后的他更加诗意浓烈深邃，而酒后的我却显得语无伦次。

在云南诗坛，高文翔是一位极其严肃、极端认真负责的人，他拒绝浮滑、媚俗与哗众取宠，对身边的一切——星斗、草木、城市与一次猝然的相遇都保持了独立而深邃的思考。文翔兄可谓一匹风格独特的黑马，他是一位有实力，已成气候的腕级诗人和评论家。他为人忠诚厚道，不卑不亢，在文人圈里，身为云南作协理事、曲靖文联秘书长的他却没有一点官腔和架子，这使得他的作品拥有了大批读者，他本人也团聚了一大群诗人、作家。

2000年四月一个阳光明媚的下午，我忽然收到寄自广州的一封信，才得知因工作的原因文翔兄忍痛割爱，惜别了眷恋多年的《珠江源》编辑部，离开了孕育诗性和神性的红土高原，离开了热爱过他栽培过他的云南文坛。

在收到文翔兄来信的第三天上午，我电话与他联系上，电话中，他的声音显得有点低沉和无奈，但他在电话中对文学所流露的那份执著与孜孜不倦的追求，却使我暗暗为他喝彩，为他鼓劲和呐喊。他嘱咐我用电话或信件随时告知云南文坛的现状和发展态势。前不久，我在省文联主办的《边疆文学》《昆明日报》等刊报上读到他的几篇评论，心里顿觉舒畅极了。

熟悉文翔的读者和朋友都知道，他为曲靖文坛的文人冲入云南文坛乃至中国文坛作出了不朽的贡献和巨大的牺牲。他通过自己与企业的特殊关系，筹资为曲靖诗坛的六位诗人出了一套《珠江源诗丛》，选编了两本诗集，还为部分作家的作品开了研讨会，通过《珠江源》杂志栽培了近百名文学爱好者，这些作者中部分先后加入了省地作协。不仅如此，他还成功地举办了首届“珠江源杯”全国诗歌大赛，几次领头召开“滇东北诗会”等，在云南、曲靖史册上写下了铿锵的一页。

2000 年 10 月 4 日，刚从国庆的喜悦声中醒来，云南民族出版社的一位朋友打招呼告知我，高文翔的第三本个人诗集已在校对之中。这是文翔离开云南半年后的又一次总结和又一个收获，在这之前，他出版过《红冠》《永远的天空》两部诗集，我衷心祝愿他以后的文学之路更加辉煌、迷人、同时也期待着他的第三本个人诗集早日沐浴红土高原的绚丽阳光。

普学旺：在译坛路上

1962年，云南哀牢山区一户普通彝族农民家庭里，诞生了一个活泼可爱的男婴，父母给他取名字叫普学旺。35年后，昔日牙牙学语的普学旺通过14年的学生时代的勤奋学习以及13年刻苦工作的知识积累，已成长为云南民族译坛甚至中国彝族翻译界成绩斐然的青年学者。

普学旺的祖父是彝族祭师毕摩，他从小就受到彝族传统文化的强烈熏陶。1980年，年仅18岁的他从师范毕业后被分配到边远山区一所小学任教，两年后，当他得知中央民族学院（现为中央民族大学）要招一个彝族历史文献班（前提是要掌握一千个以上彝文单字）的消息后，便开始向其祖父学习彝文，并以优异成绩考入了该学院，主攻彝族历史文献专业。两年后，他带着家乡父老的期盼与专业教师的嘱托，被分配到云南省少数民族语文指导工作委员会工作。工作期间，先后担任编译出版社副科长、科长、办公室副主任等职。1994年的四月，普学旺因工作突出而从初级职称直接破格晋升为副译审，这在云南民族译坛是为数不多的。

在学术研究中，普学旺始终坚持自己的把族源相同的有关民族作为一个不可分割的统一体，并利用他们的各学科材料纵横比较研究，从中寻求出有规律性的东西，从而产生新成果的治学态度和治学特点。1985年，他承担了云南省少数民族古籍“七五”规划重点项目《洪水泛滥》（新平部分）一书的翻译整理任务，两年后该书由云南民族出版社顺利出版发行。次年，他又承担了同样是“七五”规划重点项目《查诗拉书》一书的翻译整理工作，译注此书时，由于他结合《查诗拉书》所使用的文化背景材料做了极为详尽的评注介绍，此书一出版就得到学术界的高度评价，一些学者在《中华医史杂志》《民间文学论坛》等全国性刊物上从不同学科角度纷纷发表署名文章，充分肯定了该书的多方面学术价值，普学旺因此荣获1990年首届云南省文学艺术创作奖（省政府奖项）二等奖的殊荣。1988年，他再一次承担并出色完成了全国少数民族古籍整理出版规划“七五”重点项目《彝族创世史》一书的翻译整理任务，此书问世后，有学者撰文评价该书是“打开中华母系文化的一把金钥匙”，得到了学术界的广泛首肯与好评。1989年，他又承担了云南省少数民族古籍“八五”重点项目《祭龙经》的翻译整理，此书即将与读者见面。1990年，他翻译出版了《彝族爱情叙事长诗》（天津古籍出版社出版）一书，有学者评价说“它的文学价值可与《阿诗玛》相提并论，在某些方面甚至超过了《阿诗玛》”。

1991年，他针对当时民族古籍翻译中存在的以“整理”为名删节民族古籍文献内容的问题，撰写了《信：彝文古籍翻译工作者的座右铭》的论文，有理有据地批评了这种错误做法，文章发表后被中国翻译家协会评为优秀论文一等奖。次年，他在省第一次翻译学术讨论会上提出了“应加强对云南少数民族翻译史的研究”的主张，受到与会专家学者的首肯，其论文《中国少数民族翻译史上的一朵奇葩》荣获优秀论文一等奖。

随着云南省民族语文翻译事业的发展，编写出版一部研究各民族语文翻译理论与技巧的理论性著作迫在眉睫，普学旺看在眼里急在心里，他毅然带头主持编写了24万字的《民族语文翻译研究》一书，该书的出版填补了我省民族语文翻译界没有翻译理论著作的空白，为民族语文翻译学科的建立作出了贡献。

“要译疏少数民族历史文献，一定要结合该民族的历史文化背景，才能译出高水准高质量的译作来。因此，要当一名称职的少数民族历史文献翻译工作者，首先就要做一名合格的全面了解民族历史文化的学者。也只有如此，才能不断增强对少数民族历史文献的深深热爱，有了‘爱’的基础，才能为此项工作作出应有的贡献。”这是普学旺一贯遵循的治学观点和准则。他围绕这一治学秘方，先后在《世界宗教研究》《民族译坛》《寻根》等十多家国家级有影响的刊物上发表了《论社祭的起源及其对中华传统文化的影响》《试论殷人源于古羌人》《社祭对儒家思想的影响》

《悬棺之谜浅探》等40余篇有影响的学术论文，有的论文比一些知名学者的学术观点还有新的突破，引起了学术界的广泛关注和一致好评。其中，《从石头崇拜文化看“支格阿龙”的本来面目》一文以其独到见解、严密逻辑、论证充分而获得1995年第二届云南省文学艺术创作奖（省政府奖项）三等奖，《论社祭的起源及其对中华传统文化的影响》一文获1993—1995年度云南省社会科学研究优秀成果三等奖。

在结合文化学、民族学、历史学材料译注彝族历史文献及云南少数民族语言研究的过程中，普学旺学者非常注重对西南各民族历史文化材料的收集和纵横比较研究，利用藏缅语族中彝、纳西等民族崇尚白色的大量文化学材料，首次发掘和构建出鲜为人知而硕大光彩夺目的中国黑白崇拜文化体系，撰写出版了25万余字的《中国黑白崇拜文化》的个人专著，从而揭开了一系列迟迟未解的中华古文化谜底。在此书中，普学旺学者提出了一系列新理论和新观点，他认为黑、白崇拜分别起源于中华民族古羌部族的母系文化和父系文化，黑色是母系文化的表征，白色是父系文化的代名词……此外，他还认为列于三皇之首的伏羲就是白石神，并用大量语文材料作了详细论证，结合黑、白崇拜，对禹洪水神话也作出了别开生面的考释，他还认为这是中华民族母系文化与父系文化在交替过程中所发生的“人类历史上的最激进的革命”的缩影。著名学者任继愈曾指出，在云南做学问，“如能把云南少数民族的资料和我国的古代文献结合起来进行研究，有可能作出有很高学术价值的成果”。《中国黑白崇拜文化》的出版，无疑是对任先生的预言正确性的一次验证。不仅如此，普学旺学者还结合我国民族语言学科实际及我省实际，策划、组织、撰写了云南省“九五”社科规划重点项目《云南少数民族文字研究》一书，填补了我省尚无一本系统介绍丰富多彩的云南少数民族文字专著的空白。

1996年，是最值得普学旺学者引以为荣的一年，他因在学术界作出突出贡献而被云南省人民政府授予了“云南省有突出贡献的优秀专业技术人才”光荣称号。面对此项殊荣，身为省民语委办公室副主任、分管云南省民族语文翻译、调查研究和推广等专业重任的普学旺学者，并没有在荣誉面前止步，等待他的，将是更多更难的学术研究课题和翻译整理重担。

照亮精神世界的一面镜子

美国著名作家、诺贝尔文学奖得主福克纳曾经说过："诗人和作家的职责就在于写出人类的不朽！"此话语道破天机。诗人和作家追求文学的最高境界，就是写出人类的不朽之作。

诗人和作家是人类赋予文学创作者的极致称呼和极致期望。大凡能抵达文学最高圣殿的古今中外的作家，其成名作皆与人类的生存、生活、生产及生老病死等核心主题密不可分。这对于生于山东日照，求学于河南商丘，教真育爱于大理永平，笔耕不辍于春城昆明，供职于《时代名流》杂志的青年作家吴安臣而言，概莫能外。

早在2007年初秋时节的一个中午，祖籍大理的一位文学同事小何，带着一位年轻人，匆匆来到我位于省委干休所内的办公室里，我见这位年轻人的第一瞬间，觉得他有些不同凡响：紫色的西装，深褐色的领带，帅气十足的发型，温文尔雅的气质，不善言辞的表现力，痴于文学的执著，离别时的彬彬有礼……短暂的相遇其实并没有留给我有关作家层面的更多印象。但他的名字却深深刻在了我记忆的最深处。

其实在这之前，在我所能涉猎的主流纸质媒体上，这个既熟悉又陌生的名字就已不断出现在我阅读的视线里，包括我极少翻阅的《边疆文学》《滇池》等云南知名纯文学月刊皆有这个名字，其他诸如中国期刊翘楚的《读者》、云南报刊的权威《云南日报》等纸媒上也经常有这个名字闪耀其间。其后一段时间，我还特意进了几次图书馆，在期刊如林的浩瀚主流纸媒阵营里，我发现《天涯》《散文百家》《中华散文》《华夏散文》《散文世界》《中国校园文学》《散文诗》《海燕》《鸭绿江》《青年文学家》

等中国纯文学的主导期刊以及《中国剪报》《青年文摘》《特别关注》《时文博览》《读者俱乐部》等颇具影响力的文摘类报纸期刊也经常有这个名字，这让兼具诗人和作家双重身份的我有些汗颜。

一段时间以来，这个名字始终在我的脑海里挥之不去。那种情愫像我陪同中国作协副主席陈忠实到大理、丽江、泸沽湖采风一周一样的深刻。之后，我向同事小何具体打听，这才知道他供职于一家股份制商业银行，一家他并不喜欢，特长又得不到发挥的单位。这真是委屈了这位令我迫不及待想再次见面的文学青年了，于是我以领导的口吻让小何把这位才华横溢的年轻人请到我的陋室。没几天，这位在文坛早已崭露头角的银行职员似乎从南高原忽然“降临”到了我的陋室里。我们的第二次见面有点像红颜遇到知己，彼此萌动的是相见恨晚的惆怅和对故友的依恋。

很快，这位文坛新秀便与我成了朝夕相处的战友和同事。在志同道合的纸媒事业的共同愿景感召下，他很快融入了我领导的这个团队，因他的专业素养和出众表现，一系列重头文章均由其执笔，他很快便在团队里“鹤立鸡群”了，从一名务实、踏实、求实的记者很快晋升为编辑部主任，因其识大体、顾大局、讲政治、讲原则的领导风范，一跃成为了杂志的副总编辑，并因其文学天赋、采编审天赋的卓尔不群，赢得了同行的高度认可，也赢得了团队的一致拥护。从初涉纸媒的记者到编辑、编辑部主任，再到杂志的副总编辑，直到省级纸媒的执行总编辑，他仅仅用了两年多一点的时间，这在云南新闻界实属罕见，在中国新闻界也属少见。

这位文坛新秀到底何许人也？其实他就是中国文坛阵营里的新兵、中国媒体界的老将，采编审是他神圣的职业，中国作家才是他唯一的天性，同在彩云之南的蓝天下，我朝夕相处的邻人吴安臣。忙忙碌碌痛并快乐的两年多时间里，安臣先生一面率领编辑部一班人马挑灯夜战，一边奔赴商界、政界的新闻前沿阵地，采写重头大稿，还没日没夜地指导团队成员精雕细琢每一篇以报告文学、纪实文学为体裁的大部头文章，唯恐字里行间出现纰漏和遗珠之憾。在那些艰苦卓绝的媒体岁月里，在夜深人静的夤夜时分，常常有他精神饱满的身影定格在他那间拥挤的办公室里。每每这个时候，作为直管领导的我就倍加自责，安臣的办公室再大一点，灯光再亮一点，硬件再好一点，那该多好！但对于一家刚起步的省级媒体而言，面对纸媒残酷得近乎血腥的竞争局面，要实现这些目标绝非一朝一夕之功，要创造纸媒奇迹，没有三五年是不可能的。

于纸媒管理者而言，确实委屈了安臣，但是对于文学创作者而言，中国乃至世界的文学巨擘在其成名、成家、成大师之前，其创作的环境大抵如安臣一样简陋。700 多天同仁时间，安臣不仅夜以继日穿梭在中国新闻的时空隧道里，更多时间是被文坛巨擘们的鸿篇巨制所折服、所浸润。偶尔，我也能在他的办公室里见到阔别多年的《收获》《人民文学》《十月》《当代》《散文》等中国的顶尖期刊，这让我顿生朝花夕拾的文学空白感。毕竟自己远离文坛已经 10 多年了。

新中国六十华诞的钟声刚刚敲过，安臣便将一沓厚厚的书稿小心翼翼地交到我手上，问我能否忙里偷闲，看看这沓书稿，并嘱我作序。给作家即将出版的文集作序是我平生经历的第一次。至于读后感、文学评论之类的文章，我倒写过不下 10 万字左右见诸报纸杂志的文字。这让我有些忐忑不安，诚惶诚恐，但大姑娘上轿头一回，恭敬不如从命，况且我与安臣已共事 10000 余个小时。用我俩经常挂在嘴上的话说就是“一小时太久，只争分秒”。是啊，只争分秒是我们彼此对文学的执著；只争分秒是我们彼此的人生座右铭；只争分秒让我们感叹人生短暂，要倍加珍惜缘分；只争分秒是我们相互激励并激励他人的时间观、人生观……

诗味十足是安臣这本散文集《草从对岸来》一书书名的打眼之处。全书四大部分精挑细选了 80 余篇文章，数十万字的精致力作。面对这些曾见诸中国纯文学期刊的散文作品，我真有点头脑发蒙，唯恐进入不了安臣苦心经营的散文世界。终于摆脱了诸多夜不能寐的应酬，利用闲暇和周日有限的时间空隙，我字斟句酌，穿梭在安臣劳其心智多年，汇集而成的这部沉甸甸的《草从对岸来》散文专著的字里行间。我才深知安臣老弟对文学，特别是对散文近乎如痴如醉的追求。这种圣洁而严谨的为文之态，在当下文学被极度边缘化，极度冷清、极度缺少市场的今天，令我有些吃惊乃至汗颜。驻足在《草从对岸来》的诸多篇章里，我像沉浸在中国文学的百花园里，让我有些难以割舍，不忍放弃对百花园里任何一株艳丽奇葩的欣赏。

会当凌绝顶，一览众山小。当我以安臣的名义进入其散文的情感世界里，我依稀走近到了安臣的人生历程中：幼儿时期便过早失去父爱，孩提时期随继父颠沛流浪。从山东日照回到云南，再从云南迁徙到河南商丘，从河南商丘又辗转回到彩云之南，其间他遭遇了诸多的人生大悲伤：失去母爱之后，再次失去继父之爱。安臣从幼儿时代到青年时代的前夜，人生的天空始终笼罩着阴霾，无依无靠的他踽踽独行，孑然一身的漂泊和无知无畏的人生境遇给了安臣男儿当自强的人生风骨和穷人孩子早当家的韧性，锻造出了安臣生命亦可承受之重的男子汉气概！

掠过《草从对岸来》的每一篇文章，我阅读到的是安臣散文世界里的惊人之处：诗化的散文、小说化的散文、散文诗式的散文、真正意义上的散文化的散文，这是我20多年来极少能在一本著作里一次性完全欣赏到的文学风景。在这道文学风景的彩虹盛宴里，诸如《悬浮的巢》里的人生哲理、《手势里的爱情》里的人间大爱、《迁徙的树》里人生的大悲与无奈、《迷失的布谷》里的人生失落、《草从对岸来》的深邃感悟、《雨落在平原上》里的祈愿、《竹签穿起的母爱》里的亲情。其他诸如《淹没》《裹挟着秋风的记忆》《滇西话酒》《暗红》《乡村短语》等绝大部分篇什都是我比较欣赏，并值得广大文学评论家们进入研究视线的精美散文。

透过《草从对岸来》这部精美的散文集，我可以肯定的是青年作家安臣较之于中国文坛的同龄作家而言：其文风是比较成熟的，其文学的功夫是比较到家的，其为文的态度是值得肯定的，其多元化驾驭文本的能力是值得同龄作家们借鉴的，其对亲情、友情、乡情的感悟是刻骨铭心的，其对散文、诗歌、小说的理论功底和融会贯通、独辟蹊径的方式是值得推崇的，其对文学创作的要求是圣洁而高贵并值得尊敬的……从这些角度出发，《草从对岸来》这部专著的出版于中国文坛而言，无疑是可喜可贺的。于作家吴安臣同龄的青年文学家而言，《草从对岸来》这部散文集何尝不是他们文学创作中的又一面镜子。于渴望精神世界得到充实的青少年朋友而言，当《草从对岸来》汹涌澎湃地出现在图书馆、书店的时候，它又何尝不是照亮九零后一代大学生们精神世界的一面镜子，因为透过《草从对岸来》抵达作家吴安臣的精神世界，我们可以读到人生的诸多境遇乃至生老病死的人生历程。从这些层面出发，我依稀听到1979年诺贝尔文学奖得主、希腊诗人奥迪塞乌斯·埃利蒂斯的一个声音："每一声霹雳都是驰骋天空的死亡，每一声霹雳都是一个笑对死亡的人——让命运随意怎么说吧，让命运。"这就是作家吴安臣奉献给当下这个时代和读者们的精神尚品，这是对人类生命历程的另一种诠释和另一种高度的解构。这对于一位少壮派的青年作家来说，能在 33 岁时便创作出这样一部力作，实属难能可贵和极其不易，这应该算是同龄作家中的上乘之作。

吴安臣是一位既严肃勤奋又有责任和良知的敏锐型作家，多年来笔耕不辍，终于结出了丰硕之果，这是每一位立志写出人类不朽之作的作家走向成熟的重要标志。

大凡当过编辑的人，对作品都有求全责备，爱挑剔的老毛病，我也跟诸多编辑一样，想对安臣的这部散文集提点建议：著作中有极少数的作品略显美中不足，在语言和语境上欠厚实的内蕴，表现技巧上略显单一，大气魄、大气势、大家风范的大气之作显得不是很多……这也许对一位势头正劲的实力派青年作家来说，有些过于苛刻，但要抵达福克纳对作家的要求，我想一点也不为过。

愿我朝夕相处，家人一般的老友吴安臣继《草从对岸来》之后，能创作出更多无愧于社会，无愧于生活，无愧于这个时代的精品力作，以照亮更多人的精神世界！

心会跟爱一起走

每年的十月，都是我最向往和珍惜的欢乐时光。从象牙塔胜利大逃亡之后，在喧嚣的都市里忙乎了近十个年头，几乎每年的十月都成了我的流浪之旅，这是我生命之旅的重要组成部分。

十年之前的那个十月，我在长沙城郊接合部的一块稻田边，曾涂鸦过一首名叫《放飞十月》的小长诗，并大着胆子向《十月》大型文学双月刊投稿，却杳无音信胎死腹中。这首小长诗沉默一年之后，终于在北京一家刊物见铅。为了铭记那段为了忘却的纪念岁月，我将每年的十月定格成我的生命之旅。

新千年的第一个十月，是我“生命之旅”十周年的纪念之月，更是与女友萍相知相爱的纪念之月，我们一拍即合，毅然选择了生命之旅。这不禁让我想起了一首歌里的一句话：“心会跟爱一起走”。

在我生命之旅的概念里，随团之旅我从不考虑，那种跟不同面孔素不相识的群体一起走马观花的旅游方式，虽然行情看涨，但收获甚微。这也是女友萍所不鼓励和不赞同的。

从昆明出发的头一天，我与萍到购物超市选了一些随身携带的零食，苹果、甜橙、土豆片、牛肉干、香瓜子、花生、豆腐干等十余个品种，这些都是我们极喜欢的食品。要知道在旅途中购物会消耗很多时间，这些时间用来欣赏大自然赐予人类的无穷风景是多么的惬意。

在清晨习习的凉风中，一辆白色丰田载着一行六人开始了我们的休闲之旅，说是休闲之旅于萍她们而言，是十分恰当的，于我而言，却是绝对意义的生命之旅，它负载着许多写作的成分在里面。特别是十月的生命之旅，对我有着特殊又深远的意义。

在路上，我们的路线无固定方式，但我们的目的是历史文化名城建水的朱家花园、文庙和燕子洞。

车在昆玉高速路上急驰，我们一边聆听一曲曲流行歌曲，一边聊着一些极休闲的话题。透过车窗的玻璃，从眼前匆匆闪过的尽是有着极强生命力的花草树木和钢筋混凝土构建的房屋、桥梁以及不同品牌的大小车辆。当我们的丰田车急驰在距玉溪还有近三十公里的路上时，一位开着一辆近乎被淘汰的标致车的坏小子开始玩火了，坏小子忽而加速起来忽而慢下来，惹得不少司机开窗破口大骂。要知道在昆玉高速路上玩火危险性有多大！

在通海秀山公园的入口处，我们选择了一家餐馆来解饥饿的压力。餐馆的主人在热情好客中刀口很快，三荤三素一汤竟宰了我们近百元大钞，本人月薪的近十分之一就这样被装进一位陌生女人的口袋里。在民以食为天的黄金旅游季节，许多昆明人的心态是醉翁之意不在山水而在美食，美美地饱餐一顿异地的名特优小吃，是许多人外出旅游的一个重要缘由。

“山水有情留客醉，园林无恙报花开。”纵然通海秀山古刹参错，积翠凝香，柏树荫翳，其翠如滴，其秀可餐，我们在秀山公园只作了饭后短暂的放松。毕竟这里不是我们旅途的核心地带。

从通海到建水的路，我们好像是在风雨中前行的。金秋的小雨淅淅沥沥，却没有将我们的心情打湿，反倒激起了我们的游兴。向来在车上爱呼呼大睡的萍因秋雨的缘由，心情格外的好，听她在车上讲的那些故事，会叫你笑出眼泪。特别是一些动脑筋的急转弯题目，则令人捧腹大笑，不信你也来试试：“印度洋的中间是什么？（答案是度）；情人眼里出西施，西施眼里出什么？（答案是眼屎）；chong 前有条狗，狗前有只猫，狗前是什么？（答案是虫）；小强最重时有 72kg，最轻时只有 2.7kg，为啥？（答案是小强刚出生时）……”

在风雨无阻中，我们于傍晚时分抵达建水，在建水县城的大街小巷，停满了清一色的昆明号牌的车。我们的车从一招进去又出来，从二招进去又出来，在数家宾馆的门口停下又开走，就这样绕了几个圈之后，才在当地一家并不知名的宾馆的入口处得以落脚。

万家灯火之时，我们步行在夜幕笼罩下的建水街头寻找地道的烧烤摊。建水的烧烤声名远播，在建水吃上正宗的烧烤，恐怕是每一位到建水旅游的人所梦寐以求的。我们在一条拥挤的小巷里，寻找到了食客盈门在当地小有名气的一家烧烤摊。约莫等了二十分钟，才得以入座，此时一种如释重负的感觉才油然而生。可令我们十分遗憾的是，这家烧烤摊烧烤出的东西实在难吃，我们只得频频换地方。为了吃上一次正宗的建水烧烤，我们花了近两个小时几易摊点都失望而走。

霓虹灯下的建水街头，成双成对的情侣以及三五成群的人流弥漫在各条巷里巷外，共同编织成一道道流动的风景。我们也穿梭在拥挤的人流里，阅读不同的风景品味不同的心情，同时心里也在默记着不同的符号不同的夜景。

翌日清晨，我们在清代民宅朱家花园门口生意火暴的过桥米线店吃早点，过桥米线的汤味道一般，并没有令人喝而不忘的那种感觉。始建于清光绪年间，于宣统年间落成的朱家花园，是清代末年富绅朱渭卿兄弟建造的家宅和宗祠。在具有百年历史的朱家花园访古探幽，既能吸到梅花、兰花、菊花的芳香，也能惊叹到故人对生活追求的享受方式和闲情雅致。但却令我想起一首名诗“朱雀桥边野草花，乌衣巷口夕阳斜。旧时王谢堂前燕，飞入寻常百姓家。”

在朱家花园里，萍的感受颇深，特别是对朱氏家训情有独钟，我驻足细品，越品越觉有味，对现代人的启发和教育极大，不妨摘录下，以飨今人。《朱氏家训》：“黎明即起，洒扫庭院，要内外整洁。即昏便息，关锁门户，必亲自检点。一粥一饭，当思来之不易；半丝半缕，恒念物力维艰。宜未雨而绸缪，毋临渴而掘井。自奉必须俭约，宴客切勿流连。器具质而洁，瓦缶胜金玉；饭食约而精，园蔬愈珍馐。勿营华屋，勿谋良田。三姑六婆，实淫盗之媒；婢美妾娇，非闺房之福。奴仆勿用俊美，妻妾切忌艳妆。祖宗虽远，祭祀不可不诚；子孙虽愚，经书不可不读。居身务期质朴，教子要有义方。勿贪意外之财，勿饮过量之酒。与肩挑贸易，毋占便宜。见穷苦亲邻，须加温恤。刻薄成家，理无久享；伦常乖舛，立见消亡。兄弟叔侄，须分多润寡；长幼内外，宜法肃辞严。听妇言，乖骨肉，岂是丈夫？重资财，薄父母，不成人子。嫁女择佳婿，毋索重聘；娶媳求淑女，勿计厚奁。见富贵而生谄容者，最可耻；遇贫穷而作骄态者，贱莫甚。居家戒争讼，讼则终凶；处世戒多言，言多必失。毋恃势力而凌逼孤寡；毋贪口腹而恣杀牲禽。乖僻自是，悔误必多；颓惰自甘，家道难成。狎昵恶少，久必受其累；屈志老成，急则可相依。轻听发言，安知非人之谮诉，当忍耐三思；因事相争，焉知非我之不是，须平心暗想。施惠无念，受恩莫忘。凡事当留余地，得意不宜再往。人有喜庆，不可生嫉妒心；人有祸患，不可生喜幸心。善欲人见，不是真善；恶恐人知，便是大恶。见色而起淫心，报在妻女。匿怨而用暗箭，祸延子孙。家门和顺，虽饔飧不济，亦有余欢。国课早完，即囊无余，自得至乐。读书志在圣贤，非徒科第。为官心存君国，岂计身家。守分安命，顺时听天；为人若此，庶乎近焉。”

在朱家花园里品味清代民宅，一如在曹雪芹的小说里品味红楼梦，那种惬意之美，胜过许多高楼大厦。

闲兴正浓之际，天公不作美，晴转多云的天空将我的兴致浇灭，还好，萍的故事将我被浇灭的心情重新燃起了激情，萍的那些诸如“孙大圣评职称”“阿凡提戏财主”“沙和尚当官记”的幽默故事。我越听越起精神，越听越想再听，阴云密布的天空在我脑海里顿成过眼云烟。

从红楼梦中醒来，已是午餐时间，我们马不停蹄在文庙附近一家风味小吃进餐，席间，我的手机上传来了几条朋友发来的短信息，内容有雅有俗，看后才知是黄姓朋友闲得无聊靠发短信息来消磨和打发时光。的确，现代的年轻人很多都不会利用休闲时光，常常利用手机疯狂地向朋友发送各种各样的无聊信息，以满足自己的快感从而将光阴耗掉。

在偌大的建水文庙里穿行，频频映入脑海的是朋友对孔子的赞誉之词：“孔子是千秋万世的老师和表率。孔子是比圣人还高的神人，是上天赐予他当圣人的。我们要像拜天地一样参拜孔子……”而后，朋友发出了“书山有路勤为径，学海无涯苦作舟”的感慨。不知不觉中，我们来到了先师殿，我的朋友对历史熟悉至极令我大吃一惊，她告诉我，“万世师表匾是康熙题的、生民未有匾是雍正题的。与天地参匾是康熙题的、圣集大成匾是嘉庆题的、圣协时中匾是道光题的、德齐帱载匾是咸丰题的、圣神天纵匾是同治题的、斯文在兹匾是光绪题的，这八块贴金匾额都是清代帝王赞孔尊孔德的真实写照”。

从孔庙里出来，我的心情松弛了许多，虽未能亲眼目睹祭孔典礼的壮观场面，但对儒家思想的认识却深刻了许多，更比朋友那句“书山有路勤为径，学海无涯苦作舟”的至理名言刻骨了许多。

与建水县城依依惜别之后，我们直奔燕子洞。雨越下越大，温度骤然间降了几度，还好多带了一件衣服，才将寒冷的空气挡在衣服之外，周身才多了几许温暖。况且，一向爱讲笑话的萍在边为我打气的同时，边幽默了几句：“爱情的雨天不冷”“心会跟爱一起走，说好不分手”。就这样，在萍的影响下，向来怕冷的我顿觉暖阳普照。

昔日“古洞奇观、春燕云集”的历史只剩“古洞奇观”却难觅“春燕云集”的场面了。在小巧玲珑的吊桥边，虽雨声阵阵，却游人如织，在萍排队验票的时候，我想抓拍几张关于吊桥的相片，可相机里的高能电池怎么也不来电。仔细检查，才发觉高能电池里的电早已耗尽。

在令人眼花缭乱的洞里，导游小姐的一句“燕窝稀饭”使我顿感饥肠辘辘。原来，我们只顾尽兴游览，饿到下午三点多都没想到用午餐来填填肚皮。倒是攀岩英雄的表演绝技使我暂时忘记了饥饿，在草木不生无树可攀无洞可踩的悬岩上，攀岩人令人胆战心惊空中飞人般的惊险之举赢得了比雨声还响的掌声令我难忘。至于洞中的奇观，倒使我越看肚越饿，越看越不想走，此时此刻，真想长一双翅膀飞离洞口迅速饱食一顿。

我们的午餐和晚餐可用一句流行语来形容：“两场谷子一起打。”在从建水到开远的路上，我们用随身携带的水果和干粮充饥，抵达开远已是下午五点多钟。我们在开远市最繁华的步行街上吃了两顿晚餐，一顿是在一家烧烤摊上品尝地道开远烤鸭和炸猪皮。可能是太饿的原因，我们将两顿晚餐所点的所有菜肴都消灭得干干净净，不知道的人也许会认为我们是饿了好多天的人呢！

饭饱并非神虚，正当我们信心百倍要连夜往阿庐古洞赶时，一个紧急电话把我们的计划打得粉碎。原来昆明的一位挚友出了车祸，请我火速返昆……

我与萍极具纪念意义的“心会跟爱一起走”的生命之旅就这样匆匆忙忙地在新千年的第一个十月结束了。虽然只有短短两天的旅程，在我生命的漫漫长河中，却像许多个两年、二十年……

诗意的洗礼

当云南文化人以不同姿态存活或栖息于春城这座历史文化名城的心脏地带之时，各种模式的人用他们独特的目光和犀利的笔尖从不同角度不同文本中审视着和描摹着都市人群的心态，都市历史的过去、现在和未来，这恐怕是都市得以文明得以不朽的一种文字记载。在文化人心中，精神的力量的诗通过各种声音显示了其真正的哲学化的史料意义和现代意义。透过这声音的层面，我们的观众我们的文化人或多或少都被感染被洗礼被震撼被声音所刺激，继而诧异呐喊和振奋，那么作为一次诗诵会效果的本身便达到了目的。

1998 年 11 月 5 日，在拥有六十年光荣历史的云南师范大学校园内，诗歌的声音又一次在这里得到印证得到青睐得到信任。

傍晚钟声的脚步随着夕阳的下沉匆匆跑来。人头攒动的云师大西外培楼报告厅弯曲的走道上，已形成拥挤不堪的人流。离由云师大中文系主办的“昆明现代派”诗歌朗诵会指定时间还有近四十分钟，能容纳 400 余人的报告厅却早已爆满，“害”得与会诗人和嘉宾作家、评论家们只能侧着身挤进入注的人流，挤过一双双渴盼已久的目光，而后一个紧挨着一个端坐在指定好的席位上。

随着夜幕的降临，当文学评论家胡彦、朱曦等将与会的诗人于坚、海男、李晓松、张稼文、潘上九、李霁宇、田应时、蔡金华、郑千山、钱映紫、雷平阳、易晖等列入名单的腕儿们一一邀坐诗人席上时，全场观众在一片唏嘘声中将紧绷的弦一下子栖落下来，此时诗歌朗诵会的大幕才算正式拉开。

来自云南省市电视台的文艺节目主持人老到的主持风格，使得现场气氛异常活跃。诗人于坚从他早期诗集《于坚诗六十首》中挑了一首《作品 57 号》登台朗诵，其并不标准的普通话却也赢得现场仰慕他的观众的阵阵喝彩；李霁宇一登台，便显大家风范，他顺口诵了一首即兴爱情小诗，全场观众并不因为其诗之精短而忘了形成雷鸣般掌声；诗人张稼文出其不意，让每一位喜爱他诗的读者诵读了他的一章散文诗，令在场人士耳目一新；诗人郑千山朗读一首其诗集《千山之上》里的《还是那个房间》，引来摄像、摄影记者的灯光频频闪现；诗人蔡金华清诵其诗集《情感地带》里的《南方本土》，纵然此诗略显长，且没有借助麦克风，却也招来闪光灯的一次又一次咔嚓声……

与诗人登台朗诵个人作品的同时，云师大的师生们也纷纷上台逐一诵读了西南联大诗人朱自清的《光明》、陈梦家的《雁子》、闻一多的《祈祷》、袁可嘉的《沉钟》、穆旦的《南方的夜》、卞之琳的《白螺壳》、杜运燮的《山》、郑敏的《金色的稻米》等诗，师生们不同风格的朗诵、朗读、背诵，使全场气氛更显无穷吸引力，同时也使得现场观众情绪激昂，时值深夜仍洗耳恭听。

朗诵会现场，与会人士不仅真真体味了一次诗歌的盛会，其沙漠化的心灵也频频受到文化的洗礼、诗歌的涤荡、气氛的包围。他们像干涸已久的土地盼望甘露的滋润一样盼望诗歌迟到的声音、诗人迟来的呐喊、诗坛罕见的集会。现场观众记忆的翅膀在此情此景的启示下，也许回到了六十年前。六十年前的这个时候，北大、清华、南大南迁昆明组建西南联大，短短八年，西南联大不仅在中国的教育史、民主运动史上留下了光辉的一页，而且在二十世纪中国诗歌史上也留下了最辉煌的篇章。这期间，诗坛穆旦、冯至、卞之琳、郑敏、杜运燮、袁可嘉等以他们卓越的诗歌品质确立了二十世纪汉语诗歌的现代传统。时隔六十年，诗坛新人辈出，诗界佳作不断，“昆明现代派”这个概念已十分丰富，其指引的不仅是四十年代中国文学的中心，而且还代表了一个具有永久艺术魅力的现代中国文学传统。抚今追昔，这次规模的“昆明现代派”诗歌朗诵会的盛况空前，却蕴含其历史的必然性和现实的偶然性。

夤夜降临，现场气氛依然如初。当时针和分针迅速转向静寂的深夜时，自由朗诵的热潮一浪高过一浪，许多诗爱好者和写诗者按捺不住内心的跃跃欲试，纷纷上台诵诗，以显示诗的精神、诗的力量之所在。正当这种精神这种力量潮水般不断涌来时，主持人无可奈何地终结了诗歌声音的继续延绵。夜更深，熄灯信号即将出现，这是主持人在没有办法时的唯一办法。

11 月 5 日，云师大校园度过了一个不眠之夜，与会的诗人、作家、评论家们接受一次诗意的挑战，诗爱好者经受了一次诗化的洗礼，观众们不约而同地检阅了云南诗坛一个伟大的壮举：诗歌不会灭亡，诗人正在壮大。

滇版里的精品

彩云之南，既是罕见的文化聚宝盆，又是罕见的文化大熔炉。千百年来，各民族世代生息，繁衍在这块古老而又神奇的土地上，不仅创造了悠久灿烂的历史文化，而且还创造了多姿多彩的民族文化。而民族文化却是彩云之南众多资源文化中最丰富、最具开发价值、对外最具吸引力、对内最具有聚合力和最具可持续发展前景的一种。傣族是云南15个独有民族之一，花腰傣是它的一个支系，其丰富的语言文化、民族文化、实物文化以及色彩斑斓的服饰文化，时刻闪烁着历史文化的色泽。

在已经出版的众多滇版少数民族图书库里，能够详细介绍某一个地区一个民族的某一个支系的图书实在很少，而《云南玉溪花腰傣》画册是笔者赏析到的最精致的一本，这本画册在某种意义上可以认为是到目前为止填补了云南独有民族之一的傣族支系文化没有系统成书的一项空白，其研究价值和史料价值不言而喻。

仅有110余个页码的这本画册，用鲜活的图片配以洗练的文字形象生动地展现了花腰傣悠久的历史文化、风俗文化和民情生活；将史学、民俗学、民族学、社会学、生态学融为一体并加以提炼；其丰富翔实的史料、独具风格的触角、细致入微的视觉、精益求精的装帧设计；共同构建了这本极具赏析价值和珍藏价值的文艺精品，称其为近年滇版图书里的精品图书，一点都不为过，况且此书还捧得了由国家民委、国家新闻出版社总署颁发的第三届中国民族图书奖，可谓名副其实。

“探傣史远古回声”及“民俗情古风浓烈”这两章堪称是这部精品里的极品。较多的具有极高研究价值的青铜器图片和极少文字的有机结合，生动活泼的场景，而花腰傣正是继承着古滇国的这种世俗遗风，在与大自然的水乳交融中，创造出了许多人间奇迹；“多神崇拜”“驱逐皮赫”“葬礼”“郎腾节”“婚俗”“饮食文化”“花街节”等充满神秘色彩的内容真实客观地再现了花腰傣浓烈的民俗风情，可谓匠心独具。

而“俏‘卜少’绚丽多姿”一章，则用整整 28 个页码 50 张精美图片详尽描绘了花腰傣服饰文化的精髓：美轮美奂的刺绣、雍容华贵的银器饰物、色彩艳丽的布料、五彩缤纷的头饰、熠熠生辉的首饰、镶金飘彩的发型、精巧玲珑的胸饰腰饰、与大自然融为一体的文身和染齿……这一切，展示了傣家姑娘美丽聪颖的一面和对爱情的无比憧憬。

透过此书，可以清楚地知道，每一张图片都蕴藏着花腰傣悠久的民族文化，每一张图上的每一个图案，都有其神秘的含义。当我们细心品味这本画册时，我们便会从花腰傣不同的文化领域所闪烁的不同历史光辉中惊觉，傣家人优美的服饰文化不正是花腰傣历史文化的缩影吗？

对《云南玉溪花腰傣》一书的赏析，实则是对花腰傣独特神奇的民族文化环境、悠久灿烂的民族历史文物、丰富深邃的民族文献古籍、绚丽夺目的民族文化艺术、多姿多彩的民族民间风情的一次全面观赏和细心品味。这部有着深厚积淀的民族文化画册的顺利出版，既丰富了中华民族的文化宝库，又是建设民族文化大省的组成部分之一，必将产生其应有的价值。

精品图书的生命力是旺盛的，《云南玉溪花腰傣》一书的再版充分说明了这一点。

一孔之见，是为赏析。

矿脉中的化石

北大的几位学子在母校百年庆典前夕精心策划出版了一本堪称北大学子的在野史、心灵史的专著《北大往事》，此书一版不到一月便再版，并风靡京城，热销花城、香港等地，这恐怕是国内出版文学专著史上的一个奇迹。

《北大往事》一书正如其编者所言，书中作者不是一般性地谈论一所声名远播、资历显赫的大学，而是深入到个人经历的矿脉之中去寻找最珍贵的化石。书中内容既有对伟大事件的目击，也有对一己之私的挖掘；既有对精神世界的穷根究底，也有对儿女之情的沉吟回味；既是北大骄子对母校掷地有声的眷恋与倾诉，也是对北大百年校庆盛典的提前演绎。

这是一本能自觉追求真实、鲜活和个人化叙事的印象专著，数十位作者通过对个人珍贵往事淋漓尽致的挖掘，共同绘制了一幅色彩斑驳、启示深远的现代画卷。纵览全书，不难发现编者独具匠心的编辑思路：不求全面、避免空泛、力避堂皇，反以故事为核心，人物为材料，个人化为主导风格，在形形色色的人与事中巧妙地再现北大精神的深邃内涵。同时，书中还详细勾勒了许许多多线条明晰，颜色突兀的典型人物。诸如喜欢找人“谈构思”的陈建功，“用术后变得含糊的声音艰难地讲课”的屈育德教授，热衷于钻研围棋、武术和书法的留学生阿毛，为消磨时光而译出《恶之花》的语言泰斗王力，自书条幅“诗译英法第一人”并挂于中堂的许渊冲，拔掉输液针头参加论文答辩的博士史成芳，像一个“危险的韵脚”般惊世骇俗的黄铭等以及学界耆宿季羡林、著名学者谢冕、钱理群等等。书中运用了大量的篇幅谈及已故北大诗人海子、骆一禾和戈麦，其悲怆、沉着、幽默、反讽的诗事，从侧面刻画出北大诗人感性的、脆弱的一面和诗人们从诗从文的青春轨迹的另一面；当然，从这些“陈谷子烂芝麻”中也不难窥探到北大文坛值得后人沉思和铭刻的史料价值的又一面。

《北大往事》最值得称道的当属它那刻骨地反映作者在自身矿脉之中寻找珍贵化石的真实感所在，字里行间，没有矫情、柔情、私情，没有假丑恶的掩饰，只有赤子胸怀的那种坦诚，诸多文章读后让伪善者愤激和低头，但却为青春年华找到了最有力的证词。另一值得一提的是此书作者阵容庞大，却层次分明，既有文科学子的扛鼎佳作，亦有理工科学子的精品力作，其中不乏有高洪波、陈平原、王岳川、岑献春、赵园、吴晔等四五十年代出生的文坛大家，也有西川、王开林、麦芒、阿忆、余世存等六十年代出生的青年诗人、作家，更有七十年代出生的一批初生牛犊，真可谓北大百年往事荟萃，群星璀璨。

本土意识

作家唐似亮从小耕植于乡下，其小说创作，并不像有些作家那样教条、呆板、媚俗，对毫无价值的素材硬着头皮进行不切实际的编制和伪造，结果伪编的东西干瘪乏味。唐似亮是在不断挖掘提炼有深度有感情有底蕴的素材的基础上开始精心雕琢和修剪的，这本散发着本土地域味的《土地情话》便是作家十余年心血和汗水的结晶体，它隐含着作家艰辛的创作历程。

一旦涉进了《土地情话》的栅门，那种汹涌澎湃的情感的浪花就像锤击心灵一样锤击我有些冷却的思维，在这种本土小说营造的本土感情里，我们共同的栖居地，我们寄托幽怨的思乡念故的乡土气息味便整个儿地发散出来。作家的意识状态和手法以及浓缩在本土深层地段的诗情画意无遗地呈现在读者的视野中，我们不能不为本土小说的内蕴之深和刻画人物形象之栩栩如生而赞叹。

《本土情话》荟萃了作家九部中短篇小说，九部作品中，无论是早期的《秋雨》《春雨沙沙》《爱情》《蜜桃》，还是后期的《梨园深处》《卖梨》以及《土地诗篇》，小说的创作作风始终如一地追求一种情缘上的自我本土，乡村里的自我闲淡，情绪化的意蕴，虽然是作家在不同时期完成的不同格调的小说，有着不同的表达方式、目的和追求，但每一篇小说在刻画人物心理、形象、语言上所运用的表现技巧和表现方式都各有风格，尽管最终的效果不尽相同。此外，作家还恰到好处地驾驭了当地亲切感人，脍炙人口的民俗民语，小说的整体生命力便得到了提纯，这对《土地情话》整部小说来说，应该是一次崭新的创意。

从浓烈的本土意识中出来，笔者似乎感到有一丝缺憾，如果作家唐似亮在《土地情话》中圆熟地进行各种文学艺术样式的交融渗透，诸如：小说与诗歌、散文、剧本进行交融渗透；小说与某些应用文体联姻产生自成一体的“新”小说等等，那么《土地情话》的品位和风格将会得到出人意料的“更上一层楼”。因为这种通过交融渗透、嫁接杂交而产生的“新”小说，将会极大地丰富小说创作的艺术表现手法。对于这种各种文学样式的渗透，作家唐似亮似乎早已意识到，只是在《土地情话》中渗透得还不够，嫁接得还不完善而已，但我坚信，在作家近期以及将来的小说创作中，这种渗透现象肯定会引起他本人的高度重视。

高原圣歌的灵性探寻

《男性高原》抵达我的书房已近一年，写下《高原圣歌的灵性探寻》这个标题也过半载，面对这本厚实、深邃、凝重的诗集，我真有些无从下笔。

《男性高原》之前，瑶族诗人吴玉华曾有《高原湖》《彩云之恋》《梦断天堂路》等著作问世，后三者，我不曾读过，但前者，却读之再三。无论是对语言、技法、技巧的展现，还是对自然、生命、生活的悟性抒写，该诗集都义无反顾地向读者供奉了真挚、沉郁、深刻、哲思的灵性探寻。这里面，有大众的，也有民族的圣歌在延绵中沉淀，这是诗的归属，是诗人生活轨迹的终极沉淀。

走进《男性高原》，一如走进了诗人刻骨铭心的生活轨迹和心路历程，其真实的声音和声音之后的反思在这本诗集中得以完完整整地栖息。诗人对高原圣歌的灵性探寻、灵性歌吟是其对生活享受之后的灵性报答和灵性酬谢。诗集中《冬季的回响》《红土祭》《高原大滑坡》《守林人》《大循环》《船工》《大理情踪》《我的传说》《荒欲》等诗及组诗中随处可听到来自高原的、民族的、欲望的灵性讴歌。这些源于生活又忠实于生活的理性歌曲响彻于《男性高原》的自始至终，在诗坛大滑坡的今天，我有些惊诧诗人在《自序》中所言的那样“敢大恨，亦敢大爱，要做个彻头彻尾的真人，才会有真诗。真心做人，真心为诗，这是我一生所求。除了诗，我别无他好；只是担心，人做到了家而诗写不到家，有诗而不被诵读，岂不悲乎?”这种诗心、诗欲，大恨大爱在《男性高原》的每个角落都注入了诗人真心为诗、真心做人的超凡发挥和超凡气度，也难怪诗集里的绝大部分篇章都融入了诗人关照生命、关照生活的真情实感。

《男性高原》与其说是一本诗集，不如说是诗人入滇十余年来对灵性高原的倾情感悟和热情讴歌的一本高原诗史集。在我所读到或看到的诸多以高原为题材为背景为抒情契合点的滇版著作中，《男性高原》是我为之动情的为数不多的诗集之一。在《冬季的回响》组诗里，诗人写到："……虔诚/如丁当作响的风铃/悠远的斜乜/一驼远去的队伍/响鞭　终来拉响/凝固的脚步"。诗人欲擒故纵的诗意言说，把高原冬季的形象半遮半露出来，其火候掌握可谓恰到好处。组诗《高原大滑坡》里"追随一个匍匐的民族/走过荒原/淌成一部深沉的历史/而今　这民族/又把早已变成传说的古玩/从远祖的荒坟中掘出/暴晒在现代人的T恤衫上/这是踏着沙砾走过来的民族啊/……"（《高原大滑坡》之《高原河》）；"高原没有周末/没有星期天　男人和女人的故事/在深夜里再版/男人的情书错别字太多/女人的脸　印走了样/城市禁令/街头不准发行/牛仔衣　牛仔裤　羊城的笑脸/不准不售口红　蝙蝠衫/胸罩很隐秘……"（《高原大滑坡》之《高原也逍遥》）。诗人从真实高原里跳出来，把高原"滑坡"的另一面暴露给读者，并付诸于组诗中，这恐怕是诗人面对成熟了的高原在逐渐陌生化后对高原的一种"反讽"、一种提醒和催促，前后两诗形成了鲜明的层面较量，层面对比，前者更具沉郁感，后者却流于隐秘。

同样的灵性探寻，在《守林人》与《大循环》两首诗中，诗人采用了两种不同的表达方式以期待再现过去和现在人与自然这个历史性主题，一种负重的责任感和使命感激起了诗人与常人相同的忧虑、焦灼、期待和观望，但对已定格成历史的这些呐喊，却出自诗人对自然、对生活的深切体验。此种关注，在《男性高原》里随处可见。呐喊过后，诗人把视野投向了各种情感，乡情、友情、爱情、亲情接踵而至。诸如《致石榴子》《四公公》《船工》《分手》《乡情》等诗，这大概与抒情这个被诗坛所长期流行和厚爱的主题有关。只不过诗人抛弃了固有的传统，独辟蹊径，用密集的语境作铺垫，采用跳跃式的技法，完整的语感把万古乡情、爱情、友情、亲情淋漓尽致地一泻千里，令人真切、刻骨、流连忘返。

《男性高原》里，诗人用大量冷静的"自传"性诗歌，将记忆锁定在特定的区域，把经历过的和未经历过的经验转化成体验，并打破原始经历、体验的外壳，直接进入核心的内在的体验的真皮里，诗人“我”便自然而然得以超验，得以探寻。《我的传说》《随想》《野山之恋》《荒欲》《悼》等长短诗中显得尤为强烈和明显；诗人在《和陶源明的一次对话》中写道：“我没有你那分烦恼/但喝啤酒　写诗　我都会/诗找不到销路　削价/只要一块三毛六就能买瓶啤酒/你是不会有啤酒的/南山下的那片杂豆/酿不成啤酒/不过　每当你荷锄归来/哼的那曲小调/已在东篱之下发酵/你把什么都忘了/偏忘不了自己已死去很久”；这是诗人对古与今、生与死、过去与现在的超验，是生者与死者的灵性对话。诸如此类的超验和灵性探寻，在诗集《男性高原》的第三、四辑里比比皆是。

《男性高原》这本诗集，诗人大胆与时代接轨，浓墨重彩地讴歌了时代生活。这里面，既有对生活以外世界的直接描写，也有对明朗、高昂、乐观等感情形态的礼赞，也有对沉郁、忧愁、痛苦等另类感情形态的抒写；既有民族化和现代化的统一，又有大众化和层次化的相互渗透。可以说，这是一本充满民族特色、高原特征的具有时代精神的灵性诗集。

当然，在高原圣歌的鸣唱下，在灵性探寻的有限空间，诗人不可能将诗与时代、民族与现代、大众与层次等至关重要的关联性都有机地结合在一起并在高原上空弹唱、歌吟，这恐怕是《男性高原》以后诗人及其诗爱者值得探索和创造的另一重要课题；再者，《男性高原》里密集的意象重叠、晦涩难解的诗风以及重复多变的意境设置为解读这本诗集增添了阅读上的些许难度。所有这些，仅是《男性高原》里的点点滴滴，相信诗人从《男性高原》里会感悟出些许应剔除的东西。我期待着！

呼唤诗意的跨度

当我们以各自的方式栖息于游戏化的都市状态中时，诗歌的表演者们则纷纷扮演各种不同的角色在各种风格迥异的媒体演绎自己精神构建的绝活，能出版诗集者，其绝活算是演绎到了一种自我的成熟、自我的风格。

青年诗人、作家郑千山演了十五年的绝活，他把这十五年中颇具代表性的节目排列组合起来，通过三峡出版社这个大舞台，为我们奉献了一本风格多变、个性鲜明的精神慰问品，这就是他诗歌创作中的一次跨越，亦即诗集《千山之上》的面世。在《千山之上》之前，他曾有另一高品位的散文诗集《悠长的尾音》。对于后者，已成为千山文学史的一部分；前者，正备受阅读者的青睐。

《千山之上》是现代汉诗时代迫切呼唤的产物，也是近二十年来新诗发展轨迹的演变缩影。从《千山之上》中可以窥探到不同流派不同风格的新诗的存活性和消亡性，还可以聆听到这些不同流派不同风格的新诗在生存过程中的举步维艰抑或昂首阔步；我们没有更好更合适的理由来说这一段诗史的风云突变，也不应该对这段诗史进行肯定或否定，因为任何新生事物在不断发展的过程中，都有变异，都有取舍，更何况是新诗。基于这一点，《千山之上》可谓是诗人在试验绝活过程中的一次过滤，最终能入册的每一个音符，都代表了千山诗史中的精彩片段，都能奏响千山诗史中的最强音。这是现代汉诗的呼唤，是千山为诗的最佳跨度。

当我们渗透到诗集《千山之上》的每一个角落，都能聆听到来自友情、书情、亲情、乡情的真切声音，这些声音来自不同的年代，不同的方式，不同的历史背景，却同时来源于一种存在，这就是诗人为诗的精诚所至：真切。在诗人“真”的诗歌大厦里，还可领悟出诗人生活空间的丰满和充实，正因为有了这层基石，诗人才迸射出了精彩纷呈的火花，这些火花的陈列，再现出《千山之上》里诗艺的精湛性和贵族性，《千山之上》的每一因子因而得以诗意地栖居。

漫游在《千山之上》，我们所目睹的每一个精神事件，都能旺盛地存活下来。《抒情现实》里，我们目睹了《诗人》“漂亮的羽毛”，《怀念》了“一句话成为我终身的爱情”，看到了“炊烟，炊烟/多么熟稔的脸”，想到了“沉静的时间是一块面包/雨巷中暗结丁香般的寂寞”；透过《城市生活场景》《在公园里》感受“拥挤的地方沉默为金/疏松的公园很想交谈”，《走在集市中》体味“金钱以他独有的沉默/证明你种种奇特的用心”，通过《初冬街头的一次约会》省悟“美（会）在杂乱无章中消逝”；穿过《乡村生活场景》，也同样可领略乡音的清澈，家园的深刻，四季的灿烂……诗人每构建一道栅栏，都成为一道风景，虽然风景点的迷人程度不同，但都那么令人悸动，那么余音绕梁。

面对《石林》，实则面对了一回历史的见证；走进《三峡》，实则走进了最嘹亮的歌的世界；在《乐感小榕》中寻觅乐感，可以谛听贝多芬时代的精妙绝伦……当我们《走进森林》《走进春天》，便可走进森林、走进母爱、走进诗人为我们精心构建的抒情现实里。在《抒情现实》里，所有的意境、意象、氛围统统一览无余，所有的呼唤都沉淀为一曲绵亘的抒情赞歌，似乎照应了威·勃·叶芝所说的一句话：“还有无数的树叶的悲叹，只能形成人的喊声和意象。”

《千山之上》之《千山之上》辑里，是诗集《千山之上》的最经典呼唤，诗人诗意的跨度在这辑里体味得淋漓尽致。正如威廉·布来克所言：“伟业只有当人与山面对面时才能成就；熙熙攘攘的大街上成不了什么大气候。”可以说，这辑里的绝大部分音符，都形成了诗人自成一体的气候，这气候虽然成立体状分布，但并不影响第二辑的厚度和力度，特别是一些与大师有关的抒情性诗（或叫人物抒情诗），曾在新诗的大家园中问鼎过各种奖项，其生命力时至今日仍异常旺盛，经久不衰。诸如《卡夫卡》《里尔克》《凡·高》等音符，把古与今串成一线，再现了诗人深厚的阅读功力、广博的阅读范围和灵性的悟解。这类写大师的诗，一般诗作者往往只能在大师精华、大师经验的表皮游动，无法触及他们的真皮及内脏，而诗人郑千山在博览大师之后，却渗透出来，水到渠成，这是他跨度之后的再跨度。我们有理由相信并肯定他的诗意价值可能在诗集《千山之上》之上。

在《千山之上》辑里诗人熟稔地驾驭了诗的各种技法、技巧，从而完成了诗人动与静、水与火、灵与肉的诗化飞跃，这是千山诗意栖居的标志，是诗集《千山之上》由成熟到成功的标志。这从《二月》《面对一块石头》《黄昏》《重筑西昌路》《千山之上》等脍炙人口的诗中可以觅到。此外，《千山之上》辑里，还透射出诗人的预见性，《重筑西昌路》便是最好的见证。

当然，年轻的千山和他并不年轻的《千山之上》，也存在着些许缺憾，风格的多变、意象的堆积、时间上的跨度会给阅读带来一定的困难，这是目前诗人们所共有的通病，对于千山，在所难免，对于现代汉诗诗群，也在所难免。这是现代汉诗的困惑，是时代发展的困惑，希望诗人们都走出困惑，去实现诗意的跨度。

宣泄或者升华

诗人和作家的职责就在于写出人类的不朽。(美国福克纳)

——题记

诗歌作为文学的一种，它是诗人智慧的结晶体，是历史文明的一种象征，一段证词。文学作为人学，又是历史进步的形象记录，是诗人追求真善美的生动见证。所有称得上进步的诗歌，它都在展开一卷历史的、社会的、命运的画卷，构建在广袤大地上的诗歌大厦，是诗人前进步履中艰难跋涉直至窥见希望之光的一种载体。从这个意义上说，一切优秀的诗歌作品，它不仅是特定时代、特定环境下特定民族的鲜明标帜，同时也是诗人才华的非凡展示，是诗歌家园所拥有的精神的财富。

阅读和鉴赏诗歌，一如面对一位聪颖过人、见识多广而又无私无畏的朋友一样，其生活阅历之泛，知识结构之渊博，视野范围之开阔，观察能力之敏锐，思维程度之活跃，文笔生动之流畅，都最大限度地呈献在我们面前。

带着诗人最崇高最严肃的心境，走进从珠江源头脱颖而出的青年诗人、评论家高文翔苦苦笔耕四年而得以结集公开出版的诗集《红冠》（贵州民族出版社 1993 年 8 月版）的氛围中，使我再度领略到“诗人的特殊光荣就在于他能振奋人心，提醒人民记住勇气、荣誉、希望、自豪、同情、怜悯之心和牺牲精神”（美国福克纳语）。这不禁使我想起著者在《红冠》后记中所写的：“当人生的苦闷和孤独一旦产生，当缤纷的幻想不期降临，当期盼着有一颗心贴紧另一颗心，当某种情绪猛烈地撞击封闭的闸门……于是诗便产生了。诗是一种最自然的流露，是情感的结晶，或者宣泄，或者升华。”沿着“宣泄或者升华”所开辟的道路，我一如既往向前走，展现在我眼前的是——

A：去空中飞上一飞/然后享受一次跌落/高傲而忧伤

诗人站在红土地的一个横截面，向我们渐渐剖析一种高度的清醒，这种清醒，如白鸟一般。这从《红冠》第一辑（《红冠》诗集共分四辑）中，不难窥见：“……伸手可触的梨花/单纯得像个孩子/正从冬天的边沿跑来/站在我面前/使我想起自己的童年/那个遥远的地方……”（《梨花开了》）我汹涌澎湃的思绪一下子又回到诗人快乐或者悲伤的童年，一如诗句里那真实的梨花，无法否认，又成为人生的证据！所有的幻想、追忆、感动、失落和惆怅，一如金属的声音和阳光的锋芒，时时刻刻萦绕在诗人意境的设置和氛围的营建中。这是诗人经过生活的磨砺和煎熬、阵痛出来的一束束最真实最刻骨铭心的人生花环。就像《白鸟》“日夜守候，等待沐浴在岁月里”一样，那种渴望的本能在字里行间已体现得淋漓尽致了。

B：经历许多宁静的岁月/我发现你现在身不由己/经常在暗夜/那只黑色的睡枕上/发出鸡鸣的声音

诗人在诗歌的家园中经过剧烈的阵痛之后，已深深体会到真与善的不易，美与丑的难分。诗人在这些宁静的岁月的坐标轴上，正逐层逐层地自我解剖，自我分析，自我肯定甚至可能自我否定，这是一种很难理顺的心态，也许所有形成大气候或小气候的诗人都亲身经历过。

“爱是一把剑/恨是一把剑/目光是一把剑/呼吸是一把剑……”（《那把剑》）是的，人生复杂多变，爱恨扑朔迷离，诗人的眼光一如那把剑，闪耀着灼灼逼人的寒光。那是诗人对人世间爱与恨的真实流露，这从《红冠》第二辑的另一首诗《有关爱与恨的字眼，或者中国咖啡》中，更能深层次地理解和感悟。

不可否认，诗人生活在普通的群体之上，对周围的所见所闻捕捉得最恰到好处，正如诗人在《远途》中所精心提炼的那样：“目光所及的地方/遥远的旅程蜿蜒如水……不知不觉/而心仍在蠢蠢发芽。”诗人把旅途的极度艰辛喻成蜿蜒的水在不知疲惫地跋涉和奔波中，纵然距终点还有相当一段距离，纵然双臂如桨腐烂，但那一颗火热滚烫的心仍在蠢蠢欲动，仍然充满旺盛的生命力。

C：你的爱像成熟的蹄声/在暗夜里清脆达达

与爱和情有关的诗歌家园，讲起来似乎有些老调重弹，但读诗人高文翔的爱情诗，就像在茫茫无际的沙漠中蓦然觅到一片绿洲一样，干涸的心灵即刻被湿润。如“爱你/以一生的代价/你给予的爱是美丽柔枝/栖息在你的枝头/我不可避免/只能再次成熟。”（《栖息在你的枝头》）；“你的柔情之剑/注定高悬在我的命运之上/当我被苦难剥离，一层层清晰/这时我发现你的黑眸/已提前注视我很久了……”（《我只能沉默》）；“驰骋于额际/你的爱像成熟的蹄声/在暗夜里清脆达达/我的感慨因此激动/我再次被你岁月的根须/紧紧纠缠……”（《你的爱像成熟的蹄声》）诗人对爱的流露和表白一如沉默已久的火山突然爆发一样，其磅礴之势锐不可当，要抵达这一点，并非一朝一夕的事，而是需要对生活的情爱有着坚定长久的磨炼和提升，才能达到某种特定的质与量的同步飞跃，无论多么精彩绝妙，新颖别致，甚至脍炙人口的上乘爱情诗作，从酝酿到动笔到一挥而就，大都需要从不同境界、不同方式、不同对象中综合提升，才能构建成有震撼力、有代表性、有独创性的结晶体式的佳作，因为它超越了一切司空见惯、平平淡淡的诗。

D：你站在一蓬青葱的绿草上/昂头对着初夏的雨啼叫

很久没有沐浴过绿草的馨香，没有谛听初夏的雨声，心中松弛的弦一下子绷紧了许多。站在珠江源头的岩石上，我似乎已经看到诗人不自由的那块天地有些苍凉，甚至悲壮，这种苍凉和悲壮不是诗人生活所刻意留下的残骸，而是诗人智慧语言所无法逃脱和避免的，是诗人通过千百次的尝试和阵痛之后而重新建构的一种忧患意识，与诗人所执著追求的宏伟工程息息相关，可以说，这是所有诗人在所难免的共同命运！

就像一个在北极乘着小舟的幸存者，欢呼着地平线上出现的轮船，结果却是座冰山（美国贝娄语）。读《红冠》最后一辑里的诗，其中的氛围设置和意象的营建，似乎自始至终隐含着这种感觉。“一个三十岁的当代人/头泡在雨里/手泡在雨里/十指泡在雨里/思想和年龄泡在雨里……”（《一个当代人站在雨中》）诗人纷繁复杂的思绪，好像在讲述耕耘和播种的艰辛，在开拓荒滩上的歌声。一切传说和篝火，一切粮食和爱情，在诗人思维的空间，已定格成一种记忆的画板。“当一场雨悠忽降临/我看见你落到这片草场上/你白羽赤唇/你站在一蓬青葱的绿草上/昂头对着初夏的雨啼叫”（《一只白羽的鸟》）。诗人对大自然中的雨，是眷念还是仇恨？是回避还是迎接？诗人好像并没有走出雨这种特定意义下的特殊沼泽地。这大概与诗人的亲身体验和经历有关。

诗人高文翔在《红冠》后记中这么说：“完成一首诗就是完成一次艺术品质的锻造，就是完成一次诗人人格的站立。诗人的一切，智慧和能量，皆因诗而被剥离，因诗而被馈赠。那么作为诗人，你将如何完成你自己？我深信艺术的永恒性能弥补人类个体生活与情感的短暂。”毋庸置疑，也许许多在诗坛上卓有成绩的诗人（当然也包括作家在内）都已深刻体会到这一点了。在此，我不想继续往下阐述和延伸，因为诗人高文翔已讲得够深刻够品位的了。

诗歌，每天清晨的露珠，每个夜晚的儿郎；最后的星星的真理，纯洁、清爽，落在最先开放的花朵温柔的真理上，清晨从天空向人世飘落（西班牙希梅内斯《诗歌，露珠》）。在诗歌日益向着理性主义弃械的阵地渗透的今天，事实证明，诗是最耐磨损和坚忍不拔的。它忠实地捍卫着生命的永久据点，使之成为一件看不见摸得着的作品，如果没有它，没有它的警戒，这些据点便会在意识的黑夜里丢失，犹如海藻在海洋深处变得一片模糊那样。走完《红冠》为我铺设的诗歌大道，我不得不惊觉，《红冠》已开始向我们自然宣泄，情感的结晶也开始一朵朵升华。这种宣泄或升华不像昙花那样短暂，更不像露珠那样一晒即逝。而是朝着高亢、朝着命运最壮观的燃烧点，朝着“无法抵达”的永恒，在不断攀援，不断靠近。

诗人高文翔永远不会停止歌唱，他那鼓舞人心的吟诵有着无法抹去的力量。这不仅从《红冠》中能领悟，从诗人另外一部诗集《永远的天空》及其所编选的《阳光下的高原》《云之南》两部诗集中亦能窥见。这对热衷于他的诗的诸多文朋诗友、读者来说，是并不感到惊讶和陌生的。

心灵的歌吟

站在诗坛脉搏的当口处，寂寞、骚动、喧哗三种诗歌现象交替更迭，演绎出一幅静寂沉稳的诗歌景象。缪斯那颗敏感圣洁的心灵，正在静谧的星空下感悟大自然所赋予人类的斑驳迷离的神性。若隐若现忽冷骤热的各种诗风诗派，正虚幻缥缈地冲击和弥漫整个圣洁的诗歌伊甸园。云南诗坛各种不同派别、不同格调的诗歌现状，也神姿各异地伫立在神圣诗歌王国的宏伟殿堂上。作为曲靖诗坛的青年诗人、诗评家高文翔，无疑是近几年来杀入诗坛的一匹昂头挺胸的“黑马”。

在纯文学渐渐迈入低谷走向萧条的今天，诗人高文翔能在记忆的莽林和沼泽中冲破世俗的某些偏见和歧义，孜孜不倦地跋涉和探寻，精心雕琢出一部灵魂的结晶体——诗集《永远的天空》，这在诗歌家园寂寞和孤独的正午，让我们窥探到了诗人常热的诗心，感受到诗人常新的诗情，诗人的伟大与崇高因此而得到凸现。

诗集《永远的天空》散播着浓重的地域文化色彩。诗集中对旷古蛮荒、神勇粗豪、雄性意识的倾心赞美和无遗歌吟，并非是那种浅陋淡泊的封建田园诗式的陶醉，而是渴望最大限度的变革和强刚，它所赞美和歌吟的是一种坚韧执著、高昂不屈的生命力。

诗集中多数的诗作似乎都带有一种解放性的地域文化味，譬如“倒伏的岁月被人们一一扶起／黑色的词汇／成为乌蒙山深刻的抒情方式／四野纵横／花朵在眼前招展／为此我们将永远固守爱情”（《乌蒙山》）。“源在岁月的蹄声里露出它清晰的容颜时／潮湿的感动叩打着高原每一块古老的石头／是你让我们划动舟子！／划动青山绿水的传说带动所有坡地和田园／人们第一次发现碳化稻竟如此清亮迷人”（《珠江源》）。“歌声与欢乐／从历史上游结队走来／从容不迫地包围着我们／让我们无言／让我们迎候灿烂的时光悄然降临”（《爨》）。“抚摸时间的脊背／发现它痒痒地／为我长满了鬃毛”（《岁月》）。“为了适应／我们改变自己／为了改变／我们反抗自己／为了痛苦／我们只有顽强地生存”（《抽象》）等等。诗人岁月的心弦似乎绷得很紧，心绪已浸入到地域的核心，正大胆地探索，大胆地放牧每一声呐喊。与此同时，诗人亦在解放被额头和太阳碰撞过的乌蒙山，解放流淌新鲜血液的珠江源，解放蛮荒地里雄性的南盘江，解放还未探索尽的爱的鸽哨。岁月的剪刀狠狠地裁剪诗人有些疲惫的心灵，诗人的空间因此长满了鬃毛。

诗人高文翔敞开的心灵攀援在苦涩抑或迷茫的红土地上，他用山一般嶙峋的手握住滚地而来的旭日，伤痕累累的身躯在这个时候无法撑起每一次有意义的生命歌吟，只好站在奔腾不息的山风背后，用艰难的步履丈量出、拓荒出一条沉默多年的高原之路。为此，诗人常常怀揣一颗闭目叹息的心，品评出许多喧嚷中的哲理。“父亲／那时你是母亲心中的大树／我现在是另一棵大树／伫立在高高的大山上／这支歌在森林奔跑／这支歌使火塘里的火越燃越旺／你的狗静静睡了／你的口弦声悄悄哑了／这支歌／使我对未来的日子充满渴望”（《彝歌》）。这与“农民的儿子”渴望“改变生存环境”没有什么本质区别。这时，诗人的诗心已渗透到骨髓，抵达生命深处的每一个细胞，每一个器官。这应该就是《永远的天空》的终极歌吟。

图书在版编目（CIP）数据

记忆的棱角 / 蔡金华著. -- 北京 : 作家出版社，2017. 2
（中国多民族文学丛书）
ISBN 978-7-5063-9266-2

Ⅰ. ①记… Ⅱ. ①蔡… Ⅲ. ①散文集 - 中国 - 当代
Ⅳ. ①I267

中国版本图书馆CIP数据核字（2016）第302792号

记忆的棱角

作　　者：蔡金华
责任编辑：李亚梓
特约编辑：谭　杰
装帧设计：曹全弘
出版发行：作家出版社
社　　址：北京农展馆南里10号　　　**邮　　编：**100125
电话传真：86-10-65930756（出版发行部）
86-10-65004079（总编室）
86-10-65015116（邮购部）
E-mail:zuojia@zuojia.net.cn
http://www.haozuojia.com（作家在线）
印　　刷：三河市北燕印装有限公司
成品尺寸：170×240
字　　数：422千
印　　张：27.75
版　　次：2017年2月第1版
印　　次：2017年2月第1次印刷
ISBN 978-7-5063-9266-2
定　　价：40. 00元